与鹭共舞

——驻村干部的精准扶贫战事

吴奇兵 著

南方出版传媒
花城出版社
中国·广州

图书在版编目（CIP）数据

与鹭共舞：驻村干部的精准扶贫战事 / 吴奇兵著. -- 广州：花城出版社，2020.9（2020.12重印）
ISBN 978-7-5360-9206-8

Ⅰ. ①与⋯ Ⅱ. ①吴⋯ Ⅲ. ①长篇小说－中国－当代 Ⅳ. ①I247.5

中国版本图书馆CIP数据核字(2020)第154371号

出 版 人：肖延兵
责任编辑：李 谓 安 然
技术编辑：薛伟民 林佳莹
封面设计：林 希

书　　名	与鹭共舞：驻村干部的精准扶贫战事
	YULU GONGWU: ZHUCUN GANBU DE JINGZHUN FUPIN ZHANSHI
出版发行	花城出版社
	（广州市环市东路水荫路11号）
经　　销	全国新华书店
印　　刷	佛山市浩文彩色印刷有限公司
	（广东省佛山市南海区狮山科技工业园A区）
开　　本	787毫米×1092毫米 16开
印　　张	17.75 1插页
字　　数	350,000字
版　　次	2020年9月第1版 2020年12月第2次印刷
定　　价	50.00元

如发现印装质量问题，请直接与印刷厂联系调换。
购书热线：020-37604658　37602954
花城出版社网站：http：//www.fcph.com.cn

序

王十月

  中山作者吴奇兵在扶贫一线工作逾十年,以亲身经历为素材,创作了一部长篇小说,准备在花城出版社出版,希望我能作序。我婉拒了,怕不能为作者增色。奇兵先生执着,发来他的小说,请我先看看再说。

  我读了这部长篇,应该说,出乎我的意料之外,愿意就这部书,写点浅陋的文字。

  对于文学,我有个长板理论:一个木桶装多少水,取决于最短的那块板,而一个作家能走多远,则取决于他最长的那块板。我当编辑,最怕的就是那种四平八稳,没有什么毛病,却也看不出什么亮点的小说。

  吴奇兵的长板,显然正是他多年在扶贫一线工作积累的素材。当下的农村题材小说不好写,扶贫更不好写。作家普遍没有生活,偶尔下去采风,不过是蜻蜓点水,对生活的复杂性了解不够,自然写不出当下扶贫生活中最为精彩最为复杂的一面。但扶贫又是个值得写的题材,贫困与人类从来如影随形,2015年,联合国报告说全球仍有8亿人生活在贫困中,减贫和发展是人类的共同事业。在中国,脱贫攻坚更是一场硬仗,2016年以来,成千上万的党政与企事业单位干部派驻到贫困村,他们经历了什么,他们收获了什么,农民怎么想,扶贫的难点在什么地方,这是扶贫工作要回答的问题,也是写扶贫题材小说要回答的问题。

  吴奇兵去过不同的贫困村当驻村干部。贫困地区受环境、资源和人才等诸多因素制约,长期发展不好;有些农户的住房、食物和衣着等生活必备品,没达到基本的需求;驻村干部不辞辛劳地默默奉献,他们的工作甚至被误解。这一切,都给了他灵感，使得他这部小说长板突出，洋溢着时代气息和泥土的芬香。

独居山上的桃园水库移民钉子户麦老太，前期懒散应付扶贫的梁实，凭智慧和勤力成为致富带头人的颜盛强，老支书彭维群，第一书记陈建威、王斌……这些人有血有肉，生动感人而且真实可信。这些人物，应该算得上是全国扶贫工作中的代表和缩影。从这个意义上来说，吴奇兵的这部小说，有其独特的意义和价值。

吴奇兵的小说长板很突出，短板也很明显，他借鉴非虚构的写法，对话偏多，个别人物描写流于表面，像跑龙套……这些都需要写作经验的积累。写作无非解决两个问题，写什么和怎么写，这部书，前面解决得比较好，后面还有提升空间。

没有比人更高的山，没有比脚更长的路。作者扶贫逾十年，有情怀，有实绩，业余时间能耐住寂寞创作长篇来记录他所经历的这一切，值得我们这些久坐书斋的写作者学习。

以上，向吴奇兵们致敬。

（本文作者为广东省作协副主席、鲁迅文学奖得主。）

目 录

第一章 天降大任

1. 桃北村的味道 / 1
2. 兵马动，粮草行 / 8
3. 我两天没饭吃 / 16
4. 一个遗忘的村落 / 26

第二章 烽烟四起

5. 为什么不公示我 / 37
6. 基地 / 48
7. 修路先行 / 60
8. 不如回香山 / 72
9. 标的物 / 81

第三章 正面对决

10. 你是不是书读多了 / 91
11. 裂缝 / 100
12. 您是位好支书 / 109

13. 水利 / 119

14. 赔偿 / 126

第四章　乘势而上

15. 她已出嫁 / 137

16. 丰收 / 146

17. 李谷花被打 / 155

18. 产业第一 / 164

第五章　再战风云

19. 小母黄牛 / 175

20. 示范村 / 185

21. 桃花灯饰厂 / 195

22. 两万元 / 202

23. 大路 / 212

第六章　大爱无疆

24. 台风 / 222

25. 真相 / 231

26. 我们的赤丰 / 241

27. 声讨书 / 251

28. 博士县长 / 261

第七章　并非尾声 / 272

后记 / 275

第一章　天降大任

1. 桃北村的味道

芳菲三月，清晨，香山市。

市场局大楼正门台阶。陈建威背棕色双肩包，穿白色T恤，牛仔裤搭运动鞋，仰望一排擎天木棉。南国英雄树，数丈高的光秃树枝上，红硕的花朵密集地朝天绽放。朝霞辉映，树冠如血，宣示赤胆丹心。

今天，三个单位组成的驻村队将首次开赴对口扶贫村。

昨早一上班，主任周伟叫齐办公室的人，宣布任职通知："选派扶贫干部程序结束。我局作为牵头单位，派出硕士研究生、年轻干部陈建威任驻村第一书记兼队长。队员由市招商局和香山银行两个成员单位派人。"说完，单独叫陈建威到接待室，严肃地说："上午全市动员，你参加，你提醒驻村队员参加。市扶贫办要求明天到帮扶地对接，以后扶贫工作以你为主，希望不负重托。"又诱之以利，"你会多些和领导的接触机会，好好干。"

七点半，约定出发的时间到了。陈建威走向正门保安亭，不见带队领导、市招商局的车和马世燊，也不见香山银行的黄智。到扶贫村有三百公里，周伟交代出发不要太晚，陈建威不安稍躁。

七点四十分，仍不见约定的人和车。陈建威焦急地打马世燊电话，马世燊说："我到单位拿到了车，文局长没到。按原计划先接黄智，再接你。"时间仓促，交通拥堵，陈建威改变计划，说服马世燊和黄智，三方尽快在市招商局会合出发。

一辆熟悉的吉普车驶来，靠近陈建威停住。驾驶位车窗玻璃降落，局长杨武彪威严地注视着陈建威。杨武彪来市场局之前在市委组织部任要职，他眉宇间凝结的沧桑、坚定与深邃，源于大半辈子的工作历练。

陈建威兴奋地向单位"一哥"问好。

杨武彪说："我局牵头帮扶东州市赤丰县革命老区的一个大村。天上雷公，地上赤阳丰。赤丰、阳丰民风彪悍，你要发挥出你的才能。"

领导的鼓励让陈建威十二经络迅即反应，他亢奋地表态："请杨局长放心。我赴汤蹈火，在所不辞！"杨武彪用赞许的眼神盯视陈建威两秒说："昨晚才决定由招商局文福鑫副局长带队。辛苦你们！"说着把车平稳地开往地下车库。陈建威"好、好"地应答，转身，才发觉自己仍咧嘴笑。在赶来上班的同事钱小满眼里，他的笑是对局长的恭维。

陈建威不知道同事的想法，很在乎领导的看法：杨局停车嘱咐，果然和领导接触机会多了！他扫望着巍峨的米黄色办公大楼，该楼在国家严格限制行政楼建设标准之前落成，占地广阔，设计超前，在密集的常绿植物衬托下，煞是新颖、气派。

城市引擎开足了马力，喧嚣不止。陈建威坐上去市招商局的快车，昨天全市新时期精准扶贫、精准脱贫动员暨驻村干部培训班上，市委唐书记的讲话言犹在耳。

培训班提前五分钟开始，首先观看宣传片。片子反映省委、省政府重视本省区域协调发展，许多年前南江三角洲地区开始帮扶东、西、北部欠发达地区。记者采访贫困山区一个十来岁的放牛娃。

"你不去读书，每天做什么？"

"放牛。"

"长大做什么？"

"娶媳妇。"

"娶媳妇干什么？"

"生仔。"

"生仔干什么？"

"放牛。"

片子中许多画面和数据反映了扶贫开发的成效。

播完宣传片，市会议中心灯火通明。香山市四套班子的主要领导坐上主席台。

唐书记聚焦台下目光，屏蔽会场声音，慷慨激昂地说：

"同志们，国家部门领导来我省调研，说全国最富的地方在我省，最穷的地方也在我省。有报道称：我省富的，富得流油，穷的，穷得掉毛。省委王书记说，贫穷是我们的耻辱,我们要摘掉耻辱的帽子。怎么办?办法有了,就是在多年扶贫开发的基础上,按照党中央、国务院的统一部署,在全省推行精准扶贫、精准脱贫,彻底解决我省东、西、北部地区的贫困难题。有了办法,谁来做?靠大家,靠在座的各位,主要靠各位。前不久,省委、省政府召开精准扶贫工作会议,省委书记、省长出席并讲话。会议规格之高、规模之大、动员之广,前所未有,省城各单位部门早就动起来了……

"脱贫攻坚是我们党的头等大事和第一民生工程。三年来,我国脱贫人口四千多万;六年来,我国脱贫人口超过一个亿;改革开放以来,我国七亿多农村贫困人口成功脱贫;到2020年,我国仍有五千多万农村贫困人口要脱贫,同志们啊!国家消灭贫困到了啃硬骨头、攻坚拔寨的时候。全国正如火如荼铺开精准扶贫。希望你们按照市委、市政府的要求,充分认识到这项极其重大而严肃的政治任务,认识到工作的必要性、紧迫性、艰巨性,充分利用各单位的优势去引导、带动、帮扶。全力以赴,勇于担当,真抓实干,只争朝夕。坚决打赢这场脱贫的攻坚战役,圆满完成省委、省政府交给香山的重大任务,决不让一个困难群众在全面小康路上掉队!"

掌声雷鸣。陈建威热血澎湃,他暗下决心,定当竭尽全力,大干一番扶贫事业,不辱光荣使命。

南江三角洲高楼林立,生机萌动。商务车载着四人往北疾驰。"肥仔"马世燊开车,白衬衫型男黄智坐副驾位,头发花白的文福鑫坐副驾位后座。陈建威坐司机后座,他理解文福鑫的座位安排:凡领导在场、开会、宴请,或举行仪式,都讲座次。乘车也如此。一般司机后排右位最尊贵,左位二号位,副驾位为三号位。据说,从安全角度考量,座位排序亦如此,把"尊贵"改为"安全"即可。

文福鑫问:"你们为什么扶贫?"

黄智笑道:"扶贫是你们政府部门的事,为何让银行去?我们的股份制银行是企业。"

马世燊说:"扶贫由政府主导,各方参与。企业有扶贫的社会责任,香山银行国有控股,难辞其责。"

黄智说:"你们扶贫可以提拔,银行靠业绩,业绩不好,行长也得下台。"

马世燊不出声。

陈建威说:"我考上公务员两年了,最初接触贫困在读研时,作为志愿者到云南红土地的山村助学。山村小学生们住校，一个星期只有周二和周四中午能吃到肉。我们为他们解决了缺衣少食的困难，保证每天提供肉食和牛奶。那里风光独特，民风淳朴，可非常落后，很需要帮助。这次新时期精准扶贫，我局七人报名参选，经过资格审查、民主推荐、确定对象、公示考察等程序，才决定由我驻村。"

马世燊说："你'过五关斩六将'当上书记。了不起啊！"

这话是表扬还是讽刺？第一书记兼队长由牵头单位驻村干部担任，对成员单位驻村干部似有不公，谁敢说成员单位驻村干部的能力就差些呢？陈建威谦逊地说："我侥幸过关。请文局长多指导，请马哥、黄经理多关照。"

文福鑫总结说："年轻人扶贫，值得肯定。小马扶过贫，黄经理工作经验丰富。小陈来自大单位，高才生，任队长征求了我们成员单位意见。相信你们能完成好任务。"

陈建威傻笑，取瓶矿泉水啜一口，想再发问，见文福鑫眼睛微闭，黄智似已睡着，便安静地留意路况变化。

车流如织。高速路在坑坳拐向东，变为两车道。天雨，外面的山、路和车一片迷茫，陈建威感到压抑。马世燊递给文福鑫一瓶干果。文福鑫打开来咂巴地吃几片，车里弥漫陈皮的香酸味。他把瓶子递向陈建威说："不远了，休息一会儿。"

右前方的山腰青黄杂糅，凸现巨大的红色立体宣传字——"奔向东州，商机无限"。

马世燊说："真的快到了！"不久，把车拐进服务区。

换陈建威开车。接连通过几个隧道，视野渐行渐阔。偶见雄浑的大山，山顶云雾笼罩，山下散落着几间泥砖房。如果贫困村这样，该如何帮扶？

赤丰县桃河镇分管扶贫的镇委委员颜政东打来电话，说到镇政府吃中午饭。

过十二点，赤丰南下高速。路口竖立蓝色导向牌，向左赤丰，向右东州。"碧桂园·豪园"大幅广告指向左。车子驶入重修的省道，远方山脉高耸，云雾氤氲。一只白鹭在低空飞翔，它纤瘦、迟缓、孤寂，像在寻觅同伴或栖身之地。转入县道，田畴和村庄增多。走乡道到圩镇转进条小街，驶向高大门楼。陈建威念出门牌字"桃河镇人民政府"。

新装修的镇政府办公楼共三层，楼顶红旗飘扬。中等身材的镇委书记张浩和年轻的瘦高个颜政东，从悬挂四个大红灯笼的门庭迎出。

用餐后，张浩让颜政东带驻村干部去老干楼看宿舍。

老干楼在饭堂对面，四层楼，位置低，站在地坪看不见一楼。

　　空置房就在一楼。颜政东打开门，霉味扑鼻。客厅摆旧桌椅，两间房放三张床，另有间杂物房。厨房水泥灶台和瓷砖案板开裂，后阳台角落的卫生间蹲位破损。

　　黄智厌恶地问："房子建多少年了？很久没住人了吧？"

　　"二十多年了。上轮'双到'扶贫，东州扶贫干部住这。"颜政东说。

　　陈建威说："三个房。东州扶贫干部能住，我们也能。"

　　黄智反对："哪能住人！必须粉刷墙壁，换地板砖，重装厕所。采光差，窗外的树要截枝！"

　　马世燊说："潮湿，对身体不好。有没别的地方？"

　　"要问张书记。"颜政东无奈地说。

　　陈建威提议："既然上级要求驻村，看能不能住在村里。"

　　马、黄二人说："千万不要住村里。"

　　颜政东带驻村队到书记办公室。文福鑫问宿舍怎样，马、黄二人不答，陈建威说还行。文福鑫说："先去贫困村，住宿的事回头再说。"

　　雨雾飘洒。张浩驾车带路去桃北村。

　　车子沿来时的桃河公路前行十来分钟，经过一座混凝土桥，前行数百米，在一树大红花处右拐入狭窄的水泥路几十米，抵达桃北村委的沙土地坪。

　　村委办公楼仅一层，呈直角形，不旧不新，墙批白灰。面色黝黑的几个村干部举伞相迎。大门进去的村委办房间宽敞，正面墙贴大幅毛泽东同志像。六张桌拼成长方形办公台，台面摆着青枣、香蕉、两包抽取式纸巾和一块看不见底色的抹布；左边公共服务站的柜台摆放着两台电脑。与香山的村级办公楼相比，如劳动布和丝绸的区别，不相形亦见绌。

　　大家围坐开会。张浩介绍村'两委'干部。支书兼主任彭维群个子不高，穿灰色西服。他年轻时当过兵，正襟危坐。妇女主任方玉艳化了妆，厚实的粉底与深红色衣衫紧箍的壮实身材正好匹配。文书梁子文、干事金敬德、治保主任何荣光，缺副支书副主任。

　　陈建威问："公示栏上六个村干部，怎么只有五人在场？"

　　彭维群解释："麦副支书去年辞职，外出帮亲戚打理生意。他分管的工作由金委员代管。"

文福鑫介绍完驻村队的三人，会议进入正题。

陈建威传达省委、省政府文件精神：总任务脱贫攻坚。要求精准扶贫，精准脱贫，规划到户，责任到人。力争用三年时间，改变村的落后面貌，增加村里的集体收入，帮助贫困户全部脱贫。

彭维群介绍村里的基本情况："全村三千四百余人，七百多户，九个自然村……"说到贫困户人数时，陈建威插话："贫困发生率约百分之五点二。"彭维群悲情地回应："是啊。纯农业村，没有工厂，没有集体收入；只有一条水泥路，农田水利设施落后，提水泵站几十年不能用，几条渠道'大跃进'时修的……"

张浩叹道："东州历史上是海防重镇，物阜民丰。特定的地理位置和文化特征导致其多年来没跟上形势，经济总量在全省几乎垫底，沦落为全国的四线地级市。近些年上级领导没少关心，成效并不乐观。桃河镇两万五千人，十一个村居，包括你们今天经过的桃南、霞光等村。地方财政收入每年入不敷出，根本无法支持村级建设。"

文福鑫认同："多年来改革开放的春风没吹到啊！"

张浩说："是啊。桃北村为工业处女地，农业没有新气象，还有土地丢荒。"

黄智右嘴角上扯，露出八颗牙齿："既属纯农业，又土地丢荒？"

张浩解释："外出农户留下耕地、水田，没人打理。干一年赚不到多少。"

马世燊说："在家务农不如外出打工，香山最低工资标准两千元，有的普工收入翻倍。"

张浩回应："桃河相对贫困落后。农业现代化在起步阶段，工业化、城镇化无从谈起。"

颜政东说："县领导说赤丰三十万人在外打工。"

张浩低声道："留在家乡的人不少，希望香山单位带来福祉。"

黄智故意问："村里计划生育怎样？"

彭维群支吾："没什么大问题。"

陈建威"现学现卖"昨天的培训内容：主要原因在于基础差，发展滞后。扶贫开发贵在精准，重在精准，成败之举在于精准。请考虑有什么对策？用什么措施？

村干部表情漠然，梁子文居然打瞌睡。颜政东敲响桌面，引导他们议论开来。综合各种意见，好像只要有了钱，就能全部解决基础设施建设问题，可如何带领贫困户脱贫致富，发展壮大集体经济，没有明确的思路和举措。

雨停了。文福鑫说在村里走走，彭维群说去田心自然村。

陈建威去方便，洗手间在走廊拐角。旁边的厨房没装门，盥洗池边摆着大水缸，屋角落码大堆柴火，饭桌上的电饭煲与油、盐、酱、醋瓶沾满污尘，石头垒的高低两个柴火灶架大小两铁锅，灶上方没装窗户的窗口熏得灰黑。连像样的灶台都没有，看来做顿饭不容易。

洗手间逼仄，无冲水装置。陈建威从胶桶里舀水倒向盔甲似的黄色污垢，异味刺鼻。

大家步行到公路斜对面的田心沙土路。

彭维群指向前方的废弃泥砖房和旁边的全球通希望小学说："旧村委，桃北小学。"

旧村委前的古榕树枝繁叶茂，树下杂草丛中的黑土堆四五米长，像垃圾，又不像垃圾。陈建威问堆的什么。彭维群说："哈哈，好多年了。村民在此焚烧垃圾做肥料，后用复合肥，垃圾越堆越大。"

马世燊说："榕树头守候的镇村之宝是垃圾堆。"

张浩责备："近年来全镇加强环卫建设，统一收集垃圾，尽快处理掉。"

文福鑫指出："要加大力度改善村容村貌。"

彭维群叹："拜托香山单位帮助改变落后面貌。"

学校围墙内传出孩子们的读书声。大家拐过墙角到小学正门。校园里除教学楼是新的，其余陈旧不堪。彭维群说："学生一百多。田心村地势较低，下雨天这条路积水，上学难，需要铺混凝土。"

文福鑫问路的长度，彭维群说："到牛角村口，七百米。"

田心村居的泥砖房和新式楼房无规则相间，腐土、积水和垃圾随处可见，空气中弥漫若有若无的沤臭味。不少房屋门口春联完整，窗门紧闭。

陈建威问："他们哪去了？"彭维群答："去东州、深市、南都打工。一年回不了几次，有的长年在外。"

泥砖墙面残留"支援生"三个黑体大字，每字一米见方。文福鑫笑道："支援生育，做好接班人工作。"

大家哄笑。

文福鑫走进一间泥砖房，彭维群说："彭仕铭家，贫困户。"

彭仕铭家只有一个房间。屋内杂乱拥挤，人为地分成三个空间。靠外的一半为"饭厅"，右边四方小灶台，靠墙横拉的铁丝上挂着旧衣服；左边摆着方桌，漆黑墙上贴着半米高的毛主席像,像上印"红太阳""红日东升山河壮""东风浩荡气象新"。靠里的一半中间横搭木板,隔出上下两空间:上方储放篾篓、蛇皮袋等;下方悬挂旧得发黄的白底蓝花纹丝布,遮掩相对摆放的大床和上下铺。个子稍矮的女主人在收拾床上什物。

文福鑫询问女主人家庭情况。彭维群代替回答:"大女儿外嫁。全家四口人,不包括没住一起的老父母。他家有危房改造指标,准备动工建房了。"

房间的霉味让陈建威想呕。他屏住嗓子口的酸水,走到门口。一个小女孩站不远处,微笑着朝他张望。她十一二岁,红衬衫和蓝色校裤脏兮兮的,回力鞋破旧。

雨雾飞扬。彭维群催促:"雨大了,回村委。"

快出田心村,陈建威发现小女孩仍跟在三五米开外。朦胧雨雾中,她没带伞,短发浮满白色水珠,俊俏的脸庞凝挂着微笑,眼睛闪亮、鼻尖、耳朵绯红。

彭维群说:"她姓颜,非贫困户。爸妈在外打工,家中剩老人小孩。她弱智,没人知道她名字。"文福鑫说:"她长相不错,叫'微笑女孩'吧。"陈建威说:"她的笑纯粹,像天使。"黄智笑道:"颜天使?你添屎,我添饭。"陈建威明白,黄智说了客家话,"颜"谐音"我"。

彭维群说到了她家门口。陈建威站在她家大门紧闭的青砖屋前,招手叫她。"微笑天使"怵怵地走过。陈建威掏出两张"大红头"放她手上,抚着她瘦削的肩喊:"夏天快到了,去买套新衣服,换双新凉鞋。"

她抓住钱,不吭声,眼睛发亮,笑容夸张地拉大。

雨大了,大家疾走。陈建威回头,透过清凉的雨丝,看到被称作"微笑天使"的智障女孩仍怔怔地站立在原地,双手攥住钱,朝他微笑。她身后两张黑色木门上张贴的方形红纸,各飞舞着两行字,合起来念:春光迎盛世,旭日耀新春。

2. 兵马动,粮草行

莲城镇是赤丰老县城所在地,赤丰县城也叫莲城。

赤丰县城最高档酒店莲城国际位于莲花山麓,文福鑫一行在此住了一晚。

住宿不带早餐,文福鑫请大家在二楼餐厅吃。

文福鑫说:"村委值班室改善一下,给你们办公。住宿方面,张浩说镇政府老干楼用于安置困难离退休干部及家属,僧多粥少,好不容易腾出一套。镇政府可以重新装修，要我们给装修费，也支付租金，这样老干部面前好说话。他提出给六万，装修、水电、基本生活设施全包。你们觉得呢？"

"一年六万块？六千也不愿意，大搞装修也不住。"黄智说。

陈建威惊讶："县城租幢别墅也没这么贵。不过住镇政府方便，清理出那间杂物房预留给领导住。"

黄智笑道："队长为领导考虑得周到。驻村队三人住两个房间？你两个公务员同房，我单独住一间。"

马世燊说："张浩狮子大开口，不会大搞装修。"

文福鑫叹道："出门在外，安全、舒适最重要。"

黄智和马世燊继续数落。

用完餐，文福鑫说："去碧桂园。"

手机地图显示，距离赤江北侧的碧桂园四点六公里。

往东南方向转上省道，目的地几分钟就到了。门口岗亭竖排"赤丰碧桂园"五个紫色楷体字。文福鑫带头走进临街商铺的房产中介，中介也卖烟、酒、茶和古董。文福鑫问老板娘碧桂园的租赁价格，让找别墅。他想在碧桂园租幢别墅做驻村宿舍。想起高速出口的广告牌，陈建威觉得扶贫干部租住高档住宅不靠谱。文福鑫、黄智品味着凤凰单丛，与老板娘交谈甚欢，陈建威暂且保留不同意见。

老板娘说："可以看房了，开你们车去。"

进入小区。别墅和洋房灰墙红瓦，园林雅致，但入住率不高。

老板娘指挥车子停在翠谷二街十七号别墅前说："钥匙马上送到。"

穿黑色保安服的中年妇女骑电动车疾驰而来。她打开别墅大门之前，强烈要求马世燊把车子停到别墅花园。

别墅共三层，房间方正，卧室四间，装修简单，不带家具电器。黄智站在三楼阳台，北望云雾缭绕的莲花山脉，精神焕发地说："我住这间。"

文福鑫说："在碧桂园租幢房子用于住宿和临时办公，有利于你们的工作和生活。"

马世燊附和："文局长考虑周全。"

文福鑫问老板娘："有面积大点的吗？贵三百元那种，找找看。"

老板娘拨打手机良久，带大家去看另一幢。

这幢别墅五个房间。大家站在三楼阳台，天空放晴，莲花山脉气魄宏大，近在咫尺。赤江蜿蜒流淌，波光潋滟。黄智满脸粲笑，说："就住这幢，靠江边。"

文福鑫笑道："听黄经理的。你们没意见啊？"

马世燊说:"文局替我们做主。"

陈建威忍不住说:"扶贫干部住碧桂园的别墅好吗?"

"赤丰鱼龙混杂,治安事件频发。你们开香山牌照的车,容易引人注意。住这最安全,租金不贵。晚上可在江畔散步。"文福鑫说。

黄智冲陈建威说:"怕什么?离村才三十公里。"

陈建威态度鲜明:"扶贫干部住县城的碧桂园肯定不行。"

黄智说:"你早上不是说给六万块不如住县城别墅?碧桂园出县城了?"

陈建威坚持己见:"如果你们住这,我住村里去。"

出了碧桂园,文福鑫不悦地说:"我明天开会。去酒店退房回香山,途经桃河镇帮我取几个香樟树墩。住宿问题你们自己商量解决。"

黄智说:"有什么商量的?碧桂园好过镇政府老干楼宿舍。村里条件太差,住在村里我不扶贫咯。"

陈建威叹道:"我这辈子恐怕买不起别墅,也想住碧桂园。但我们扶贫,代表党和政府,要注意影响。"

"你下辈子住不住别墅不关我事,现在你思想觉悟比文局长高,影响我了。"黄智嘲讽。

考虑问题角度不同,怒怼无益。陈建威公事公办地说:"回单位请示领导。"

黄智不出声,马世燊专注开车。

回程路上,文福鑫不跟陈建威说话,也没正眼瞧他。

陈建威走进市场局1006室,钱小满正官腔官调地打电话,听得他耳根发麻。他倒杯水,舒缓紧张劳累的神经。

隔壁1007室坐着办公室正、副主任两人,少一副主任。正常情况下,另一个副主任职位不应空缺,同事看好"大秘"钱小满坐过去。钱小满本人经常进入副主任角色,习惯用领导口吻给下级,甚至平级部门打电话。

周伟听完陈建威的汇报说:"以前扶贫也许可住县城或镇上。如今什么形势?扶贫干部住高档别墅,不是贪图享乐、追求奢侈?张浩打我电话说了宿舍的事,我征求了局领导意见。领导明示,你们务必发扬艰苦奋斗精神,住在村或者离村委十分钟车程之内。张浩说村委找不到地方,与桃北相邻的霞光村有间停产工厂带宿舍楼和别墅,条件比老干楼好,可给你们住。"

自己想法符合局领导决定,扶贫宿舍柳暗花明,陈建威松了口气。

周伟意味深长地看了陈建威一眼说："那边工作环境比不上南江三角洲。你代表牵头单位，凡事十二分小心，也不要畏首畏尾，你知道杨局长的高标准、严要求。你去扶贫，有什么困难，工作上和生活上的，尽管提出来。"

陈建威应承。困难确实有，他说不出口。

报名参加驻村干部选派时，女友冯宝妮就激烈反对，两人关系迅速弄僵。现在"扶贫"生米煮成熟饭，还没获得她的"恩准"。

陈建威回忆两人的情路历程，不明白她为什么不支持自己。

他不会忘记，在南大毕业前的学院元旦晚会上，为他的朗诵钢琴伴奏的同学临时有事，由国际会计专业大四的冯宝妮代替用小提琴伴奏。悠扬的音乐，炽热的声音，追寻的灯光。两人配合默契，好生愉悦。相识之后，她不时向他请教毕业论文写作。两个处在恋爱空窗期的年轻人，好感与日俱增，顺利把解决学业问题过渡到解决个人问题。

然而，情场得意，搵工失意。陈建威向往大城市，希望留在南都，继续考博。他一直为去一所中职院校任教而努力，火候已差不多；但毫无预兆地，校方对他失去兴趣。仓促求职，几个单位因他理论研究无突出成绩而实际经验欠缺未予录用。冯宝妮求职高不成，低不就，连番的打击使她决定回家乡香山发展。在她怂恿下，两人同时报考香山市公务员。她报税务局，她帮他选择了全省机构改革先行试点单位香山市市场监督管理局。经过一个多月的突击，双双入围面试。可惜仅陈建威被录用，而冯宝妮落选。

幸运的是冯宝妮顺利通过国际注册会计师考证，个人发展如鱼得水，三蹿四跳，被聘到集团公司对外事业部任财务主管。陈建威意气风发，贷款买车，上下班接送如玫瑰盛开的女友。

喜悦的新生活蕴含矛盾。陈建威转正之后定岗文秘。他自认为文章写得可以，而负责撰写的材料主要务虚，每天码字，制作毫无新意强显别致的标题，工作平淡而寂寥。他越来越厌倦本职岗位，何况在文秘岗七年的钱小满仍是科员，成为名副其实的"老板凳"。他不想自己成为下一个钱小满。这也是他选择去扶贫的缘由。

陈建威就自己的选择征求过父母意见。父亲说："扶贫做好事，值得。"旁边监听的母亲抢过电话，担忧道："单位稳定了，考虑成家！去那么远地方干什么？"陈建威好言相劝。

和大学同学聊此事，点赞的不少，取笑的更多：扶贫天天农家菜，游山玩水；

桥头小芳，船上阿娇，等待哥哥……玩笑无所顾忌，陈建威的纠结变为释怀。

面对桃北村的贫困状况和领导的期待，陈建威扶贫责任感增强，干事创业的冲动在召唤。怎样说服冯宝妮支持自己去扶贫呢？他准备了丰盛的饭菜，把理由归纳充分，好说歹说，冯宝妮答应回他租住的巅峰时代公寓2723房吃晚饭。

没料氛围缓解到半夜，冯宝妮在他耳边响起湿热的话："你扶次贫这么厉害，不行，不能让你去赤丰。"

扶贫联席会议在市场局七楼会议室召开，三个单位的分管领导和驻村干部参加。

市场局副局长郑旭开场白："兵马未动，粮草先行。扶贫兵马已动，亟须准备粮草。两个行政单位、一个国有企业，都没有扶贫资金预算，当务之急是筹集帮扶资金。"

香山银行副行长赵晓欣说："我行准备上市，审计严格，没办法拿出资金，请领导体谅企业的难处。"

文福鑫说："巧妇难为无米之炊，扶贫资金不能少。我们是一条船上的蚂蚱，看如何针对考核目标，花小钱得高分。"

周伟笑道："桃北村为省定贫困村，八九十户贫困户要脱贫，加上村的基础设施建设，考核指标二十七项，内容细则百余条。三年总投入至少三四百万元，假如上级财政解决一百五十万元，三个单位还需筹集两百万元以上。"

赵晓欣的美丽容颜痛苦得变形："两百万元，一万都难啊！哪里找资金？拿出我全部薪水也无济于事。"

文福鑫叹道："等省、市财政资金吧！不能违规操作。"

陈建威纳闷：扶贫乃国策，关乎社稷民生。开会之前大家喜笑颜开，怎么讲到实际问题，几位领导的表情比川剧变脸还快？郑旭提请筹资，文福鑫老领导了，原则性不强，像骑墙草。赵副行长三十"加"的年龄，海归白领，金色卷发披在银色树脂外套上，却如此"中国式"地推脱！

郑旭嘴唇紧闭，面部僵硬，一字一句："这是省委省、政府的部署，市委、市政府安排的政治任务，没钱拿什么扶？如果不用我们筹资，要我们去扶什么贫？就算拿出工资，也正常。今年我局筹三十万元，建议成员单位各筹二十万。第二季度拨款不少于一半，余款第三季度追加完。"

周伟说："文件规定联合帮扶单位责任共担，牵头单位负责组织协调。"

郑旭加强语气："我局筹资也不容易，在开源节流，办公楼拆下三分之一的灯管，空调严格按规定使用，还计划找社会上的扶持资金。如果筹资问题解决不了，恐怕不是我们这个层面来讨论了。"

文福鑫点支烟，认真地说："市场局的情况招商局知道。既然牵头单位做榜样，我单位想办法筹资到位。"

赵晓欣默读文件。会议过渡到讨论交通问题。

周伟问："行政单位'车改'，派车困难。三个单位可否轮流派车？"

文福鑫说："正因为'车改'，租车单位多，难以租到市机关车队的车。如果租外面公司的车，费用不低。"

赵晓欣高贵的声音出现："我行不存在'车改'，可以多派车。"

文福鑫说："香山银行有条件，轮到我们派车请你单位代劳。"

郑旭的语气和缓许多："大家看怎样解决，毕竟不是一天两天。"

赵晓欣话如春风化雨："我行派车没问题。用派车抵销部分筹资，三个单位公平互助。"

文福鑫说："你别灌迷魂汤。筹资与派车两码事，不能混为一谈。"

陈建威冲动地说："可否香山银行多出车，出车的路费、油费由不出车的单位负担，以平衡各单位的交通支出。也不能一斤一两地算账。"

文福鑫说："这个可以。轮到我单位派车，请香山银行出车，我单位出费用。"

"安排上尽量公平。市场局自己派车。"郑旭说，不露声色地和周伟对视一眼。

赵晓欣盯着文福鑫说："还是郑局长理解我们的难处，凭什么轮到你单位派车算到我头上？"

有人嬉笑。周伟说："先由三单位轮流派车。我局准备申请扶贫专车，如果能办妥，我局负责扶贫交通。"

大家拍手称好。最后商议住宿和办公问题。

马世燊建议："有的驻村队在赤丰县城找同行单位安排住宿，我们可以借鉴。"

郑旭委婉地说："杨局长希望扶贫干部不做'走读干部'，必须住村里，或者离村不远。"

黄智问："走什么干部？扶贫干部住哪，文件有规定？大批村民去县城买房，发达地区的跑过去住村里，适应吗？"

周伟说:"'走读干部',是居住城区,白天下乡镇上班,晚上回家的干部。上级要求驻村队在村委集中办公,村委办隔壁的值班室改为驻村办公室。关于住处,我联系过镇、村,村里说找不到地方,镇党委书记张浩帮忙找到了隔壁村的厂企宿舍,还有两幢别墅。"

马世燊问:"真能住别墅?"

陈建威说:"找好了三间宿舍和一间饭厅兼临时办公室。简单装修,添置些生活用品即可入住。"

周伟说:"扶贫条件艰苦,能住、能办公就行。安置费控制在一万五以内,费用由三个单位共同解决吧。"

黄智说:"羊毛出在羊身上,可以从扶贫资金想办法。"

周伟说:"还是桥归桥,路归路。'开办费'三单位分摊。"

会议结束。马世燊对陈建威说:"怎么又住村里呢?肯定不方便。"

黄智痛惜道:"住县城多大的事?碧桂园多好!以后最辛苦的是你。"

陈建威笑道:"驻村干部不住村,住县城,不成了驻县干部?"

精诚所至,冯宝妮许可陈建威扶贫但约法三章:微信不加异性好友,每天通联,驻村时间先请示。前两条陈建威爽快答应。第三条,陈建威说:"驻村纪律严明,你是我领导,不是我领导的领导。"冯宝妮说:"既然你认我做领导,往返日期由你定,几时几分,总可以商量吧。"面对胡搅蛮缠,陈建威考虑几秒,举手同意。

南江三角洲阳光丰盈。陈建威、马世燊和黄智开香山银行提供的老款商务车赶赴桃北村。

三人在桃河镇政府饭堂吃完午饭,驱车数分钟,在桃河公路边的镇农商银行和彭维群会合。彭维群开女式摩托带路去驻村宿舍。

宿舍所在的工厂离农商行不远。了无生气的"东州富民制衣"几个字贴在墙上,大铁门上"厂房招租"的告示严重褪色。

陈建威与彭维群推开锈迹斑斑的厂门,马世燊把车停院子中间。

靠大门的双连排别墅灰墙黄瓦,对面两层长楼外墙贴了马赛克,西边的大厂房外墙批了水泥,拉满卷闸门。东面围墙外为村民的自建房。

陈建威问:"富民厂的地盘属于哪里的?"

彭维群拍拍手说:"原来属于霞光村,归镇政府咯。过了霞光就到桃北,不远。"

黄智说："规模不小。"

彭维群底气十足地说："富民制衣厂，十多年前福建老板建的，百来号人上班。唉，干几年搬走了。你们宿舍在对面二楼。"

黄智回望别墅："怎么不住'孖屋'？"

彭维群说："镇政府说别墅没钥匙。"

长楼的楼梯拐弯处被铁门与防盗网封闭。彭维群掏出钥匙说："不经过铁门，上不到二楼，保证安全。"

彭维群打开楼梯口右侧第一扇门："这是临时办公室兼饭厅。走廊尽头的厕所维修好了。"

房间内黄色地砖反光，墙体新刷了白色油漆。里间的厨房安装了新的煤气灶，卫生间装了热水器。

彭维群笑道："东西试过，没问题。"

马世燊说："彭支书费心了。"

彭维群说："应该的。"

饭厅隔壁的宿舍摆放了小书桌、木制单人床。床上搁着薄床垫。陈建威拉开对面的窗帘布，推开窗。远方静穆、雄伟的莲花山脉映入眼帘，顿觉心胸开朗，豪情满怀。

黄智笑问："网络、电视、空调、冰箱、洗衣机有吗？"

彭维群回答："镇政府社会事务办谭主任说你们需要什么联系他。"

马世燊说："天气热了，必须买蚊帐。"

楼梯口另侧的两间宿舍内的布置差不多，不同的是第二间房放了两张单人床。

黄智笑道："哈，床垫肯定长了，今晚别想住。"

彭维群推动床垫，果真落不到床板，他疑惑道："怎么会长呢？"

陈建威按压、比画着床垫："硬棕，比床长四五厘米，锯掉就行。彭支书，有没有锯？"

彭维群问："你们会用吗？"

陈建威说："自己动手，丰衣足食。"

彭维群说："我借把锯来。"

马、黄二人选择住相邻的两间宿舍。三人罗列出补充生活用品的清单，驱车到镇上桃河街，购买了圆桌、胶凳、电饭煲、铁锅等用具和简易衣柜、蚊帐、蚊香、衣架、拖把、洗衣液等用品。只是蚊帐没现货。

回到富民厂宿舍，楼梯转角处放着把锯。陈建威说："彭支书来过了。"

在马世燊的帮助下，陈建威锯好四张床垫。黄智笑道："北望莲花山，南邻桃河镇。比镇老干楼宿舍好。"

马世燊叹道："领导答应安装空调、洗衣机。我上轮扶贫哪想过这几大件？隔壁村一个扶贫干部住村委，冬天的晚上关窗冲凉，热水器直排，没装排风扇，一氧化碳中毒死了。"

黄智说："上轮你命大，这轮你命好。"

安顿好宿舍，也许因为累了，马、黄二人点上蚊香，就此入住。大家商定明早到村委，与村干部一起展开精准识别。

3. 我两天没饭吃

驻村队八点半到村委。彭维群开着大块头电视机，冲好了茶在等他们。

十点多，村干部才到齐，大家开会。绝大部分村干部迟到时间太长，黄智和马世燊耿耿于怀，神色鄙夷。

陈建威主持会议，首先强调上班不能迟到。

民兵营长何荣光说："以后不要太早，家里事多。"

文书梁子文撇嘴说："早上干农活，不干活也要睡觉。"

昨晚与蚊虫大战的黄智露出黄氏风格的笑，牙齿炫白示人说："我们从香山来，陪你们睡觉的？村干部不办公事？这是扶贫！"

梁、何二人不屑地抱怨。

陈建威想缓和气氛，开玩笑地说："不浪费时间了。马上中午，又睡午觉了。"

梁子文没领会他的好意，讥讽："睡午觉是你们城市人的习惯，我们农民没时间睡懒觉。"

彭维群用本地话斥责，给大家丢烟。会场安静下来。

陈建威通告本周开始识别贫困户，他宣读贫困户认定标准和程序，以及注意事项。

彭维群说："去年一百二十六户申请扶贫，经过核查，剔除了三分之一，上报了八十五户。"

陈建威说:"上级要求我们核实这八十五户是否符合帮扶条件。同时摸查其他困境家庭,向村民征求全村发展的意见建议。"

大家商定驻村队三人先与村干部一道摸查几户,熟悉识别的方式和内容,形成统一的方法和口径,再兵分三路识别。

入户需要填写两份调查表,其中一份由省扶贫办下发,另一份是陈建威设计的。黄智不满地说:"按文件要求做就行,为何自制表格增加调查内容?"陈建威说:"深入了解贫困户的脱贫意向、致富能力等,全面掌握村情民意,才能制定精准的帮扶举措。"

黄智找到一条调查项反击:"对党支部的建议。党建工作应该召开党员代表大会讨论。贫困户中有几个党员?我不是党员,能不能调查共产党的内部事务?"陈建威无语。彭维群说:"村干部都是党员,我们可以问。"梁子文笑问马世燊:"你是不是共产党,交代清楚。"马世燊说:"我上轮扶贫之前就是单位的优秀党员。"黄智说:"那你不做第一书记?我选你。"马世燊说:"有机会选我做第二书记吧。"黄智说:"当第三书记我也没资格。"

走访的第一户金敬庭在金敬德分管的联富自然村。何荣光、梁子文不愿去。彭维群、金敬德开摩托车带路,驻村队开车跟着。绕过大红花树右转,沿桃河公路,加几下油门,经过一间无名餐厅就到了。

金敬德说:"马路这边是联富村,对面是田心村,也有联富村的几户。"

金敬庭家两层红砖屋,内外墙没装修。客厅中间堆放塑料珠子、丝线和装饰布件,搁一根不锈钢拐杖。女主人颜桂珍瘦小,白发,坐矮凳上做手工活。她往里屋喊人,撑腰站起,背直不起来。

金敬庭下楼。夫妇俩都五十岁左右。

金敬庭与村干部金敬德的姓名一字之差,两人是不是兄弟?村委上报贫困户有没有优亲厚友?陈建威问金敬德:"金敬庭和你是兄弟吧?"

金敬德说:"四代以上的血缘,平时跟他联系少。"

陈建威对比"两金"的外貌:金敬德身材匀称,面黑带红,额宽、嘴大、鼻梁挺;金敬庭身体瘦弱,五官简约,脸颊凹陷,灰黄。

驻村队查看金敬庭家的户口本、存折、社保卡和土地证等资料,用手机拍照。

金敬庭说:"房子是借堂兄弟的,共五间屋。一楼厅、卧室和厨房,二楼两间卧室。面积七八十平方米。我患过重病,干不了体力活。去莲城做过几年保安,每周回赵家，每月一千二百元。身体不好，交通不便，不干了。她腰腿残疾。我俩在家做点手工活，每月五六百元。"

黄智问："其他村民做这种手工吗？"

金敬庭说："邻居在县城开店，除他自家人和我家，没其他人做。"

金敬德说："敬庭没有残疾证和医院证明，算劳动力。敬庭嫂子病残。他俩都勤力做事。两小孩读重点高中。"

马世燊说："儿子金跃武，女儿金文思。名字取得好。"

夫妇俩笑容荡漾，说一崽一女在莲城中学读高一和高二，寒暑假打工。"黄智问："高中打工好不好？"

"他家小孩会读书。"金敬德回答。

金敬庭苦笑："我俩没读多少书，希望小孩读好书。"

马世燊说："工作要求户主站门口照相。"

金敬庭夫妇没反应。想必他俩残弱，自尊心强，内心抗拒照相。陈建威想起在云南贫困山村助学活动中，为维护孩子们的尊严，摄影时尽量选择拍侧面或背影。他提出大家与夫妇俩在门口合影。

夫妇俩答应。颜桂珍没动拐杖，一瘸一拐地挪动脚步。金敬德和彭维群帮助照相，黄智和马世燊不参与。

门口春联尚存。门楣挂"神光普照"红纸、金钱橘和小香篮，篮内置香烛、干花。门窗正中挂圆镜，两侧贴太极图、菩萨像、交叉符与斜行符。"门脸"装饰颇费心思，喻示屋主人对好日子的渴望。陈建威当晚把照片录入扶贫信息系统，三人合影清晰：金敬庭似大病初愈，眼神空洞；颜桂珍佝偻着身子，神情羞惭；而自己风华正茂。

走访完金敬庭对面的金胜庭家，黄智说："驻村干部可以单打独干了，分组走访。"

大家按村干部分管片区分组。陈建威让马、黄二人先挑选村干部，马世燊让黄智先挑。黄智提出和彭维群同组，负责田心、桃山村。田心村最近，桃山村的贫困户最少。大家明白，走访支书的片区最省事，也最有面子。马世燊提出和分管最远的新园、奇峰村的梁子文同组。交通工具去最远片区用驻村队的汽车，其余组为村干部的摩托车。马世燊怕热，天气越来越热，开汽车可少晒太阳。剩下三名村干部，陈建威感觉金敬德比较积极，便提出先和他同组，走访联富、桃花村。方玉艳和何荣光暂留村委处理村务。

三组分头行动。金敬德用摩托车载着陈建威驶入联富村。阳光和煦,水泥路四通八达,环境整洁。陈建威诧异:"联富村不同。"

金敬德在缀满淡绿色花丝的荔枝树下停好车,接过陈建威的烟,自豪地说:"联富村前年创建卫生村,去年十二月通过验收。"

陈建威问:"'创卫'投入不少吧?"

金敬德说:"道路硬底化,改厕所、装水管、修暗渠,花了几十万。联富村是桃北唯一的卫生村。田心和桂洲也创,没搞成。"

"那两个自然村怎么不成功?"陈建威问。

金敬德说:"三个自然村基础差不多。田心村地势低,人多,旧房子多,家禽牲畜多,难搞。桂洲村由桃园村搬迁而来,公共设施落后。麦副支书用移民款建桥,桥太窄,村民意见大,创建没法收场,他离乡出走。"

陈建威问:"这么严重!他没事吧?"

金敬德说:"个人问题没听说。"

陈建威问:"你刚才说桃园村,怎么多出个村?"

金敬德说:"桃园在山上,20世纪修桃园水库整体迁移下山,形成桂洲村,山上剩一两户了。"

"消失的村落?"陈建威问。

金敬德不应答,指点着贫困户名单、计划走访线路说:"联富村十一户,桃花村七户,先去联富村尾的金火生家,之后走访桃花村。如何?"

陈建威同意。

金火生家的宽阔院墙、高大主屋、独立小屋,都为泥砖结构。从房屋布局看,他家曾经不错。只是在今天,什么样的泥砖房,都是贫困的代名词。

金敬德喊话,没人应答。他说:"金火生外出打散工,女儿出嫁。儿子金尚贤是中共党员,脚残疾,有时出去帮工。"

"田心村贫困户颜仕卿残疾,也是党员。听说他在外打工的小儿子颜盛强将回家搞种养。"陈建威说。

金敬德叹道:"他俩年龄相差大,入党时身体都正常。颜盛强和父亲没分家,上要照顾残疾老父,下有三个儿女,都比较小,肯定回家好。"

女主人李谷花从小泥砖屋走出,她身材适中,眼袋黑圈,左手拿双筷子。

陈建威走近小屋往里瞧,桌上摆碗面条,灶台上的黑窝底汤水浑浊。

陈建威问:"十一点,早餐还是中餐?"

李谷花用黄褐色的双眼瞪着陈建威,紫色的嘴皮吐出几句本地话。金敬德翻译:她说一个人在家,老公没给钱,两天没饭吃,店里赊的面条。

陈建威再问,金敬德说问她没用,改天问金尚贤。陈建威觉得李谷花可怜,捏出张百元钞票给她。她迅疾抽走钱,黄色的牙缝里蹦出句怪声,转回小屋。她可能嫌给的钱少,陈建威想多给一张。金敬德说:"不要给。她家地荒着,没得吃就去干活。"

陈建威说:"她是不是身体有问题?"

金敬德说:"身体没问题。去桃花村。"

摩托车出联富村,走联桃机耕路,经桃山村居继续前行。桃花村在桃山村对面的山脚下,两村隔田相望,机耕路相连。

村民在嫩绿的秧田徒手播撒灰色肥料。陈建威问:"撒的什么肥?怎么不戴手套?"金敬德说:"晒干耙碎了的牲畜粪便,也有的加大粪,就是人的粪便,直接用手撒均匀。秧苗根部沾上肥料,插秧后禾苗生长得好。"

陈建威问:"这种是杂交水稻?好吃吗?"金敬德答:"说它土生土长,实为改良品种。桃河大米名声在外,好吃。"

新建的石桥下波光粼粼,小河弯弯。金敬德说:"桃花桥,桃花村集资修建。桃北河发源于桃园,经桃花、桃山、联富,流到田心,与发源于奇峰的桃西河汇合,才真正叫桃河。桃河再经霞光、圩镇,到桃南流去小雅。"

陈建威扫望着村落,问:"桃花村种桃花吗?"

"传说宋末元初种桃花。"金敬德说。

陈建威说:"历史传说?"

金敬德回应:"赤丰故事朝朝代代有。二十世纪莲花山最早闹革命,桃河打过抗日游击战。"

陈建威说:"我们村是革命老区?"

金敬德说:"桃河的桃北、赤林、小雅和霞西等村闹过革命。"

陈建威问:"我们村有革命先烈?"

金敬德喊:"桃北村先烈多。彭支书的父亲牺牲了好几个同宗兄弟。他父亲跟过游击队,新中国成立后做了副乡长。"

"革命老区名不虚传!"陈建威赞叹。

摩托车突突爬行。陈建威说:"去桃花村的路宽,好铺混凝土。"

金敬德说:"除桃河乡道,真正修路的只有我联富村。其他自然村里的路好几年都在规划立项。"

陈建威问:"能立到项吗?"

金敬德说:"财政缺钱,不容易。"

桃花村依山傍田。中间密密麻麻拥挤着泥砖房和红砖屋,也夹杂青砖屋。经过村居又爬上一段机耕路,在村尾的一幢青砖屋前停住。金敬德说:"桃花村一队的黄千婵。"

一男三女四小孩在屋前玩耍,男孩偏头歪脖,穿蓝色校服,踏双拖鞋,从头到脚脏兮兮的。

男女主人都三十多岁。男子身体壮实,打赤脚,衣服沾泥。女人微胖,穿戴整齐,抱着一岁多的小儿去找证件。男子招呼客人进屋,屋内阴森潮湿,金敬德说在门口聊。男子拿出张高脚胶凳,见没人坐没再拿。

户主叫黄千婵,男子叫梁达州,外村入赘。小儿子跟妈姓,叫黄家添,其余小孩姓梁。

梁达州指着大儿子梁天超说:"老大十二岁,没读书,穿表兄的校服。"又指自己的头说,"这个不行。"

"梁家老大"不紧不慢地从屋里拿出一个小茶壶和两个小茶杯,摆开茶杯放高胶凳上,提起空茶壶往空杯倒看不见的茶。他的三个妹妹哄笑起来,妈妈怀里的弟弟也笑眯眯。陈建威抚着他的脑袋,表示感谢。他侧仰起头看着陈建威,粗糙的脸上长了几块红色疙瘩,神情淡定。他的妹妹们又凑一起嬉笑。

梁达州说:"收入靠出租农机具,干水电零工。也帮人干农活,上午帮人整了块田。"说着,捏开梁天超的嘴,露出满口的黄牙,叹道:"我想让他们过好点。他管不了嘴,迟早生病,这种人多数活不长。"陈建威说:"天超有没有买医疗保险?要治疗牙齿。"梁达州又叹:"没用。"

"没用也得治。有没买保险?"陈建威追问。

"没买。"黄千婵惭愧地说。

"今年务必买保险,我看怎么样能帮到他。牙齿不能耽误。"陈建威说。

十二点多,在桃花村走访了两户。金敬德说:"收工。你们要去镇政府吃午饭。"

下午,驻村队到村委,彭维群、方玉艳和何荣光在。

彭维群说:"金委员和梁文书请假。等会儿镇干部到村,我无法入户。"

陈建威说:"就是说上午组成的三个组下午无法走访了。我们与艳姐、何叔组成新的走访组。"

马世燊说:"文书分管的新园、奇峰村,贫困户最多,二十七户,路途最远,四公里多。我负责搞掂该片,不参与识别其他片区。文书没时间,我找村小组长带路。"

陈建威对黄智说:"新园、奇峰片贫困户约占三分之一,小马哥只负责该片有道理。金大哥分管的村我负责走访,彭支书的村你负责走访。艳姐分管的牛角村、何叔分管的桂山、桂洲村得我俩搞掂,你选哪个?"

黄智说:"我去老何片区,妇女主任留给队长。"

继续分组行动。陈建威开着方玉艳的摩托搭上她出发。方玉艳说:"走田心路,经旧村委、桃北小学去牛角村的路不好走。走桃河公路稍远,路好走。村如其名,田心村,像个圆盘。牛角村像牛角,依山弯着。"

对接之后方玉艳没化过妆,发表意见少。陈建威以为她粗俗,不敢说话,没料今天妙语连珠。陈建威赞道:"艳姐说得形象,我一听就明。"

方玉艳说:"农村人不会讲话。"

驱车七八百米,向西拐入去牛角村的泥土路。方玉艳指挥摩托车开到她家门口。她家的两层楼装修得不错,她老公在院子里焊接防盗网,两岁多的孙子在旁玩耍。方玉艳四十出头,已成奶奶级人物。

陈建威谢绝喝茶,与方玉艳走路去最远的岑宏景家。穿过几座村屋,来到缀满花蕾的玉兰树下,碰到一个上身赤裸、穿蓝色短裤的老头。方玉艳说:"岑老头,在锻炼身体。"陈建威敬烟,他笑呵呵地摇手。方玉艳和岑老头用本地话聊。岑老头离开后,方玉艳说:"他说岑宏景家没人,我打电话约。先去两户精神病人家,第一户是莫雪兰。"

眉发全白的莫雪兰在屋前的水龙头边洗菜。方玉艳说:"她儿子岑开枝四十岁了,患精神病。"

莫雪兰个子高大,喜欢张嘴笑,不时紧锁眉头。她家只一间青砖屋,床、桌子、小灶台全挤屋里。老公过世,女儿外嫁,儿子残疾。调查结束时,她指向巷道一间门板卸靠屋内的泥砖房说:"开枝在那儿。"陈建威顺她所指走去,敲响门板问:"有人吗?"

没人答应。陈建威敲大力度。随着恼怒的"喔噜噜"声,半边门板移开,岑开枝站立面前，怒目圆睁。他短发，留八字须，个高，骨架子大。陈建威心跳加快，双手握拳。见他偏瘦，体形不占优势，便保持镇定，做好防御准备。

莫雪兰"哈哈哈"之后的斥责声传来。岑开枝眼神散淡，脸部松弛下来，躺回床蜷曲身子。莫雪兰持续的责骂隐含深沉的母爱，流露身为人母的愧疚和无奈。陈建威为自己视开枝为敌而准备格斗的想法感到汗颜。

方玉艳招手让陈建威走过去。旧红砖平房前有个二十多岁的男子。

"岑顾，脑子比开枝好。犯傻时，谁也不理。"方玉艳说。

岑顾瘦削，友善地抿着嘴，大得不协调的眼睛盯着陈建威。陈建威问他家情况，他说父母不在，姐不在。方玉艳补充："他父母外出二十年了，好多年没回过家。他姐嫁到外省没回来过。他和叔住，房子由他父亲和叔共建。几年前他叔说，他父亲当年答应房子归他叔，条件是给他姐弟俩饭吃。"

接下来走访的几户，都比较困难。对于怎样提高家庭收入，除一家想开士多店外，大都说种养。

时近黄昏，方玉艳说："我回家给孙子做饭，你去我家吃饭。"

陈建威谢过，走路回村委。

五一节后，驻村队开着市招商局以工具车名义留存的皮卡车赶赴桃北。低档公车没人爱惜，皮卡外皮不旧，里子糟蹋得狠。要命的是不时卡挡，时速不过八十码无法制冷。过坑坳，卡挡频次增加。路上拖挂车多，速度上不来，车内热似蒸笼。陈建威高速不敢开手动挡，黄智不屑于开皮卡，全程充当司机的马世燊汗水湿透衣背，不知道该咒骂谁。

下午一点多到富民厂。宿舍楼梯口有零星老鼠屎相迎。临时办公室腥臭异常，桌底的两堆老鼠屎颗粒大得吓人。

马世燊怒道："从没见过这么大的老鼠屎，老鼠肯定比猫大。"

大家侦察，除陈建威的宿舍外，其余房间都有老鼠光临过的迹象。似乎老鼠们在此欢度五一节。黄智床头的大包装袋留层深黄色印痕，大家诊断为老鼠尿。幸亏袋子防水，袋内被褥完好。黄智仍痛骂老鼠它娘。

陈建威说："老鼠光顾，是因为厨房的启用和窗户留缝，以后注意关闭窗门。我去市场买老鼠夹，全面布控，彻底消灭它们。"

村委工作会上，陈建威忧心忡忡地说：

"根据初步核查，残疾人员约占贫困人口总人数的六分之一。还有人处于生病或亚健康状态。比如，金火生的老婆李谷花生活无规律，面色焦黄，会不会有肠胃病？黄千婵的儿子梁天超牙齿严重发炎，因为饮食习惯不好会不会生蛔虫？我们怎样组织他们检查身体和进行治疗呢？"

马世燊说："目前识别阶段，贫困户没有真正确定，谈医疗扶贫为时尚早。"

"正因为这样我才提出来，治病不能延误。"陈建威说。

马世燊笑道："我们得按程序和政策办事，除非你自己掏腰包。"

彭维群说："谢谢陈书记的好心。残疾人由专业鉴定，评了残一般没得治了。至于生病的人，有的没买医疗保险，就是买了保险，门诊自费，住院报七成多，万不得已他们不会治病的。"

梁子文笑道："要是免费治疗，没病的人也会去看病。"

黄智问："大家梳理一下，特别严重的能不能带去香山治疗？"

"有病没病我们说了不算，最好本地治疗，或者请医生来桃北村。"金敬德说。

马世燊说："组织义诊未尝不可。不过当前的识别工作不能掉以轻心，需要核实清楚；扶贫系统动态管理，录入信息量大，建议提前录入没有争议的贫困户，如果等到八九十户定下来才录入，时间根本不够。"

"好。日常工作抓紧。我联系义诊的事。我们抽个时间送梁天超去县城医院就诊，费用我想办法。"陈建威说。

驻村队继续分组识别贫困户。香山人在赤丰工作群充斥驻村干部对村干部和村民不配合的冷嘲热讽。

香山市驻赤丰县工作组组长曾嘉豪下达贫困户名单公示的通知，下令全村"大走访"，要求每家每户都要识别到。

曾嘉豪上传两张住房照片：某商住小区和吹过堂风的"塑料棚"。他"弱智"地问：同村两户人家，一户住县城，一户住搭建棚。哪户是贫困户？

驻村干部不明就里。曾嘉豪发声："大家厌倦烦闷时，看看这两户，莫某平全家五口人住临时搭建的塑料棚一年多，'家徒四壁'，连'四壁'都没有。有的猪栏都比他家强，尚无住房改造指标，居然没有申请到贫困户。另一户莫某仁大部分家庭成员住县城购买的房子，孙子孙女在莲城读书，却堂而皇之地上报为贫困户。镇、村干部做什么去了？见怪不怪，还是麻木不仁？我们的同志啊，希望做到'三心'，精心识别，狠心去伪，良心扶贫。"

曾嘉豪的"发布"令人震撼，驻村干部少了自怨自艾，沉下心、俯下身，挨家挨户"大走访"。

陈建威发现，村委工作基本"一次清"，档案资料鲜有保存，更不用说总结、计划之类。村里的户数、人口、住房、卫生、水电、计生、道路、桥梁和通信等，均为"大约"，其实就是一本模糊账。村委长期疏于管理，识别贫困户绝不能掉以轻心。

他给冯宝妮留言：

> 桃北贫困户情况印证了大文豪托尔斯泰名言：幸福的家庭有同样的幸福，而不幸的家庭各有各的不幸。
> 致贫原因有因病、因残、因学、因灾，缺土地、缺技术、缺资金、缺劳力，交通条件落后、自身发展动力不足。
> 青砖、泥砖、红砖和石灰砖构建的房屋，反映了不同年代的居住条件。水泥预制板、瓦片、铁皮和塑料等材质屋顶，反映了不同的房屋功能和家庭经济水平。
> 贫困户家庭情况，不是简单几间屋几亩田，几人务农几人打工。有种自家田的，也有种别人家田地的。有的村民没户籍，有的村民户籍不在村，也有的人远走他乡户籍留村。有的家庭两个户口本，有村民有身份证号无身份证。单看户籍，一家人未必一同吃饭，一起吃饭的未必是一家人。贫困户脱贫意愿主要为传统的种养业，种植花生、玉米、瓜菜、果树，养殖猪、鸡、鸭；也有四五户提出开办士多店……

冯宝妮不做回应，晒她的美食、美容、美肤、美途。

不只冯宝妮对扶贫了无兴致，身在桃北的黄智也心不在焉。他总拨打电话，像处理银行业务。香山银行办公室主任何家俊曾对陈建威说："黄智做过营业部副经理，刚调到工会，他能做事，能帮到你这个香山女婿。"看来，黄智身在桃北心在银行。马世燊扶过贫，有思路，但喜欢夸夸其谈，办事拖拉。

为顾全大局，形成合力，陈建威分门别类统筹，明确各人责任。又包做早晚两餐饭，好在参加工作后锻炼出简易烹调技法，做三人饭菜不在话下。

除了吃饭，陈建威制作的"鱼骨图"三人讨论最多。"鱼骨图"法广泛应用于现代工商管理，驻村后，陈建威着手借鉴对策型"鱼骨图"，徒手设计扶贫目标质量管理体系。鱼头骨为脱贫攻坚任务。鱼脊骨表示因果关联，脊骨上的大骨，代表各大项重点工作。众多的中骨代表重点工作的各指标项，而繁杂的小骨代表指标项的要素和分解任务。陈建威把及时更新的精准扶贫"鱼骨图"贴上驻村办的塑料白板，征求两位队员的意见。马、黄二人面对直观具体的图形，不时提出建议。对于如何拔除种养业（生产物资）、医疗救治、助学、住房改造等"中骨"上的"小骨"，三人初步达成统一意见。

4. 一个遗忘的村落

"助医"进展顺利。两周的走访过程中，陈建威挤时间带"梁家老大"梁天超去赤丰人民医院就诊了两次，第一次全面检查牙齿，消炎，开了药；第二次清洗，补了四颗牙齿。医生说过十天再去一次。桃北村医疗救助方案已批准，全国助残日之前，香山市医学专家将到村义诊。不管贫困户名单如何确定，义诊必将进行。

公示在即，陈建威通报"大走访"情况："派出所提供的户籍名册，桃北村八百零三户，走访了六百六十二户，剩余一百四十一户。走访了的二百二十多户长期不在家，还需电联调查。黄锦荣打电话要求帮扶，桃园村有户独居老太太，这两户没走访过，建议先走访。"

彭维群说："桃园很早有人居住，五六十年前修建桃园水库，村民分批搬迁到桂山村外围，形成桂洲村。剩黄锦荣的父亲和麦汉泉两户留山上。父母过世后，黄锦荣兄弟俩在桂洲村找不到地方，把房子建在桃花村，他在桃园的田地仍在使用。麦汉泉两女儿外嫁，没有儿子，去年过世，剩下麦老太独守桃园。桃园之前属麦副支书管，近年没人管。两户应该走访。"

彭维群代表村委表了态，"自己人"却反对。黄智说："不能因为黄锦荣想做贫困户就走访。今天这户打电话，明天那户找上门，我们马上去处理，会扰乱工作计划。"

马世燊说："我们天天挨家挨户'大走访'，除去因天气和其他因素耽搁的时间，走访完剩下的一百四十多户至少要半个月，下周公示，走访不改变策略完不成任务。"

村干部思想开始动摇。何荣光说"走访"是个"形式"。梁子文说乡里乡亲，哪家哪户情况不清楚？"大走访"在"走过场"。

陈建威力挽狂澜说："上轮扶贫发生了有车有房的农户识别为扶贫户的违规事件，上了《焦点访谈》，被严肃处理。前车之鉴啊，如果类似住'塑料棚'的农户没识别到，而住县城商品房的农户没剔除，就是渎职，要追责的。"

彭维群鼓劲："大家按要求走访完。像麦汉泉家，曾放弃桂洲村的开居地，去年低保取消。女儿嫁得远，麦老太一个人住山上不行的。"

"依据政策，他家低保必须取消。"梁子文说。

金敬德说："上桃园的路不好走，最好开男式摩托。"

梁子文阴阳怪气地对驻村队说："你们三个谁阳气重，谁去。"

驻村干部纳闷。黄智指着马世燊说："他三把火，阳气虚高。"

马世燊回敬："你银行经理，上山烧些纸钱吧。"

陈建威不理两人抬杠，问梁子文："文书话里有话，能不能说明？"

梁子文似笑非笑地说："麦汉泉死后，麦老太陪他睡了三天。她阴魂附体，你们敢走访她？"

驻村干部唏嘘。陈建威说："不正常啊。他两个女儿不知道？"

彭维群叹："麦老太帮他净身，穿好寿衣，陪他睡了三晚才发丧。唉！"

方玉艳说："他夫妻俩感情好。我春节代表妇联去慰问，让她住镇敬老院，她不愿下山。她想陪着丈夫的亡魂在老屋终老。"

陈建威问："平时跟她有联系吗？她有没有电话？"

黄智说："山上没有通信信号吧。"

彭维群说："桃园水库重地，有信号。她电话打不通。"

陈建威果断地说："大家按原计划加班加点完成'大走访'。黄锦荣和麦老太我负责识别。"

彭维群赞道："陈书记奋勇当先，党的好干部。"

金敬德给陈建威找顶草帽，开摩托车先带他去桃花村的黄锦荣家。

稻田翠绿，河水清澈。两个月前的情景历历在目。

黄锦荣家的大幢三层楼房装修别致。阳台镂空雕花，绿色玻璃窗配不锈钢防盗网。他家明显不符合贫困户认定标准，属"七不进"之列。即使他属于"大走访"对象，拍张房子照片就可交差。

陈建威想知道屋主人到底想什么，决定进屋探个究竟。

黄锦荣五十出头，小个，精神矍铄。他请陈、金二人坐大树根茶台边饮茶。

陈建威单刀直入："你挺能干，去年家庭收入多少？"黄锦荣说："不到十万。"陈建威说："收入挺高，为什么申请贫困户？"黄锦荣不答。金敬德说："陈书记说你太富。"黄锦荣说："房子兄弟二人共建，两兄弟共有。一厅对四门，兄弟俩各占一边。林木八年才卖出一回，收入十二万多，两兄弟分。我想去桂洲村买地建房，估计得三四十万啊，哪够钱？"陈建威笑道："你三个子女，长子及儿媳在外打工，二子读技校，女儿读高中。负担不重。"黄锦荣说："大儿子生了个儿子，想独立门户。我供养两个小孩读书和一个老人，负担不轻。不去桂洲村建房就想去镇上开个家具厂，投资二三十万吧，你们可否帮我，或者合作？"陈建威说："我们来帮贫困户脱贫，你生活富足，想二次置业或者创业，我们目前无法帮你或合作。"

离开黄锦荣家，摩托车沿机耕路往回开。

金敬德说："在村里找个地方，你们帮忙搭个铁棚屋租给他办家具厂，租金收入可以作为村集体收入。"

陈建威觉得办法有待论证，便说："你看能不能找到地方，我找找政策依据。"

前方响起高亢的歌声，准确地说是谁也听不懂的吼叫声。一个穿校服、背黄布书包的少年边唱边大踏步前行。瞧那右偏的脑袋，就知道是"梁家老大"梁天超。近了，陈建威让金敬德停车。梁天超不唱了，继续行走。陈建威下车抓住他的胳膊，让他张开嘴。他盯着陈建威，看不出高兴还是忧愁。陈建威指着自己的牙齿说："牙齿怎么样了？下周带你复检。"他仍没反应。陈建威张开嘴，龇牙说："平时要刷牙。"他忽然眯眼扯开嘴唇，笑了。他牙齿虽然不白，但牙龈和嘴唇呈现健康的红色。他的笑昙花一现，绝对是笑。陈建威笑呵呵地说："你小子不错，终于笑了。"

梁天超偏仰着头往前走，趾高气扬，背影真有点像老大。

摩托车接近桃山村居后拐上山路。金敬德踩响油门说："去桃园爬山，坐稳。"

颠簸爬过几座山头，进入丛林。陈建威摘下草帽，凉风习习。在林间泥土路穿梭，上坡，心悬身晃久了，腰酸臀痛。水声哗哗，山窝里出现座发电站，陈建威喊："休息一会儿。"

两人站路边，聊发电站的事。来处的山头隐没。

发电站由镇政府所建，已卖给私人经营。镇政府和私人老板共安排两个人管理发电站和山上水库，村委协管。

陈建威问："这么说村集体有收入？"

金敬德说："协管费每年四千八百元。"

摩托车又爬行几分钟，巨型混凝土大坝横亘两山间，蔚为壮观。车子拐上山腰的红砖平房旁。突然爆出狗吠，一白两黄三只大狗奔出，混杂鸡鸣鸭叫。金敬德停好车，用本地话驯狗，喊人。没人答应。鸭子们朝坡下呼喊着摇摆而去。陈建威对狗吹口哨，狗们安静下来。

"水库管理办。靠山吃山，这两人在此搞副业，找又不见人。"金敬德说着，带陈建威抄小路上大坝。大群散养的鸡在屋后的果园里觅食。

陈建威问："村委怎么协管？"

金敬德说："监督。我打电话通知他俩到位。"

经天梯似的水泥台阶登上大坝平台。三面山体巨大突兀，山下风景掩映于折叠的翠绿之中。阳光透明，水域开阔澄碧，尾端绵延大块柔嫩的草甸子。周边散布着村屋，点缀着几块鲜绿的稻田。

陈建威叹道："人间仙境。"

"水库提供桃河镇和城东镇的部分饮用水，为保护生态，牛羊赶下了山，不再种经济林。"金敬德说。

"水稻谁种的？"陈建威问。

"麦老太、黄锦荣、水库管理员。"金敬德说。

陈建威说："谁种都不容易。麦老太住哪儿？"

"就在前面。"金敬德扬起左手。

走几分钟，一位瘦小的老妇人以泥砖房为背景匆匆走来。她包菜头，小眼睛，满面皱纹，穿灰色细花衬衫，卷蓝裤脚，趿破烂解放鞋。

金敬德喊住她。她着急地说了一通话。

"麦老太，她家里的米用完，要去管理站打米。拖车坏了，先去管理站借车。我去帮她拿车，你去她家。"金敬德说。

陈建威跟在麦老太身后问："你种稻谷？"

她回答："种得少，女儿和锦荣帮我。"

和她沟通没有语言障碍！陈建威劝道："大把年纪不要种田了。"

"自己种的好吃，桃花米。"她说。

麦老太的泥砖房外墙三分之二高度伸出木头横架木板，像没有护栏的"阳台"。上方小门小窗，下方大门大窗。

泥土阶基斜放着四条原木制造的"开"字形拖车，前边"一横"为轴，轴两头拴木柄实心橡胶轮。

陈建威问："这个吗？哪坏了？"

麦老太指着轮子说："松了。"

陈建威抓起把手，右轮跌落。使用时间长了，轮毂上的榫眼磨大，榫头又磨得太小，且四处开裂，轮子无法固定。插上木楔子也没用。

进屋，麦老太弯腰用手擦拭黑色长木椅，请陈建威坐。陈建威站着没动。

麦老太的家和她一样脱离时代地苍老，阴暗的空间出乎意料地逼仄简陋，头顶上的楼板矮得有压迫感。塘泥地面，发黑的砂浆墙面布满蜘蛛网般的裂缝。毛泽东像褪色模糊，旧木柜落满灰尘，木柜中间的十三寸黑白电视机无电源线和天线。桌椅缺角断腿，垫塞残缺砖头。桌上白色电饭煲掉漆生锈，饭碗、瓶子和菜篮子等用具，像从垃圾堆捡回的。

屋里唯一的"好东西"是挂在墙上的彩色头像。这张遗像传达的信号更悲哀：麦汉泉，她的老公，已不在人世！

陈建威一出声，嗓音哽咽："这么困难！你老公，什么时候过世的？"

麦老太用手背擦眼睛，双眼泪水迷蒙，噙泪说："去年十月。"

"七十左右？生病？"陈建威问。

"七十一。癌。"麦老太又抹出一把眼泪说。

"去年我国男子平均寿命七十四。"陈建威自语，假装轻松地问，"你俩在一起很多年吧？"

"我二十岁跟他，他二十二。一起过了五十年，差三天。"麦老太说着没了声音。

陈建威瞬间明白她为什么和死去的老公再睡三天三夜才发丧。他眼眸湿润，背对麦老太，良久，问她家里还有什么人。

麦老太断续地说："两个女儿外嫁了。以前的低保，去年没了。"

侧边卧室：破书桌、烂凳子，木窗柱子顺着纹路裂开；白蚊帐黑黄。床上的红花被子暖色调，作为农村温馨喜庆的象征，也破烂不堪。床单由红、蓝和灰三块旧布拼缝而成。在这张床上，外面彩色遗照上的老头，曾直挺地躺着，由他老婆陪着睡了在人世间的最后三天。

过了好一会儿，陈建威问："以前政府支持你家在桂洲村建房，那个村麦姓人家多，你们怎么不去建呢？"

"钱不够，没地方种谷、种菜、养鸡。"麦老太说。

陈建威拿出两百元给麦老太，她坚决不要。陈建威把钱放木箱子上。麦老太抓过钱塞进陈建威裤袋说："这么多不能要。"

陈建威收回一百，抓住麦老太枯枝似的手，把一百元放她掌心，握紧。他穿过卧室后门到屋背后。屋子与后山陡壁构成狭长的空间，一边是半露天厨房，一边是简易的鸡舍。地道的土砖柴火灶、黑色铝锅。五六只肥鸡在灶台上、泥沟里咕咕咕叫。

陈建威叹道："鸡养得不错。"

走回堂屋，端详着麦汉泉的遗像，陈建威感到无比凄凉。

随着两声鸡叫，麦老太来到堂屋，双手各挽一只鸡环抱在腰部说："你把鸡带走，带走。"

"我真的不要。"陈建威肯定地说。

麦老太哀求似的看着陈建威，犹豫一会儿，右手放鸡掉地，从柜子里摸出麻绳，捆左手中的鸡。陈建威把她手中的鸡夺下来，丢到屋外，又赶走她身边不跑的笨鸡。

麦老太去外面抓鸡。金敬德的喊声传来，他拉辆两轮铁皮推斗车。

陈建威问麦老太："你的稻谷在哪？我们帮你碾米。"

麦老太说："谢谢。我等会儿去。"

金敬德说："管理站有碾米机，我帮她搞掂。"

麦老太笑着说不用，又去抓鸡，她的红色小眼睛沾满泪痕。

六一节前夕，联合帮扶单位中层领导给桃北小学生送"快乐童年"，香山市医学会专家到村义诊。几天来，陈建威、彭维群和小学李校长带领孩子们清理学校内外的垃圾、杂物。彭维群联系货车把大黑土堆运走。树下清理出的场地铺上一层沙子。古榕树缀满绿叶，更显出强劲的生机。

上午九点，香山市第一人民医院的骨科、心血管科、内科、外科、眼科、精神科和妇科的医生，穿着白大褂，在小学操场的课桌前接诊小孩子们。学前班和一、二、三年级共计一百一十名学生在沙土操场集中，他们戴鲜艳的红领巾，穿单调朴实的衣服，自觉排队候诊。陈建威问李校长："孩子们怎么不穿校服？"李校长说："镇中心小学要求穿校服，乡下小学近年没要求。""梁家老大"在他妈妈和弟妹们的陪同下也来了，他穿着整齐，面部干净，表情淡然，东走西顾，像特派员。"微笑天使"由妇科医生领到课室开辟的隐蔽空间做身体检查。绝大部分孩子身体健康，他们欢呼雀跃，沸腾的喧嚷、绚丽的阳光增强了他们笑容的立体感。

陈建威视线追踪着国旗杆下的"微笑天使"和自个儿玩的"梁家老大"，他俩年龄比小学的孩子没大多少，却没机会读书，反而天天穿着校服。也许他们从来没有如此天真的快乐，潜意识在弥补童年的缺憾。

十点半左右，孩子们看完医生，招商局工作人员夏美芳给三年级的孩子们上诵读课，她发放带过来的书籍《声律启蒙》。穿花裙子的她珠圆玉润，举止大方，站在讲台上像城市来的老师。上课效果非常好，许多没机会上课的孩子扒在窗台或站在走廊旁听，有的跟着诵读。如果不看他们旧课桌里的烂书包，光脚丫子，或者脚上的破鞋子，你也许会跟着他们愉快地朗读。课后，周伟、何家俊和招商局人事科长李宏给孩子们发放书包。沉甸甸的新书包，装满工具书、文具和玩具。

村民们排队候诊，接受赠送药品和保健手册。所有接受问诊的人，都做登记，身体检出问题的，驻村队将跟进治疗。

许多贫困户来了。麦老太由金敬德用摩托车载下山，她说从未进过医院，陈建威带她做全面检查，诊断为高血压，医生给了她一个星期的降压药，告之陈建威以后可以去香山市第一人民医院开药。颜仕卿坐着轮椅来的，由他在外辞工回家才几天的儿子颜盛强陪着。几个医生给他做了检查，建议他重装义肢，骨科医生留下了电话，也提供了南都医院骨科的联系方式。金火生的老婆李谷花检查了内科，医生建议她吃中药调理。

午餐安排在联富村的无名餐厅。这间全村唯一的食店两层楼，一楼设士多店、餐厅和厨房，二楼两个房间摆三围台。张浩和颜政东到场。席间，张浩帮助桃北小学提出捐赠课桌和捐建篮球场的请求，来慰问的中层干部表示支持。张浩不停地敬酒，喝酒的气氛热烈。

慰问组将返回香山，颜政东问："驻村队的宿舍不远，领导们去看看？"

李宏酒气扑人，不情愿地看着何家俊和周伟。

周伟说："今天医师们和慰问队伍返回，时间紧，宿舍以后看。"

李宏坐上商务车时喊："香山银行说派廖惠怡，说话不算数。招商局夏美芳今天来了，她以后还来驻村、上课。"

陈建威把夏美芳的工作照发到扶贫工作群和其他网络平台。"扶友们"艳羡桃北驻村队派来女性扶贫干部，夏美芳差点成了"网红"。

贫困户名单公示前，陈建威组织开会，先摆出问题："感谢大家近段时间的付出。自然村的数量大家意见不统一，我们先搞清楚自然村、生产队、经济合作社的概念。传统意义上，自然村随地域范围产生，由一个或多个家族经过长时间自然聚集居住形成；生产队存在于分田到户之前，之后更名为经济合作社，也叫村民小组。自然村有的扩大，有的名存实亡。派出所淡化自然村概念，按村民小组统计人口。如果把自然村与经济合作社等同对待，能带来工作方便，但二者属不同概念。我队根据调查，认为桃北村经济社二十一个、自然村十个。对接当天说了九个自然村：田心、联富、牛角、桂山、桃山、桃花、新园、奇峰，和新形成的移民村——桂洲村。还有一个正在消亡的自然村——桃园村。"

经讨论，大家认同驻村队确定的自然村数量。

陈建威提出另一问题："据镇政府统计，去年桃北村集体经济收入一万三千六百元。大家对这个数有无意见？"

村干部感到意外和紧张。彭维群说："去年村集体收入五千六百元。"

对接当天不是说没有集体收入？驻村队没有戳穿彭维群话语的前后矛盾。

陈建威说："我们找镇政府查看财务账本，镇政府不给，说数据没错，可开证明。"

梁子文反感地说："我做了十多年村干部，熟悉村里情况。村委没报那么多，镇政府统计有问题。照镇政府说的，就没必要调查，没必要走那么多访。"

马世燊针锋相对："村委台账不清不楚。不调查、不走访，你说多少就多少？"

何荣光站起来，踱着步，僵硬地说："我们清楚，还是镇里清楚？村集体收入不可能一万多。水库发电站的管理费走个账，见不到一分钱。八千元山地租金，租赁方连年亏本，好几年没收过钱。报那么大数，就不用扶了，填上数字就行。"

陈建威给大家丢烟，把调查统计表发给大家说："统计方法不同，得出的结果不同。数字以调查为准，我们调查的结果接近你们说的。"

马世燊劝导说："别太纠结于数字，更没必要产生抵触情绪。"

黄智笑道："不管数字如何，我们不能直接给钱。我们是来帮、来扶的，不是来给、来送的。"

陈建威说："请相信，有了好措施，经济发展起来了，未来的数字大家肯定满意。"

村干部不出声。

陈建威把贫困户初拟名单及附表发给村干部说，最初识别任务为八十五户，摸查过程中六户提出申请。重点识别对象共计九十一户。

九十一户中不符合条件的七户：

  第一户，桃园村黄锦荣，住桃花村，8口人，家庭情况明显比村里一般家庭好。

  第二户，牛角村岑宏景，6口人，新建三层房屋，建筑面积为认定标准的两倍，家中有日本产的全自动洗衣机。

  第三户，新园村莫有财，5口人，家中布置干净漂亮，要脱鞋进屋。

  第四户，桂山村何忠勇，79岁，单身一人，电话联系他外嫁的三个女儿，她们表示能供养父亲。

  第五户，桂洲村麦标材……

  …………

通过全村"大走访"，建议将3户列入新增贫困户：

  第一户，联富村金志明，夫妇俩务农，四个小孩读书，母亲患慢性病，预制板屋顶四个地方漏水严重。

  第二户，桃园村麦老太，住泥砖房，银行存款一千多元，外嫁的两个女儿家庭条件不好，希望母亲得到帮扶。

  第三户……

梁子文拿出几张复印纸丢给陈建威说："不符合条件的第三户莫有财不能退出。他建房子借了好几万，这是借条复印件。"

"岑宏景建房子也借钱了。"方玉艳说。

"何忠勇和麦老太情况差不多，一个帮，一个不帮？"何荣光问。

"把他两个搞到一起互相帮。"梁子文冷笑着说。

彭维群抽烟，不吭声。村干部用本地话讨论。

陈建威耐心宣传政策，告诫村干部公平公正地把好"扶持谁"的关口。他举例说："我们看看莫有财，就算他房子是借钱建的，也不可能借钱把家里布置得那么整洁漂亮吧。又比如，建议减册的麦标材，两层新建房屋，黄经理走访多次，家中没人。打电话给他，他说和老婆在深市打工，夫妇俩每个月共拿五千多元工资。他家五口人，两小孩在他岳父所在镇读小学，母亲跟弟弟住，户口跟他，归他供养。大家算算，按他夫妇俩一年务工十个月，家庭人口五人计，年人均可支配收入少说八千元，还没加上公司包吃住的折算收入。他家怎么能算贫困户？"

彭维群说："陈书记讲的符合事实。"

陈建威说："请大家在贫困户初拟名单后打钩或叉，打叉的说明理由。大家意见作为重要参考。接下来召开村民代表大会征求意见，之后公示征求全体村民意见。"

没人打钩叉。方玉艳摆弄茶具。金敬德手机响起，他不耐烦地接听。

金敬德电话没讲完，梁子文起身道："这几天太阳厉害，我去给稻田放水。"他话音未落，不顾驻村队挽留往外闯，"哼喔喔"开摩托车离去。

"微笑天使"在阳光中走来，她穿着没变，倚门笑立，盯着陈建威。

黄智招手："让她代替开会。"

何荣光对"微笑天使"挥手："回你家去。"

金敬德大声呵斥"微笑天使"。

"微笑天使"的微笑消失，伫立门边，手指刮擦门框。陈建威叹口气，找出二十元钱给她。她拿到钱走了。

马世燊说："继续开会！少数服从多数。明天召开村民代表大会公示名单，时间不等人。"

村干部情绪有所缓解，彭维群、金敬德在表格上打钩叉。

一个衣着朴素、五十多岁的妇女来到村委，指责何荣光。她是老何的老婆，村干部笑话他俩。何荣光声笑皮不笑地说："我意见说了。门前菜园子几个星期没打理，我回家整地。"说着往外走，他老婆随他而去。

方玉艳难为情地说："我请假去趟县城，迟了没公交车。"

"陈书记，他们放水、种菜、县城办事什么的，反正今天开不成会了。"金敬德大声地说。

"好，散会。"马世燊起身去洗手间。

黄智拿起手机拨弄几下，握到耳边往外走。

办公室顷刻间剩下三人。

"彭支书、金委员，希望你们继续支持和配合精准识别工作。"陈建威诚恳地说。

金敬德认真道："村委会帮助你们装修了驻村办，购置了空调、办公桌等。办公经费超支，帮扶单位能不能支持我们办公经费？"

彭维群恳求："近几个月工作量大，走访要汽油费，联络要通信费，还耽误家里的事。村干部工资两千多，你们没办法帮扶村干部，村委经费你们能帮就帮点。"

识别工作问题没解决，又出新问题。陈建威说："领导答应了，肯定有。帮扶资金没落实好，暂时不能帮村委办公经费！现在筹资不易，况且资金审批程序复杂。"

"你们每个单位拨一万两万元就行。我们打个报告？"金敬德轻松地说，好像要邻居家两把菜。

"有报告当然好。我们先向领导汇报，确定支持款项，免得白打报告。"黄智在门口打完电话回到办公室说。

陈建威转移话题："村民代表大会什么时候开过？明天能顺利召开吗？"

彭维群说："前两年换届召开过。村民代表四十一人，三分之二的人参会通过有效。"

金敬德说："你们工作扎实，无须担心。如果帮扶单位能发点误工费，会更顺利。"

陈建威问："多少适合？"

"三十元。"彭维群说。

马世燊说："这个钱扶贫资金发不了。"

陈建威说："请大家放心，我负责解决。"

彭维群说："村委想办法吧。我们之前很少发，也发过。"

村民代表大会依时召开，三十五名村民代表到会。颜政东以分管扶贫和挂村镇领导双重身份主持会议。香山市驻赤丰县工作组副组长陆军前来观摩。会议召开得超乎想象地正规和顺利，最终与会者全部举手通过桃北村相对贫困户名单，并在会议记录上签名。

当天下午，桃北村八十七户贫困户名单在村委、旧村委及除桃园之外的九个自然村公示。

第二章 烽烟四起

5. 为什么不公示我

周六冯宝妮上班,她下午请假,拉陈建威去看房。她着急地说:"上午开盘,每平两万八起,成交上百套。"陈建威说:"贷款加利息几百万,哪敢买?"她瞪眼说:"你永远住爱情公寓!"

锦绣蓝湾人头攒动。两人刚进样板房,陈建威手机响起。赤丰来电:"陈书记吗?我家比黄千婵家困难,为什么不公示我?请扶我们的贫啊。"

陈建威躲进卫生间,对方说叫梁干,奇峰村的,又说出新园和桂山村的两户,都要求帮扶。这几条自然村由马世燊、黄智负责走访。陈建威打他俩电话。马世燊说:"没印象,要回驻村办查资料。"黄智说:"走访几百户,谁知道他哪户?下周一再说。"

陈建威打彭维群电话问这几户是不是比较困难。

彭维群说:"公示的困难。不用理他们!"

电话没讲完,冯宝妮推门而入,嘟着嘴夺走他手机,目光犀利地说:"你回来干什么,怎不在赤丰过周末!"他笑着"赔罪"。她怨道:"扶贫有什么好!给你个办公室副主任又如何?能涨多少工资?赶得上房价上涨?"

看完房,陈建威没达成购房意向,冯宝妮赌气回"娘家"。在拥挤的人潮中,她用电话强烈谴责他不守信诺,约法三章全毁,又攻讦夏美芳。

陈建威独坐巅峰时代公寓的阳台。海风携带咸湿味吹拂,璀璨夜景摇曳,海景大道像黄色火龙,盘旋于墨色的天宇。灯光掩映的海堤、棕榈树下的绿道,人们在漫步闲谈，观潮听海，众多的情侣恣意享受柔情蜜意。谁不想在初夏夜晚的海滨，与爱人憩息、缠绵和沉醉？

　　回到家的冯宝妮怨恨未消。回香山两年来，总体发展和美，平时两人小打小闹当润滑感情。扶贫伊始，各自忙碌，周末团聚。工作生活两不误，好似"小别胜新婚"。然而，现代版"双城记"时间长了，同城体会不到的诸多琐事浮出水面。她平时上班较忙，不便处理。等他回来，往往失去最佳办理时间。两人矛盾与日俱增。她之前有所受限的同学圈子迅速扩大，相同的地域文化和成长记忆，让她增添许多人际交往的愉悦。都到了男婚女嫁的年龄，有男同学想乘虚而入，她深感后怕，晚上莫名慌乱。她希望创造两人关系的稳固器，以息事宁人。购房为最佳选择，可他对安居工程兴趣不大。

　　和冯宝妮的间隙没抚平，贫困户公示事件升级。

　　周一早上，招商局派不出车。中午过后，马世燊又开着皮卡车到市场局。气温蹿到三十多摄氏度，皮卡空调效果不佳。马世燊气道："大修两天，花去三千元，和没修一样。"

　　黄智埋怨："三个单位派不出台好车？明天出发不行吗？"

　　陈建威说："交通不是推迟驻村的理由。"

　　"市场局不答应解决扶贫专车？"马世燊擦着汗问。

　　"先给辆执法车，上面没批；又给台面包车，我没要。租赁小型汽车在走程序。"陈建威说。

　　"什么车无所谓，反正不想扶贫了。我做回银行业务，赵晓欣不同意就找魏行长。"黄智讪笑。

　　马世燊说："上轮扶贫白辛苦，我也不想扶了。"

　　黄智问："不是说重用扶贫干部，你没提拔吗？"

　　马世燊说："扶贫的确有机会升职。前两轮扶贫，省委组织部均明文规定，帮扶任务完成后，优秀的驻村干部提拔一级职务。不少扶贫骨干提拔了，我没有。这轮新时期精准扶贫、精准脱贫，国家最高领导人指出，要把脱贫攻坚实绩作为选拔任用干部的重要依据。机会来了！陈队长运气好。"

　　陈建威说："公务员扶不扶贫都有机会提拔，也许不扶贫更好。"

　　黄智笑道："听不懂。千奇百怪。"

　　上高速前，皮卡空调恢复正常。三人心绪平复。

　　到达桃河时近黄昏，三人在镇上自掏腰包解决晚餐才回富民厂宿舍。

上周五离开时关好的工厂大门洞开,宿舍楼前停放着三辆摩托车,晃动着几个人影。

陈建威按亮廊顶的节能灯。四个村民围上来,最矮的男子递烟,对陈建威说:"陈领导吧?我是奇峰村的梁干,和你通过电话。"

没人接他的烟。陈建威警惕地问:"上办公室坐吧?"

"外面凉快。"梁干憨笑道。

马世燊问:"你们什么事?"

"我们五户困难家庭,想加入贫困户。请领导批准!"梁干恳求,众人呼应。

黄智问:"你们说五户,还有一户呢?"

梁干答:"他明天找你们。"

陈建威登记四人信息。

瘦高个的何玉彬说:"八九十户贫困户,不差我们几户。"

"贫困户有认定的标准和程序,大家得守规矩。"陈建威严肃地说。

马世燊给他们解释政策。

四位村民诚恳地诉说家庭困难,眼神充满渴望。他们四五十岁的人,如果不是真的困难,也许不至于没吃饭在此等候多时。可他们的眼神躲闪,像在掩饰什么,他们另有隐情吗?

陈建威答应明天联系。他们跨上摩托车,踩响油门,车声隆隆,大灯闪耀。他们的境地似乎没那么难堪,可威风八面的摩托车不是剔除贫困户的条件。

上午八时三十分,驻村队到村委,金敬德、梁子文和何荣光在。

金敬德说:"彭支书昨晚去女儿家了,等会儿回。妇女主任请假。"

陈建威说:"文书和何叔分管片区的几个村民想申请贫困户。昨晚我们核实资料,认为不符合条件。你们觉得怎么处理为妥?"

黄智笑声依旧:"如果刚公示就增加户数,那是打自己的脸。"

梁子文斜靠着椅背,耷拉着脸说:"明年换届选举,就算我们全选上,也变成新一届村委,到时今天的事与我们无关。你们扶贫三年,不把今天的问题解决,以后就是你们的问题。"

无厘头的诡辩和威胁。陈建威正色道:"青天白日,朗朗乾坤。身正不怕影子斜,村民找扶贫干部麻烦?身为村干部不可乱说话。"

何荣光说:"深入调查清楚,让事实说话。"

马世燊没好气地说:"调查一定能清楚?就算能查到存折,现金呢?有个五保老人，稻草堆里找出近三万元现金，幸亏没当柴草烧掉。"

梁子文反问："毛主席说过，没有调查就没有发言权。调查不清楚是谁的责任？我们不配合吗？走访许多农户你们的车开不过去，不是开我的摩托车？还动用过我的农用车。"

村干部的确配合。原以为他们彪悍不讲理，事实上，他们比预期的配合，对驻村队算"有礼有节"。梁子文前段时间花几千元新买了改装的小四轮，大家叫它"宝马"，几次用于"大走访"。

陈建威给大家敬烟。驻村两个多月，身为驻村带头人，没有遍访贫困户和不熟悉最远最困难的奇峰、新园自然村，他感到心虚。

何荣光催促："你们驻村队调查清楚再说。"

金敬德说："如果要取证，建议村干部避嫌，不参与本片区的调查。"

大家商定由何荣光先带驻村队去奇峰村走访梁干。

沿桃河公路往北，依次经田心、联富和牛角村路口，起起落落爬过几座山坡，田畴收窄，前方岔道。

何荣光说："右边去赤林村，左边去梁会计老巢。"

陈建威问："赤林村不远了？"

何荣光说："远。中间一段泥巴路，不好走。赤林村本来不属于桃河镇。以前城东镇嫌它穷，不要它，甩给了桃河。听说准备修中间那段路。"

绕过几个山头，水泥路面不见，道路起伏曲折，皮卡车剧烈摇晃，四人头晕眼花。

视野收窄，机耕路延伸在浅黄的田野。马世燊说："左边山旮旯是新园村，前方是奇峰村。"

车到奇峰村居，沿清澈的小河边的泥土路慢行。转弯绕过错落有致的大规模泥砖房群落，梁干的家就在前方。

梁干站在屋前的苦楝树下，昨晚见过的摩托车停在家门前。他家是一层红砖屋，内外墙批灰，厅、厨房和两间卧室共四个房间，面积都非常小。

陈建威说："你夫妇俩务农，大女儿打工，另有两个女儿读书。之前核实收入，超过了贫困户认定的标准。"

梁干恳求："读书的一个大一，一个高二，要花很多钱。我俩赚不到什么钱，家里情况你们看到了，你们代表政府，帮一下我吧。"

一位灰衣白发的老妪站在梁干屋侧的夹道。梁干说是他母亲。陈建威问多大年龄。梁干说:"七十七岁。老父去世,我们养不起,她一个人住屋子后面。"

驻村干部走到屋后,看到两间小泥砖房,像农村的厕所。一间内设简易柴火灶,另一间摆床和生活用具。两间屋子均狭窄得难以容下两人,从没见过这么小的泥砖房用来住人。

梁干的母亲明显驼背,手足无措地站在她儿子的屋檐下,眼神茫然,自惭地笑着。陈建威恍若觉得她像原始人,每天动作迟缓地在简单得不能再简单的泥砖房里打转。

电话声响,周伟打给陈建威的:"尽快提供一份困难党员名单,全村的。贫困户闹公示意见的事怎样了?"

听完陈建威的汇报,周伟指责:"这么快又入户?之前几个月怎么调查的!解决问题的方式有多种,走回头路就是被人牵着鼻子走。不能松这个口子。"

什么原因让周伟生气?昨天在单位没领会好他的旨意?入户调查是基本的工作方法!陈建威嘘口气,把周伟的意见告知马、黄二人。

"站着说话不腰痛。"马世燊说。

黄智对梁干说:"你说政府,就要听政府的话。你家收入超标,不能帮扶。"

梁干神情绝望。

驻村队回撤。何荣光凑上来说:"下一户新园村的莫大友通知好了。"

陈建威声音苍白:"打电话通知莫大友和剩下的几户,还有村干部,下午两点半到村委开会。"

何荣光不识时务地问:"其他几户不去了?"

陈建威抬眼望着对面的泥砖房群落,若无其事地说:"通知他们开会。去对面看看。"

"那些是奇峰的旧房子,没人住。"何荣光冷淡地说。

马世燊说:"至少住了一户贫困户,姓梁。"

陈建威大跨步往旧村落走去。

几排泥砖房从小河边往山上倚坡而立,两排之间的巷道出口门楼高耸。每座门楼,都是青瓦屋檐,木门高大。门框上方的黑色字体模糊,经辨识,为"心向党""毛主席万岁"等。

陈建威跨入正中的木门,门框边旧木牌显现"中心街"三字。街道没烟火味,冗长,幽静,鹅卵石地面苍老。两侧窗门紧闭,结满蛛网。外墙下方的砌石,沾满青苔。墙面斑驳脱落,遗留语录,边框为红色或黑色。内容久经风雨侵蚀,残缺不全。

仔细端详，找到块完整的黑色行楷字：因为我们是为人民服务的，所以，我们如果有缺点，就不怕别人批评指出。不管是什么人，谁向我们指出都行。只要你说得对，我们就改正。你说的办法对人民有好处，我们就照你的办。右下方署：为人民服务。

马世燊说："毛主席在新中国成立前的演讲内容。"

何荣光的声音像穿越历史时空："这些房子一百多年了，革命军队曾在此驻扎，标语是在土改和人民公社时期写的。"

陈建威叹息："主席心中有人民。"

何荣光叹："二十世纪五十年代到八九十年代村民居住过。其他村也有，许多拆掉了。奇峰村完整留存了下来。"

陈建威自语："我们的心中有没有人民？"

快到出口，通往上街的巷道矗立一幢高大的房屋。何荣光说："好像这间屋做过大革命时期农民自卫军的会场。"

大木门沧桑，铁闩上锁头巨大。房屋外表除了大气，看不出异样，不知屋内是否留存革命遗迹。

走出中心街，新旧村屋错落。梁干不知什么时候跟了过来，他反手指着上街的泥砖房说："我弟梁实住那儿，他是贫困户。"

马世燊说："对了，梁实说有个哥。"

"去梁实家。"陈建威说。

梁干在前面带路，大家沿土坡路而上，跨入上街的后门。

梁实家在进入巷子的第二间屋，整条街就住他一户。他家没人，木门大开，摆设简陋无序。

梁干说："他夫妇俩干活去了，三个小孩上学。"

黄智对梁干说："哥你带个好样，别再当贫困户。"

下午到村委，村干部到齐，闹公示意见的村民没一个到。

上午调查梁干因周伟遥控指挥中止，中午驻村队间接了解情况，对四户心中有底。

会议先由马世燊发问："梁干说五户村民想做贫困户，还有一户是谁？他们都不说。"

何荣光笑道："你们问文书，只有他知道。"

陈建威问:"梁大哥负责通知第五户来开会了吗?"

梁子文不理会。

"他们不会来。"彭维群严肃地说,"前几年全村五百多户,如今八百多户。为什么户数增加?打工的涨工资,种田的发补贴。农民打散工、做小生意和做手工,只要肯干,就能产生经济来源。收入增加了,独立门户的多了。困难家庭有,要不然不需要香山单位扶贫。可有的人思想穷了,不顾实际地想过好生活,甚至好逸恶劳,不勤恳做事,又要过好日子,天上能掉馅饼?"

陈建威说:"彭支书说得对。人穷志不短,得靠勤劳致富。我曾看到正规媒体发布的新闻,某县认定为贫困县,居然打出跨街横幅庆贺。什么原因导致这么荒诞的事发生?而有的村民不符合条件却想做贫困户,我们要搞清楚动机和原因。"

马世燊批判:"认定为贫困,不以为耻,反以为荣。可笑可悲!"

黄智讪笑道:"争当贫困县、贫困户,是因为能得到施舍。"

陈建威说:"评定为贫困县,能得到扶持资金。成为贫困户,也能够得到帮助。这是国家的大政方针,是好事。但如果成为贫困县、贫困户,不知反思、感恩,而是狂喜、庆贺,就出了思想问题。如果不具备政策条件,把改善生活的希望寄托于政府施舍,不只思想有问题,还可能导致违规违法。"

梁子文辩解:"群众利益无小事。村民选出来的村干部,要代表村民讲话。"

陈建威说:"闹意见的四户中,梁干家相对比较困难,他弟弟梁实是贫困户。我们希望通过帮助他弟弟,能改变他们两个家庭和母亲的状况。比如帮助梁实改善居住条件,他们的老母亲可以跟他一起居住;梁实在发展产业时,可以带动梁干。"

马世燊劝道:"闹意见的四户,都不符合认定条件。大家一个战壕的人,以陈队说的为准。"

梁子文声音加大:"你们去跟村民讲,让他们心服口服。否则,他们会上访!"

黄智口气强硬地说:"最好大事化小,小事化了。要不然大家都不好收场。"

梁子文生气道:"中央说扶贫对象要精准。识别要听村民意见,走群众路线。"

陈建威怒气上冲:"有人想走干部路线吧!"

彭维群用本地话训斥梁子文。

金敬德掏出烟自顾抽起来,好像客观地说:"有些农户确实需要帮助,包括有的村干部。"

黄智拍腿笑道:"闹意见的第五户在你们之中?"

"我老母亲头痛和腰风湿多年，大儿子没事做，读中专的二儿子得肝炎住院。'大走访'为何不调查？我不困难吗？凭什么村干部不能是贫困户？"梁子文发飙。

陈建威劝导："早讲过政策规定拿工资的不能是贫困户。况且你家房子三层半，有农用车、农场，肯定不行。我们不要出这个名。"

梁子文愤怒道："农场个球。年年亏，月月亏，天天在亏。"

彭维群愤恨地拍打桌子，用本地话骂人。

"微笑天使"像幽灵般出现在门口，萌哒哒地微笑。"施舍"多次，她穿着没变，还那样"贪得无厌"。陈建威压制住无名怒火，恶狠狠地朝她挥手吼："走开。"

"天使"的微笑倏忽消失，她满脸绯红，紧咬嘴唇，瞪大眼睛死死盯着陈建威。

何荣光用本地话骂她。

"把她带回去，养大点可以做很多事。"梁子文猥琐地说。

方玉艳责骂梁子文。

"天使"依然呆立门口。就知道要钱，拿钱干什么去了？她褪色的蓝色校服和旧回力鞋刺痛了陈建威的双眼，她纯真的脸让他觉得受到愚弄。他走过去，本想拍下她，让她离开。不知何故，伸出的手变成推搡，话语变成呵斥："走！走！以后别来凑热闹。"

手碰到"微笑天使"单薄身上的瘦硬骨头，陈建威像触了电，立马后悔。被推得踉跄的她眼神羞赧、悲伤、仇恨交加，狠狠地"挖"了陈建威一眼，悻悻离去。

陈建威心凉透底，叹道："大家各有各的难处，我老家房子三十多平方米。我在香山租房住，上周末为买房和女友吵架。但这些只是困难，不能因为有困难，就不顾贫困户认定标准，就把自己归为贫困户，就想着国家、政府来救济、帮扶。执迷不悟，会搞乱工作。"

黄智笑道："如果有的贫困户风格高尚，愿意退出，可以补充临界贫困的几户，总数对得上也好说。"

"干脆全部退出，我新园、奇峰片全退出，不需要帮扶。"梁子文决绝地抵触。

彭维群用本地话大声责骂，涨红着脸喘息。他从没如此生气！陈建威听不懂，感觉他几次说到男性生殖器。

村干部表情凝重，讲话的情绪不复存在。方玉艳摆弄茶具的声音响彻村委办。

陈建威给大家丢烟说："识别告一段落，县扶贫办要求我们完善今年的帮扶措施，修改项目库。我们得抓紧推进增加贫困户和村集体经济收入的项目，完成医疗救助、助学、屋顶漏水维修等民生实事。"

回到宿舍，陈建威情绪低落，他对马、黄二人说："公示算过关了。我去买菜，晚上喝点。"

陈建威走路到市场门口，燥热异常，便放慢速度。一个穿夏季校服的男孩拍下了一下他手。男孩皮肤黑褐，眼睛扑闪着，很是机警，指向一辆自行车说："帮我买下，两百元。我家急需钱。"

又是钱！他年龄跟"微笑天使"差不多，校服雷同。陈建威抚摸他头顶上的牛屎堆发型，怜悯顿生。

男孩说："本来值三百多，家人生病，贱卖。"

陈建威掐他脸，笑道："你还懂贱卖，我贵买。"

男孩推过八成新的自行车，夺走陈建威递过的三百元，疑惑地看了一下他，跑了。

"微笑天使"几个月都穿同样的衣服。从她今天的情绪看，她懂得害羞和伤心，似乎没那么弱智。如果她智力正常，懂得打扮，也是一个亭亭玉立的少女了。今天伤害她了，给她买套衣服弥补吧。陈建威推着刚买的自行车到衣服档口，选中的几款摸起来质地粗糙，穿上恐怕割剌她皮肤。只能另找地方买了。

他转到鲜鱼档，看到一个陌生的身影。她穿黑色皮裙，头发高高盘扎。她的年龄和打扮，在市场属于另类。

"买点什么？"她跟他打招呼，露出洁白的牙齿。

"蟹。你不热吗？"

女孩微笑回答："习惯了。"

"怎么以前没见过你呢？"

"以前在小雅村市场。我叫宾璐，留电话加微信可以送货。"

"我们买菜方便。路边的玉，这个季节的蟹好吃吗？"

宾璐说可以的，给陈建威介绍八十元一斤的花蟹，称了三个；又卖给他半打生蚝、一斤沙虾，并告知烹饪方法。

陈建威表示感谢。

宾璐忽然问："自行车是市场买的？"

陈建威问："你怎么知道？走私货？"

她告诫："以后路边的东西不要捡。"

陈建威心头发热，萍水相逢，难得她关心一个外来人。他把菜挂在自行车扶手上，出市场蹬上车，感觉轻松许多。裤袋里手机响起，他刹住车，左脚踩地，松开左手取手机。

父亲打来电话，说准备去县二医院住段时间。

陈建威问："县二院不是疗养院？治疗肺炎好不好？"

父亲蛮有信心地说："矿区很多人在那。你什么时候买房、结婚？"

陈建威说："不急。"

父亲说："你买房要多少钱？我给你二十万。棚户区改造的经济适用房公布指标了，我家有一套，明年分房。我看房子不要了，指标卖给别人。"

陈建威劝道："房子肯定得买下来。家里的钱我不要，外面习惯供房。"

难怪父亲会打电话，还要去疗养。原来有重大福利，他高兴。就算是经适房，恐怕他买下来装修好也不容易。挂了电话，自行车失衡，车头打转，左扶手上的菜袋子掉地，袋破水淌出，沙虾活蹦乱跳。

宾璐的脸浮现。路边的虾要不要捡？

产业扶贫动员会在赤丰县会展中心召开。大礼堂灯光绚烂，两百多名驻村干部云集。香山市驻赤丰县工作组组长曾嘉豪主持会议。香山市农业局长、市扶贫办主任李清华亲自跑过来动员，他号召建设"一村一基地"，打造"一村一品"，试点冬种马铃薯项目。他激情洋溢地说："这种中西杂交的马铃薯品种，颠覆了传统的马铃薯概念，具有'三高'特点——营养价值高，产量高，销售价格高。三个月时间正常亩产四五千斤，高的八千斤，收入五千元以上。很少有农作物能在短时间产生如此巨大的经济效益。"

他信心十足地说："马铃薯种植有三因素。土质是基础，决定可不可以种，赤丰的土壤，土层深厚，有机质含量高，肯定能种，我们将派专家论证。薯种是关键，我们的薯种从欧洲荷兰进口，在内蒙古栽培育种，是土豆中的贵族，舍它，天下再无马铃薯。方法是条件，我们请专家指导，包括切块、下种、施肥、防病，以及销售等程序科学管理，一条龙服务。可以采用'公司+合作社+农户''公司+农户'和'合作社+农户'等模式。赤丰邻县阳丰、阳河，马铃薯的种植已成规模。大家大胆尝试。"

掌声阵阵。陈建威的掌声发自内心。小时候，全家从乡下迁到百里之外的宁坝镇，与在矿区工作的父亲团聚。父母租下旱地种菜，深秋把马铃薯切块栽入土壤，施肥盖土。初春暖阳里，枯黄的苗下挖出圆滚滚的马铃薯。马铃薯炖肉撑得肚子圆鼓鼓，与姐姐分享父母劳动成果的喜悦无与伦比。

会后，大家去县政府招待所莲花阁用午餐，途经县政府大楼。大楼雄踞莲花山麓，宏伟坚固，灰蓝色玻璃幕墙，格调清雅。高十二层，首层抬高为大楼造势，与两旁的会展中心、武装部办公楼等建筑敞怀拥抱着市民广场。

大楼门庭浑圆巨构，大厅异常宽敞，往上虚空至天幕般的透明顶棚。

参观者议论纷纷："雄伟的建筑！""真想不到！""面积没有超标？"

刚才出席会议的副县长张桂良面带微笑地介绍赤丰县的沿革和大楼的构造，补充说："贫困地区的县政府办公楼，不能和发达地区相比，但也应该有它的尊严、威严。"

用午餐时，陈建威认识了来自香山市横门镇的驻村干部：镇委委员、驻村第一书记兼总队长梁冠标，第一书记兼副队长王斌和肖源。横门镇帮扶赤丰县两个镇的三个村。梁冠标说："横门派来的八名干部在县城租住别墅，半个月回去一次。"陈建威问："驻村干部住别墅适合吗？"梁冠标说："准确地说，是自建房。大家在不同的村。我在沙坪镇的红中村，肖源在安东村，王斌在桃河镇的赤林村。集中住宿能更好地协调各村工作。谁又像我们两星期才回趟香山？"

下午，大家去阳丰县参观上一轮扶贫种植创建的基地。两台大巴和十多辆扶贫车在高速路行驶大半个钟头，下高速在尘土飞扬的泥土路再行驶二十来分钟，到达一马平川的田野。

水稻田如绿色的镜面，几十个戴草帽的村民散落其间，弯腰锄草。参观者大汗淋漓地站在"中季稻+马铃薯"基地宣传牌前。宣传栏数丈高，图文并茂。陈建威想这辈子不可能见到比它更气势恢宏的宣传牌了。工作人员介绍："当季种水稻，亩产超五百公斤；马铃薯为秋种冬收，或春收，亩产高达八千斤。之所以只种两熟不种三熟，因为两熟之间有充裕的时间做产品销售和土壤保质，以确保更高的产出率。两熟完全可以达到，甚至超过三熟或四熟的收益。"

大巴掉头前行十来分钟，见到两口十余亩的大鱼塘。工作人员说抽地下咸水养殖对虾，预计今年亩产收入三千元以上。

夜幕低垂，大家回到赤丰县城解散。陈建威驱车寻找大型超市。上周发无名火到"微笑天使"身上，他几度后悔。在桃河市场没买到衣服，他没放弃。周末陪冯宝妮在香山广场逛街，曾提出买衣服给"微笑天使"。

冯宝妮噘嘴说："懂得给小女孩买衣服了？你给我买过几件衣服？过几天又不知要给哪个靓妹买，给夏美芳？要买去赤丰买，我眼不见心不烦。"

陈建威笑道:"你怎么跟智障小孩较真?"

冯宝妮发难:"你为什么对她那么上心?小孩打了骂了,就过了,谁记得你,我弱智,也清楚你对我就没那份心。"

陈建威叹道:"她也不是小孩了。"

冯宝妮说:"你应该找爱心企业捐赠。你多大本事!安得贫困小孩俱新衣,别闹出笑话。"

见冯宝妮思绪正常,陈建威说:"你是对的,我想办法争取社会支持。"心里却想:对于"微笑天使",企业捐赠和自己赠送意义不同,企业赞助岂能治愈"漫骂"带给她的心灵创伤?还有自己,心也伤啊!

赤丰县天惠百货售货员打包小女孩的裙子和鞋子时,陈建威似乎看到了"天使"的微笑。

6. 基地

桃北村申报了冬种马铃薯试点村,驻县组要求马铃薯基地规模至少十五亩。

"鱼骨图""产业"大骨上的中骨"冬种马铃薯"之下的"小骨"层次不清,即马铃薯基地运作细节不够明晰具体。陈建威打王斌电话求助。王斌来自香山市横门镇农业部门,从事农业工作十多年。他知无不言,言无不尽。陈建威豁然开朗,修订冬种马铃薯的众多"小骨"为土地流转、土壤检测、发展模式、农民专业合作社和技术培训等。

驻村队希望流转田心桥附近的田地建立基地。

陈建威和黄智多次晨跑到田心桥头。田心桥混凝土构造,年代久远,但依然坚固,桥下河水清澈。东西南北面的小雅、桃西、霞光和桃北四个村的广阔沃野尽收眼底。属桃北村的田地不过数百亩,但基地放在偌大的地盘,具有发展的示范效应和巨大的想象空间。

田心桥西边不远,桃河的两条支流汇合,形成月牙似的湖泊,姑且称之月牙湖。该湖属桃北村与霞光村共有,湖边几棵老杨树高大清癯,两岸水草丰美。彭维群说这里许多年前鹭鸟聚集,后来由于环境被破坏,鹭鸟飞走了,再没回来。霞光村每年清理一半的湖面,那一半的湖水干净清澈。属于桃北村的一半湖面好几年没清理,漂满水浮莲。水浮莲名字不难听,样子不难看,却污染水质。鹭鸟是生态环境评价的一类指示生物,驻村队计划把湖清理干净，希望清清的湖水、独特的田园风光能把鹭鸟吸引回来。

香山市扶贫办邀请市农学会的两个专家到桃北村采集土壤样本，通过检样诊断桃北村能否种植马铃薯。

两个专家都姓高，都长得壮实，肚子、鼻子都挺高。矮个叫高教授，穿深红色短恤，肤黄，发少，圆脸带笑；高个称高主任，穿淡红色短恤，肤黑，发多，方脸不笑。

陈建威、彭维群和金敬德随专家的车到较近的点取样。马世燊、黄智与梁子文去奇峰、新园片帮助专家取样。彭维群给每人发一顶草帽。

专家的车停桃北村南部的田心桥旁。

北望田野浅黄，远方莲花山脉高耸入云，浓淡相宜。

高教授问："风景不错，这叫桃河？西边的小河又叫什么河？"

彭维群说："这条叫桃北河，桃西村流过来的叫桃西河。两条河在桃北村与霞光村交界处汇合，称桃河，流去霞光、圩镇、桃南村。"

大家看到了两河汇合处形成的宽阔水域。

高教授说："开阔，近水源，交通方便。在这里建基地，能发挥示范作用。"

"我们计划在附近建提水泵站，帮助解决农田灌溉。"陈建威说。

高教授赞道："建好水利工程，流转此处土地机械化种植，效益和效果都将非常地好。"

大家走在田牛机耕路。高教授踏上狭窄的田埂，手探到禾苗下挖把湿润的浅黄色泥土揉捏："沃土。高起垄，适合种马铃薯。"

高主任从文件包掏出透明胶袋接过高教授手中的泥土，封好加注标签。

陈建威问彭维群："附近田地开阔肥沃，流转十五亩，拿得到吗？"

彭维群担忧地说："田心桥以北是田心村耕地相对集中的地方，十五亩不多，但租金贵。隔壁霞光村几年前每亩租到五百元，如今田心村恐怕每亩得六七百元了。并且涉及户数多，整合开发，恐怕不容易。"

高教授说："与村民深入沟通，想想办法。你们有办法。"

来到一块辣椒地，细长的辣椒茂盛，或绿或红。高教授说："这种辣椒甘甜香辣，好吃。"说着，他走到辣椒地里抓把泥，搓揉细看说："土质没问题。种过辣椒的地种马铃薯，得深翻晾晒三五天或更长时间。"

陈建威问："什么原因？"

高主任答："增强土壤通透性，杀死病源物和害虫。"

阳光热辣，大家沿机耕路往北，挥汗如雨。

彭维群说："前方是牛角自然村的地。"

高教授远望西方田野中大棚架子下的碧绿庄稼，问："那边谁种的西瓜？"

彭维群答："浙江老板，租桃西村的地几年了。"

"跟他们比赛！有帮扶单位的支持，你们能干得更好。"高教授激励。

陈建威问："马铃薯产量到底怎样？现代科技农业有那么好的效益？"

高教授睁大眼睛说："绝对亩产四五千斤以上。这种马铃薯已经在香山成功产业化。产量高，味道美，营养丰富，远销中国香港及东南亚。供不应求，价格高企。"

陈建威说："我孤陋寡闻。"

高教授说："你在香山多少年了？你问坦布镇的人，是不是这个情况？"

下一站去桂洲村。车子转到新桂路，上缓坡，迎面是一座石头涵洞桥。桥身粗糙简单，桥面刚够过车，铁架护栏。陈建威问："这座桥是原麦副支书修建？"

彭维群说："是啊，方便了桂洲村民。"

车子停在桂洲村高处。阳光斜照，由近及远果树葱茏，菜地青绿，稻田金黄；颜色由绿转黄、转青，青灰相间地隐没于峻拔的山脉。

"听说你们赤丰的人宁愿土地撂荒，也不干活。这不种了玉米、花生，各种庄稼？一派欣欣向荣景象。"高教授拿捏着泥土说。

金敬德说："不干活吃什么？"

彭维群说："桂洲移民村，土地利用好，村子有生气。"

高教授笑道："既要绿水青山，也要金山银山。看陈书记怎么做文章。"

陈建威说："建成美丽富裕的文明山村。"

金敬德说："桃北村最需要修路、修水利，这样有利于村民的生产生活。"

高教授鼓励："相信帮扶单位，相信杨武彪局长，能帮助你们解决好民生难题。"

马世燊打来电话，说土壤采集好了。陈建威让他们到桃河公路边的新桂路口等着。

拿到奇峰、新园村的土壤样本，高教授说："沙壤土，这种土质最适合种马铃薯。"

高主任说："凭经验，桃北村能种马铃薯。为了让科学说话，让群众放心，我们才采样检测。"

高教授说："今天取样结束，你们抓紧推进冬种项目，合作社购买农机具，挑选能人管理。将来的成果会证实我们今天说的做的完全正确。"

几天过去，驻村队和村干部走访了许多村民，土地流转没有着落。

专题工作会上，陈建威提出土地流转要求："近年中央出台多个文件，督促农村土地'三权分置'。理清土地权属，保证所有权，稳定承包权，放活经营权，为土地流转提供了政策依据。农用地流转各位并不陌生，涉及土地类别、租赁方式和项目落实及效益产出等诸多问题。请大家发动贫困户、村民解决基地用地问题。"

马世燊说："香山市在赤丰县帮扶二十六个村，基地试点村占大半。听说不少的村租到了土地。连片种植便于管理，能减少成本，产生带动效应、经济效应和社会效应。桃北村为什么无法流转土地呢？"

黄智问："桃西村有地租给浙江种植大户，怎么桃北就没有呢？"

彭维群叹道："三十年前，分田到户。村集体除了点山地，没留下耕地。桃北村民人均不够四分田，旱地也少。桃北土地权属没问题，问题在于缺地，租不到地。"

金敬德说："桃西、霞光两村田地较多。桃北林地多，人口多，田地少，大部分集中在田心、联富、牛角三个村。"

梁子文分析："土地是村民的命根子。有人宁愿荒着，也不愿给别人种。之前分田到户遗留有矛盾，现在搞整合开发，只怕一石激起千层浪。"

何荣光说："建议分散种植。动员愿意种植的贫困户先种起来。今年种植成功，明年再土地流转就好办。"

陈建威说："搞基地，连片是基本要求，有利于机械化。田心桥附近田地方形，平坦，不推平关系不大。建议桃北经联社参与管理冬种马铃薯基地，从基地获取一定的收益。"

马世燊："也可以发动贫困户参与，自愿成立合作社创建基地，村经联社参与管理，带动贫困户脱贫致富。"

金敬德吐出几口烟说："支持学习土地流转的先进经验，想方设法流转基地用地，广泛发动群众参与。"

王斌说得没错，流转土地能增加村集体经济收入，对村干部有好处，因此能得到村干部支持。

接下来，大家商议基地的经营主体。

陈建威问："为发展马铃薯产业，首先得解决经营主体，刚才大家说到了桃北经济联合社和农民专业合作社两类主体，到底用哪个呢？"

马世燊说:"以我的扶贫经验看,考核要求不少于十户贫困户加入合作社。我认为贫困户可以用合作社的形式,建立马铃薯种植基地。具体做法:推选十户贫困户组成合作社,在每个村干部分管片区找两户。"

梁子文提出异议:"每个片发展两个贫困户社员不恰当。我那片近三十户贫困户,约占全村贫困户的三分之一,按比例不止两户。"

金敬德问:"如果不止两户贫困户想加入,可不可以多发展社员,把合作社搞得有声势?"

马世燊说:"合作社能产生一定的示范作用,但难以做好自愿联合和民主管理。说白了,我们拿合作社这块牌子为的是开展经营,完成工作任务。合作社与所有贫困户签订协议,规定权益和义务。所有贫困户不管是不是社员,发展机会公平,享受权益均等。"

彭维群说:"小马哥说了客观情况,合作社不好经营。桃北几年前有个合作社,名存实亡了。以前合作社能拿财政补贴,所以成立了不少。国家不允许合作社挂羊头卖狗肉,现在领这个补贴难了。如果贫困户自愿入社,我希望在工作队帮助下,把合作社实实在在地做起来,采用'合作社+农户',给贫困户创造脱贫致富的机会。根据实际,以后可以让经济联合社经营集体项目。"

梁子文说:"我里面村的贫困户,怎么跑出来合作?要合作只能在自己片区。"

陈建威介绍了农民专业合作社的发展历史,结合当前形势总结道:"今天,合作社的组织构成和收益分配确实难以做到稳定合理,但它作为经济组织形式在农村已普遍存在。在香山的农村,发展经济主要以农民合作社、村经联社和公司为主体。精准扶贫有'六个精准',其中之一'措施到户精准'。我们因地制宜,在产业发展道路上,成立一个有劳动能力的贫困户全部参与的大型合作社,以土地和人工入股。贫困户可以五户以上联合组建专业合作社,也可以参与大型合作社负责的示范基地的管理。"

大家表示认同。经商讨,就合作社经营管理达成统一意见:贫困户以田地或者劳力入股成立大型合作社,贫困户也可以自愿组建合作社。

金敬德说:"合作社、经联社都是形式,都能够搞马铃薯基地。关键在于定好章程制度。"

黄智说:"为了基地建设,大家动员有劳动能力的贫困户入社,从组建合作社开始,把创造收益的主动权交到贫困户手中。"

马世燊说:"那么大家讨论怎么成立大型合作社吧。"

谁来跟进大型合作社的成立呢?陈建威说:"我已经拿到了成立合作社的资

料，到县行政服务中心办合作社牌照要讲求效率，希望村委派人同去办理。彭支书年龄较大，就不要去了。"

黄智建议："文书去吧，办这个内行。"

梁子文推托："什么内不内行的？我很忙。"

陈建威企盼地望着何荣光。

何荣光说："除彭支书外，我年龄最大，怕出错。"

方玉艳表情轻松，陈建威笑道："艳姐去办？女同志心细。"

方玉艳笑道："我不行。黄经理一个人去吧，政务窗口美女多，帅哥去最好。"

马世燊抗议："我和队长那么丑陋？不受美女待见？"

没人请缨，陈建威叹道："涉及完善社员资料、合作社章程等事务，村干部与社员沟通比我们顺畅。驻村队肯定派人出车一起去办。"

彭维群再问："梁会计你去办如何？"

梁子文丢下手中笔说："我每天多少事！你们看，我还在做表。"

马世燊无奈地说："看来只能我们去办，我去！"他把"去"字拖长音。

金敬德坚决地说："办个合作社村干部去就可以了。我去。"

陈建威说："多谢金大哥。"

梁子文唠叨："文凭高的人，办个照不在话下。"这话针对金敬德，因为他报读了开放大学的大专班。

金敬德不屑置辩。

陈建威说："工作队将综合各位意见，制订方案，对散户种植、合作社示范基地和经联社参与管理做出详细规定，保证贫困户、合作社和村集体三赢。"

桃北村土壤检测报告出来了，陆军电话里说全部参数适合种植马铃薯，将安排时间解析。他要求试点村制定马铃薯种植的时间表、任务书和路线图，在早稻收割之前整合基地亩数上报。

合作社牌照办到了，土地依然流转不到。陈建威组织贫困户召开种植动员大会。

动员大会借桃北小学课室举行，参会人员签到时领取种植方案和协议意向书。

陈建威站在讲台上，台下老、弱、病、残的人员不少，幸好劳动力占半数以上。他先通报第一批生产物资发放内容：五户养鸡、六户养鸭、八户养猪和十七户种早脆梨，在检查完鸡棚、鸭棚和猪栏之后，即发放苗子到户，按种养的成活率配送饲料、肥料；防疫由供货方负责。

黄千婵问："感谢给我发放鸭苗，能不能帮助发放全部饲料？预计三百只鸭子，平均每天需饲料费上百元，养不起啊。"

陈建威说："我们只能按方案配送，余下的帮你们预订好了。你们可以赊账使用，等到鸡鸭养大售出，收到销售款之后再支付饲料钱。这个方案走了申报程序，不能改变。"

解答贫困户针对生产物资发放提出的问题之后，陈建威打开投影机，从"土、温、光、气、水"等自然要素，解析当地的水稻、杨梅、脆梨、西瓜等多种农作物的种植条件，又从"成本、疾病、技术、市场、政策"等因素出发，分析种养业的经济效益。他在黑板上写写画画，像板上谈兵。

他功课做得最多的马铃薯项目讲解得绘声绘色，贫困户听得一愣一愣，眼神发光。他们看到了希望，他倍受鼓舞，滔滔不绝：

"采取'合作社+农户'模式，有劳动能力的贫困户组成合作社，驻村队帮助合作社提供种薯、肥料、技术指导、联系销售和提供销售保底价。大家可以选择散种、参与合作社示范基地管理和创建基地，但都必须与合作社签订协议，履行责、权、利规定。国庆前后下种，春节前收获，马铃薯售价高。如果晚稻收割后播种马铃薯，来年三月份才可收获，将错过售价最佳的时间节点。散户种植三亩以下的成本全包，三亩至五亩补助化肥农药，超出五亩的成本由自家负责……"

彭维群认真地用本地话解释，请大家发表意见。

大家哗啦啦议论，表情流露出希望、疑虑和期待。

黄千婵眼神闪烁，陈建威点名让她发言。

黄千婵再问："假如不种马铃薯，除发放第一批生产物资外，能不能资助种植其他农作物？你们有没有足够的帮扶资金？"

陈建威回答："帮扶资金分省统筹资金，包含省、市、县财政资金，香山市财政专项资金，以及单位自筹资金。资金按政策规定和管理办法使用。有劳动能力的贫困户从事其他的种养业，都能得到资助。但是，资金要用在刀刃上。马铃薯种植经论证可行，今年建议大家种植该作物。"

马世燊说："马铃薯种植效益可观，保底销售，希望大家积极参与。"

黄千婵说："马铃薯可以种。家里要吃自家种的粮食，我家种晚稻后才种马铃薯。"

黄智笑道："不种晚稻，能保证马铃薯最好的收益。赚到了钱，还怕买不到大米？"

黄千婵说:"桃花村的水稻远近闻名,大米每斤卖到三块多,桃花村的人肯定种晚稻。"

陈建威说:"我们在调研桃北大米的种植情况,初步肯定桃北非常适合种水稻,大家可以多种水稻。我们联系了南农科技中心,准备引进优质水稻给大家试种。我们将论证能不能推广水稻种植。马铃薯储藏时间长,销售期长。种晚稻后再种马铃薯,来年春季收获,也能产生较好收益。我们也支持种植晚稻之后再种马铃薯。"

代替父亲颜仕卿开会的颜盛强坐后排,几次望向陈建威。陈建威请他说。

颜盛强声音洪亮:"种马铃薯好。阳丰依靠龙头企业,我们'合作社+农户'。我们的大合作社相当于龙头企业,我保证找出地在国庆前下种。"

一小个子男人站起来说:"我国庆前后种,不过要问我老婆。"

大家哄笑。彭维群对陈建威说:"田心村的彭灿雄。"

陈建威说:"感谢你接受挑战,也希望你敢于挑战你老婆。还有十月播种的吗?"

大家再笑。彭仕铭老婆说:"我家有块辣椒地,国庆期间下种。"

陈建威说:"你家辣椒地专家取过样本,整好地翻晒几天,大胆种植吧。"

再没有人说十月下种,也没人就流转土地发言。

陈建威说:"前不久新闻说袁隆平研究团队种植的海水稻亩产破千斤,在海边、在沙漠的盐碱地里种植水稻,产量与在肥田种植无异,而且盐碱地能逐渐变成良田。以前谁敢想?袁隆平实现了。这是科学的力量。科学种植,就有想象不到的效果。希望大家为示范基地做贡献,提供十五亩以上的连片土地,交给合作社。"

少数人嘀咕几句。

彭维群说:"他们说自己种。"

陈建威鼓励:"各位乡亲,大型合作社建示范基地,你们可以全权参与经营管理,收入对应投入比例,按'六三一'分成,合作社占六成,管理者占三成,村经联社占一成。你们也可以单独,或者几个人联合创建种植基地,与合作社采用'五四一'合作方式,在补助人工的情况下,成本负担和收入分配均为创建者占五成,合作社占四成,经联社占一成。如果你们创建基地成本不够,可以帮你们贴息贷款,请香山银行的黄经理讲解怎么贷款。"

黄智说:"想建基地的,按金融扶贫政策可以帮你们贷款。额度两万到五万元不等。国家贴利息,到期还贷。"接着解释基地贷款事项。

金敬德说:"你们想想,可不可以不种晚稻,在国庆前后播种马铃薯?能不能开垦出荒地，或者土地连片，搞规模种植？过了时令，就没这个种植。你们早做计划。"

彭维群号召："在10月份下种还是11月份下种，做不做基地，你们自己做主。你们想想，收割晚稻之后，种什么呢？种其他肯定没有种马铃薯的收益。况且冬天气温较低，家禽牲畜容易感冒，尽量不要养殖了。我们完全可以利用冬天来种马铃薯。不要老鼠食灯油，目前光。有香山单位的大力支持，大家积极迈出步子，大干几个月，等于来年收大红包。"

陈建威鼓劲："大家放心签订意向书。"

绝大部分贫困户签订了协议意向书，有几户拿协议书回家去做商量。贫困户陆续离场，留下一课室的烟味。

经统计，意向书全签散种，种植亩数一到五亩不等，合计四十七亩，其中六亩10月下种。

陈建威开心地说："动员达到初步预期，买两包烟值了。基地还空着呢。"

散户种植马铃薯上升到五十八亩，基地亩数仍为零，土地流转没突破。

项目公示了，会开了，土地流转不起来。陈建威组织村干部和驻村队员，又去田心村和联富村走访了十多户。正在危房改造施工的彭仕铭说他家的半亩辣椒地自己可以不种，可租给合作社打理。其余贫困户和非贫困户都没出租田地的意愿。

陈建威喜忧参半地说："散种亩数上涨，令人欣慰。桃北田地千余亩，怎么整合不了十五亩的基地呢？"

马世燊无所谓地说："种植亩数上去了，管他基地不基地。大不了种得多的地方竖个基地牌，做好资料，也可交差。"

陈建威叹道："作假就没必要了。"

黄智厌恨地说："解决了帮扶资金、技术、市场和小额贷款等问题，还搞不成，活该受穷。"

彭维群分析："贫困户是小农意识，习惯单干；自己的田地交给合作社不放心，对规模化半信半疑；他们生产能力弱，缺少劳力，没能力创建基地。辛苦香山单位做那么多工作，给点时间，也许情况会改观。"

金敬德大口吐烟："好事多磨，贫困户考虑成熟了，说不定自己找上门来。"

村委地坪响起摩托车声。梁干的摩托车后座下来一个身材单瘦的男子。

梁子文指着来者："说曹操，曹操到。梁实，他想建基地。"

梁实是梁干的弟弟，闹公示意见时调查梁干家的情形历历在目，屋檐下梁母的羞愧神色深烙于陈建威的脑海。陈建威友善地问梁实："你哥梁干送你来的？"

梁实露出笑："我没车，他顺路送我。"他没有因无摩托车而觉得丢脸的神情。

陈建威鼓励："说说你的想法，要我们怎么帮。"

梁实小声说："文书说基地最少搞十五亩，我拿到了二十多亩地。村民们叫我找你们谈。"

惊喜来得突然。陈建威问："你哪里整的地？如果交给合作社，你为土地流转做出了贡献，每亩地奖你一百元；自己经营的话，与合作社共担风险，你占四成收入。"

梁实犹豫："我想自己做。地在奇峰村的山旮旯，旱地每亩两百元，田地每亩五百元，租期一年。我算出合计四万多元成本，我要出两万元，我不够钱啊。"

黄智："你可以贷款，我帮你贷。"

梁实双眼放光，犹疑地说："能贷那么多？"

黄智严肃地说："根据政策，你能贷两万元，一年还贷。"

梁实尴尬地笑，站起来给大家敬烟："两万元成本没包人工费。贷到两万，还少一万多元人工啊。"

没人接他的烟。陈建威认真地说："十亩地补三千元人工，你二十多亩地，可补六千元以上。贷款加人工补贴，你的资金缺口也就几千元。借点、赊点，过几个月就能还上。可以大胆地干了。"

梁实的笑硬起来了，又有些狡黠地说："人工费种起来才能补，没那么快发到手。我出万多元成本，哪里找？"

马世燊说："运作模式经讨论决定，公示通过。我们帮你解决了绝大部分的成本，其他的你想办法。"

梁子文说："农村欠个账正常，但有的人借不到钱。穷人没朋友。"

陈建威说："我借你三千元，梁大哥也帮他想想办法。"

梁子文拒绝："我没钱。"

彭维群劝梁干："你不要借陈书记的钱。你要做事，拿出点胆量。我借你几千元。你不要刘备借荆州。"

金敬德说："帮扶单位、彭支书可以做你的靠山，挺直你的腰杆，找亲戚邻友想办法去。不能有借无还。"

梁实表决心:"真能贷到两万块,我试试。"

黄智笑道:"你把地搞掂,我帮你贷到款。"他的笑真诚坦然,给人信任,不像以前拉扯嘴角,饱含嘲讽。

梁子文马上说:"还不感谢黄经理?"

梁实嘴巴笑歪:"多谢多谢。"

黄智说:"搞好种植,赚到钱还上贷,就是最好的感谢。"

黄智第一次主动承担工作,体现了他的职业素养。陈建威由衷地说:"黄经理研究贷款几天,跑镇农商行衔接多次,才敲定金融扶贫办理程序。大家向他表示感谢。"说着,带头鼓掌。掌声热烈。

黄智对梁实笑道:"还要评估风险,你做好准备。"

梁实感激地说:"靠你们帮忙。"

陈建威说:"我们去看梁实租赁的田地。"

车停在奇峰村口,大家沿村路往山谷走了十多分钟,看到了奇峰村山窝里的水稻田和杂草地。

梁实说:"山坡上十亩旱地,10月种。山谷里十三亩稻田,晚稻后种。共二十三亩。"

陈建威问:"马铃薯怕涝,又不能缺水,山坡上有水源?"

"山上有水塘。我挖蓄水池,接上水管,灌溉没问题。"梁实说。

马世燊告诫:"你拟好租地合同,我们过来测量。公示后,你和合作社签订基地协议。"

陈建威要求:"抓紧时间。我们要上报亩数,下个月订购种薯。"

梁实答应:"好,好。"

太阳炙热。彭维群手握大卷尺到驻村办,兴冲冲地说:"田心桥旁整合了二十亩地,可建示范基地。我们去量地。"

彭支书从没如此高兴过!陈建威心花怒放:"一村两个马铃薯基地,贫困户一个,合作社一个。突破百亩种植无悬念。"

彭维群给三个驻村干部每人一顶新草帽。

金敬德问:"田心基地有希望了?"

陈建威说:"没问题了,大家去看看。"

金敬德与何荣光都说好。金敬德说:"天热。你们坐小车,我开摩托。"

大家赶到田心桥。月牙湖里的水浮莲由镇村联合清理干净了，白鹭果真飞了回来。老杨树下嫩绿的水草中，三五只白鹭在自由地觅食，它们灵动、恬静、自然。陈建威的心田生发一团温暖的光亮。

桃北河畔，金灿灿的稻海边。彭仕铭、彭灿雄、颜盛强和一个不认识的村民站在河堤的香蕉树旁。

"田地在机耕路两边，十二户人家的，包括他们四个。彭仕铭、彭灿雄、颜盛强三个联合管理基地，另一户非贫困户叫彭明辉，他参与，只收取人工费。"彭维群说着，指向陌生村民。

彭灿雄说："我一亩五分田，不种晚稻，给合作社基地做试验。其他的田地要收获晚稻后才租。"

陈建威高兴地对彭维群说："你答应借给梁实五千元，又找到了建设示范基地的田地。为你点赞。今天量准亩数，画出平面图。"

马世燊说："这地方建示范基地好。桥头竖宣传牌，进村就能看到。"

何荣光、马世燊和几个村民跳上狭窄的田埂。小个子的彭灿雄年龄不小，挺机灵地牵着尺带子，在长满绿草的田埂上疾走如风。

左边河堤上的小山坡草木丰茂，周边芦苇生猛。几棵荔枝树挂满鲜红的果实。陈建威说："左边根本没法丈量。"

金敬德启动摩托车："我马上回。"

不一会儿，金敬德返回。他从摩托车上取出锋利的柴刀，走向小山坡，挥向杂草荆棘。开辟的路渐现端倪，他手上几处挂彩。陈建威说："下次干这种活要戴手套。"

"微笑天使"来到田心桥。她手握一米多长的树枝，满脸粲笑地盯着陈建威。她穿粉红色裙子和凉鞋，头发齐耳，随风飘动。她变成了美丽的乡村女孩！

黄智喊："你们看'天使'漂亮吗？陈队长在县城给她买了裙子和鞋子。"

大家说漂亮。"微笑天使"脸泛红润。

颜盛强喊："陈书记的保镖，美女保镖。"

众人哈哈哈大笑。"天使"微笑着跟陈建威走上田埂，用树枝抽打稻穗。陈建威把草帽盖她头上说："天热，去芭蕉树下待着。"

彭灿雄笑道："保镖不能离太远，保护好书记的安全。"

"微笑天使"拿树枝砸向彭灿雄，把草帽丢田埂上，转身急走。红裙子飘上机耕路，朝田心村移去。

经过两小时的测量，田心基地总面积二十一亩七分，比统计数多出一亩二分地。

陈建威说："这么大出入！量准没有？谁家的地多出来了？"

彭维群指着彭明辉说："八分地跟他相关。十多年前，在桃北和霞光搭界的旧提水泵站旁，有八分空地。提水泵站关停废弃后，他开发这块空地种菜，后种水稻。多出的另几分地由于河堤、道路、田埂变窄所致。"

颜盛强说："辉哥占用村小组的地好多年。陈书记，你们看在他支持基地建设的分上别追究他责任。"

彭明辉慌张的脸上稍显愧色。

黄智笑道："十多户二十多亩地，就你占了公家的地。支书，他退了就没问题了吧？"

彭维群说："他早说过退还。"

陈建威说："谢谢辉哥支持，希望大家合作愉快。那个厕所模样的泥砖屋就是旧提水泵站？断壁残垣，什么都没有。我们要在那建水利工程解决田心牛角村田地灌溉问题，你们田心村近水的田地先得水，最受益。"

大家乐呵呵的。彭明辉的脸舒展开。

7. 修路先行

陈建威把扶贫"鱼骨图"带回单位向领导汇报。

周伟瞧了"鱼骨图"半晌说："产业、水利、道路、民生，四大项。水利和道路是不是改善民生？"

陈建威解释："水利和道路能改善民生。这两项为工程类项目，与狭义的助学、助医等民生项目并列为不同的考核指标，因此与民生工作同为'四根大骨'之一。"

"细枝末节的事我不管，总之抓紧面上的工作。"周伟把"鱼骨图"还给陈建威，坐直身子说，"扶贫车租到了，你签好用车协议，绝不能违规用车。能提供专车给你们，领导重视扶贫啊！杨局长要求先启动一个民生项目。文福鑫说修学校门前路，六一前义诊慰问时我看了那条路，太烂了。就修那条路。要想富，先修路。意义不止于此，只许成功！"

陈建威接受"军令":"感谢领导关心,保证完成任务。"

香山市场局租赁的扶贫专车为新的SUV,驻村队三人都乐意开。全程分三段路,每人开一段,三人感受到从未有过的轻松路途。

经过几天的酝酿,陈建威在村委提出道路改造项目:

"根据村委要求,经帮扶单位领导研究,决定启动田心至牛角的道路硬底化工程。田牛道路从田心路入口开始,经旧村委、桃北小学、田心村居、田牛机耕路,到牛角村口,全长七百米。田心、牛角是桃北的第一、第三大自然村,九百余人,桃北小学师生百余人。田牛道路关系到学生上学、村民出行,交通位置重要。希望大家群策群力,一炮打响首个基础设施项目。"

彭维群给大家丢烟:"你们帮助桃北村修路,是特大喜事。这条路在我和妇女主任分管的村,大部分在田心村。要不是为了小孩子上学路好走,我会让其他村先修路。村委希望,按村道标准建设,路面宽三米五,路基四米五宽。最好暑假完工。问题在于有的地方路面不够宽,要占用村民的地,村民不愿意让地。另外需要移装自来水管和安装过水涵管。"

金敬德说:"田牛路也算村内主干道,按村道标准建设好。"

黄智笑问:"修路占地会不会违规或者违法?"

马世燊说:"农村修路,管理部门会开绿灯。如果村民非要用地补偿款怎么办?"

金敬德说:"小马哥说得对,对于不用政府出资的修路,政府部门肯定支持。修路最大的问题在于资金。归纳起来资金来源有三种:一是通往各行政村的乡道、村道,财政包揽;二是部分村道,如联富村的路,以创建卫生村的名义,由政府和联富村共同修建;第三种情况,对于需要改造而没有规划的村道,得靠村委和社会资金解决。因不涉及财政资金,以前这种情况不用立项,现在需要。"

梁子文不乐意地说:"桃北的行政村水泥路只通到新园路口,奇峰、新园两个村没水泥路。能否关心最边远的村民,帮助奇峰、新园村修路?让山里的人走出来,走上幸福的康庄大道?"

陈建威说:"国家政策村村通公路,主要指硬底化主干道路,即修好行政村到各自然村的水泥路,有条件的村才改造自然村的内部道路。赤丰地方财政困难,自然村道路改造规划少。省里要求贫困村二十户以上的自然村道路硬底化。桃北村除去桃园,其余九个自然村均达到该项指标要求,改造任务繁重。如果修路搞占地补偿,以后类似的都补偿，不知要增加多少费用，将严重影响全村道路改造。田牛道路以帮扶资金为主，也要发动村民和在外乡贤支持。大家有地出地，有钱出钱，有力出力，凝心聚力把它改造好，其他村道从长计议。"

彭维群说："我和妇女主任准备召开田心、牛角的村民会议，募集资金，动员让地和投工投劳。"

何荣光笑道："桂山、桂洲村没水泥路，两桂的村民不会出钱帮田牛道路改造。"

陈建威回应："请彭支书和艳姐好好发动村民参与。建议向在外的乡贤募捐，无论他们是从哪个村组出去的，都请他们支持家乡的学校路段建设。"

金敬德提高声调说："桃北村自己当家做主只修过一条路，就是联富村的路。金老板施工，造价低。一年多过去，没任何质量问题。田牛道路可以请金老板施工。"

马世燊说："关于施工方，这个项目不用招投标。但领导要求严格对待，参照招投标，通过竞标方式确定施工方。我们要做标底，组建评标组，联系三家有资质的公司参加竞标。欢迎修联富村道路的金老板投标。"

金敬德争辩："工程不用招标。你们来自发达地区，反而不按规矩办事。到时找来的施工方，不知根底，说不定把事情搞砸。"

方玉艳说："呸，别说瞎话。"

黄智问："修联富村道路的金老板有没有资质？还怕竞不到标？"

梁子文窃笑，金敬德不吭声。

马世燊颇有条理地说："先明确改造要求，做好预算，再按程序确定施工方。"

彭维群说："陈书记、小马哥、黄经理，各位都说得好。我们今天看现场，接下来步步为营。"

驻村队三人和彭维群、金敬德、方玉艳开车去现场察看，梁子文和何荣光不参加。

田牛路入口处宽阔，缓坡，路面质感偏软。

靠学校围墙的地面断断续续露出白色胶管，在围墙中段进入校内。彭维群说："需要移装小学自来水管。"

金敬德说："找镇政府颜政东协助处理。"

经过一间士多店，转过墙角，到学校正门。道路出现"问号"似的拐弯，中间低洼地杂草丛生。

彭维群站在十来米长、三米多宽的"问号"里，面向校门，像交警摆动手臂说："校门口道路直修，经我所站之处。不拐弯，实用美观。这块地是彭灿雄的，他不同意占用他家的地，我打了电话通知他过来。"

正说着，彭灿雄从田心村居方向走来。他满面笑容，衣服沾满尘灰。

陈建威问："做什么去了？"

彭灿雄迟缓地说："泥水帮工。"

陈建威直言："你参与冬种马铃薯表现积极。村里修田心去牛角村的路，能不能做件好事？路往直修，你把这块地给村里修路。"

彭灿雄诉苦："我想在这里建小卖部，费用一两万。我没钱，等你们帮我发展种养赚到钱才建。"

马世燊建议："村集体和你换地，你小卖部建在弯路上。你好，路好，村民都好。"

"小卖部建自己的地方，你们的路弯着，我生意才好。"彭灿雄指向围墙拐角处的士多店说，"在学校侧，生意就不好。"

黄智讽刺："什么逻辑！还我们的路，不是给你们修路吗？让路绕你小卖部两圈，你能发财？"

彭灿雄支吾："换的话，补一万块。我还要问我老婆。"

陈建威苦笑道："你和你老婆做好商量，和村委换地。帮扶资金筹集不容易，我们没钱补偿。我们发放鸡苗给你圈养，支持你种植马铃薯。产生收益之后，你在弯道上建士多店。你为村里做了好事，村民、学生会乐意买你的东西。"

"你的店建好了，我教你烤面包，当早餐卖给学生，肯定赚钱。"黄智诚恳建议。

彭灿雄僵笑着。

"如果置换，我借钱给你建小卖部。你好好考虑。"陈建威说。

彭维群说："你不要借陈书记的钱，自己想办法。"

陈建威说："支书可以借钱给梁实，我也可以借给雄哥。"

黄智对彭灿雄说："梁实不用借款了。他的扶贫贷款在审批中，如果需要，我帮你贷款。"

彭灿雄不出声，彭维群摇头。大家上车继续前行。

这些天多雨，路面泥泞，汽车缓慢前行。田心村居中的路基能修四米五宽，出村居的田牛机耕路不少地段宽不足三米，两侧多处坍塌，路基难以修到四米五宽。

到牛角村口，路面变宽，一条泥路横贯村居前，左边有口大水塘。大家站在水塘角落的大块空地上。彭维群说："修到这儿，全程六百九十七米，共需安装五个过水涵管。"

陈建威望着连接村前路的宽阔塘堤延伸向田野，连接到桃河公路，若有所思。

方玉艳说："把这块公共地方铺上水泥，村民可以晒稻谷。如果把牛角村前的路修好，村民就幸福了。"

金敬德客观地说："牛角村不是黄牛角，是水牛角。村前路足有两百米长，这样道路改造总长九百米咯。"

彭维群说："能修更好。"

黄智鼻孔"哼"气，像是嘲讽方玉艳想吃天鹅肉。陈建威却认同她说的，道路修到村口，垂直搭上村前泥路戛然而止，突兀而绝情。可修好村前路，等于修了一条自然村的道路，这超出了之前的计划，而且增加了几百米，和领导认可的长度出入太大。他只得说："我们向单位领导汇报，请领导定夺。水塘受污染了，务必治理。"

方玉艳高兴地说："谢谢你们。牛角村清理干净水塘。"

周伟反馈意见："领导组支持牛角村前路改造，九百米左右。按实际长度和宽度资助，如果按村道标准，只支持路面工程，路基建设，包含占地问题等由村委解决。"

领导的答复实际加大了资助力度，值得高兴。可村委坚持按村道标准改造，几天下来，路基工程的筹资举步维艰，大家唉声叹气。

彭维群面容憔悴："田心村认捐一万两千多元，牛角村不到一万元，路基建设缺口七八万。有几户不愿让地，无偿让地的不愿捐款，给了地和捐了款的不愿帮工。这条路上个世纪就要修，一直无法修，今天有你们的帮忙仍不容易。"

说到底，村民支持度不高。认捐是口头承诺，在一个以乡情为纽带的熟人社会，村民认捐能算数。但按形势估计，村委根本没能力筹集到足够的资金完成路基工程建设。

陈建威眉头紧锁，金敬德大口抽烟。

何荣光笑道："陈书记，你们三个打电话回单位，向领导多要些资金。"

向领导汇报未尝不可，周伟说过随时找他。陈建威对马、黄二人说："再向领导报告?"黄智说:"牵头单位拿主意。"马世燊说:"文局长未必理会。"

陈建威打周伟电话汇报了。周伟说:"农村修又直又宽的景观大道?路多宽就修多宽,该拐弯就拐弯,重在实用。村里漂亮楼房不少吧,说明殷实家庭不少。在一个大村,修一段学校路,包含支书、妇女主任自然村的路,那么难吗?你们想办法募捐,作为扶贫干部,不能像贫困户一样'等、靠、要'。扶贫先扶志,自己没'志',怎么扶贫困户的'志'?总的原则:资助不变,保证质量。"

陈建威的脸阴云密布,大家知道没戏。马、黄二人打完电话说,这个项目领导组沟通过几回了,怎么帮扶已成定局。

金敬德说:"如果没有村民的集资,联富村创建卫生村肯定完不成。今天香山单位帮助很大,建议陈书记你们动员全体村民募捐。你们有文化,比我们工作方法好。依你们的身份,村民也比较相信你们。"

彭维群、方玉艳渴望地看着陈建威。

陈建威受到周伟的批评,觉得憋屈。从闹公示意见开始,他注意多向周伟汇报请示,而周伟越来越强调要求和结果,缺少建议和耐心。难道自己的工作方式方法有问题?或者工作能力不行?

参加驻村干部选派时,陈建威公开宣布把个人的驻村补贴用在扶贫上,不因扶贫"赚"一分钱。之前几十、一百地"给钱",帮助梁天超治疗牙齿,给"微笑天使"零花钱和购买衣物等,就是履行承诺。把驻村补贴用好,今天是个机会。他一鼓作气地说:"白天村民出工,难以召集齐人。今晚召开村民大会,动员捐款修路。我现场捐八百元,希望能带动捐资。"

大家兴奋。彭维群说:"你们尽心尽力了,不要你们破费。晚上请镇委张书记和你们做动员。金委员说得对,你们出面,效果会好些。"

马、黄二人不出声。

陈建威真诚地说:"大家别想太多。桃北首个民生项目,我力所能及地帮一把,是应有之举。我申明,我每月的驻村补贴三千元全部用在桃北,我毫不高尚地说,其中也包含我的个人生活费用。我意已决,请理解。"

方玉艳仍劝:"不要你们的钱,你们的钱自己花。"

黄智表态:"我跟陈队,捐八百元。捐款不管多少,关键有这份心。"

马世燊说:"我五百,我们仨两千一百元。不管三七二十一,就这么定。希望田牛道路的路基工程集资出现转机。"

何荣光带头鼓掌,赞扬驻村干部的义举。

彭维群笑道:"有你们三位好人帮忙,车到山前必有路。"

彭维群火速安排田心村的人打扫古榕周边卫生。

黄昏,古榕树下焕然一新。电线从学校拉出,榕树枝上挂一个光芒四射的白炽灯,树底下的课桌上摆放着红色捐款箱。

村民从家里搬出长凳、板凳、胶凳、木椅、竹椅等,围坐在古榕旁。四周站了不少人,他们大多来自田心、牛角村,也有其他自然村的人,如梁实、黄锦荣也来了。

彭维群说:"像以前生产队开会一样,只是煤油灯换成了大灯泡。"

张浩到场,募捐会开始。彭维群介绍改造田牛路的基本情况和困难,动员大家积极募捐,为建设家园做贡献。陈建威肯定镇委、村干部和村民对扶贫工作的大力支持之后,把帮扶资金来源、工程要求等,全部告知村民。他提议:"希望大家不计个人得失,为全村着想。为大家、为孩子们有条好路走,有钱出钱,有力出力,把路修起来。"

村民喧哗吵嚷。现场最大的领导张浩,拿着"大声公"开腔,村民们肃静下来。张浩激情洋溢地即兴演说,让村民们对精准扶贫有了大体认识,对工程运作有了正确了解,对驻村队增添了认同和信任。陈建威深表叹服。

张浩带头捐款一千元,赢得潮水般的喝彩和掌声。驻村队三人按原计划捐款,彭维群和方玉艳各捐一千,其余村干部各捐五百。村民们纷纷捐款,登记投工、投劳。

小个子彭灿雄捐了五十元。大家为他的善举鼓掌。

陈建威说:"他是帮扶对象,答应无偿置换土地修路,并捐款五十。值得赞扬,值得学习。"

彭灿雄喊:"我义务帮工。"

陈建威抓住彭灿雄的手,握拳高举,激励道:"我们齐心协力,一定能改变家乡面貌。如果我们的捐款多出来了,义务帮工的发工钱。"

几天时间,田牛道路改造捐资达七万多元。

捐款红榜在村委、旧村委、学校正门和各自然村张贴,渲染着桃北村迎接喜事的氛围和团结奋进的自信。

贫困户家庭情况核查表需纸质存档。驻村队整理好表,去上级部门审批盖章。

陈、马、黄三人先到桃河镇政府。

张浩坐在扶贫办看文件，他请三人坐下喝茶，叫扶贫办主任黎娟拿表去找颜政东。

张浩敬烟，亲切地问："吃、住习惯？有什么困难吗？"

陈、马二人接烟。陈建威说："生活、工作适应。多谢张书记关心。"

黄智问："张书记抽烟？以前没见你抽过。"

"很少抽。好久没见你们，抽根。"张浩和蔼地说，"桃北修路万事俱备。有个黄老板，桃河大部分的路他修的。他今天在镇上，你们谈谈吧！"

陈建威吸口烟，呛住。今天不可抽烟，明天回香山，如果冯宝妮闻到烟味，必定责难。他几年前偶尔抽烟，认识冯宝妮后，因她讨厌吸烟而彻底戒了。驻村后，香烟成为工作辅助器，他又习惯了抽烟。他会注意少抽，尤其回去的前一天不抽，这样她只能闻到淡淡的烟味。烟已点，他只得延长香烟自燃时间。

陈建威说："田牛道路走非正式招投标程序，相当于政府采购。预算在走财政评审，将由村委邀请三家以上的公司投标。"

"修路不复杂。几百米的路招标？不需要吧！"张浩反对，但语气很好。

黄智笑道："村干部也推荐了施工方。"

张浩说："村委找的人可能就是黄财钢，交给他尽管放心。"

马世燊说："如果黄老板有资质，村委可邀请他参加投标。"

黎娟把盖好章的表送过来。陈建威说："我们赶着去县城，改天再向张书记汇报。"

张浩略带思索地说："中午吃个饭吧，在镇政府。"

陈建威说："谢谢张书记！到县城办事不知是否顺利。"

三人驱车赶往县城，到碧桂园附近，陈建威手机响起，陌生的东州号码，却是张浩的声音。张浩说，黄经理跟你说几句。黄经理自称黄财钢，他客气地邀请驻村队回桃河镇吃午饭。陈建威说不用吃饭，工作的事随时联系。黄财钢坚持请客，说交个朋友，修不修路没关系。陈建威以办事为由拒绝。

在赤丰县扶贫办递交了一式三份近三百份表，扶贫办人员清点完毕说："我们核实完，交领导审批。到时你们取走两份，自留一份，交一份到镇扶贫办。"

没到下班时间，三人商议拜访扶贫办主任黎少华，之后去驻县组找陆军。

黎少华的办公台前坐着一位中年男子，相邻的办公台上摆放着堆积如山的文件和贫困村、户信息表等。黎少华笑着跟三人握手，介绍中年男子叫梁老板。

梁老板块头大，额宽面阔，衣服高档，外表与黎少华对比鲜明。

黎少华请三人在茶几旁坐定，熟练地摆弄茶具说："王副主任调走了，新来的张副主任在原单位交接。贫困户的表我也签。"

陈建威汇报近期工作计划。黎少华赞道："你队行动迅速。"

"你们修路？我搞市政工程，三级资质。我帮你们修。"梁老板说着，用身子移动椅子靠过来，摸一下大背头，扫视着三位驻村干部。

"方便给梁老板做咯。"黎少华斟着茶说。

"黎主任，我们修几百米的路，小工程。"陈建威回应。

黄智说："要不梁老板先打个预算，看我们请不请得起。"

"几百米路那么多麻烦！我三五天搞掂。"梁老板噘一下嘴，摸一下乌青的下巴说。

"镇、村已联系施工队。县城的大公司，到乡下修路方便吗？"黄智露出黄氏风格的笑。

"村委能找到什么人施工！"梁老板轻蔑地说。

梁老板不礼貌，可没必要与他针锋相对。陈建威说："领导让我们按程序办事，由村委给符合条件的公司发出邀请，招投标。"

黎少华不悦地说："唉，我给张书记电话，你们就给梁老板做。县领导都给他介绍工程。"

马世燊说："黎主任，决定权在领导那儿。我们可以向单位领导汇报您的建议。"

黎少华转移话题："精准扶贫要求'五个一批'、'六个精准'，实施'八项工程'，压力很大啊。"

陈建威趁机向黎少华请教如何开展产业扶贫项目。

三人告辞时，梁老板找出张名片给陈建威："问过领导之后，打我电话。"

名片上的梁展坤两个头衔：赤诚房地产开发公司总经理、市政工程公司董事，手机号两个。

陈建威礼貌地问："打哪个手机号？"

梁展坤略显跋扈地说："都行，上午九点前不要打。"

黎少华僵笑着把驻村队三人送到门口。

上车后，陈建威胸口发堵，哂笑："要是陆军再介绍一个施工方，怎么办？"

马世燊抱怨："黎少华插手扶贫工程，镇、村怎么交代？怎么办都得罪人。"

黄智笑道："不明摆着吗？我们被围猎。"

陈建威词穷："一分为二地看，不搞腐败就没问题。"

黄智说:"阿燊说得对,让领导定。我们不蹚浑水。"

马世燊说:"我不为了解围?"

陈建威叹道:"我们稳住阵脚,按程序办事。"

三人决定不找陆军了,在县城转转,去赤丰美食街吃午饭。

陈建威打通陆军电话问个好。陆军的电话里喧哗不已,他说香山西区领导到村调研,准备去莲城国际吃饭。他叫陈建威过去。

"谢谢陆组长!我们随便吃点,等会儿回村。"陈建威回答。

"前期识别告一段落,你们抓紧推进项目。先挂了。"陆军的电话里声音很大。

马世燊知道陆军请吃后说:"中午大吃大喝,上头三令五申的纪律规定在赤丰不管用?你去,我俩吃煲仔饭。"

"那些规定是领导针对你们的。"黄智笑道。

"加强纪律作风建设主要针对领导。他们到点吃饭,只要接待不超标,也没什么。"陈建威叹道。

马世燊说:"莲城国际不超标只能喝白粥了。"

到美食街入口,陈建威说:"你俩找间餐馆,我去交手机费,等会儿过来。"

马世燊追问:"手机费不用手机交?你想独自去莲城国际吃大餐?"

陈建威不愿解释:"去你的大餐,到餐馆发位置给我。"

马、黄二人下车。陈建威寻到间通信店,给麦老太选了一款老人机,开卡充了半年话费,用去三百余元。做这些他不想让别人知道,故刚才没跟马、黄二人说。

田心马铃薯示范基地和梁实马铃薯基地项目审议通过。拗不过村委的再三邀请,驻村队答应吃村委的饭,以庆祝桃北"一村两基地"的诞生和道路工程前期准备的突破性进展。

夕阳如血。驻村队开车到村委,陈建威提三瓶酒。

厨房菜香扑鼻,何荣光、方玉艳在忙碌。新砌的柴火灶台上两口铁锅热气翻腾,盥洗池内散布着没来得及清理的鸡毛、鱼鳞和菜叶,桌面上摆放碗筷、汤煲和青菜等。

陈建威把酒放地上说:"要帮忙吗?"

何荣光笑道:"我们有酒,你们去饮茶看电视。"

彭维群在村委办布置餐台,他说金委员和梁会计等会儿到。他从抽屉拿出张盖章的打印纸，递给陈建威说："想请帮忙解决点办公经费。村干部两千多块的工资，不能再倒贴工资干活了。"

原来是份申请函，说村委经费匮乏，无法正常办公，请香山单位帮忙解决五万元经费，维持正常运转。半张纸的内容不说一字千金，却十分沉重。

陈建威把函传给黄智说："大家都看看。"

"正常要求，多少给点。"黄智轻描淡写地说。

开饭时，颜政东赶到，带来两瓶茅台镇的酒，说张书记请大家喝。

本地的家禽、海鲜，味道比对接当天镇政府饭堂的好。大家吹着电风扇，享受着美食、美酒。三杯过后，何荣光先敬陈建威："你帮麦老太买的手机，我送给她了。她姓何，桂山村嫁出去的。我代表桂山村民敬你一杯。"陈建威举杯，略显虚荣地说："何叔说那件小事干啥。"

大家赞扬陈建威，喝酒往高潮里走。陈建威惦记着村委的报告，无奈村干部真诚热情，也就放开了喝。两瓶酱香型白酒二十分钟干完，金敬德拿出可乐瓶装的自泡灵芝酒。

八点钟，村委回荡着酒足菜饱的喧嚷和风扇的呼噜声。

金敬德和方玉艳收拾残局，梁子文敬烟，何荣光添茶。

颜政东从摩托车后尾厢取出个信封给陈建威说："张书记交代的。"

桃河镇政府的函件，大概内容：镇政府为驻村队装修富民厂宿舍和添置设备，请帮扶单位支付改善驻村队住宿环境含租金十万元资金为盼。

陈建威看完苦笑："好事成双！说好的安置费一两万，怎么成了十万元？还要租金。"

马世燊说："这事不在我们能力范围之内。"

黄智不出声。

颜政东呼出酒气，伤感地说：

"十年前富民服装厂开业，市、县领导剪彩！何等风光。因资金周转不过，供应商上门逼债，刘老板转移场地，留下烂摊子，至今亏欠当地款项。张书记到桃河想方设法招商，总功亏一篑。你们搬来住，相当于在帮桃河镇、帮富民厂。桃河是农业镇，城东镇财税收入三千多万，桃河镇不够它的零头。拜托支持镇里，张书记不容易。"

大家深受感染。陈建威看时间还早，走到外面给周伟打电话汇报。

周伟大声说："喝酒了吧？什么乱七八糟。上周争道路施工权，这周冒出十五万，伸手这么快。"他停顿一会儿，生气地道，"你回复：讲好的事，三单位领导讨论过，变数这么大，肯定不行。你明天回单位详细汇报！混账！"

"混账"两字在陈建威脑中乱撞，如针芒刺背，万箭穿身。他到洗手间双手掬自来水泼洒脸颊，刚才的恣肆豪情涤荡得无影无踪。

回到村委办，陈建威强装笑脸说周主任这关没过。

黄智说："我们的钱没到账。就是到账，也要专款专用，不能违规。"

颜政东苦笑道："三个单位每个单位五万，正好十五万。你们改革开放前沿地带的大单位，拜托跟领导说说，小件事啦。"似乎十五万成瓮中之鳖。

陈建威头靠椅背，目赤耳鸣。

马世燊醉眼蒙眬地说："现在哪有经费？张书记打电话给领导，领导说办，我们就办。领导说行就行。别说十五万，五十万也不是不行。"

黄智责怪马世燊："他喝多了，说胡话。"

回到宿舍，陈建威躺在床上，"混账"两字仍在发酵，涨得他晕眩。骂镇干部？骂村干部？还是骂驻村队，就骂你陈建威。骂周伟你自己吧，哈哈哈。

世间归于寂静，陈建威的情绪低落到极点。张浩、颜政东、彭维群、周伟、宾璐和"微笑天使"等人浮现于脑海。虽不敢以小人之心去揣测同为南都大学本科毕业的大师兄张浩，可事实已经说明大师兄有放长线钓大鱼之嫌疑。上个月硬请驻村干部到莲城吃大餐，之后要请唱歌，陈建威自然不唱。不能突破底线，绝不能进娱乐场所。周伟最近怎么火气这么大？什么情况？我陈建威的工作真的有问题吗？又该如何应对？

醒来时凌晨两点，唯空调在做工。陈建威拨开手机，冯宝妮留言："今晚我钻到你被褥来。"

经常挑起战事的冯宝妮十二点主动挑衅。陈建威全身涌动暖流。痛定思痛，关心的人从未离开！

他复：外面哪个影子是你？

你还来劲？不怕厉鬼掐死你。

什么时候了还不睡？昨晚真见鬼，鸿门宴。

没狐狸精吧。苏美女在？夏美女在？还有小天使。

很好玩啊，如你所愿。

真的？她发愉快表情。再发：听同学说，以后你们两星期回来一次？

未必，杨局长很人性化的。

安。但愿如我所愿。

关机。陈建威恍恍惚惚找水喝。支持镇、村办公经费毕竟靠领导决断，如果扶贫好做，大概轮不到自己。让一切随风！

8. 不如回香山

黄智昨晚喝酒少，回香山负责全程开车。

高速路上部队演练车排成长龙，交通受阻。昨夜失眠的陈建威在走走停停的车上折腾得睡过去。被冯宝妮电话吵醒时，已近中午，阳光投射在南都的巨幅楼盘广告上。她说在做饭，让他直接回"巅峰"吃饭。

下午一点，陈建威回到巅峰。两人吞咽完温热的饭菜，疯癫起来。金色窗帘映照她润洁的肌肤，他忘情地释放囤聚了半个月的能量。也许由于身心俱累，他攻势凌厉，收兵潦草。

快到上班时间，冯宝妮一声不吭地整理衣物。陈建威爬起来说："我去单位，送你。"冯宝妮瞪眼道："你不能休息？不加薪，不升职！不要命啦！"

陈建威安慰："周主任叫我找他。晚上我做饭，好好犒劳你！"

"我打车。"冯宝妮怒气未消地说。

回到市场局办公室，气氛异常。钱小满不在，周伟也不在。周伟座位旁的办公台新放置着新的电脑和办公用品。

陈建威问同事阿兰："小满去1007上班？"

阿兰说："向副主任从市委办调来的，昨天发的文。"

陈建威的脑袋嗡嗡地响，查看内网的人事通知：市委办信息科副科长向雪任市场局办公室副主任。好好的不待市委，跑来责任与风险并重的市场局干吗？陈建威来不及想明白，给周伟打电话。

周伟责怪："我在市政府开会。你们怎么答应给镇、村办公经费呢？你们能做主吗？"

陈建威说："没有，我们怎么会——"

"早告诫你万分小心。你直接找郑副局长汇报。"周伟打断陈建威的话，降低声音说，"市委办调来向雪到我局任办公室副主任，今晚两个办公室的人吃饭，你参加。"

想到对冯宝妮的承诺，陈建威浑身燥热，推托道："我可能感冒了，请假吧。"

"你要参加。小钱也生病。你俩从不生病,要病一起病,真有病。"周伟说完挂了电话。

拒绝吃饭,违背了领导意愿!陈建威思想紊乱,双手按压太阳穴。周伟为什么近期总在"高压"状态?难道与这次的副主任安排有关?怎么又绕到副主任了?谁做副主任跟自己有多大关系?副主任位置钱小满最有机会,向雪不来,也轮不到自己。想这些干啥?陈建威拍一下桌子,抓起桃河镇和桃北村的函件去找郑旭。平时找领导先打电话,今天不打,不在就回去补觉。

郑旭正要外出。他提着包,站在办公室门口看完函件。他先不说函件的事,微笑着问生活习惯吗?工作顺不顺利?

陈建威答非所问,把预备给周伟讲的话咕噜噜全吐出来,并申明驻村队没有,也不可能表半个字的态给镇、村经费。

郑旭比对两份函件片刻,交还给陈建威,用力地说:"辛苦了!上午张书记打了我电话,说你们做了大量工作,脱贫攻坚进展顺利。桃河镇和桃北村迅速提供办公和住宿环境。镇、村经费紧张,我们应该支持。你告诉桃河镇和桃北村,我协调此事。"

陈建威如释重负,机械地说:"多谢郑局长!多谢领导。"

郑旭说:"驻村工作复杂,不像香山的办事方式,你多担待,事情总会水到渠成。另外,组织安排小向调来,你们是同事,以后互相帮助。"

陈建威爽快地答应。回到办公室,还原昨晚到今天的事:颜政东向张浩汇报偏离事实,把驻村干部的"好心"变成"承诺";张浩向郑旭打电话进一步偏离事实;郑旭追问周伟……

不管工作多复杂,领导出面,就能让下属吃定心丸。陈建威"翻新"名言:领导重视,一切困难都是纸老虎。

"家"中那只老虎,该怎样伺候?

下午四点多,在谈话室,开完会回来的周伟对陈建威说:"为更好地推进扶贫工作,经联合帮扶单位领导商议,即日组建联合帮扶领导小组,下设办公室,简称'扶贫办'。扶贫办在局机关十二楼工会室办公,你搬上去。成员单位驻村干部在香山时原则上到扶贫办上班。下周一上午十点与成员单位召开第二次联席会议,你们下午才去驻村。你准备好会议材料。材料要经得起推敲,突出关键词。"

变动突如其来,陈建威一头雾水地问:"局党组发文让我脱产驻村,又另外安排办公室?办公室人员要调整吗?"

周伟揣测似的看着陈建威，浮出笑容说："成立扶贫办是三单位领导决定的。扶贫地位提升了。"

进单位以来，鲜见周伟笑得好看。陈建威想起驻村干部选派期间，在停车场碰见法制办吴副主任，吴说："周主任今天见到我笑得可爱，我知道自己驻村没戏。他的笑通常不怀好意。"陈建威当时想：幸亏周主任没对我可爱地笑过。

近来脾气暴躁的周伟笑得如此真诚和蔼，陈建威感到惊悚，赔着苦笑。

周伟恢复常态说："扶贫办用会议桌办公，电话、网线等布置妥当。你私人物品一并带上去。我之前不认识向雪。晚上领导没时间，饭局改期了。"

陈建威倒认识向雪，但没时间过问她的事。他叹口气说："我搬。"

两年前，十二楼是单位宿舍，领导班子配休息套间，机关正科级领导和保安配休息床位。那时陈建威没车，晚上经常加班写材料，周伟给他单独解决一个套间，方便过夜。可惜这种领导待遇维持不到三个月，十二楼休息床位全部拆除，房间用途改变，装修成文体室、工会室、党团活动室、荣誉室和阅览室等。

陈建威用一个小时把办公用品搬到了工会室。

椭圆形会议桌占去房间大部分面积，可供七八人办公。阳光洒落在粉红色的复合地板上，壁柜里的奖杯熠熠生辉。双层隔音玻璃外，马路上车流汹涌。他打开玻璃窗，不自觉地点燃一支烟。唉！怎么看也不像办公室。以前办公室在七楼，杨武彪和郑旭等领导在七至八楼办公，工作起来感觉领导就在身边。现在十二楼，似乎和领导、同事相距遥远。他忽然感到虚幻而怅惘，好像又到了陌生的环境。他刻骨地想念冯宝妮，想约她晚上外出吃饭。用手机打过去，她没接听，用办公电话再打，仍没通。

他又想起父母。父亲去了二医院没有？治疗效果如何？

陈建威跟父亲电话视频。父亲说："在医院住了三个礼拜了，吃饭不方便，回家拿电饭煲带换洗衣服。"

父亲住院二十多天。快一个月没和父母联系了！陈建威内疚地说："让姐夫送过去吧，何必自己跑一趟。"

传来母亲的声音："你们上班都忙，你姐又怀上了。"母亲的话喜忧参半。喜的是姐怀上二胎，忧的是父亲的病。

陈建威觉得不踏实，对父亲说："二院疗养好不好？还是去市医院或省医院治疗，我联系找医生。"

父亲咳嗽几声才说："许多老家伙都在，互相照应。我戒烟了，咳嗽会好。"

"您才五十八岁,怎么老家伙了?"陈建威笑道。

父亲却说:"你想长远些,安心做事。年轻时吃点苦没关系。"

夕阳把工会室染得金黄。父亲二十岁入矿,伴随矿山壮大、辉煌与衰落。母亲曾说,他挖过煤,架过棚,开过溜子,装过电机。矿区改制之后,转做井下安检,把安全看得比天大,每天想的念的是矿山安全。上大学时,父亲曾送自己到南大。考上公务员时,父亲已提前退休,有的是时间,却义务为矿区的安全工作出谋划策,没来香山。矿山关闭后,父亲老得快,不知不觉变成病人。应该在香山稳定下来,接父母来常住。可自己放弃优越的办公环境,跑去扶贫,又怎能尽心尽力去照顾父母呢?而父亲总在安慰、鼓励和帮助儿子。

陈建威内心酸楚,眼圈湿润,愧疚不已。

冯宝妮发来信息,说公司安排周末外出,下周一回。

也许潜意识预感到她要出差,不自觉地抽了根烟。陈建威把烟灰缸拿到洗手间冲洗干净,拉下窗户遮阳布,准备联席会议材料。

扶贫联席会议推迟到周一下午召开。郑旭提前坐到会议室,招商局的文福鑫、马世燊,香山银行的何家俊和黄智到会。何家俊说赵行长去省城开会了。

会议首先讨论帮扶资金的筹集情况。周伟说市场局筹集的三十万元正在办走账流程,文福鑫说招商局筹措了十万元,何家俊说香山银行已落实十五万元。

郑旭说:"时至七月,不因资金拖项目后腿,希望第三季度完成全年筹资计划。另外,镇、村发函请支付驻村队办公、住宿的费用,不知两家单位意见如何。"

何家俊艰难地说:"我行通过挤办公费、员工捐款和社会募捐等,能想到的办法全用上,才筹到十五万。剩下五万元还没着落,驻村'开办费'真不知咋办!"

文福鑫调侃:"做金融的就是不同,之前哭穷,现在完成大半筹资任务,又哭难。我单位积极努力,争取排第三名。"

郑旭微笑道:"在完成筹资目标基础上,我局支持桃河镇三万元帮助改善驻村队住宿条件,建议成员单位各支持桃北村一万元帮助改善驻村办公环境。这项工作不宜宣传,资金到账告知对方就行。"

周伟恳求:"请文局长、何主任配合。"

两家单位没异议。

陈建威对照"鱼骨图",汇报十多项工作计划,重点提出四项工作:发展种养，道路改造，兴修水利，实施助学、助医、助房、助老、助残"五助"。另外，黄锦荣向驻村队提交过合办家具厂的报告，因他办不到项目担保而被黄智否决了，扶贫车间问题没提出讨论。

扶贫磨炼人，陈建威在桃北村组织主持过多次会议，不知不觉适应了开会解决问题的工作方式。在众多领导面前，他从容不迫，振振有词，并能根据与会者的表情变化调整说话的内容与速度。

大家对四项工作表态。第一项，发展集体经济和建立马铃薯基地；同时根据贫困户意愿，帮他们种植早脆梨，养殖蜜蜂、杏花鸡、本地麻鸭和生猪。这些属于"短、平、快"项目，时间短，见效快，获得领导组的通过。第二、三项民生工程一致通过。第四项，成员单位继续说好。周伟不说话，他会前没仔细审阅材料。大家一路说好，陈建威对答如流，也许是时候该冷静了，他于是说："几个'助'说大不大，说小不小，要量力而行。"

文福鑫瞄一下周伟，建议："今年开局，完成三项重点工作不错了。几个'助'今年助可以，明年助也行。"

"后年助也没关系。"何家俊笑道。

陈建威周六、日加班时，联想到贫困户家的种种困苦情景，结合"两不愁三保障"要求，把亟须改善其生活状况和提供保障的工作归纳成"五助"。本来还有"助产"和"助工"，担心引发歧义没有列举。助产，帮助妇产还是生产？助工，可理解帮助找工作，或者驻村干部帮贫困户干活。况且"助"提得多，有矫情之嫌。但是这些"助"，非助不可。

面对周伟态度的不明朗，陈建威试探性地说："'五助'是按周主任要求，结合考核指标，对即将开展的民生帮扶归纳出的关键词。"

周伟深思熟虑似的说："贫困户是脱贫对象，民生措施务必精准。"

审阅文件的郑旭放下笔说："属于规定动作，那就通过。议议道路的事，听说九百二十米的路，三家公司争抢着施工，怎么回事呀？"

黄智讽刺："分三个标段，各改造三百六十六米六六六。"

周伟郑重道："这是第一个公共设施项目，实实在在的民生工程，必须抓好。"

大家讨论道路工程到底给谁做，集思广益后决定：邀请县、镇、村推荐的三家施工方参与投标，定标共投五票。镇、村各一票，三个单位驻村干部每人一票，这样公开公正，而定标权在驻村队。

马世燊评论:"当某投标方条件明显优于另外两方,驻村队把票投向该方。当三家难以选择,驻村队各投一票,由镇、村去定。"

郑旭严肃地说:"三家投标方不可能没差别。资金主要由我们出,要把握好决定权。"

文福鑫说:"驻村队三票要统一。"

大家同意,会议过渡到商讨后勤。

陈建威说:"驻村干部管理涉及考勤、评优、驻村补贴和购买保险等事项。市扶贫办要求保持队伍稳定,原则上不轮换干部。"

文福鑫说:"我单位即将与外单位合并。我年纪大了,不掺和改革的事。以后可多驻村,我单位定我和小马。"

何家俊说:"我行黄智回来,换段杰去。今天会后黄智回行完成交接。"

郑旭叹道:"我们关心驻村干部的住、吃、行及待遇,更要关心其工作。文局长能多去,我放心。"

因为帮扶工作全面开花,会议最后确定三个单位的驻村干部分工合作。陈建威统筹日常,负责基地;招商局跟进工程,香山银行负责信息系统和"五助"。

会议圆满结束。陈建威感到扶贫以来从未有过的轻松。

明天才去桃北村,冯宝妮下午出差回来,两人终于可以多厮守一晚。

冯宝妮回到"巅峰",陈建威在厨房忙碌。疲惫的她欲取代"煮男"事务,他温情地说:"你出差辛苦,先去冲凉。"

茶几上四菜一汤,葡萄美酒高脚杯。冯宝妮穿睡衣坐着,情绪低落,对美酒美食没有欲望。她终于说出心里话:"你瘦了,扶贫辛苦。有的驻村干部撤回来了,你要真如我所愿,不如回香山,咱俩别受这份罪。"

她的话在意料之内、情理之中。陈建威叹:"开弓没有回头箭。等忙完这阵子,项目做起来了,带你去赤丰玩。"

她噘嘴说:"缺你,这贫扶不下去了?不去那鬼地方。工作两年,最大的收获是老了。"

陈建威端杯劝慰:"我们年轻,再打两年基础,就可以筹划在香山建立根据地。来,为你巩固大本营做出的贡献干杯。"

冯宝妮没举杯,说话不依不饶:"你去赤丰创建根据地吧。也不想想,先不说钱,你有时间买房吗?买到房有时间装修吗?哪来的根据地、大本营!"

"好,先吃饭。"陈建威给她盛饭。

"打你办公室电话,怎么你同事说你搬办公室了?"

"搬到十二楼工会室。"

"你不是说十二楼没人办公吗？"

以前她晚上去过他单位的宿舍，担心地问过有没有人在隔壁和楼下加班。

陈建威自嘲："我现在是十二楼的楼面经理。"

"你驻村几个月了，我觉得你是断线的风筝、屏蔽的网友、没有信号的手机。我劳顿回来，连说话的人都没有，更别说像今晚这样吃到热菜热饭。你连办公室都没了！一定要继续扶贫？"冯宝妮说着，想到闺密奉春媛去香港过周末，同事吕甜甜在国外度蜜月，自己牛郎织女似的生活，忽地鼻翼舒缩，心酸想哭。

陈建威的心倏地刺痛，咀嚼的饭菜变为苦涩。扶贫真是个事了！自己每天在桃北村忙得身心俱疲，而冯宝妮照样备受煎熬。"周末恋人"产生的综合症到了非调理不可的境地。还有两年多时间，以后会不会出现更艰难的状况？黄智先行告退，申请回来了。作为牵头单位派出的第一书记兼队长，有理由回来吗？

陈建威抚着冯宝妮的肩，夹块鸡翅给她。冯宝妮拨开陈建威的手，端杯独酌。

香山银行派出的第二任驻村队员段杰看上去时尚、精明，境外大学本科毕业，籍贯是东州邻市潮港。他说："冲香山银行上市考进来，才干一个月，没料到让我扶贫。"陈建威把出发前周伟的话告知马世燊、段杰。周伟要求帮扶资金筹集情况保密，以静制动确定道路施工方，不能和任何一方黏上。

周伟的要求有不当之处，资金到账后将在村里公示，无须保密。不过他有先见之明，施工方想黏上来。去桃北的路上，黄财钢打陈建威电话："陈科长，你们什么时候来赤丰？我上周做好的田牛道路改造工程预算，交到村委吧？"

"我们在路上。你等村委邀标，不用交预算。"

"陈科，中午吃饭，我在西闸订房。"

"不用，谢谢。"

"陈科，做不做工程没关系。中午张书记有时间。"

"我们中午有安排了，谢谢。"

"明天啊。"

"工作的事按程序走，没必要吃饭。谢谢你。"

陈建威把电话内容告知两位同人，苦笑："叫陈科长不行。陈科可以，陈科员的简称。"

"我是马科。段经理，叫段经。"马世燊坏坏地笑道。

"我抽你的'经'。"段杰面无表情地说。

下午的村委工作会上，男性村干部到齐，方玉艳请假。

陈建威传达帮扶单位联席会议精神，资金的事只字不提。结合驻村队三人的分工合作，提出"三条腿走路"："五助"保障是基础，搞好种养增收入，道路水利促民生。

彭维群静默抽烟；梁子文趄身坐着，嘴角流出口水；金敬德、何荣光心不在焉。马世燊打瞌睡，段杰看手机。面前的一切极不真实，陈建威提醒大家振作精神，发表意见。

金敬德不耐烦地说："三条腿，四根鱼骨头，又五助六助。说一千，道一万，都无法落实。比如，种养方面，像你们说的，要一两个月时间，等资金审批下来，才能发放树苗、蜂箱、鸡苗、鸭苗、猪苗。等两个月，时间太长，可以养一批鸭子了。摆在面前要马上确定的是道路的事怎么定？黄财钢说你们答应给他修路，他预算已花去几千元。他还说他做不成，也会给县里梁老板做。这些我们怎么不知道呢？"

"种养项目如何推进可以商量。我们没见过黄财钢，没让他做预算交村委。道路改造将启动招投标程序确定施工方。"陈建威微笑说，对事态发展感到隐忧。

"招什么标？谁能做给谁做，给我做也行。"梁子文半睁眼说。

金敬德涨红着脸说："给梁老板做肯定很贵，浪费资金。我前天在赤林村吃饭，香山横门镇的驻村干部也在，他们周末不回去。他们这么长时间，也什么没做。村委周支书当场就对他们说待在那儿干什么，不如回去。他们说要驻三年。我们桃北村不一样吗？天天找贫困户，办公费帮不上，做些清洗牙齿、买降压药、配手机等琐碎事。黄锦荣办家具厂，你们说给他投资没保障。修路只打雷，不下雨。人又换来换去，来帮什么扶？"

马、段二人抬头瞅一眼金敬德，坐直身子。

陈建威周身遭电击般一激灵。自己全身心投入扶贫，任劳任怨，甚至忍辱负重，不料反成批评对象，批评的人不是别人，是与你共事数月之人。本来想透露点帮扶资金筹集信息，看来没必要。他建议："做了什么工作，需不需要做，用心中那杆秤称一称就清楚了。黄财钢怎么做是他的事，大家讲事实，不带情绪。"

"陈书记说的各位听明白，别着急，慢慢商量。"彭维群说着，给大家添茶。

"我们提意见你们听吗？"梁子文闭着眼睛说。

"先把路修起来，许久不动工，捐款的村民想变卦了。"金敬德火气未消地说。

马世燊劝:"都消消气。按程序来,扶贫工作讲程序。"

马世燊的话发挥不了作用。陈建威血往上涌,扯开嗓子说:"说到底,焦点在于道路由谁来施工。扶贫项目不能优亲厚友,必须公平竞争,公开透明。"

金敬德脸色难看,彭维群一脸的苦楚。

陈建威喉咙发痒,干咳两声。心想:会不会太敏感了?也许村干部只想尽快推进项目,并无私心。他点支烟,不经意间看到"微笑天使"倚门而立,盯着自己,她没笑容,神情恐惧。她似乎长高了,穿着新近给她买的红裙子和凉鞋,短发齐耳,像个忧郁的少女。陈建威从钱包里找出五十元,走过去给她。她犹豫着。他拍拍她的肩膀,碰到的仍是瘦削的骨头。她两手摩挲着,不接钱。陈建威微笑:"拿去买东西吃。"她低眉,可怜巴巴地离去,五十元仍在他手中。

陈建威坐下来,不知道刚才该不该发脾气。他忽然为"微笑天使"感到高兴。不管她弱智到何等程度,今天第一次懂得不要钱了。廉者不食嗟来之食,她在维护自己的人格和尊严。陈建威眼前飘过月牙湖的鹭影,又看到了那团纯净的光亮。作为驻村负责人,必须维护公平正义。向"微笑天使"学习!当养静气,心如白鹭。陈建威露出微笑,又想起"每临大事有静气,不信今时无古贤"这句话,气消了一大半。

马世燊给大家敬烟。与会者抽着烟,开会气氛逐渐平静。外面摩托车响,来者颜政东。他踏进门槛就说:"黎主任出事了。"

"哪个黎主任?扶贫办那个?"马世燊问。

"就他,纪委在查他。他挪用惠农资金,被人揭了老底。"颜政东笑道。

彭维群用本地话训斥颜政东,颜政东不再吱声。

如果是真的,对确定道路施工方是件好事。陈建威马上为自己"落井下石"的想法感到悲催,他正色道:"惩治腐败绝不姑息。扶贫资金绝对不能伸手,伸手必被捉。希望大家深刻反思,端正自己的言行。"

金敬德叹道:"我跟金老板非亲朋关系,去年他以最低的工程造价修好联富村道路,我很感激,当时答应过他以后桃北村修路会极力推荐他施工。我们都希望把路修好,在没违背政策的情况下,大家要有主见,要找靠得住、性价比高的施工方。"

"金老板做事扎实,口碑好。"彭维群说着,给大家添茶,对驻村队建议,"养殖牲畜、家禽方面,资金没那么快到位,村干部帮助先垫付部分资金吧,种养讲季节、时令,不能误了农时。"

"我也着急啊。我尽快请示驻县组，争取资金申报先通过项目审议，这样我们可以垫付资金，或者赊账发放鸡苗、鸭苗等生产物资。麦老太的鸡苗和饲料我送上桃园村。"陈建威回答。

段杰说："我刚才建立了'桃北人家'脱贫攻坚工作群，群成员为我们加上贫困户家庭代表。这样好开展帮扶工作，我将先把'五助'方面的政策发上群。希望大家支持配合。"

村干部认同段杰的做法，对他表示感谢。

"陈书记老家在哪里？"彭维群问。

"津市。"陈建威答。

"我和你半个老乡，我在湘阳当的兵。"彭维群亲切地说，"你们年轻人来扶贫，是积德，将来有福报。"

陈建威饮着凤凰单丛，渐觉芳香馥郁。

9. 标的物

持续雨天，耽搁田牛道路改造工程招标。

马世燊说："不知哪天晴。小学放暑假了，不等了吧。"

彭维群坚决地说："修田牛道路是喜事，晴朗的上午招标为好。"

等到云开雾散，天气预报连续晴。大家查看皇历商定：明天招标，下周三签订合同，下周四动工。

各项准备就绪，之前联系的三家施工方答应投标。

在村委，陈建威号召大扫除，布置招标会场，村干部积极响应。

段杰诧异地说："怎么不请阿姨打扫卫生？"

马世燊道："请人清洁会不会违背扶贫精神？如果请贫困户，支付报酬，也许可以。"

陈建威笑道："一屋不扫，何以扫一村？"

段杰说："卫生清洁和扶贫有干系？"

陈建威说："有干系。村里将成立保洁队伍，让贫困户打扫全村的卫生，改善村容村貌。"

一个多小时之后，村委办公楼风通气爽，角落的蹲厕像新的一样。

陈建威凝望着塑料白板上张贴的"鱼骨图"，思考明天招标会可能出现的种种不利情形。如果某一方不配合、三方互相攻讦，或者耍横捣乱，怎么办？陈建威打王斌电话请教。

王斌情绪不好。横门驻村队计划给三个帮扶村各筹集五十万元，没一分钱到位。总队长梁冠标直接从横门镇政府拿六十万买了一台小型挖机，给三个村共用。可三个村的村干部嫌它低级，赤林村周支书说最少也要买九十万元的中型玩意儿，并多次奚落王斌。王斌如骨鲠在喉，对陈建威吐出一肚子苦水，才给他支招。

上午十时，黄财钢携带档案袋提前到村委，笑容满面地敬硬装中华烟。他偏瘦，中等个头，长相端正，不管对方接不接烟，都说"谢谢"。

梁展坤按时到达，两手空空。他横眉立目，但神情疲惫，全然没有坐在县扶贫办原主任黎少华办公室的架势，像只刚斗败的公鸡。

颜政东迟到十来分钟。他昨晚值班，没睡好，两眼发红。

村干部多次提及的金老板没露面，方玉艳说他在东州做大工程。驻村干部半信半疑。金敬德大口吸烟，脸上烟雾笼罩。

十时十八分，招投标开始。马世燊介绍标的物。

梁展坤突然站起，双手撑桌，弯着脖子大声说："我修过几百公里的道路，修这条小路不费吹灰之力。你们招标不规范。应该委托第三方主持，邀请资质公司参加。我可以和省级公路施工公司竞标。什么年代了？叫个包工头！"

黄财钢拉下脸，声音不高却尖锐："今天招投标合乎规定。我有资质，有委托书。我在乡下修的路比很多大公司多。从来依法依规，保证质量。"

"这是扶贫工程，扶贫干部主持开标正常。我们肯定按章办事，请梁老板讲话注意分寸。"新来的段杰冷静地说。

梁展坤口大气粗地说："你们就是有问题。"

金敬德怒目相向，大吼："今天不管是谁，不做准备，来干什么！说三道四！"

陈建威站起身，对梁展坤打手势说："请坐。梁老板，感谢您的支持，也欢迎您监督。请您不要阻碍程序进行。"

梁展坤坐下，像个闷葫芦，恢复萎靡不振之状。

招标继续。单独洽谈时，黄财钢和招标方沟通顺畅。他的分析合理，提出两个招标方未考虑的问题，承诺双方商定的事项列入合同条款。

轮到梁展坤，他没准备好投标材料，居然没看过道路，只是刚才在路口遥望了几眼。他的陈述空泛，心绪不宁，没表现出强烈的合作愿望。

梁展坤的报价比黄财钢的高出三万多元，不减价。黄财钢说扶贫工程可以不赚钱，总包干价降两千元。他的报价低于标底。

现场投票、唱票和计票。黄财钢公司得四票，梁展坤公司得一票。梁展坤没瞧白板上的票数，在会议纪要上画个名，抛出一句"搞得乱七八糟"，掉头往外走。他宽厚的背弯驼。

颜政东在陈建威耳边说："黎少华出事了。梁展坤为黎少华，也为自己争面子才到场。他色厉内什么，成语？我投他一票，不想让他难堪。"

陈建威说："内荏！原来你是内鬼！他不像来竞标。不过，金老板没来，如果他也不来，今天的程序可能被当成暗箱操作而废标。他来帮了我们。"

颜政东小声说："按行规黄财钢欠梁展坤人情。"

陈建威没心情深入工作之外的内容，当没听到。

定标后，驻村干部、黄财钢和部分村干部冒着热烈的阳光，沿田牛道路完整地走了一次，现场确认工程细节。

招投标圆满结束。驻村干部向单位领导汇报。

打完电话，马世燊说："我单位文福鑫副局长在来赤丰的路上，他说下午到村。"

大家商定下午集中在村委等待文福鑫的到来。

黄昏，一辆奔驰车送文福鑫到村委。开车的中年男子戴墨镜，他把文福鑫的旅行袋交给马世燊，驱车离去。

文福鑫在村委就座，给大家丢软装中华烟说："前段时间大家走村串户，辛苦了。我没真正走访过，等会儿走访两户残疾人家庭和读书子女多的。"

陈建威拿出名单商量。文福鑫电话响起，张浩打来的，晚上请吃饭。文福鑫说先走访几户贫困户。

马世燊找出两个"香山市招商局"的信封，每个装入一百元。

文福鑫责怪："看看就可以，弄这个干什么？"

马世燊说："领导走访跟我们不同。"

陈建威念出几个贫困户姓名，就文福鑫的走访对象征求意见。

金敬德说："残疾户就去金敬庭家，就在马路边。"

彭维群说："金敬庭老婆拄拐能走，不是最残的。去田心村的颜仕卿家，他坐轮椅。小孩子嘛，去联富村金敬庭对面的金胜庭家，他家四个小孩读书。"

金敬德收拢的脸又绽开。

马世燊说:"两户都不远。"

文福鑫说:"开车加步行,彭支书带路。其他村干部请回。我今天来晚了,改天请你们吃饭。"

梁子文、方玉艳、何荣光告辞。金敬德主动留下,与彭维群开摩托车带路。

贫困户金胜庭家柴火味浓烈,光线暗淡,里屋门口泛着火光。

金敬德说:"堂屋也睡人。右边卧室,前方厨房和楼梯口。第二层没建。"

一个女孩从厨房走出,按亮堂屋的电灯泡。暗黄的灯光铺洒屋内,红砖墙,角落的床挂黑色蚊帐,圆木饭桌上放着没煮的豆腐和青菜。

女孩十二三岁,穿红色短衫,清瘦的脸沾着灰烬。

文福鑫问:"在做饭?"

女孩怯生生点头。

金敬德说:"她叫金冬梅。父母打稻谷没回。你姐弟在写作业吧。"正说着,弟弟从侧门走出,约十岁,文静的他茫然地望着不速之客。

陈建威介绍:"冬梅升五年级,弟弟海棠升三年级。两个姐姐,春兰升初二,秋菊升初一。都放暑假了吧,姐姐呢?"

金冬梅说:"她们去了亲戚家。"

文福鑫走进右侧卧室。房间狭小,暗黄的灯光照着旧书桌、并排的两张床和深黄色蚊帐。

"好好学习。懂事的孩子。"文福鑫对金海棠说。

金敬德说:"三间屋。六口人,老人家住附近,他家供养。"

文福鑫在餐桌边坐下,叫海棠、冬梅坐,两小孩站着不动。文福鑫问姐弟俩的学习情况。

中等身材的金胜庭夫妇出现在门口,浑身沾满稻秆碎屑和汗水,尴尬的表情好像来到陌生人的家。金冬梅看到父母就返回厨房。

金敬德让夫妇俩坐下来。文福鑫询问家庭生产情况和收入。聊几分钟,忙于拍照的马世燊摸出信封给陈建威,陈建威把信封交文福鑫。文福鑫起身,双手捏着信封缓慢地递给金胜庭,口中念念有词。

大家借着黄昏的余光,在田心村穿梭七八分钟,到达颜仕卿家。

跨入没门槛的泥砖门楼到水泥地坪。文福鑫说房子天井结构。陈建威:"井在哪儿?"段杰仰望灰蓝的天空:"大家叫它天井。两侧的小泥砖屋是厨房和杂屋。"

进入红砖主屋的台阶由水泥砌平，正门没门槛。堂屋里欢声笑语，灯光炫亮，七八口人吹着风扇吃晚饭。菜肴丰富：大盆汤、节瓜炒肉、蒸吊筒仔、青菜、酿鸡蛋包。

轮椅在旁，头发稀疏的颜仕卿坐木椅上，笑着招呼客人吃饭。他的儿媳妇去泡茶。

文福鑫靠近颜仕卿坐下说："生活可以啊。"

颜仕卿喝口白酒，接过文福鑫的黄色芙蓉王："孙子生日。"

大家把目光锁定饭桌上的小男孩。

文福鑫笑道："为乖孙庆生。几岁了？"

颜盛强代替儿子回答："七岁。"

文福鑫对颜仕卿说："你精神不错。"

颜仕卿说："在家能干活。"

文福鑫问："脚是工伤？"

颜仕卿叹道："炸石压的。"

彭维群说："他以前当生产队长，维修桃园水库在梅坑镇的采石场受了伤，小腿以下没保住。早些年政府给他装了义肢。"

"我爸工伤，装的义肢不好，行动不便。镇政府才配轮椅。"颜盛强说。

陈建威说："上次义诊医生建议重装义肢，你说去南都医院，尽快去检查吧。我们准备成立一个'医疗救助'基金，政策资助不了的，由基金解决。"

颜盛强回应："拜托领导帮忙。"

"可以找香山市个体劳动者协会和私营企业协会资助。"文福鑫说，又和蔼地与颜仕卿拉几句家常，告辞前，他把信封交给小男孩说："祝你生日快乐！"大人们高兴地叫小男孩接住并说谢谢。颜盛强夫妇笑送客人。

西闸渔村，灯火阑珊。

餐厅门口，张浩和桃河镇副镇长蔡丽春恭候文福鑫。文福鑫与张浩握手说："张书记，对不起，来晚了。"

张浩诚恳地说："你心系扶贫事，夜访贫困户。我和蔡镇长好感动。"

文福鑫握蔡丽春的手："美女镇长，久等了。"

蔡丽春身材高挑，穿灰色短装套裙，妩媚地说："文局，您晚上去贫困户家办公，向您学习！"

张浩带文福鑫到点菜区:"几个菜,文局长看看。"

渔村祝老板从大厅稳步走来,他身材挺拔,五官端正,皮肤铜色。

张浩对祝老板说:"介绍一下海鲜。"

祝老板指着玻璃缸:"野生鳗鲡,今天才有,剩两条。孟加拉海赖尿虾,近些天缺货,留了十只。"

鳗鲡颀长灰褐,头尖身细,优美镇定;赖尿虾颜色金黄,扁平壳短,俊朗神奇。

文福鑫说:"工作餐,不搞贵东西。"

祝老板说:"野生的,不贵。浩哥订的,不然早没了。"

文福鑫不表态。马世燊吩咐:"赶快叫厨房做。"话音未落,文福鑫和张浩已走向包间,蔡丽春紧随其后。

陈建威跑上去问:"文局长,喝什么酒?"

文福鑫好像没听到。张浩回头说:"我们准备了,你们看菜怎么样。"

蔡丽春停下,叫服务员取菜单。"菜点得七七八八。"她眼神坦露柔光,对陈建威说,"陈队长瘦了。"

暖心的话出自只见过几面的蔡丽春之口,陈建威备感温馨。

"谢谢关心。"陈建威说完,对马世燊和段杰说,"你俩陪蔡镇长看一下菜单,我去洗手间。"

洗手间布满黑点的镜子里,陈建威头发蓬松,颧骨突出,胡子拉碴。真瘦了!好在肩宽膀圆,眼神灼亮。

陈建威进入V8房,内坐六人。"外人"是送文福鑫到村委的丘老板,他浓眉大眼,神情优越。餐边柜上的冰桶内倒放两瓶一公升的马爹利XO。

张浩表扬驻村队:"陈书记做事雷厉风行,马主任、段经理办事踏实。他们仨在桃北村的知名度比我高,干部群众都认可他们。"

马世燊笑道:"谢谢张书记表扬。领导高度重视,我们不能偷懒。"

段杰无语。

文福鑫笑道:"感谢张书记的大力支持。"

服务员端上竹篾小碟,里面盛放薄脆的黄色条状煎饼,奇香扑鼻。

"榴梿煎饼。"蔡丽春夹两片给文福鑫。

点心、汤、菜流程顺畅,喝酒更顺畅。三杯过后,大家自由组合,依次互敬。

蔡丽春面色红润地说:"文局长,镇政府篮球场您记得不,没篮球架,没健身器材。您帮个忙，送两副篮球架，配几个健身器材呗。"

文福鑫给蔡丽春倒上大半杯酒道："美女镇长吃饭不忘工作。我敬你。"

蔡丽春左手搭上文福鑫的肩，右手给他加酒，娇媚地说："领导的酒不能少。赤丰体彩答应送个固定球架。一根杆支块板插院子里，多难看。要推得动的那种。"

文福鑫清醒地说："镇政府院子要停车，够地方装两副篮球架？"

张浩说："不停车也装不下。另一副给中学，桃河中学三个球场缺一副篮球架。"

蔡丽春热辣地盯着文福鑫说："香山体育用品商家闻名全国，难不倒文大局长吧。"

听她语气，不答应没有道理；看她神情，不同意不近人情。

文福鑫举杯说："张书记、蔡镇长，我想想办法。"

张浩笑道："我们两个敬你。"

文福鑫、张浩喝完。

蔡丽春只喝一半，眼神抓向三个驻村干部说："颜政东分管扶贫，我兼管后勤。陈书记，还有你俩，我敬你们仨。下次领导过来，提前告诉我，我可不愿代替你们挨批。"

马、段二人举杯。陈建威迟疑地说："我们派代表喝完，你随意。"

文福鑫正经道："三个年轻人代表什么？蔡镇长没说随意。"

蔡丽春埋怨："我就不年轻了，文局长你不公平。来！三个帅哥。"说着喝完，倒挂空杯，挑战似的朝三人瞪眼。

陈建威只得把酒喝掉，马世燊也喝完。段杰没喝，他开车。

房间里只有酒在说话。

喝到第二瓶，一直较少发声的丘老板突然举杯说："我不会喝酒，诚心实意地敬镇领导。"

文福鑫对丘老板说："你喝酒不行，捐副篮球架行吧？"

丘老板答应："我让公司办公室联系。"

蔡丽春微笑举杯："丘老板是慈善企业家，我代表喜欢运动的桃河人感谢你。"

丘老板喝完，恭维："美女镇长厉害。"

张浩给文福鑫和蔡丽春倒酒："蔡副镇长分管教体文旅，与扶贫工作联系多。敬文局一杯豪华的。"

文福鑫对蔡丽春说："我敬你，你年轻、漂亮、酒量好。"

丘老板鼓掌。大家停箸观战。蔡丽春左手抓住文福鑫的皮带，右手举杯，满脸绯红，撒娇似的说："我敬文局长。"她竟然分两口喝下满杯酒。

面对欢愉的氛围，陈建威想：村干部等了一下午，彭维群、金敬德两人陪同夜访，可盛宴没他们的份。如果不这么铺张浪费，村干部一起来吃餐饭，该多好？他顿时感觉香辣的XO五味杂陈。

撤退时，张浩说："我和蔡镇长住莲城，负责送文局长、丘老板。段经理喝了酒，不要开车，西闸安排人送。"

陈建威说："我们帮文局长在中环大酒店订了房。段经理没喝，我们送文局吧。"

文福鑫煞有介事地说："不麻烦张书记。今晚我跟他们开会，商量工作。"

张浩劝道："文局长，今晚不开会了，要休息。"

大家往停车场走，沙土路坑洼起伏。蔡丽春双手抓住文福鑫的右臂把他往前推，抱怨道："干什么不行？您今晚非得干工作！"

车大灯射过来，蔡丽春是夜的魅影，曲线突出的身姿立体呈现，浑圆的臀部夸张凸起，左右颤动。文福鑫"不行不行"地絮叨，张浩与蔡丽春连扶带推把他装进赤丰牌照的越野车。

回宿舍途中，马世燊接到文福鑫电话："我们把中环的房退了？好。你住莲城国际，明天早上酒店开会，好。"

车头晃动，开车的段杰说："文局不住中环？我们去住。"

陈建威说："你也喝了酒，走乡道开回宿舍安全。房间可以退。"

段杰又说："晚上车少，我不是公务员，喝酒少，怕什么？中环那种自建房酒店我们住得起吧。"

陈建威说："不必浪费，回宿舍。"

陈、马、段三人在桃河街用完早餐，赶到文福鑫入住的莲城国际酒店开会。

文福鑫住套间，他让三人坐在烟味浓烈的会客厅，找出包软装中华烟扔给马世燊，又去壁柜取矿泉水。

马世燊给陈、段二人敬烟，接过矿泉水，准备烧水冲茶。

文福鑫说："市场局杨局长、香山银行魏行长，高度重视扶贫。昨天来的路上，我和市场局郑副局长打了二十多分钟电话，商量好跟大家开会，摆出问题，压实责任，逐项抓好落实。你们先思考，等下轮流发言。"说着，他匆忙地走进盥洗间大声地擤鼻涕、吐痰。

驻村干部发言。马世燊面面俱到，条理不清；段杰语无伦次，点面不分；陈建威着重提出存在的问题。

文福鑫提出要求：基地、道路和水利、"五助"等，分工合作，全面推进；遵守纪律，服从安排，注意安全。

会后，文福鑫拿起真皮挂包说："香山市派过来的驻县工作组组长曾嘉豪任赤丰县委常委，前天发了文。我昨晚联系过他。上午我和小陈去见他，小马、小段送我们去。今天周五，本周我留赤丰考察，你们下午照常回去。"

曾嘉豪原是正科级，陈建威知道他要升副处级挂任县领导，没想到这么快提拔。

去县政府的路上，马世燊说："曾常委以前和驻县组同志在县农业局办公，现在他到县政府上班，指导工作方便吗？"

文福鑫反问："有什么不方便？我在香山不能指挥你？"

到滨江路，县政府在河对面。文福鑫说："停车，我和小陈走路，你俩可在车上休息。"

文福鑫和陈建威走了几分钟，找到间粉面店。文福鑫进去吃了碗牛腩面，两人才去县政府。

经过县政府前的市民广场，文福鑫仰望县政府办公大楼说："发达地区这样的政府大楼也不多。"

电梯上到十楼，光线充裕的走廊里坐着一位端庄的女孩。女孩说曾常委在十一号办公室。文福鑫笑道："曾十一咯。"

曾嘉豪似乎换了副眼镜，外表更显斯文，他倒好两杯茶放在茶几上。

文福鑫用商讨的语气说："过来报告工作，我第一次正式驻村，今年桃北要推行四大方面工作……"

陈建威静静地听着，心里发慌。文福鑫自然说得高屋建瓴，可他说的针对性不强，内容不够精准，与上级指示精神契合度不高，甚至出现常识性错误，比如，他把贫困户脱贫目标说成"搞到贫困线之上"。这样说严重错误，因为并非贫困线之下是贫困，贫困线之上就是脱贫。预计贫困户脱贫达标的收入至少高出"贫困线"一倍以上。曾嘉豪听完文福鑫的话，未予评价，略显紧张地说：

"今年时间过半，各驻村队工作初见成效。建威同志负责任，能每季度、每月、每星期按时上报各种材料和统计表。自创扶贫'鱼骨图'，是扶贫工作管理的亮点，值得推广。工作重点是围绕考核指标，突出抓好贫困户脱贫和发展壮大集体经济。我和杨武彪局长通过电话，杨局长很重视支持。希望文局对驻村干部能关爱和严管并重。"

曾嘉豪说话逻辑性强，思维跳跃大，文福鑫接不上话。

汇报结束时，文福鑫没有笑意。电梯下到二楼，他去上洗手间。

在市民广场的树底下，陈建威给文福鑫递烟，见他双眼布满血丝，面部松弛。文局老领导了，六百里迢迢来扶贫，不容易！他与曾嘉豪相互之间好像不太尊重。唉，也不知什么原因。

陈建威没话找话："文局，你刚才怎么不递名片？"

文福鑫从挂包摸出包未开封的软装中华烟给陈建威说："递个屁！我做副局长十多年，姓曾的不懂扶贫。"

"我不习惯抽这么好的烟。"陈建威把烟推还说，"曾常委工作抓得紧。"

文福鑫又摸出包黄色芙蓉王给陈建威。

陈建威同样婉拒："我不真抽，喝酒、抽烟没瘾。"

文福鑫收好烟，自己点根软装中华说："时间还早，走走吧。"

两人靠林荫道走，文福鑫和善地说："小陈，怎么把道路工程建成高品质？货比三家不能只看价格，工程造价高些，说不定性价比更高。"

陈建威说："工程质量关键在监理。扶贫资金来之不易，能低于市场价做到符合质量标准，就是好事。"

文福鑫正色说："天底下哪有这样的好事？省、市加大了财政投入，不缺钱。价格适当才不会偷工减料，提高价格能保证好质量。"

陈建威思忖道："领导考虑周全，质量方面得想想法子。"

文福鑫加强语气："所以把握好合同。但不要对外乱说，扶贫工作敏感。"

话里有话？陈建威浑身燥热，看到扶贫车停在前方赤江边，马、段二人靠住河堤护栏晒着太阳看风景，便高兴地说："这两兄弟不蠢，知道过来接我们。"

文福鑫却说："把握合同重在把握好合同价。"

"合同价上午招标会定了。"陈建威说着，打马世燊电话，"把车开过来，送文局长去酒店。"

第三章　正面对决

10. 你是不是书读多了

陈、马、段三人在驻村办各司其职。文福鑫打电话叫马世燊开车去中环酒店接他到村。

马世燊抱怨："文局长跟单位的人说周末驻村，不来回折腾，实际上游山玩水，来这边找石头的。不好意思住莲城国际，改住中环酒店了。为什么不住宿舍？我们条件不差。他已经改非，还以为自己是领导，尽找我们麻烦。"

文福鑫以联合帮扶领导组副组长身份到村，完全代表领导组，代表驻村队，也完全笼罩马世燊的光环，如果马世燊有光环的话。陈建威说："副调研员为处级干部，在基层看来就是领导。就算不是领导，作为同事，去县城接他也应该。"

马世燊冷笑："没你高尚。他上周问我你俩有什么问题，我可没背后说你俩坏话。"

正核对"助残"名单的段杰说："我坐着中枪？马哥，你怎么不背后表扬我俩呢！"

马世燊拿到车钥匙，笑道："他要找你俩的碴儿！我这就去说你俩的好话，等着表扬。"

文福鑫到村委，组织大家开会，他向村干部通报驻村队的分工合作，询问道路工程进展情况。会后，他叫彭维群陪同到村里调研，让其他人做好本职工作。

周三上午，文福鑫给陈建威电话，让他开车到中环酒店，说去驻县组。

陈建威说："今天下午签订田牛道路改造施工合同，我们在修改合同文本，能不能改天去驻县组？"

文福鑫质问："分工为了什么？合同的事交给小马。你来县城。"

陈建威赶到中环酒店，文福鑫说他在驻县组办公室。

陈建威赶到驻县组办公室。陆军陪着文福鑫和横门队的梁冠标、王斌、肖源在交谈。驻县组成员邱毅、吴锡权也在。

文福鑫、梁冠标和陆军都是部队转业干部,交流越来越投机。

陆军说:"曾组任县委常委有利于工作开展。县扶贫办主任黎少华出事后,县农业局局长杜卓仁兼扶贫办主任。杜不是很支持种植业,曾比较被动。曾任常委,杜就不好公开反对。"

梁冠标信心满满地说:"我们大搞种养业。除种植马铃薯外,红中村种黄皮,安东村种西瓜,赤林村养猪。"

陆军说:"搞种养不能破坏绿水青山。养猪受环保限制,猪棚离村居五百米开外,数量不能超过五十头。夏季西瓜供过于求,沙坪镇的黄皮产量不高。马铃薯是王牌,首推马铃薯种植。"

梁冠标说:"我们严密论证每个项目。"

陆军咬住陈建威递的烟,谢过王斌点的火,说:"万事开头难,总算打开了局面。你们不要前怕狼,后怕虎,争取今年打个漂亮仗。"

文福鑫说:"我们解决群众痛点难点,将启动道路改造、水利工程等民生项目,也为马铃薯种植提供交通、灌溉便利。"

陆军赞道:"动作挺快,领导重视就是好。"

陈建威说:"我们领导按时召开联席会议,拍板项目。"

梁冠标叹道:"我镇属落后镇,帮扶的三个村起色难看。我这个总队长组织开会也没用,三个村的工作很难协调。"

文福鑫笑道:"大家各有难处。我们各展所长,分工不分家。"

肖源赞道:"分工合作,效率更高。"

时近中午,陆军说:"我请大家饭堂吃工作餐。"

文福鑫说:"外面吃,我请。"

梁冠标豪爽地说:"好久没见陆组长,难得见文局长。中午我做东。"

陆军笑道:"我订大吉利农庄,大家换个地方继续聊。"

梁冠标说:"我带了2006年的飞天茅台。"

文福鑫问:"招商局好几年没高档酒喝,你们还有十年前的茅台?"

梁冠标笑道:"私藏,不多了。"

下午要回桃北村签订道路改造合同,陈建威担心喝酒误事,建议:"为安全起见,中午不喝了吧。"

梁冠标不以为然地说:"天高皇帝远,在这谁管你。"

陆军顾全大局地说:"梁委员的好酒,大家喝点,不喝多。"他打通餐厅电话,那头说有黄猄、山鸡和蛇。文福鑫建议龙凤开煲、黄焖黄猄。

肖源问:"黄猄是什么?"

陆军说:"就是麂子,也叫小鹿、矮鹿。国家濒危动物。"

文福鑫小声说:"没那么珍贵!"

梁冠标请文福鑫坐横门镇的车。文福鑫说少开香山牌照的车,让陈建威坐驻县组的车。驻县组的车由香山市扶贫办出资购买,上的当地车牌。

大吉利农庄VIP房间偏僻,窗外长满青草的山坡静寂,也许将要上桌的黄猄曾经来过。

没动杯之前,大家都说少喝。几杯下肚,心如鹿撞,吐着蛇芯子,觅虫的山鸡般捕捉干杯对象。

文福鑫坐主位,成众矢之的,他酒兴浓厚,口头却说:"这些天喝多了。从上周跟桃河美女镇长开始,天天喝。不要老跟我喝,多敬梁委员、陆组长。"

梁冠标激将道:"文局长跟美女镇长尽兴,不跟我们喝。"

吴锡权起哄:"文局长率先垂范。"

陈建威劝道:"文局长下午进村,不要多喝。"

文福鑫不像开玩笑:"我是鬼子?进什么村?我跟两位领导'豪华'一下。"说着,让王斌用三个白色茶杯倒满酒。

三杯鼎立。梁冠标轻松握杯,抬手间酒入喉肠,出来的是声音:"我敬两位领导。"

陆军鼓腮瞪眼,端杯大喊"感谢首长",一饮而尽。

文福鑫面色红透,眼神迷离,迟迟不端杯。

陈建威担心文福鑫喝多,下午签约影响领导形象,也担心他的身体,便迅即移步,抓过文福鑫的杯,一口把酒喝下。

众人鼓掌。

文福鑫生气道:"你干什么!想当英雄!"

酒场上领导是主角,下属是配角,甚至配角都算不上,与群众演员差不多。陈建威霎时脸皮火辣,不知是听不得文福鑫的辱骂,还是因为酒精刺激。

文福鑫敬大家软装中华烟说:"梁委员、陆组长的酒等会儿敬,我喝多点。"

饭后,陆军安排邱毅送文福鑫和陈建威到中环酒店。

在酒店大厅。文福鑫说:"我已经叫桃河镇政府派人送小马到驻县组办公室开车来接你回村,你处理好下午的工作。"

陈建威问:"你不参加修路签约?"

文福鑫温和地说:"我参不参加没关系。为确保质量,合同价不要压太低。"

陈建威说:"造价在招投标时定了。"

文福鑫严肃地说:"随机应变。不因小失大,搞出豆腐渣工程。"

下午三点多,头晕脸烫的陈建威随马世燊回到桃北村委。黄财钢、段杰及村干部在等着。

陈建威细看合同,工程总造价比上周的中标价高出三万七千多元。工程内容增加砌小沟渠和建池塘护栏。这两项内容议标时含在总包干价之内,现在摇身变成加价筹码。

这些天文福鑫几次旁敲侧击提及合同价,说的内容与合同价的变动刚好吻合。难道他是背后推手?陈建威感到有块黑色巨石破空飞来,砸上头顶,顿时脑瓜空白,眼冒金星。

黄财钢阴着脸说:"按你们要求做的合同,你们看什么时候签。建筑材料在路上。"

陈建威缓过神说:"黄老板招标会上承诺合同价少两千元。现在造价不降反升,大大超过中标价,高过另一家投标方赤诚公司给的价,也高过财政预审价。"

黄财钢辩解:"增加项目内容,相应提高造价,没有矛盾。"

没人出声。陈建威让负责跟进工程的马世燊拿出招投标会议记录,马世燊好像灵魂出窍,没有搭理。

陈建威丢下合同说:"这件事奇怪了,大家务必谈谈看法。"说着,扫视全场,紧盯着段杰。

段杰皱眉说:"总包干价经法定程序议定,上周已向领导汇报。施工方突然单方面提高价格,我行肯定不能接受。"

黄财钢说:"工程可以不赚钱,但不能亏本,赔钱没法做。"

道路改造项目启动至今,走完了立项、资金短缺、占地、工程内容、财政预审等步骤,迈过一道道坎,付出不少的时间和心血。到签约了却生变故,煮熟的鸭子要飞?

陈建威告诫:"如果随意变动约定事项,就算能够合作,何以保证工程质量?何以保证下阶段不产生其他变卦?如果这样,就像梁展坤说的,真的有问题。"

黄财钢绷紧脸不出声。

陈建威眼睛灼痛,燥热难耐,忽然看到"微笑天使"穿着旧校服,倚在门边,中伏的阳光照着她又红又瘦、异常平静的脸。他给大家丢烟,想起身劝说她不要晒太阳。转眼却发现她不在门边,好像刚才是幻觉。

陈建威顾不及"微笑天使",正气凛然地说:"程序讲法规,合作讲诚信。本着对单位、对工程、对村民负责任的态度,每人轮流表态,请小马哥做好记录。"

金敬德大声说:"中标价已传遍全村。如果村民知道合同价提高这么多,肯定引起骚乱。"

何荣光笑道:"像彭灿雄,好不容易经他老婆同意交换校门口那块巴掌大的地方,又捐出五十元。他知道合同价抬高,会跳起来。"

彭维群分析:"这个价加上去,说得过去,不加比较好。在驻村队带领下,田心、牛角村民积极配合,筹齐了路基工程款项。陈书记,工程主要由你们资助,如果提高合同价,也得你们支付。你们跟单位领导说说,以你们的意见为准。"

陈建威掐灭烟蒂,对马、段二人说:"我们向领导请示。"说着,他走到外面给周伟打电话。

周伟没听完就责备:"怎么朝令夕改,当儿戏?办不好回来跟杨局长交代。"说着挂了电话。

段杰反馈何家俊的意见:总包干价不能变,要不就别做。

马世燊说文副局长没接电话。

合同价变动缘由不言自明,绝不能让他得逞!陈建威一锤定音:"现在大家的意见和领导组意见已经明确。请黄老板按之前议定事项,把合同价改过来。"

黄财钢从档案袋里拿出另几份合同,丢到桌面说:"这是按之前意见定的合同,合同价比我的中标价少两千元。两份合同,随你们签哪个。"

大家认真地察看原合同,黄财钢把"新"合同当场撕碎。

最后签字盖章的彭维群哈哈笑道:"鸡卵放落筐,稳当了。大吉大利。黄老板少赚点,准备胜利开工。"

黄财钢离开村委时说:"这个项目我做心意,不讲赚钱,讲诚信。"

快到晚饭时间,文福鑫接到陈建威电话,叫他去中环酒店。

陈建威说:"马上吗?我中午的酒没完全醒,不能开车。"

"没事叫你干什么?叫小马送你。"文福鑫说完挂断电话。

陈建威叫马、段二人一起去。马世燊拒绝:"我中午去县城接你,现在又去?我不是来做司机的。"

陈建威让段杰开车，两人赶到中环酒店。段杰提醒："我在大厅等。下午你做得对，上去没必要跟他动气。"

陈建威敲开文福鑫的房间，有意让房门开着。

文福鑫坐在夕阳散照的窗前，疲惫不堪，压住嗓子说："把门关上。"

陈建威关好门，微笑问："文局长找我什么事？"

"合同签了？"文福鑫问。

陈建威简要汇报下午签约经过。

陈建威话没说完，文福鑫一巴掌拍打在茶几上，"叮当啪当"，茶杯被震倒，杯盖滚落到瓷砖地板上，发出清脆的碎裂声。

文福鑫凶狠地盯着陈建威，骂道："你个烟酒生！那晚在西闸渔村，当着张书记的面问我喝什么酒，什么场合说什么话你不懂？这些天海鲜野味、洋酒茅台，你少吃少喝了？你正人君子？哪顿饭都叫你就地免职。你个'假大空'书记、'两张皮'队长。你是不是书读多了！"

陈建威怒火中烧，气力膨胀，他欲挥起右手击打电视柜。文福鑫剧烈咳嗽，脸往下坠，两眼无光，一副气急败坏的模样，早些天的风采消失殆尽。陈建威手抬过头顶，怒火和委屈猝然转化为莫名的怜悯和悲凉，鼻子发酸，溅出泪花，扬起的手耷拉下来。

文福鑫抽把纸巾，猛烈地吐痰、擤鼻涕，喘着粗气，余怒未消地说："去弄个牛腩面来。明天周四，上午回香山，我下午开会。"

早上阳光炫亮，马、段二人开车去县城接文福鑫回香山。陈建威单独留下。他踩自行车去桃北旧村委，车后座载着昨天在县城买的六十厘米的大地红鞭炮。

田牛道路改造工程上午动工，明天周五，县扶贫办将召开种植工作会，要求驻村第一书记兼队长参加，签订马铃薯种购销协议。就是没这个会，他也不愿提前回去，保证工作日驻村是工作纪律。驻村干部无正当理由"迟到早回"，是不称职的表现。

泥头车、挖机停在田心路口，古榕树下堆满沙子、石粉、水泥和石子等建筑材料。彭维群、方玉艳、何荣光集中在旧村委前，旧村委第一扇门贴对联：国策为民修筑小康路；香山帮扶引领致富村。横批：聚贤福地。

陈建威赞美对联。彭维群递烟说，梁文书写的。

何荣光放下手中的两挂小鞭炮，从陈建威自行车后座卸下大柄鞭炮，把它绑扎在挖机最前沿的松土齿上。

学校围墙边走来穿红花衣黑裤子的阿婆，她提竹篮。篮内放着蒸熟的鸡、猪肉，以及酒和香烛纸钱。她蹲在大榕树下，在地上摆好拜祭物品，倒了三杯酒。

何荣光问陈建威："陈书记准备红包没有？要给神婆。"神婆就是祭祀阿婆。陈建威说没有。方玉艳说："你买了大鞭炮，不用给。"

黄财钢开着小车来到，他笑着敬硬中华烟。神婆焚烧纸钱，点燃香烛，跪下叩拜。彭维群告诉陈建威：祭祀社公，保佑动土顺利，施工安全。

何荣光放响小鞭炮。神婆收到黄财钢给的大红包，带着神秘的笑离去。许多小朋友跑来看热闹。黄财钢从口袋里摸出一叠小红包，逐个发放给他们。

挖机师傅升高铲斗，鞭炮拉高悬挂，像条红带子。何荣光点燃鞭炮。"噼里啪啦"的声响震耳欲聋，小朋友用红包遮掩耳朵喊叫。黄财钢继续给村干部和陈建威发红包。陈建威不要，方玉艳示意他接住。

阳光把炮光和爆裂的红纸照得通亮。在鞭炮的烟雾中，挖机凿动田心村入口处的第一块泥土……

回村委，陈建威到洗手间打开红包，内装二十元。

相关人员商量施工和监工的具体事项，施工事项安排妥当。大家知道陈建威明天上莲城开会，而扶贫车已回香山，争相提出交通建议。

何荣光说："桃北去县城的公交，上午下午各两趟。早上八点在联富餐厅对面发车。沿桃河公路在霞光村转进小雅村，再回大公路，经圩镇、桃南，去赤丰。"

"在桃河差不多走一个钟头，你坐这趟车不适合。坐小面包车，不去小雅，直接上赤丰。"彭维群叹道。

金敬德说："我用摩托车送你。我就喜欢开摩托，四五十分钟可到。"

黄财钢诚恳地说："你今天跟我去县城，在县城住一晚。"

陈建威笑道："不麻烦各位，我坐小面包去。"

方玉艳说："坐小面包十元钱，公交车价的两倍，比公交车快半个钟头，贵点，但舒服。"

黄财钢说："我明早到村，到时载你上县城。"

陈建威下定决心："就小面包了，能坐。"

黄财钢说中午请大家在西闸吃饭。大家不出声，何荣光问陈建威意见。

昨天文福鑫在中环酒店谩骂的"理由"就在吃喝。如果没跟着他浑浑噩噩地吃喝，恐怕他也无从骂起。文福鑫到赤丰的吃请，浅白地说明他的饭局等于权力场，在饕餮大餐中显示身份和权威，满足不可告人的私欲。之前周伟电话中训斥"混账"，虽指向不明，也因吃喝而起。周伟严厉告诫过：没领导到村，不要吃接待餐。他甚至说扶贫干部"夜路走多了，总会碰见鬼"，会严重损害单位和香山的形象。有朝一日中招，都不知怎么"死"的。

吃喝是违规的代名词，是腐败行为。拒绝吃喝，不是高风亮节，也不是危言耸听，是生活态度，是政治立场。

不能再揣着明白装糊涂吃喝！痛定思痛，陈建威诚心地说："中午饭免了。这次的红包我代收，把黄老板的爱心转交给贫困户。以后不再收红包。大家坦坦荡荡合作，干干净净做事，清清爽爽交往。"

彭维群客气地说："陈书记，黄经理的饭不吃，村里的饭得吃。今天晚上田心村请吃饭，你得参加，菜是村民自家拿出来的，不用去外面购买。"

金敬德说："你们的办公经费收到，但不会用来吃饭。请你吃饭，不用花钱。"

梁子文兼会计，方玉艳兼出纳。金敬德说话的口气，好像会计和出纳都归他管。不过，说到吃饭他有说话权，联富村无名餐厅挂名为联富餐厅，老板娘是他堂妹，说不定他也是餐厅老板。

方玉艳笑道："下次牛角村请吃饭。这两餐饭村民请的，大家都要吃。陈书记，你们工作队修路捐了两千多块呢，不要见外。"

黄财钢痛快地说："陈书记，工程动工了，怎么样也要吃餐饭。村里有准备，今天晚上大家一起。"

陈建威果断地说："捐款用来修路。今天庆祝道路动工，晚上这顿我吃。以后都不吃了，请理解。"

彭维群笑道："尊重陈书记的意见。"

周五早上七点，陈建威踩自行车到联富餐厅吃早餐，老板娘指着马路对面说："你等会在那儿坐面的。以前是小四轮，拖厢绑两条长凳当座位，就能载客，现在进步了，改用小面包车，到了县城你可坐三轮车和摩托车去目的地。"

陈建威说："我家乡有面的载客，也能运货，方便实惠。"

吃完早餐，小面包"嘀嘀嘀"来了。

开车的小伙子是霞光村的，他告诉陈建威："在中环酒店下车，十元票价，送到县农业局加五元。从中环打摩托车到农业局也是五元，坐三轮车至少六元。"

陈建威弯腰爬上车说："到县城再说。"车后排内坐两小孩，其中大个男孩长出了胡须。在发动机"呜叭叭"引领下,车子跳动两下出发了。风声、车轮声和动力声合成有旋律的噪声,车内凉爽许多。

到桃南村,一对夫妇抬上一筐紫番薯。陈建威问什么价,男人眉飞色舞地说:"赶着去酒楼送货。紫番薯含氨基酸,营养丰富,抗癌,价格高。我种几亩试试。"

陈建威向夫妇俩了解桃南村的种植情况,问种马铃薯如何。男人说:"桃南村有本市单位扶贫,他们帮种番薯。种马铃薯要贫困户自己掏钱买种薯,没人种。听说你们提供种薯、肥料,包销售,桃北村好。"

到中环酒店花了四十分钟。陈建威在狭小的空间坐久了,腿脚麻酸,衬衣粘背,脸皮瘙痒,只好下车。

坐摩的到县农业局,离开会还有半小时。陈建威在一楼洗手间用自来水洗干净脸才上楼。五楼会议室门口传来陆军的声音和一个熟悉的女声。

负责签到的宾璐短发齐肩,穿蓝色碎花裙子。她从桃河市场消失一段时间了。如果不是之前打过交道,谁也不会相信面前这个城乡味结合的小清新女孩就是桃河农贸市场的卖海鲜的姑娘。陈建威胸口酥麻,面前晃过初见时的冯宝妮。

陆军爽朗地说:"宾璐,刚考上村干部,抽调来县扶贫办。驻桃北村的陈书记。你们认识?"

宾璐清晰地说:"我们隔壁村,我是桃河镇小雅村人。"

陆军说:"加个微信,以后多联系。"

两人加了微信。陈建威签好名:"常联系。"

宾璐脸颊微红,递过材料:"土壤成分报告、马铃薯栽培技术和购销协议,三份。"

曾嘉豪、杜卓仁、高教授到会。会议准时开始,陆军主持:

"今天会议四项议程。首先由专家通报土壤检测情况和进行种植培训;二是杜局讲话;三是曾常委讲话;四是签订种薯购销协议……"

杜卓仁打断陆军的话:"各位,我等一下跟梁县长下乡,先讲几句。赤丰没有大规模种植过马铃薯,尝试推广这个项目,我认为可以。扶贫原则讲'政府主导,自力更生',什么叫自力?就是要发挥贫困户的原生动力。希望大家因地制宜、因村制宜、因人制宜……"

杜卓仁借政策阐明观点:马铃薯可以搞,但要结合实际,不能强搞硬上。他希望大家创新带领贫困户脱贫致富的方式方法。他强调"零风险"使用扶贫资金,说完离场。

陈建威觉得杜卓仁讲得实在，态度明朗，各镇到各村，因为耕地、交通和传统的区别，农业经济各有特点。桃河镇的霞光村、桃西村种西瓜，桃南村种番薯，还引进了紫番薯；小雅村种香蕉等。科技引领农业产业化发展势不可当，所谓的"一镇一业""一村一品""一村一策""一户一法""一户多策"都有道理，都是结合实际制定发展措施的讲法。

高教授戴上眼镜，分析土壤成分说："两张A3纸列出赤丰县十镇十七村的采样数据，没有采样的镇、村，请参考此表。"

列表标出了各村土壤成分元素的名称、单位和具体数量，以及种植经济作物的名称。陈建威在表上找到桃北村的田心、奇峰和桂洲村。高教授拿支铅笔，点在表上，举例阐释。之后，高教授用生活化语言讲解马铃薯栽培的步骤和技术。他强调香山市帮扶赤丰县的二十个条村都适合种马铃薯，通过精细化管理，能达到亩产五千斤以上。

曾嘉豪说："我讲三点。一是认清形势。在落后、偏远的农村，不搞农业，搞什么？大家全力发动村干部和贫困户，扩大基地规模和种植亩数，试点村争取实现百亩目标。二是放下包袱。我们是省委、省政府战略部署的执行者，有市委、市政府做强大后盾，有省、市、县财政资金和单位自筹资金的大力支持，有强大的技术阵营，把腿脚伸到田地里去，甩开膀子加油干！三是周密布置。种薯即时从内蒙古启动运输，前期预订的几百吨优先供给赤丰，大家计划落实好各步骤工作。四是把握时间。抓好今年剩下的五个月，进入战备状态，把完成任务的时间提前。大家靠实力赢取好成绩，马铃薯就是贫困户的金蛋蛋，我们帮他们从土壤里种出来。"

看似斯文的曾嘉豪人如其名，有豪气干云的一面。听完他的讲话，驻村干部情绪亢奋，摩拳擦掌，信心倍增。

陈建威在桃北村购销金蛋蛋种薯协议书上填上了一百一十六点五的亩数。

11. 裂缝

陈建威坐宣传部驻村队的车回到香山市巅峰时代公寓。暴雨洗尽铅华，空气清爽，夕阳染映。他不顾疲劳，打扫房间卫生。

夜幕降临，陈建威邀冯宝妮去香山广场的港式甜品店。

在南大时，冯宝妮喜欢周三下午约陈建威坐地铁去南都新城的特色饮品店。她点份杧果西米捞或木瓜椰汁雪蛤，他喝咖啡或冰水。时光在红唇皓齿间停留，浪漫周遭萦绕。那份无拘无束、宠辱皆忘的惬意，曾冲淡他找工作的失意和她公考的失败。

面前的西饼同样地冰香甜美，改变的是情深意长。冯宝妮说出紧要的话："中海新区管委会公开遴选干部，发展计划局的职位需要经济学硕士、两年基层经验，简直为你量身定做。"

陈建威心跳加快。下午回程路上，同车的人议论过此事。中海新区副厅建制，为了给挂牌不久的自由贸易区储备使用人才，公开遴选干部多名。新区是许多公务员梦想的彼岸，不少想有所作为的年轻公务员必定为之放手一搏。对陈建威来说，彼岸虽充满诱惑，但毕竟在对岸。农村是广阔天地，他的梦想将扎根此岸。

"驻村队刚调整人员，这个时候领导不会轻易让我离开。"陈建威说。

冯宝妮双眉跳跃说："你扶贫有没有被人当棋子使？我同学说，你局办公室副主任位置白白送给了外人。"

陈建威叹道："干部调动和轮岗正常。市场局是大单位，向雪从市委机关调来，能帮助提高市局机关建设水平。"

冯宝妮恨铁不成钢地责备："组织人事，你懂吗？你不向组织靠拢，能进入组织视野？你自己的事不放心上，谁给你办？就像你在农村，要抬头看天，也要低头看地，看地上的路。"

陈建威叹："你没做公务员可惜了。"

冯宝妮劝："各行各业都一样。城市一日，乡村一年。你扶贫回来，知道世界变成什么样。"

陈建威反劝："我找不到参加新区遴选的理由。从省城到香山，从机关搞行政去农村扶贫。人生际遇存在某种因果关联。当初自愿报名参加扶贫选派，那么多经验丰富的同事没被选上，机会给了我。我干几个月撤离，大家怎么看呢？且不说对领导的赏识感恩戴德，但也不能让领导失望、同事嘲笑、自己看扁啊！"

冯宝妮鼓励："新区前景不可限量。从长远考虑，你参加遴选，同样为党尽忠，为香山效力。你准备好，下周一报名。"

周日晚，冯定妮再三催促报名才让睡觉。陈建威填好遴选干部报名表，躺上床，莫名地睡不着。

冯宝妮埋怨："让人睡吗？跟我睡觉不习惯啦？"

陈建威保持呼吸均匀。既去之，则安之，遴选报名只能虚晃一枪。

市场局接待室，周伟对陈建威说：

"机构改革是顺应形势、优化配置、提高效能的必然要求。招商局与外经贸局合并组建为商务局，文福鑫改任副调研员，他以后常去扶贫。用他本人的话说，发挥余热。他当领导多年，你们要尊重他。但工作上的事也要坚持原则，第一书记兼队长要能驾驭局面。"

陈建威应诺。

骄阳照耀，陈、马和段三人赶赴桃北村。

在桃河镇政府饭堂吃完中餐，陈建威把车开到田心路入口。

田牛道路施工现场敞亮开阔。田心路面挖出宽广冗长的路槽，新鲜的泥土气息扑面。

黄财钢和彭维群戴草帽，从旧村委走出。

彭维群说："中午太热，施工人员在旧村委休息。"

马世燊说："这段路基不止四米五宽吧，怕不怕太宽了。"

黄财钢大气地说："能宽的地方加宽，深挖槽，厚粉铺，石粉铺二十厘米厚。施工高过合同标准。"说着，他弯腰，右手做出"枪"的手势直指地面。

陈建威说："按合同约定实施就好。"

彭维群说："田心村民募捐在大榕树下建广场，种大红花树，给村民、学生休闲。"

陈建威支持："田心村民想法好，旧村委环境将焕发出新的活力。"

马世燊问："什么时候能修好路基？"

黄财钢答："村里人配合，搞完三分之一了。"

段杰建议："暑假竣工，学生开学有段好路走。"

马世燊告诫："严格按要求施工，不赶时间。"

黄财钢信心百倍："不拖不赶，按合同九月中旬竣工。"

回到富民厂宿舍，陈建威处理手机上的数百条信息。其中三条是宾璐发来的，她请帮忙看文稿。她说上午请几个人看，没人修改。

不看不知道，一看吓一跳。宾璐写的简讯讲的是赤丰县私营老板赵总，上周四去公平镇云楼村小学慰问，捐赠桌椅、电脑和文体用品等，价值五万多元。

赵总专程去边远山村小学献爱心，值得倡导。陈建威认真修改文稿，又与宾璐沟通，丰富事件背景。

受赵总乐善好施行为的激励，陈建威加强与驻村队同人和村干部的协同作战，加大力度推进"五助"，一件件民生实事得到落实。段杰在专题工作会上通报"五助"情况：

"助学对象为贫困户家庭的大、中、小（含幼儿园、学前班）学生。名单已经核实，待开学与学校核准，即可按商定标准补贴生活费用。其中两名学生计划申请赤丰县特困生补贴，由碧桂园公司资助。帮助贫困家庭百分之百购买明年的城乡基本合作医疗保险。对贫困户家庭中近几年的重（大）病住院者的医疗资助补贴在审批之中。计划内危房改造的奖励和计划外危房改造的补贴，在走程序。麦老太口头同意接受资助，把新房子建到桂洲村，国庆前可动工。计划对贫困户家庭六十岁以上老人发放老人节补贴。有几位没有领取养老保险的六十岁以上老人，正在特事特办，确保明年百分百领取养老保险金。香山正创公司捐赠给麦老太等独居和五保老人每人电饭煲和电磁炉各一个。残疾人补贴审批资料已做好。残疾人扶助比较复杂，陈队在跟。请陈队讲讲。"

陈建威补充："香山市'个私'协会捐资二十万元，成立了'小圩村五助基金'。这笔钱将用于扶贫资金帮扶之外的五助项目。颜仕卿义肢重装的大部分资金来自这个基金。民政部门对一类与二类残疾人每年补助金不到两千元，低保残疾的因残补贴每年也只有一千几百元。我们发动单位的党支部结对子帮扶，帮助他们解决生活困难。"

段杰笑道："陈队三次带'梁家老大'梁天超去医院治疗牙齿，经过消炎、清洗、补缺，他的牙齿已康复。帮助颜仕卿实施重特大伤病医疗救助，给他联系南方医院重新安装了先进的义肢，他拄拐杖可以走路了。我队医疗救助事迹上了省扶贫网站和《新快报》，陈队的实际行动令人佩服。"

彭维群说："你们三位领导工作扎实，精益求精，我们沾光了。"

段杰说："日常工作而已，离不开你们的精诚合作。"

马世燊说："我们离村民有多近，村民对我们就有多亲。助学、助医、助房、助老、助残，帮助贫困户和村里老人解决生活困难，他们肯定会信任和爱戴我们。"

陈建威高兴地说："咱们一个个说的比唱的好听。'梁家老大'会笑了，他家人说他好几年没笑过。他之前牙槽发炎，怎笑得出来！"

"赠人玫瑰，手有余香。我抓紧时间落实好'五助'。"段杰充满干劲地说。

田牛道路改造工程进展顺利。

彭维群说:"陈书记,你们不要光顾及'五助'。牛角村路面工程完成,现在铺设到田牛机耕路。一起去看看?"

陈建威说:"好,我们开车去施工现场。"

大型混凝土搅拌车停在旧村委前,小型拖斗车从搅拌车滚筒中接过混凝土。驻村队三人驱车跟上。彭维群介绍:"沙石外延,不少地方宽度超过了四米五。天热,每天多次洒水沉实路基。"

拖斗车在田心村掉头,沿宽阔、厚实的路基倒着开去田牛机耕路施工点。

扶贫车停田心村,四人下车戴草帽跟着拖斗车前行,阳光下的石粉路基散发的热能逼得大家全身渗汗。

马世燊问段杰:"段经理,为什么路面从牛角村那头铺过来,你明白吗?"

段杰反问:"你知道混凝土运输车为什么倒着开往施工点?"

彭维群笑道:"你们都是大学生,聪明。"

拖斗车到施工地,停稳。工人放下拖厢后挡板,"唰、唰、唰",湿漉漉的混凝土泼泻到两侧夹着木板的路槽。工人快速地耙挖。小个子彭灿雄活跃其中,手忙脚乱。车往前移动,拖厢升高,混凝土均匀地倒下。两个工人站在路肩,徒手滚动电线杆一样的水泥圆柱,震动机"啪啪啪"在路面缓慢移动,促使路面紧实契合。

牛角村前新修道路如一条白练,护住村落。塘堤外围砌石二十多米长,两米多高,堤上种植桂花树。

陈建威赞叹:"一条路美化了牛角村。"

额头上汗珠密集的彭维群说:"塘堤加宽工程由乡贤捐赠。种树加建护栏,牢固又美观。"

陈建威对彭维群说:"务必加强配合,铺设均匀。"

彭维群说:"他们修过路,经验丰富,不要担心。"

陈建威问:"监工人员每天能到场吗?"

马世燊不满地说:"天气太热,我不能天天守着他们。靠施工方自觉和自然村监督。"

太阳太辣,大家喊来施工班长交代一番,离开现场。

周六冯宝妮上班,她给陈建威安排任务:"我爸在家挖鱼池,你去帮把手。"

陈建威说："周主任上午约我帮贫困户买月饼，我办完过去。"

冯宝妮说："你抓紧时间，珍惜机会，好好表现。"

冯宝妮的家在大港，车程半小时。她家的别墅邻近闹市区，占地一亩多，在二十世纪九十年代建造，格局豪华。门前罗汉松碗口粗，深绿色针形叶繁盛。陈建威去过几次，喜欢她家的户外花园，在大理石使用较多的房间里总觉得浑身上下哪里不舒服。

八点多，陈建威联系周伟，周伟说："单位发月饼不行，给贫困户买可以。不要那么早，你多方面了解一下月饼的市场价格。"

给贫困户买月饼理当支持。中秋佳节，人们期盼全家团圆，吃饼赏月。曾几何时，月饼变味了，它装潢考究，成为拉关系的载体，文化内涵被世俗的贪婪和交易所代替。月饼应当发挥它的象征之义，给人们带去美好的情感体验。

宣传部驻村书记邝远盛打陈建威电话，以扶贫干部提前过中秋为由请吃中午饭。陈建威心向往之，可是买月饼到吃饭之前不够时间去完成冯宝妮交代的任务。陈建威打冯父电话说忙点事之后，或者下午才过去帮忙，冯父让他周末好好休息，不用帮工。卸下光荣任务，陈建威不知该庆幸还是该担忧。

等到十点，周伟告之陈建威自行去明珠公司。

明珠公司是香山市著名食品企业，在城区有N家蛋糕门店。

公司拥有一幢办公楼和两幢四层的厂房。周伟和陈建威几乎同时到达车辆不多的公司停车场，两人走进订货间。

接待的女孩脸蛋圆月般，穿着嫦娥的飘逸裙裾，很嗲地唤"周总"。她的声音破坏了陈建威对她的审美。

周伟笑问："小张，怎么胖了？"

小张调皮地答："月饼吃的，营养丰富呗。喝柠檬、橙汁，还是咖啡、奶茶？"

"柠檬。"周伟说。

小张倒来两杯柠檬水，又去吧台取来半块月饼说："你俩先品尝今年的新品。"

周伟对陈建威说："我也不想牺牲周六的时间，工作日你们驻村，没办法。你下周换台商务车，尽量多带些月饼过去。剩下的我们慰问时带过去。"

周伟和小张商谈得差不多，打电话给公司老总。

明珠公司股东之一的丁总来了，周伟跟他还价。

丁总说："这几年做亏本生意，公司准备改行。价位不能再低。"

周伟说："要不是扶贫，我也不会买。你看能优惠多少就多少。"

丁总拿计算器核算，把价目给周伟看。周伟让陈建威跟小张去办手续。

离开明珠公司，小张送周伟和陈建威每人一盒月饼说："帮忙打广告。"

晚上在"巅峰"，冯宝妮生气道："你收获蛮大。你就吃月饼，不要吃饭。"

市场局郑旭副局长带队到桃北中秋慰问贫困户和检阅刚竣工的田牛道路。夏美芳和廖惠怡随行。

周一上午十一点，田牛道路崭新白亮，新落成的古榕广场宽敞洁净，恬静舒适，树上鸟儿啁啾。月饼在榕树下装袋摆出，阵势豪华。贫困户开心地排队领取月饼和签收慰问金。

三个单位的领导在现场留下极具亲和力的照片。

近十二点，周伟对陈建威说："小马、小段在此负责，你带领导去看新修的道路。"

陈建威开市场局的商务车，车上坐郑旭、文福鑫和彭维群。周伟、何家俊、夏美芳、廖惠怡坐香山银行的车跟着。

彭维群介绍工程经过，诚恳地向领导们道谢。

文福鑫笑道："新修道路改善了村容村貌。"

郑旭说："修路看似简单，也体现村委和驻村队的能力水平。"

学校正门前的水泥路笔直宽敞。彭灿雄在路边砌墙建小卖部，郑旭下车笑着询问和鼓励了他几句。

车子轻快地驶过田心村居，走上原田牛机耕路。

宽阔的道路像飘浮于浅黄的田畴，天空幽蓝，山峦青绿。大家陶醉于车外的乡村美景。文福鑫突然急促地说："路面开裂！"

车内静寂。郑旭沉闷地说："下车看看。"

大家下车往回走。灰白亮堂的路面横贯一条裂缝，裂得粗放、干脆和绵延，足足三四毫米宽。

陈建威的心咚咚跳："怎么会这样！一路好好的。"

文福鑫察看道路两侧："几乎全裂断。"

后车的人凑去，表情惊恐。陈建威无助地望着彭维群。

彭维群低声道："之前没发现，这段路基太软。"

周伟严厉地瞪着陈建威说："裂这么厉害，你们不知道？"

郑旭不露声色地步行往前，大家跟上。

"又一条！""又一条！"文福鑫和何家俊的声音。接连出现的两条裂缝比第一条小，像两条巨大的千年蜈蚣横趴路面，陈建威全身发麻。

大家坐上车前行。离牛角村口十来米处，最后一条裂缝约两米长，从路的边沿延伸过中间，由宽变窄，似乎在暗示裂缝到此结束。

大家忐忑地站在水塘边的地坪。阳光、村屋、桂树、稻田里低飞的白鹭、远处雄伟的山脉，由于道路的裂缝，都与世隔绝。

文福鑫生气道："几百米的路，四条裂缝，是不是偷工减料？"

彭维群慌忙解释："石粉、混凝土铺得够厚。主要因为软基，有两条裂缝下埋装了过水涵管。施工时小马和大家都负责监工了。"

陈建威愧疚地说："是我的责任。"又心生一丝侥幸：彭维群的话等于提醒大家原招商局负责工程，谁多少责任不好说。

郑旭望向远处问："工程款付完了吗？"

陈建威小心回答："按合同，半年后支付总造价百分之五的余款。"

郑旭说："路面光滑，侧面平整。没有塌陷、崩塌。无麻子脸、马蜂窝。路基和路面厚度，没降低标准。道路整体不错。问问施工方怎么处理。"

陈建威揪紧的心稍为放松，为刚才推脱责任的想法感到羞耻。

"如果施工方不配合，就用工程余款请人维修。"周伟责怪道。

车上，文福鑫打通马世燊电话，大声训斥。陈建威面部发烫，觉得他在责问驻村队，训斥自己。

周伟警告："幸好杨局长没来。"陈建威的心弦又绷紧。

车子经牛角村新修道路，沿桃河公路，开到田心桥边。陈建威神思错乱，手脚发软。六七分钟车程，成为扶贫以来最艰难的驾驶历程。

桃北现代农业示范基地大型宣传牌昨天在田心桥边架起。大家站在宣传牌前合影，身后稻田中，准备第一批种植马铃薯的六亩多空地起好了垄。

郑旭说："太阳辣，精神点，笑起来。"

大家笑出声音，似乎恢复了参观新修道路前的欢喜。

下午两点多，文福鑫召集开会，参会者有陈建威、段杰、夏美芳、廖惠怡和村干部。郑旭带领部分人员返回香山去了，包括马世燊。

文福鑫严肃地说：

"道路四条裂缝，驻村队三人平均每人不止一条。如果你们之前不知道，是失职。如果知道，为什么不早说，想瞒天过海？这么大的质量问题，村民怎么看我们！你们请的施工方到底有没有资质？你们又是怎样监理的？你们要资金有资金，要文化有文化，要人力有人力。分工不分家，七八个人，一条路都修不好，领导怎么放心！"

问题明摆着。大家有的喷烟，有的静坐，任由文福鑫言语宰割。

"事情已经发生，谁愿意？大肆指责有什么意义？"段杰"反抗"道。陈建威踢一下他的脚。

文福鑫严厉地说："将来省、市扶贫验收，这条路不知变成什么样。怎么向杨局长交代？怎么向扶贫考核组交代？"

陈建威站起来检讨："开始动工时，我们认真看过。施工方和监工代表承诺得很好，我们放松了警惕，监督不严。责任在我，对不起大家。"

彭维群沉重地说："主要责任在我。铺田心路段我每天去看，机耕路没怎么管。对不起文局长，对不起各位领导。我叫施工方维修好。这件事伸嘴咬着舌，无话讲。"

方玉艳说："裂缝在我的分管片区，我的责任。"

"都知道错了，早干什么去了！新路就要维修啊？"文福鑫不依不饶地说。

大家承认了错误，你到底想怎样？邀标时背后捣鬼，想搞腐败，差点让合同没得签，就不应该反省？原招商局负责工程，就没有半点责任和错误？你把马世燊赶回去，在这里痛快地教训大家，有没有言之过甚？居心何在？陈建威愤恨不平，想诘问、反击。可那样必将引发争执，导致内部不团结，让夏美芳、廖惠怡不安，让村干部看笑话。胸怀白鹭，善养静气。得白鹭之静气，极天地之大观。从大局着想，选择缄默吧！

金敬德掐掉烟头："文局，郑局说这条路总体上不错。我们认为，裂缝不会影响整条路的质量和用途。陈书记他们做了很多工作，可能没完全顾到。我们以后多加注意，把工作做好。"

方玉艳笑道："路修得好，知足了。文局长放心，群众不会有意见。"

文福鑫大声道："这是扶贫工程，你们还没意识到危险。要是电视台、报纸曝光，什么性质？做多少工作也弥补不了这个损失。"

大家彻底沉默，段杰横眉冷对，压抑着怒火。

彭维群打完黄财钢电话，说："黄老板今天在小村镇投标水利工程，赶不过来。说修路时天气太热，裂缝是太阳晒的，自然开裂是好事，以后肯定不会再裂。他答应维修好。"

文福鑫正色地说："奸商，道路裂开了，还是好事。我看他身上长瘤，都是好事。他还修水利？明天水利专家到桃北。你们水利工程千万不要找这种人修，别修出破渠，把人带阴沟里去。"

廖惠怡扑哧地笑了。金敬德说："文局长幽默！领导说话水平高，让我们解气了。"

夏美芳和廖惠怡笑出声，大家都笑。

文福鑫说："道路抓紧维修好。我们商讨下阶段工作。"

12. 您是位好支书

香山水利专家——洋港泵站谢站长和李主任抵达桃北，勘察水利工程选址。

段杰开扶贫车载着彭维群、金敬德、夏美芳和廖惠怡带路，陈建威开专家的车载着文福鑫和两专家跟随。

经联富村，走联桃机耕路到桃山村。过了去桃花村和桃园村的路口，沿山路往里，车辆无法前行。大家弃车步行十多分钟，见到拦截的堤坝。坝斜面草坡镶嵌混凝土图案，无水库题名。

彭维群说："桃山水库，是桃河镇最早的水库。桃山自然村和小雅行政村共有。"

大家上到堤坝，土石堤坝沧桑坚硬，葱郁的山林环绕。水库的水域不宽，水质清澈。大群本地麻鸭在水库围起来的角落嬉戏，临水搭有简易鸭舍。轻风掠过，水面波纹细腻，几只鸭子朝人群嘎嘎叫，带动大批鸭子欢叫。想不到桃山村几户贫困户的鸭子养得这么好。陈建威忽生"似曾相识鸭归来"的感觉。

谢站长笑容可掬："生态鸭，肯定好吃。"

彭维群说："供给酒楼餐厅，过几个月是旺季。"

文福鑫问："扶贫鸭会不会破坏水质？"

金敬德答："没人喝桃山水库的水，控制了养鸭数量。"

坝下风景静谧，掩映三两户人家。远方岩石山高凸，莲花山脉高大绵延。夏、廖两个城市女孩用手机拍摄。如果冯宝妮在此，会一样地开心吧，两人情感总在拉锯状态，陈建威落寞地拍摄全景照片发原图给她。

彭维群说："建桃山水库时我快上小学，记忆犹新。公社社员用拖斗车、板车运送石头、沙子等材料，碾子、跃进夯人工抬上来的。"谢站长赞道："那个年代，修建水库主要靠人工，大家齐出力，没人讲价钱。"

彭维群叹："是啊。修桃河最大的水库——桃园水库场面壮观，附近公社来人，前后几万名青壮劳力参与。开山挖路，一开始大车上不去，拖拉机装多了开不动。许多材料由社员肩挑或手抬上山，大型设备由树木驮着，沿地面滚动，一步步挪上去的。"

金敬德说："我们要感谢彭支书的父亲，作为公社领导，带领社员削平山头，斩断几处山崖，建设了宏伟的桃园水库。"

大家似乎看到当年热火朝天、无私劳作的建设画面，对彭维群投以钦佩的目光。

彭维群说："我父亲算不上领导。做过公社社长，后来去乡政府做副乡长。"

文福鑫问："赤丰属革命老区，他老人家参加过革命？"

彭维群说："大革命时期，我父亲的几位堂兄弟参加了赤丰人民武装起义，是烈士。我父亲小，没参加。新中国成立前他跟过游击队，赤阳丰分三个区，桃河属二区，他帮二区跑后勤。"

文福鑫赞："为了国家事业，你的长辈不顾生命危险，了不起。"

谢站长说："他老人家继承了革命传统，人民公社时期才能带领乡亲们在物资紧缺的艰苦条件下，无私地创造伟大工程。"

彭维群说："那年代人民的精神好。开始公社食堂给水库建设者送饭，后来集体不开饭，发干粮，都自带吃的，大家修水库的劲头没减。毕竟吃得少，有人身体吃不消，累得用车推回去了。"

大家喟叹一番。谢站长说："水利是农业的命脉。二十世纪五六十年代，全国各地水利建设从偏重防洪向综合开发利用发展，修建了大量艰巨豪迈的水利枢纽工程，扭转了我国几千年农业靠天吃饭的局面，功在当代，世代受益。也有极少数水库质量不好，有的维修，有的废掉了。这个重力坝不错，就是水位低，排水设施失修，无法发挥灌溉作用。"

彭维群说："如果把水引到山下，可以灌溉大面积田地。"

"水位下降，增加了引水难度。"李主任说着，走下坝坡察看排水口及设备。

金敬德说："近些年，莲花山开发房地产和旅游，搞的漂流项目供水不足。桃园水库水位也处于历史低位，是不是水土出现问题？"

"难下科学结论。"谢站长说，"但是，泄洪设施破坏，引水渠道堵塞，存在隐患,有必要维修。"

"打通涵管,维修泄洪闸,疏浚引水渠。改造之后,可以借助抽水机灌溉。"李主任说。

大家就桃山水库维修工程达成共识,去勘察桃北泵站选址。

夏美芳问:"我们去刚才说的桃园水库吗?"

金敬德答:"可以。山上有户贫困户,陈书记去过好几次。上桃园的路开小车不适合,开摩托车、拖拉机最好。"

廖惠怡说:"那就是去不了。"

大家来到田心桥头,站在农业示范基地宣传牌前。彭维群指向西边稻田里的泥砖颓墙说:"提水泵站旧址,二十多年前,桃北村和霞光村共建。计划在那重建。"

大家沿测量基地面积时开辟的小路走过去,小山堆周边被金敬德斩断的芦苇已经枯干。之前树上缀满的鲜红荔枝采摘一空。

谢站长爬上小山堆,环视四周问道:"旧址位置太小,这个山堆是村集体的吗?"

彭维群说是。

谢站长挥手道:"桃河在此变得开阔。把山堆推平,整出个上百平方米的地面,就建在这儿,引水方便。"

李主任回应:"现在的设备功力大,要在田间开挖引水渠,保证供水量,水泵才能正常运转。建在旧址,水源远。建在这儿直接从桃河取水,水量足够。"

谢站长说:"这儿离电线杆近,取电方便。排水渠全部三面光,方便灌溉。"

廖惠怡问:"'三面光'是什么意思?"

陈建威比画着说:"就是建水泥渠道,截面成方形。渠道底部和两侧砌上水泥。"

文福鑫决断:"按专家说的做。将来排水渠边的机耕路硬底化,锦上添花!"

彭维群、金敬德笑着感谢文福鑫。

谢站长说:"小李测量好用地面积、排水渠规模,回去制图。"

李主任从挎包找出卷尺,金敬德走过去协助测量。

段杰有所顾虑地问:"山堆边这几棵树,会影响施工吗?"

谢站长说:"提前砍掉,工程不要因为土地权属、植被等受阻。"

文福鑫颇有信心地说:"集体的地私人种树,村委能不能解决?"

彭维群叹："这几棵荔枝树留不住了。"

夏美芳指着最大的荔枝树说："这棵看样子是糯米糍。如果在香山，这棵树的荔枝可卖一千。"

廖惠怡加码："如果是桂米，可卖两千。"

段杰叹道："价格相差挺大。"

廖惠怡说："与品种、区域和季节相关。"

彭维群说："桃北没那么贵，整棵包售二三百元。"

段杰问："另有两棵不同，什么树？"

文福鑫笑道："辣木，值钱。"

谢站长说："辣木可以移栽。"

经认真研讨，桃北水利项目明确为两个组合四项工程：桃北泵站建设和田牛排水渠改造，桃山水库引水设施改造和引水渠重修。

文福鑫说："请谢站长尽快出图纸。"

谢站长吩咐李主任："按文局要求办好。"

临近国庆，陆军打陈建威电话："国庆前马铃薯种运到桃北，不要提前回去。"

9月29日早，陆军又打来电话："种薯上午十点到你村，组织十多人卸货，保证足够的存放空间。"

陈建威说："合作社示范基地二十二亩的种薯，旧村委四个房间贮藏，共计一百七八十平方米的面积。梁实基地和散户的领回家。"

陆军说："够地方了。除集体的，其他的两天之内分发下去。"

马世燊抱怨："怎么这个时候送种薯过来？离国庆越近，返程的路越堵。段杰聪明，飞澳大利亚了。"

陈建威笑道："他休假出国，你找什么借口？"

马世燊恼道："我出家吧，在这跟做和尚没区别。"

"你灵魂出窍，魂归香山了。"陈建威叹道。

谁不想早点回去呢？冯宝妮早就计划国庆出国。欧洲的冰雪峡湾、湖畔小镇和马德里皇宫，她期盼了几年。马铃薯种迟迟不到，陈建威无法筹划出国，只能搪塞："国庆太多人出游，包括出国游，不如快乐地在香山虚度光阴。"

搬种薯的贫困户十点来到村委。陈建威打陆军电话，陆军说在大塘村，十一点到桃北。

十一点，陆军说要十二点前到。陈建威问："要不要让贫困户先回家吃午饭，饭后再搬？"陆军说："不行，饭后难集中人，吃饱了也不好干活。"陈建威着急道："村干部剩两个，贫困户走了三分之一。"陆军喊道："稳住，我们准备过来。"

陈建威打电话让联富餐厅备好二十份快餐，又给贫困户递烟说："我们抽完这根烟去旧村委等着，搬完大家一起吃中午饭。"

十一点四十多分，一辆黑色多功能车从桃河公路飞来。陈建威打陆军电话："旧村委前的古榕广场，新修道路转入三十米。"

多功能车在广场停好。陆军、高教授、高主任和吴锡权下车。高教授说："久等了。"

一辆巨型货车不快不慢地从桃河公路驶来，车厢盖着绿色帆布。庞然大物，这个久违的词语形容最恰当。巨型绿怪兽到路口"扑哧哧"进退两次，倒入古榕广场。

陈建威问："车上多少吨？全是我们村的？"

陆军说："这辆重货车能载三十多吨，上午在公平镇大塘村放下了十多吨，剩下的绝大部分是你们村的。"

高教授检查贮藏种薯的旧村委泥砖房，四个房间的地面铺垫了稻草，门窗虽小，南北通透。他表示满意。

大货车司机两人，一人上车掀开绿色帆布，大半个车厢塞满网袋装的马铃薯。高教授指挥两个贫困户爬上车，参与卸货；另一司机和陆军点数。等待良久的贫困户卷起裤脚，挽起衣袖。

高教授扬手喊话："国外引进、内蒙古认证多年的优良品种，从草原跋涉半个多月运来赤丰。大家听从安排，从贮藏开始，运用科学方法管理。两天内全部铺开在阴凉透风干爽的地方，高度为三个马铃薯。搬完薯吃完午饭，我给大家培训种植。记住了？"

"记住了。"众人呼应。

高教授用力举起双手说："中午热，先全部搬到室内，袋袋叠放。每袋五十斤，注意安全。"高教授话未落音，高主任已扛起第一袋，朝旧村委走去。

彭维群、陈建威、金敬德、吴锡权、马世燊和众多贫困户，共十多人组成的搬运大军，扛种薯上肩，摩肩接踵穿梭在古榕广场。黄千婵和彭灿雄老婆身强体壮，扛几袋后，因为太重，改为两人抬。她俩脚下生风，比任何扛的走得都快。

不到半个钟头，搬运了两百多袋。调度指挥的高教授喊："休息，不要那么快。"

大家脸热耳红，大汗淋漓，衣袖、肩膀和脖子沾染成黄色。

高教授摸出硬中华，给大家递烟说："你们是我见过的最勤力的，我等会儿跟大家一起搬。"

陈建威望着五十来岁、个子不高的高教授，说："您不要搬，高主任也休息，这本来是我们的事。"

"这是大家的事，我搬，彭支书休息。"高教授坚定地说。

彭维群褪色的灰格子衬衫完全湿透，他疲惫地说："我换件衫。"说着，去打开摩托车底座取出一件衫换上。

彭维群年过六十，身子骨不好使。陈建威劝他不要再搬，他说："搬完再说。"

两个货车司机换位。高教授丢掉烟头，扛上第二轮搬运的第一袋。

大家搬运摆放熟能生巧，井然有序。越来越多前来领取种薯的贫困户加入搬运行列。大家干劲十足，相互帮手，现场混杂厚重的马铃薯味、汗味、烟味，更多是心往一处想、劲往一处使的乡情味。

二十来分钟，高教授又喊休息。陈建威全身汗水流淌。许多贫困户脱掉上衣，裸露与马铃薯同色的身体。陈建威和彭维群摸出烟来敬，烟盒子沾满了汗水。

高教授给又换了件衫的彭维群递硬装中华烟，喊道："您是位好支书。我相信你们一定能带领贫困户建好基地，带动产业发展，脱贫致富。"

彭维群说："哈哈，高教授，您是榜样。谢谢您的好烟。"

高教授说："在公平镇大塘村，驻村队给每袋两块钱搬运费，没人搬。后来增加到每袋三块钱。你们不错啊，大家义务支持。"

马世燊说："肚子饿了，干完有饭吃。"

大家哄笑。

陆军气愤地说："大塘村比你们种薯少，搬的人多，花了三个小时！搞得我们过来拖延了时间。"

高教授喊："我们已经搬了四分之三，大家继续。老天在帮我们，刚才阳光普照，现在太阳躲到了云层后。"

又大干二十分钟，陆军喊："够了，够了，多出好几袋了。"

高教授喊："多出的送你们。"

太阳光照射下来。贫困户聚集在榕树底下，有的抽烟，有的擦汗，有的狼吞虎咽着盒饭。大家露出劳作之后轻松愉悦的笑。

吃完快餐，陆军非要给陈建威一百元餐费，陈建威收下说："这顿我请，我做好台账记录，这一百元转交贫困户。"

运薯大货车先行离村，高教授和陆军等人培训马铃薯种植。

高教授站在村委办彭维群平时坐的位置，准备好了两把切刀和一瓶消毒酒精，颇具厨师风范。高主任站他身旁，像大厨的侍应生。高教授给层层包围过来的贫困户示范马铃薯种切块，他依据种薯的节疤，纵向下刀，一个薯切三至六块不等，烂薯不要，有黄圈、黑疤的不要。刀子交替消毒使用。几个薯下来，切块成堆。他放下刀，把驻村队准备好的消毒粉撒在切块上，轻搅细捏，像加工美食。他说："消毒粉由滑石粉、甲基托布津和杀毒矾拌成。沾粉的种块，放三五几天比较适合，最多放十来天。节点朝上种植。接下来你们练习切块。"

贫困户轮流站在高教授的位置切薯。高教授挑选形象差的种薯给他们，帮助他们纠正怪异的手法。他们动作、神情轻松了，就证明学会了。

完成切块培训，高教授说："驻村队发现你们大部分没备基肥，按百分之三十的比例帮助你们购买了鸡粪，运回村，正在发酵，你们必须自己备一部分有机肥做基肥。驻村队又帮你们配好了消毒粉，你们不要嫌麻烦不使用。早几天在六和镇某村的种植户，不听我的，图简单方便，擅自用消毒水浸泡切块，因为方法不当，切块变质，损失了部分种薯，让人痛心啊。消毒水看似省事，实则难以把握配制和浸泡的分寸，我都不敢使用啊。"

接下来，高教授请陈建威讲授种植课。陈建威对马铃薯种植程序烂熟于心，他发放讲课资料，详细地介绍起垄、施肥、播种、追肥、灌溉和防病虫害等步骤。

高教授高度肯定陈建威的讲课，就关键知识点以提问方式加深贫困户印象。美中不足的是两户缺席，高教授对陈建威说："要对他们单兵教练。"陈建威说好，他明白单兵教练就是带批评性质的一对一指导。

彭维群问大家有什么问题。

大家就追肥成本和保底销售提出疑问，陈建威一一解析。

颜盛强自豪地说："我家的地起好了垄，就在小学后面。请高教授去看看。"

高教授高兴地说："非常好，我再忙也要去。"他把切好的薯块装入空网袋里，又从车上拿出另一个装有切块的网袋。他环顾二十多个贫困户说："今天的切块不能马上种，等一两天，切块伤口干了再种下去。这袋是昨天切的，抹了消毒粉，可以种。我们的马铃薯种全部催芽。没催芽的也可以种；切块在播种之前，用稻草灰盖住，能促进催芽。大家一起去，我现场教你们怎么播种。"

小学门口彭灿雄的小卖部搭好了铁皮夹层屋顶，他在安装门窗。大家取笑他做老板了。他发愁地说："做屋顶隔热板和货架，赊账一万多元了。黄经理以前答应教我烤面包，我问了，烤箱要一千多，我买不起。"

陈建威知道，比较好的烤箱三四千元一台。他对彭灿雄说："黄经理回香山了。你只要肯干，就能脱贫致富，到时更贵的烤箱你也买得起。"

彭灿雄老婆笑道："建好小卖部，买一个烤箱。"

大家赞扬她有志气。

学生在上课。李校长和拄着拐杖的颜仕卿站在校园，颜盛强对众人说："二十年来，现在是我爸最开心的时候。谢谢你们帮他重装义肢。"

颜仕卿声音洪亮："多亏李校长把学校的地借给我家。等马铃薯收成了，送学校两担。"

李校长坦诚地说："我代表桃北小学跟中心小学校长沟通过。我不是校长，但可以负责任地说，小学不要回报。"

彭维群说："全镇所有小学统一归镇中心小学管理，名义上全镇就一个小学校长。李校长以前是校长，现在是桃北小学负责人。"

高教授对李校长竖起大拇指："我们认你做校长。谢谢你支持我们的工作。"

李校长感激地说："以前有过扶贫，只有香山单位，刚来就把学校门前路修好了，方便了全校师生。香山单位助学、助医、助残。我们知道，你们来是扶真贫的。"

高教授对贫困户说："帮扶干部对你们那么好，你们不好好表现就对不起他们。"

大家跟着李校长走出学校后门。面前的田地拢起一条条灰黄色的土垄，非常规整。

李校长说："两亩多地，以前种过菜，养过鸡，荒几年了。今天用来支持身残志坚的仕卿大哥！"

马世燊带头鼓掌。

高教授盛赞李校长开明，又说垄台土层厚，深耕碎耙，疏松透气，有利于马铃薯根系生长。他把切块分发给贫困户，让他们用刚才学的方法，按"品"字形把切块种入田垄。他说："这块地肥，有机肥可以减半。全部种好后，用稻草盖住。要适当施复合肥，前期的钾肥和后期的磷肥不可少。大家放心，我们的化肥用量控制在保护农产品和生态环境指标范围内。"

贫困户胜券在握地笑，好像这块地是他们自家的。

高主任望向旧村委后面的地说："那边的小块地也可以开发出来。分薯时多给了你们几袋，可以种在那儿。"

彭维群问贫困户："你们谁要？按自创的基地模式分成。"

彭灿雄的老婆说："我要，小卖部的欠账要尽快还上呢。"

高教授说："你们跟着陈书记、彭支书好好干。我们去下一村。还有几车，国庆前搞掂。"

大家送高教授一行离去。

金敬德和何荣光找来磅秤，组织分薯。

黄昏时，种薯领走了一大半。

彭维群说："没领走的主要因为没找到足够的地方贮放。"

金敬德说："我和老何晚点走。"

"看来明天上午不能回香山，需分组检查种薯贮藏和督促播种。"陈建威说。

马世燊不满道："还要检查？开会讲过，领薯时讲过。如果不按要求做，怎么扶也没用。"

"如果不安排好贮藏，国庆假期长，种薯会烂掉。"陈建威为难地说。

晚饭后，陈建威赶到旧村委，仍有贫困户在领种薯。

金敬德说："剩五户明天取。梁实基地的没拿走，占去太多地方，示范基地的种薯无法铺开。"

必须搬走。陈建威打梁实电话，让他明天上午务必领走种薯。

早上，陈建威和马世燊到旧村委。古榕广场停辆三轮车，梁子文和方玉艳在给黄千婵、黄锦青发种薯。

黄千婵现场清理烂薯。三五成群的桃北小学生围观，他们神情惊讶亢奋。黄千婵的女儿梁天钰蹲着玩泥巴似的摆弄着刚分出的好薯，她见到陈建威，玩得更起劲了。陈建威笑道："喜欢吗？种薯只能切成块种在地里，不能吃的，有毒。"梁天钰惊吓地摔落薯仔，拍打着双手。陈建威握着薯认真地说："吃才有毒，抓它、摸它没毒。"小孩子们嬉笑着，有个男孩抓起一个大薯说："抓它没毒。"又顽皮地把薯靠近嘴唇，"这样会死的。"说着，还拿薯擦向梁天钰的脸。孩子们打闹起来。

黄锦青对陈建威说："我没运输工具，等会借千婵姐姐的三轮车。"

原来三轮车是黄千婵的。锦青叔为借三轮车，叫千婵姐姐。女同志搬著不容易。陈建威对黄千婵说："要不我们帮你送薯，三轮车借锦青叔用。"

黄千婵说："我不用你们帮。你们可以帮他。"

黄锦青笑道："她能顶半边天。我也不用你们帮了。"

陈建威说："好啊！梁实的领走了吗？"

梁子文说："梁实马上到。"

彭维群骑摩托车来了，陈建威喊上马世燊和彭维群开扶贫车去检查种薯贮藏。三人先去颜仕卿家。

颜仕卿坐在堂屋歇息，一双拐靠墙。他对三人友好地表示谢意，指向屋内房间说："都摆好了。"

他家能摆放的地方，包括桌底、床底，都摊满了种薯。马铃薯气味浓重，夹杂腐烂味道。陈建威等三人找出几个烂薯。告诉颜仕卿每天要翻动数遍，清除烂薯，保持通风，不要沾水。颜仕卿站起来，拄上拐，笑道："这个容易，我孙子会弄。"

走出颜仕卿家，马世燊对陈建威说："颜仕卿占了我们便宜。"陈建威笑道："你会不会弄？别不如他孙子。"

马世燊急道："长假来临必堵车。回去吧，堵路上装孙子也没用。"

"再检查几户。"陈建威说。

"耽误你们度假。对不起了。"彭维群说。

三人在田心村和桃山村共检查了五户，大体符合要求。

马世燊又催着回香山。梁子文电话里说梁实的在搬运，手机地图显示道路交通状况确实堪忧，坑坳一带堵成了红色蚯蚓。陈建威把彭维群送到田心路口，说："我们回去了，种薯的事麻烦彭支书。"

彭维群关切地说："谢谢你们。放心回去，一路顺风！"

平时回香山四个钟头的车程，今次走了六个多钟头。马世燊再次抱怨："下次向段杰学习，宁愿自己掏腰包先回来。"

除了没做饭，冯宝妮没有异常。毕竟迎来长假，两人坐地铁去吃意大利比萨。

香山广场火树银花，璀璨接天。冯宝妮挽住陈建威的手说："明天龙湾国际开盘，听说优惠多多，你还不出手？"陈建威笑道："好。四海八荒，为它而去。"

"为我而来。"冯宝妮满怀柔情地道。

国庆期间陈建威购房落定。冯宝妮笑道："给你算过，你不吃不喝，升迁顺利，十年时间才可以拿下这套九十平的房子。"陈建威笑道："加上你不就五年？"冯宝妮蹙眉："让我喝西北风？房子又不是我的名。"她没说无法与他一起购房的理由，两个月前，她投资八十万元购买了集团下属企业的新三板原始股，按她目前收入计，透支了两年的薪水。

13. 水利

国庆后驻村第一件事是全面检查马铃薯种贮藏与第一批种植情况。

陈、马、段三人在镇政府饭堂吃完中餐，直接去旧村委。

彭维群在榕树下等他们，旧村委四个房间打开了三扇门。屋内平摊四五层马铃薯种，清理出来的烂薯堆在门外。

陈建威问："第一批种植三十七亩半，包括：示范基地六亩半，梁实基地十亩，散户二十一亩，有没有种下去？专家说堆三个马铃薯的高度，这样摆放可以吗？"

彭维群说："颜盛强、彭灿雄拿示范基地的种薯回家切好块了，在播种，其他的都在跟进。放这里空气流通，不会烂薯。"

昨晚才回国的段杰问："放这怕不怕被偷？老鼠会不会吃？"

马世燊讽刺："偷出国啊？"

陈建威说："出货时消过毒，老鼠不敢吃。村里没听说过偷盗事件。"

第四个房间门锁着。彭维群说："梁实的五十袋在里面，他锁了门。刚才打了电话叫他过来拿。"

陈建威透过门板下方缺口，看见屋内暗乎乎的，烂薯味扑鼻。他担心地说："闷了一个多星期。"他沿屋旁的杂草沟绕到屋后。室内的薯袋几乎完全堵住后墙木窗。风卷起腐薯味，混合隔墙小学内老式公厕的尿臊味飘来，呛得他想呕。

可喜的是爬上身后的小山堆，透过灌木丛，他看到彭灿雄老婆要的一亩多荒地种上了马铃薯，可惜没铺盖稻草。他打彭灿雄电话，彭灿雄说种得稍微深一点，没盖稻草不怕。回到屋前，梁实来到并打开了门。

种薯大袋大袋地塞在屋里，散发出奇臭味。陈建威呵斥傻不楞登的梁实："怎么没把种薯领回去？天热会烂掉。种薯的剔除率要控制在百分之二以内啊。"

梁实带点笑："外出几天，切块搞了几天，没得闲。"

"去旅游了？"段杰平淡地问。

"给女儿找工。"梁实说。

"你女儿初中毕业，不读书了？国庆不都放假，找什么工？赶快种下基地前期的十亩地。"马世燊说。

"她说不读了。她不懂农活，想去餐厅打工。"梁实回答。

"省里刚出台政策：小学到大学，包括研究生，学费全免，并发生活补贴，高中、中职补贴五千元一年。不说准备读幼师吗？去读啊！"陈建威说。

"去读书。在确定学校之前帮你种马铃薯！她幼师毕业可以读大专、本科，我们也可以介绍她到香山教书。"段杰劝说。

马世燊说："先办紧急的事，赶快找地方放好种薯。把前期十亩先种下去，余下的十一亩计划好时间。"

梁实急道："早几天十亩地的六十多袋种薯搬了两天，彭支书用摩托车帮我送了五回。原准备把第一批种下之后，再搬这些回去。刚清理出奇峰旧村落里的房子，可以搬回去放那儿。我借的摩托车一次能绑三袋，我一个人今天搬不完。"

彭维群说："我叫人帮你。颜盛强，颜仕卿的儿子，他新买了三轮车。"

梁实说："谢谢啊。这几天你都在发种薯，指导我种植。你真是我们的好支书。"

马世燊讽刺："你马屁拍得挺实在。"

梁实说："麦老太的种薯和肥料是彭支书送上桃园的。"

彭维群说："金委员的老婆住院，本来他答应送的。"

"原来国庆期间的事全落到了彭支书身上。彭支书辛苦了！"陈建威由衷地说，"除了梁实的没搬走之外，还有别人的吗？"

彭维群说："桃花村黄锦青的十八袋放村委计生室。"

陈建威叹："国庆之前黄锦青来过，他把种薯移到村委，没搞错吧！"

"他准备粉刷墙壁，寄存计生室几天。还问可不可以资助他家批墙。"彭维群解释。

"改善家居环境，可以依政策奖励补助。先去计生室检查他的种薯，回过头帮梁实运薯。"陈建威说。

大家回村委打开计生室的门，里面的种薯横竖有规则地搁置，无烂薯气味。彭维群笑道："黄锦青和他女儿把烂薯掏出来了，搞了地板卫生。"

"他挺讲究。放这始终不行，屋子西晒，气温偏高，必须找地方铺开。"陈建威叹道。

"你们有祠堂，放那里犯禁忌吗？"段杰好像发现新大陆似的说。

"只有这个办法了，可以说服宗族的人。"彭维群说。

返回旧村委，颜盛强骑着三轮车来到了现场。

陈建威说："谢谢你借三轮车帮助搬运种薯。"

颜盛强笑道："你们帮我爸重装义肢，我家才敢买三轮车。老爸说三轮车就当驻村队的，谁需要给谁用。"

陈建威赞道："你爸老党员，觉悟高。"又告诫梁实，"大家都来帮你，你抓紧时间做好贮藏、切块、播种。"

他又对马、段二人说："我开车帮梁实和黄锦青送薯。你俩中午要不要回宿舍休息？等我送完，大家再去贫困户家中检查项目进展情况。"

马世燊对段杰说："一个好汉三个帮。休什么息！陈队送薯，我俩入户检查。"

段杰却提出负责送薯，建议陈建威跟马世燊检查项目情况，理由是陈队长威信高，督查更有效。

下午，陈建威召集村干部开会，重申冬种马铃薯项目的注意事项。驻村队与村干部分成三个组，带着表格入户检查。梁子文、何荣光和方玉艳分管的片区，少数贫困户没按要求贮藏，且不以为然，检查组现场帮助解决贮藏问题才离开。在桃花村黄氏祠堂检查黄锦青刚从计生室搬回的种薯时，陈建威说："按规定摆放，经常翻动。天气好的情况下，在早上或黄昏，把种薯拿到外面晒晒太阳。"黄锦青笑道："下午把门打开就可以晒到太阳，祖宗保佑啊。"

第一批种植的除颜盛强、彭仕铭之外，大部分人没开始。连续两天的督促帮助，项目基本上步入正轨。

星期一早上，陈建威和段杰赶到商务局坐上文福鑫开的商务车去桃北。

文福鑫说："我跟周伟协商好了，为增加扶贫车的安全系数，这个星期市场局的扶贫车拿去全面检查，并安装导航和行车记录仪。本周我出车，小马在单位有事不过去了。香山洋港泵站提供了水利工程图纸和概算报价，我去主要为了推进这项工程。"

在高速服务区，文福鑫把车钥匙交给陈建威。

中午到赤丰县城，三人简单吃完中餐，文福鑫入住中环酒店，他对陈、段二人说："项目不用招投标，下午我们与陆军一起去赤丰县水务局，请教当地部门。你俩在酒店大堂或车上休息，看看洋港泵站提供的工程资料。"

下午三点多，三人开车到驻县组办公室接上陆军。

陆军说:"水务局长没时间,约好水务局党组黎书记见面,他以前分管业务。"

文福鑫说:"水务局重视桃北村项目。"

陆军指引车子经解放中路转入巷道,到达县水务局门口。

黎书记国字脸,偏瘦,冷静地坐在办公台前。一个微胖的中年男人在冲茶,他是县水务系统负责水利工程勘察的吴主任。

文福鑫拿出桃北水利工程方案设计图,介绍工程内容,请水务局诊断图纸。

经过认真研讨,黎书记和吴主任认同方案设计图。文福鑫请水务局帮忙匡算价格。

黎书记打电话叫人。不一会儿,跑来一个姓温的小伙。

小温对照图纸敲击计算器,数分钟后把计算器上留下的总数给大家看:"3"字开头,六位数。小温说:"图纸方案总体设计合理,采用设备先进。匡算费用包税费。"

香山的三人知道,这个匡算价比李主任提供的预算价高出一万多元。

陆军问:"项目需要的资金不少,地方上能不能给予支持?"

黎书记指挥小温去查实桃北近年有无水利建设规划。

黎书记说:"工程包括水库排洪设施改造、泵站建设、桃山水库引水渠和田心排水渠升级。前三项是水利建设,规划了才可以争取资金。第四项归农业管理,可找找农业局。"

吴主任微笑道:"文局、陆组长,泵站工程我们可以指导监督,按市场价格由我们的合作公司做更适合。"

"这是扶贫工程,施工方确定要通过公平公正的竞争途径,工程务必保证质量,造价方面尽量优惠。"陈建威接上话。他想到田牛道路改造的瑕疵,吃一堑,长一智,决定把握队长对工程的话语权。

黎书记微笑:"我单位合作的公司肯定保证质量。国家花大力气统筹安排扶贫资金,帮扶单位也得自筹资金。我单位在本地帮扶一个村,知道资金来之不易。我建议通过正常程序确定施工方和工程造价。"

陆军笑道:"今年如果能抓紧时间完成水利工程,能保障冬种马铃薯和明年春耕的灌溉。毕竟不是小项目,如果黎书记帮助解决部分资金,能减轻资金压力。"

文福鑫认真地说:"工程归我管,这个项目投资比较大,我要征求联合帮扶单位领导组意见。黎书记说得对,筹集资金不易,希望黎书记能够把该项目视为当地民生工程,给予支持。"

黎书记点头说:"尽力而为。"

快到下班时间,来了个粗壮黝黑的汉子,他是赤雄水利水电公司总经理熊雄。小温打黎书记电话说桃北水利没有近期规划。大家的希望落空。

黎书记说:"改天熊经理、小温去察看现场。资金的事我具体了解些情况。"

时近下班,吴主任说:"我请吃饭,你们行政单位不方便。"

"我来吧,以后麻烦你们的事多呢。"文福鑫笑道。

黎书记说:"到外面也是工作餐,不如在水利局饭堂吃啊。"

熊雄说:"各位领导不要见外,我安排吧。"

黎书记说:"我就不去了。随时欢迎你们来交流工作,到点在水务局用餐。"

陆军笑道:"吃饭为了工作,工作不要为了吃饭。今晚我赶时间处理公务,晚饭不参加了。"

文福鑫带头告辞。回到中环酒店,他对陈、段二人说:"你们回桃北。明天我去农业局找杜卓仁争取排水渠资金支持。"

熊雄和小温带人在桃北村勘察了大半天,第二天送估算报价到村委,至此,村委收到了三家公司的报价。陈建威打电话给文福鑫汇报。文福鑫说:"我昨天联系过杜卓仁。他说今年桃北村没有三面光工程,明年有几公里,田心桥附近没有。今明两年帮不上忙。我眼睛不舒服,今天去看医生。你们抓紧时间推进,争取本周签订合同。"

文福鑫在县城没下村,大家并未忘记他。段杰对陈建威说:"小马哥留言说文领导来者不善,防止他背后捅刀子。你们怎么让这样的领导来扶贫呢?"

陈建威说:"小马哥也跟我发牢骚了,别扯没用的。将来兵挡,水来你掩。把事情做到经得起群众评价、上级审计和纪委巡查。"

段杰笑道:"别窜改成语忽悠我。我们就是要比较各家公司的报价,还要找出熊雄的预算破绽,不要被他整蛊呗。"

陈建威说:"知我者,段兄也。熊雄公司估算价比小温的匡算价高出两万多元。不过没有另两家的报价离谱,另两家都高出了六七万元。"

周四早上,文福鑫打陈建威电话:"村委说收到了几家公司的报价。上午组织村委开会,可能的话把施工方定下来。叫小段来接我。"

段杰拒绝:"没理由让我去接,要扶贫就得住村。去接也行,叫香山银行的领导通知我。"

陈建威说:"我接吧。这么快签订合同,总有种不祥的预感。"

段杰讽刺:"领导做工程,我们做资料。"

陈建威去县城出发不久,文福鑫打电话说坐熊经理的车到村。陈建威掉头回到驻村办,遭段杰嘲笑。

文福鑫、熊雄和小温到达村委。另两家报价公司代表坐一部车到村委。文福鑫给大家丢黄色芙蓉王香烟,他的眼睛看上去没事,精神也不错。

会议开始。办公台面摆放洋港泵站的设计图纸和三家公司的报价,其中包含熊雄刚带过来的赤雄公司的正式预算书。

文福鑫说:"兴修水利,功在当代,利在千秋。联合帮扶领导组同意启动桃北水利工程项目,感谢赤丰县水务部门的大力支持。今天组织大家比照三家公司报送的预算、合同。有疑问提出来讨论,没意见就与其中一家签订合同。"

彭维群说:"感谢帮扶单位、县水务局领导的重视。文局长、陈书记、小温主任,你们辛苦啦。桃北水利几十年失修,今天能够启动建设,是大好事。如果没有你们帮助,别说今年,明年,以后也不知能不能修。希望大家齐心协力,做好这件功德无量的事情。"

小温说:"有个好消息,经县水务局黎书记协调,水务局落实帮扶资金五万元。"

熊雄说:"经现场考察,我公司完善了预算书和合同,水务局五万元资助已写入合同条款。冬修水利,如果与我公司合作,建议先签订合同,边施工边办理工程手续。"

大家进行三方比价和审阅赤雄公司提供的合同。赤雄公司的合同价比早几天的报价多出四万多元,跟另两家公司相比少两三千元。

陈建威心跳加快地说:"赤雄公司合同价比原来小温主任的匡算价高出六万元。虽比其他公司造价稍低,但合同内容无特别之处。请三家公司考虑降低造价。"

两家报价公司代表说正规预算,无法降价。文福鑫严肃地望着熊雄。

熊雄似乎猝不及防地说:"之前的匡算依据了去年的市场行情,今年建筑材料大涨。我们选取的材料最好、设备最先进。"

金敬德不客气地笑道:"材料涨价了吗?沙石、砖头跟去年一样。"

熊雄笑道:"那几分钱算什么?关键是设备、配件和钢筋。"

金敬德瞠目不结舌地说:"钢筋也没涨价。启动一个月了,你们说怎么搞就怎么搞,反正要搞好。"

陈建威胸有成竹地说："工程报价要实事求是。有些虚设项目，如管理费、环境费，实际上没产生费用，要归零。设备费不要算到工程价，这样可减少税费。扶贫工程筹资不易，还望出台经得起推敲的预算。"

熊雄言辞激烈："如果不是扶贫工程，水务局哪有资金支持！水务局领导审查过预算和合同了。"

小温却说："黎书记说合同由村委把握，他可能没看合同。"

段杰笑道："今天领导都是对的？明天领导'双规'了，工程谁来负责？"

文福鑫响拍桌子大声说："混淆视听。就事论事，胡扯什么！"

段杰大义凛然地说："就事论事。上次修田牛路出现裂缝，到底谁负责？怎么没个结果？今天大家说了什么，做好记录，签好名。以后有什么事，不用胡扯就知道是谁的责任。"

文福鑫嬉笑怒骂："道路不是施工方负责？这个你不懂，来扶什么贫！会议当然要记录好各人发言，陈队长、梁会计不在记录？要你提醒？这种水平，代表大金融单位来扶贫，真不知领导怎么考虑的。"他最后一句扬长声音，意思是：领导看你段杰没水平，单位不需要你，叫你来扶贫。

段杰怒火中烧地还击："你扶贫住酒店下馆子，什么态度！什么行为？领导扶贫有特权，可以假扶贫？"

"休会。"陈建威说着，拉段杰出门口，劝道，"没必要跟他正面冲突。别人最看不起的是我这个所谓的队长。"段杰涨红着脸，眉头剑指，向陈建威要车钥匙，说回宿舍。陈建威再劝："你跟他不同单位，工作的事走程序。生气对身体不好，说不定下午他就要回香山，你以前不劝我不要动气？"

"没你风格高，受不了这窝囊气。"段杰叹道。陈建威给他支烟。陈建威改抽细支香烟，目的是控制吸烟量。平时很少抽烟的段杰喜欢这种体量小的烟。

段杰却不接烟，返回会场。办公室里大家在劝说文福鑫。文福鑫大声地说："为工作，我不计较。"

会议继续。彭维群沉着道："感谢文局长、陈书记、段经理，还有熊经理、小温主任。各位，工程怎么搞，专家来指导过，大家走过现场，有过多次讨论，材料写得具体明白。现在对造价有不同意见。熊经理少赚点，帮扶单位意见统一，事情就好办。"

熊雄思考道："减五千。我只有这个权力，这五千元本来计划用来喝酒的，以后我个人请，只要各位赏面，酒有得喝。"

文福鑫稳妥地说："平时吃点喝点，只要工作做好了，也没什么大不了的。熊经理已做出让步。施工完结之后，有结算报告，有的同志不要简单地盯住造价。好像谁想做什么手脚！现在谁不干净干事，分分钟被人请'喝咖啡'。"

金敬德笑道："陈书记、段经理，还有小温主任，你们是资助方，又是见证方，需不需要请示单位领导？这个合同签还是不签？"

"不用请示，我通不过。合同我不签字。"段杰斜视着手机说。

陈建威不出声，内心赞同段杰的意见。

文福鑫笑道："开会玩手机，毫无组织纪律。"

"我在云系统定位签到，向上级部门证明我在驻村，没去游山玩水。搞懂了再说话。"段杰挖苦。

文福鑫恼羞成怒，脸涨得通红。小温打完电话说："我跟黎书记请示，黎书记建议请第三方出图纸、预算，走财政预审程序，签约公司可以按预审价适当下浮合同价，以优惠价签订合同。"

大家觉得可行，文福鑫默认。熊雄说："我公司可以按照财政预算价下浮百分之五，这是行业内的最大下浮率。考虑到年底前最好完成主体工程，如果你们没意见，我们签订协议。一周内动工。"

另两家公司说价格太低不能做。

陈、段二人打电话回单位，征得领导同意，大家在赤诚公司提供的施工协议书上签字。

陈、段二人去县城找第三方公司。路上，陈建威说："关键时刻，你发挥了作用。小温也帮了忙。谢谢你。"

段杰说："你怕得罪他？什么时代了，我就不信有人敢明目张胆地胡来。"

14. 赔偿

陈、马、段三人从香山赶赴桃北。市场局提供的扶贫车新安装导航通信设备，增加了出行的安全感。

主动驾车的马世燊吐槽："杨副调研员连续不驻村，看来不跟我争了。扶贫也争，做过十多年领导的人。"

段杰说："我跟何主任说了，有他没我，有我没他，以后他驻村我就不去。他是去扶贫吗？吃吃喝喝，借风使舵，不知葫芦里捣鼓什么药。"

马世燊说："段经理不鸣则已，一鸣吓人。上次比价会上断了文领导的筋、抽了他的血。"

段杰神色淡泊："我近墨者不黑，就要气得他九窍流血。"

马世燊笑道："七窍变九窍了。算你狠，加上下面两窍，流得他死翘翘。"

段杰说："谁让他近朱者不赤，希望他永远消失。你们不用屁颠屁颠照顾他的吃喝拉撒，听他的胡乱指挥。"

陈建威叹道："想不到段经理能如此把母语发扬光大，你不获全胜天理不容。"

段杰笑道："我在国内读到高中，文科成绩名列前茅。国外不学汉语，业余背《成语词典》，不能忘记母语，回国不马上得到了回报？"

陈建威说："吹吧。水利项目顺利推进，拿到水务局五万元资助，文领导出了力。"

马世燊说："全省第一轮扶贫开发时期，《南方报》开辟了《A面B面》专栏报道。A版报道扶贫先进人物和事件，B版报道负面扶贫新闻。如果一个扶贫干部既有A面的开拓与作为，又有B面的自私和算计，该怎么报道呢？"

陈建威说："如果真有这样的双面人，功劳再大，也不能原谅他的过错，更不能容忍他违法，肯定得揭露批判。"

段杰讽刺："你们在说文领导表面坦荡，实则老奸巨猾，在搞腐败呗。"

陈建威想起文福鑫迷蒙混浊的双眼，说："也不知他的眼睛治好没有！"

马世燊叹道："他眼睛没事，心眼有问题。"

陈建威感慨："作为扶贫干部，我们要防止被'围猎'，更不能去'猎取'利益。务必对标道德高线，严守法律底线。希望我们互相勉励，互相监督。"

马世燊说："陈队说得漂亮，干得漂亮。"

段杰说："我原以为扶贫好玩。水好深啊，还要斗智斗勇，体制内的人真会玩。"

马世燊说："你这话太时尚。我们扶贫干部按部就班，爱岗敬业，不像你动不动跑国外去玩。"

陈建威劝慰："大家一伙的。沉淀下来，做出成绩，不说好玩，会开心的。"

下午回到村委，彭维群高兴地说："马铃薯出苗了。"

陈建威开心地问："先行种植的三十七亩半都出苗了？"

"出了。颜仕卿家的长得不错。"彭维群说。

驻村队三人和彭维群一起去看苗子。

桃北小学北侧颜仕卿借种的地里，条条铺满稻草的田垄上，株株薯苗青绿茁壮，斜行交错排列。每株苗约二十厘米高，长三五片叶子不等。马铃薯新苗破土而出，给桃北村的深冬增添了希望的景象。

陈建威说："颜盛强能干，苗子长势强劲。"

段杰说："才种下二十天吧，长得真快。"

彭维群笑道："这些苗子不同，壮实、高大。"

陈建威说："需要马上间苗，每株只留一棵最大的苗。之后第一次追肥。"说完，他打颜盛强电话，告之间苗与追肥的事项。

驻村队三人和彭维群驱车去梁实基地检查。

奇峰村山谷里的梁实基地，金黄色的稻田之上，十亩马铃薯地依坡而上。放眼望去，田垄杂草丛生。

梁实和他哥梁干两家子人在徒手除草。大家好不容易寻到几株苗，也只长出三两片叶。

彭维群叹道："营养不良，种得太迟。"

陈建威对梁实说："长了几垄草！这样子能收获金蛋蛋？"

马世燊严厉地问："梁实，你自己觉得种得怎样？"

蹲着拔草的梁实不吱声。

"你到底播种了吗？施有机肥了吗？"陈建威责问。

梁实老实地说："种了，你们发的鸡粪放下去了。之前是草坡，肥了杂草。"

"赶紧化学除草，去丰泽农资店买药。"陈建威说着，帮忙打电话预订。

梁实心痛除草费："打药要几百块吧。"

陈建威下令："今明两天刈除杂草，接着追加一次复合肥。你基地的十一亩水稻到收割期了，赶快安排种薯切块，尽快播种。合作社每月支付你人工费，你用起来。有投入才有产出。"

马世燊说："你不按我们的方法种植，把自己搞成深度贫困，这辈子翻不了身。"

段杰告诫："按我们的方法种植，你可以剧情反转，成为脱贫致富带头人。"

梁实额上冒汗，半信半疑。

好在接下来检查的几户苗子长势正常。比较而言，梁实基地出苗最差。

驻村队购买一百三十五把剪刀用于间苗。两个基地各十把，二十三户种植户每户发五把。

在村委分发剪刀时，大家讨论麦老太的问题。她种植了一亩半马铃薯。彭维群送去种薯，金敬德叫联富村几个组长帮她播种下去，施了肥。现在需要检查指导追肥，谁去呢？还有，她出尔反尔，不愿意在桂洲村异地建房了。

陈建威问何荣光："桂洲村要收她五千元'开居费'，驻村队答应帮她出。她为什么又不同意建房了？"

何荣光说："本村人用集体宅基地建房都收'开居费'，我做了不少工作，才给她机会在祠堂附近建房，能收'开居费'建房算对她开恩了。"

陈建威问："你怎么做村民工作的？"

何荣光说："让村民明白，房子建在桂洲，她百年之后，房子归桂洲村。"

段杰问："将来她两个女儿没意见？还有外孙呢？"

何荣光浅笑："死过人的小房子，她后人不会要的。"

彭维群制止道："说话别阴阳怪气，对长者不敬。"

何荣光愤恨道："麦老太说死都要死在桃园。她不建房，桂洲村大把人要那块地。"

金敬德说："二三十个平方米的房子，一定要收'开居费'工作队答应给。先建起来，她一个人住山上不行，早段时间摔伤了。"

"严重吗？有没有送医院治疗？"陈建威担心地问。

金敬德说："她嫁到赤丰的二女儿回来过，劝不进医院。应该好些了。"

陈建威说："上回义诊她血压偏高，按医生开的方子给她买了药。不知血压降下没有，高血压摔跤容易中风啊。"

彭维群叹道："她去年就摔过一次了。"

马世燊冷峻地说："这样子下去，她有个三长两短，我们要担责任。"

陈建威说："不管怎样，先把房子建起来，我们动员她搬迁。"

大家认同陈建威的意见。何荣光说："陈书记的意见我跟村里人说说。如果顺利，她过年可住上新房子。"

陈建威说："麻烦何叔跟我去趟桃园，看看麦老太马铃薯种得怎样，争取让她把住改申请书签了。"

第三次上桃园。陈建威提着红色大胶桶，坐何荣光摩托车后座。胶桶里盛放昨天下午在镇上购买的中药材，今早在市场买的猪尾骨和新鲜鱼等。

转眼间到达山中的水电站。陈建威说："何叔年龄比金委员大，车开得比他快。慢点开，我换个手。"何荣光减慢速度："这个季节路好走。"

摩托车停大坝底下，两人走路去麦老太家。

麦老太在屋前劈柴，阳光照着她弯曲迟缓的身子。她穿着没变，系了块蓝色围裙。劈好的柴火摊开晒在泥土地坪上。两个月前发放的一百只鸡苗半大不小了，门前屋后咕咕唧唧地叫。

陈建威说："上回跟你说了，鸡要圈养。你怎么还干重力活呢，要休息好。"

麦老太笑笑，手扶住腰带客人进屋。

何荣光提过胶桶向麦老太炫耀："陈书记去市场给你买的。给你炖骨头药材汤，希望你的伤快点恢复。"

麦老太微笑说："我的腰好了，多谢你们了。"

左侧杂物房靠墙码着晒干的柴火，每根大小相似，每层横竖相间。像标准化产品陈设，可与香山超市里的货堆媲美。陈建威从右侧卧室书桌底下找出新的电饭煲和电磁炉，这两件企业捐赠物品都没用过。

何荣光说："用那个耗电，我去烧柴火。"

两人走到屋后的半露天厨房，阶基上码满了柴火。麦老太为过冬做了长足准备。旧的铁锅、铝煲和高压锅仍在使用。何荣光生火煲汤："我搞掂吃的，你去忙。"

麦老太冲好茶，喊两人休息。

陈建威扶住她干瘦的身子，让她坐破长木椅。她的背比以前更弯，小眼睛笑意迷糊。陈建威问她的伤势。她抽口气说："十多天不能动，以为老头子叫我去。又好过来了。"

陈建威说："你不能砍那么多柴火。我们今年帮你建好新房子，你搬下山去。电器尽管用，我帮你出电费。"

麦老太笑道："你买的手机在用，你买的衣服以后穿。我能过好，你们不要担心。"

陈建威抬头看到麦汉泉的遗像，忽然想起自己父母。姐说父亲回家了，经常去镇医院治疗；还说父母都瘦了，不到六十岁呢。陈建威叹口气，让麦老太坐着休息。他搬出四脚不平的凳子到地坪，找块麻石做垫子，坐下来劈柴。

何荣光把厨房的事忙好了，抢过陈建威手上的柴刀说："你大书记，这哪是你干的？我来，你去办正事。"

屋后的高压锅咝咝吐气，空气中弥漫猪骨药汤的香味。麦老太坐着淘米，陈建威对她说："你摔伤了腰，我们送你去医院做个检查，看严不严重。"

麦老太用力站起来，转动腰杆说："没什么事。你看，没事了。吃饭不用你的菜，我有菜。"

陈建威从胶桶找出剪刀说："不客气，我们买菜方便。马铃薯地在哪儿，我去剪掉多余的苗子。"

麦老太带陈建威到屋子侧后边。几大块菜地里马铃薯苗青绿密集，生机蓬勃。陈建威说："你大把年纪，种这么多菜做啥？土壤干燥，金委员送的肥料在哪儿？间苗后正好施肥。"

麦老太说："菜给锦荣。不用帮我，过段时间没关系。"

陈建威劝道："办了这些事，我才放心。"

间苗进行中，何荣光挑着两木桶水来了。陈建威说："老何，我比你年轻，我来挑水吧，你间苗。"何荣光说："我没抽井水，水库取水不安全，你挑不了水。我去拿肥料过来，你看放多少比例。"

劈好柴，间好苗，施好肥，麦老太煮好了饭菜。

餐桌上荤素搭配，三人脸上笑容洋溢。如果麦老太每天这样生活，该多幸福！陈建威对麦老太说："何叔帮你在桂洲村找到了地方建房，我们出资金。新房子准备动工，年前入住。到时把你老公请到新房子，他肯定愿意下山。"

麦老太迟疑一会儿，皱巴着脸说："我陪了他一年，哭了一年。搬新屋住，老头子守住旧屋。"她说着，嘴巴一撇一撇，泪水滴落。

陈建威拿出危房改造申请表，大声地念上面的内容。念完，让麦老太在申请书上签字。麦老太握筷子一样抓住笔，想了半晌，开始写自己的名字。她缓慢地在纸上画出：何春桃。三个没有笔锋的名字，大小不协调，笔画接不拢。像它年迈、枯瘦的主人，又似乱散在地坪的柴火。陈建威的心隐隐作痛，却笑道："开饭啰，尝尝麦老太的厨艺。"

第三方出具的桃北水利工程设计图纸和询价书与香山洋港泵站制定的类同。工程资料已送县财政做预算审核。

彭维群打来电话，说田心泵站施工现场出了点事，请驻村队过去。

陈、马、段三人赶到施工现场。田心桥旁小山似的大土堆消失了，地填沙，沟砌石，平整出百多平方米的椭圆形建设用地。上面堆放蓝色铁皮、竹子和木板等建材。沃野千亩，先行种植的马铃薯长势喜人，水稻收割热火朝天。现场形势大好，可是，彭灿雄和几个贫困户在争论。

陈建威问事因。彭维群说："他们要求施工方支付荔枝树赔偿金和辣木移栽费。不让搭工棚。"彭灿雄生气道："树没了，就要赔偿。"

陈建威诘问："约定的赔偿，不需要你们追讨。你们怎么耽误人家干活呢？"

彭仕铭叹道："我那棵树赔一千元，本来不急着要。姓熊的说话不算数。"

马世燊劝道："我们去村委说，别给人家看笑话。"

他们不愿过村委。彭仕铭说："陈书记，我知道你们为我们好。姓熊的讲一套，做一套，我们在这等他。"

彭灿雄大声说："讲好的给我们干活。开工好几天，总叫外村人干活。不给活干先赔钱。"说着，指向路口那边蹲在香蕉树下的两名陌生男子。

"不要再闹。"彭维群说，"他们是莲城镇人，来搭工棚的，不关他俩事。"

银色小车开到。熊雄下车，急步走来。

陈建威提醒合同规定的"优先聘请本村贫困户家庭成员参与施工"条款，对熊雄说："你不请桃北人干活，他们提出支付树木赔偿金，这个要求符合合同规定。"

熊雄受委屈般地说："你们每天要一百五十块，包两正餐；不包餐每天两百元。我请不起，我请的人八十块包中餐。"

彭灿雄争辩："市场价大工每天两百，小工一百五。这活算大工，我们降低要求了。你就是不让我们做。"

熊雄涨红着脸，恼怒道："你们在集体土地上种树，集体要做扶贫工程，你们索赔，我二话没说，同意赔四千。我可以优先用你们做工，没说无条件给你们做，我不是做慈善。我问了你们文局长，他讲过用工由我全权安排。我按文局说的做，你们尽管闹，拖延工期不关我事。"

马世燊笑道："你说文局长的意见，我们怎么没听到呢？你知道合同的约定意味着什么？"

熊雄愤怒而无奈地说："工程合同按市场最低价，材料设备要最好的，我都依你们。为什么人工不能按最低价，找最适合的人施工呢？合同价比公司预期少六万多，我不用最便宜的人工，工程揽不过来啊。"

段杰道："不管你说的是不是事实，现在你要解决问题。"

彭维群说："是不是文局发话让你在桃北请工，你就照办呢？"

熊雄不出声。

马世燊小声抱怨:"人没来,阴魂不散。"

看来坚持原则得澄清事实。陈建威说:"我打文局电话。"

陈建威打通文福鑫手机,按响手机免提。

手机里声音嘈杂,文福鑫像在开会。这边彭灿雄喊:"现在让我干,老子也不干了。把树钱赔我们。"

陈建威说不要吵。

"谁吵啊!我在开会。"文福鑫说。

陈建威简单说明事情,问文福鑫水利工程用工方面,在安排贫困户施工上,有没有交代过施工方什么。

文福鑫批评道:"什么都给你们谈妥了,又有什么事?为鸡毛蒜皮的事吵闹。扯淡。"说完,挂断电话。

陈建威先发制人,对熊雄说:"文局不同意你说的。熊老板,你没理由违背合同。"

熊雄愤愤然。

陈建威给大家散支烟,诚恳地说:"本村人干活,效率更高,更能保证质量。我建议给桃北人工每天一百五十元包午饭。如何?"

彭维群语气沉重地说:"桃北几十年没修水利,没有香山单位帮助修不成。希望大家海阔天空,各退一步。熊经理是爽快人,四千元赔偿费今天给了;桃北人能做的,就地用人,贫困户用工每天一百二十元包中餐,不包餐每天一百五十元。"

贫困户不出声。熊雄声音软下来:"我真不好做啊。"

陈建威劝道:"熊经理、各位村民,我们就按彭支书说的办。"

熊雄走到一旁打完电话,咬牙切齿地说:"赔偿就赔偿。人工每天一百二十元,包中餐。"

贫困户默认。熊雄说:"今天出门急,没带现金。明天我带赔偿款过来,你们过来三人干活。"

陈建威追着不放:"叫你公司准备好,我们开车去取。"

熊雄笑道:"你办事雷厉风行,像我。你们去公司找财务。"

陈建威握住熊雄的手:"谢谢熊总。"

彭维群笑道:"你两个威武雄壮!"

初冬的暖阳铺洒在浅蓝色的海面上,兴中大道风光旖旎。陈建威和冯宝妮在金钟湖公园休闲，情愫流转间，两人同时发现对方瘦了。

陈建威爱怜地说："你更加妩媚靓丽。工作别太拼，希望你丰满些。"

冯宝妮似怨非怨："别人扶贫变胖，你却增瘦。我也喜欢肉肉的。"

陈建威警惕地观察周边的人说："你肉麻不？"

"讲正经的，你房子明年6月交楼，装修怎么办？"冯宝妮忽然问。

陈建威说："我自有安排。"

"上天安排？还不知道你。我们去装修公司了解行情。"冯宝妮说。他对美景的兴致全无。

两人跑装修公司度过周末。

陈建威驻村出发前，冯宝妮又提装修的事："现在物流发达，你在赤丰找些良木做好家具，到时物流回来，为新居做准备。"

陈建威笑道："每天累成狗，哪有时间？再说，之前的文副局长，到赤林找树墩、石头、大米、瓜菜等，变成笑柄，至今还落在村里。"

冯宝妮叹道："你只能利用那边的时间。"

陈建威说："这种事咱不能干。"

阳光在桃北村同样质感鲜明，不是春光，胜似春光，映亮新落成的桃北泵站和施工接近尾声的排水渠，普照黛绿色的马铃薯基地。

"美人之美，美美与共。"王斌打电话说。

王斌要来桃北村，陈建威发自内心地欢迎。他给过陈建威许多的忠告和建议，对他的正式走访，陈建威精心计划好路线和准备交流的问题。

市场局联合驻村队在桃北泵站前的沙土地坪与王斌一行四人会合。

桃北泵站是桃北水利建设的标志性工程。陈建威介绍完项目，叫泵站值班师傅开机。水泵震响，泵管冲出直径三十三厘米的水柱如虹，沿新修的排水渠汹涌向前，势不可当，几秒钟时间，一米多宽的排水渠里水流浩荡。众人欢呼，已见识过泵站威力的陈、马、段三人仍激动不已。

在貌似广阔的马铃薯基地，王斌、肖源等人情绪激昂，跳下田头，用手挖开绿苗下的土，马铃薯仔形似杏花鸡蛋。

王斌钦佩地说："我们之前走县道转乡道，途经桃北，从没惊动你们，询问过几个村民，他们只说你们好。最近看了《香山日报》对你们的报道，今天来到现场，有种理想扶贫的感觉。"

肖源笑道："你队名声在外。建威建威，建功立业，威武之师。"

陈建威哈哈笑道："那是系列扶贫报道。大家各有特色，我队何足挂齿。工作问心无愧就好。"

肖源叹道："我队三个村中，红中村没种马铃薯，安东村和斌哥的赤林村合计不够五十亩，加起来没有你们的一半。"

王斌感叹说："我们资金不够。马铃薯种植成本高，领导认为不如养猪、种西瓜。三个村一个总队长，我这个副队长只负责赤林村，并且花钱的项目说了也不算。"

肖源说："领导考虑三个村投入均衡，对项目卡得紧。更不会像你们对贫困户还搞奖励。"

陈建威讶异道："奖励跟你们学的呀，你们不是奖励种姜黄？"

王斌叹道："姜黄种植的所谓奖励，就是由合作公司免费提供种子，我们只需要给贫困户配些肥料。每亩成本为种植马铃薯的三分之一。"

陈建威问："姜黄到底是啥东西？效益那么好吗？"

"姜黄是草本植物，苗可长半人高，收获根块，外形似生姜，可做中药材。合作公司把它加工成香料半成品销售。姜黄素能促进新陈代谢，能排毒，能抗癌，据说能杀死体内百分之八十的癌细胞——咖喱就有姜黄素。"王斌认真地说。

"这么好的奇药异草，不介绍给我们！"陈建威介意道。

肖源笑道："现在说不迟，明年开春才种。我们上个月刚组织贫困户代表去合作公司参观基地和加工厂。"

马世燊笑道："和土豆不是一个档次啊。你们阳春白雪，我们下里巴人。"

段杰评价："哪有那么神奇？就香料嘛，西方人、东南亚人用来调味，好像中国人的胡椒粉。我们两个村倒可绝配，咖喱土豆啊。吃的还是我们的土豆。"

"我们准备购买肉牛崽，自己配咖喱牛扒。"肖源哈哈笑道。

陈建威思忖道："我们两个月前进了鸡苗、鸭苗给贫困户，上个月已进了一批猪苗。我们也准备买牛，牛崽价格不菲。你们说资金吃紧，一头牛崽可种几亩马铃薯了。"

王斌说："总队长梁冠标委员说种不如养，养不如销。不计人工、土地成本，一头牛崽价钱可种两到三亩马铃薯，但黄牛肯定能直接销售出去，没有中间商。马铃薯销售要找中间商，效益大打折扣。"

马世燊笑道："如果是母牛崽，养大生崽，利润丰厚。有个驻村队长说一头牛可以脱贫。你们又种姜黄，就是巩固脱贫。"

王斌叹息:"一头牛可以脱贫,就不用扶贫了。要是牛死了,或丢了呢?扶贫是系统工程,有许多的指标。我们种姜黄不像你们大张旗鼓地干,村民主要利用荒废的山地种植。姜黄生长期一年,对土壤的要求不高,用的肥料少,管理简单,保守估计每亩产值两千至四千元。"

陈建威说:"地荒了可惜,最好调动贫困户原生动力,把它利用好增加收入。我村马铃薯种植示范基地管理较好,贫困户梁实看到这边的好,不敢懈怠,也在自己负责的基地加油干。散户种植也一样,都在暗暗较劲。"

肖源笑道:"这种竞争攀比值得表扬。我们那边周支书急功近利,领导也想事半功倍。项目却迟迟推不动,效率太低。"

马世燊笑道:"领导都这样,我们文副局长被我们甩掉了。"

段杰反对:"不要乱说。市场局和香山银行的领导是这样吗?"

第四章　乘势而上

15. 她已出嫁

时近年尾，市扶贫办发文号召"百日攻坚"，迎接扶贫年度考评。村委工作会上，陈建威给大家解释评分细则，号召最大限度提高分值。强调首先要落实"两不愁三保障"目标任务，重点推进危房改造和贫困户子女教育两项指标。

陈建威说："彭仕铭、黄千婵、金敬庭、金火生、梁实等五户计划内危房改造完成了。梁实的母亲跟他住在一起。莫小友的没完成。考评规定全部完成方能得分，一户未完成扣除整个分值。怎么办？"

莫小友是新园村贫困户。梁子文说："他异地新建两层楼。六月动工，做好基础、框架，建到第二层停工了。他说花去五万多，全欠账。第一批鸭子卖出去复工二十天又停工了，等到猪出栏和马铃薯收获才可以再次施工。"

陈建威说："计划内'住改'明年初住建部门验收，通过验收才能拿到财政补贴。他不抓紧时间怎么赶得及呢？"

梁子文无奈地说："建房的人要拿工钱，他给不出没人愿意帮工。"

彭维群说："让他想办法复工，过年前后他种植的马铃薯收获了，可以支付工钱。验收通不过，又要等一年。"

段杰说："只要达到入住条件，考评、验收都能过。"

在大家的劝说下，梁子文答应动员莫小友恢复建房施工。

陈建威说："计划外住房改造金胜庭、黄锦青两户完成，莫雪兰、麦老太两户没完成。尽快给他们提供安全舒适的居住环境，争取年前入住。"

方玉艳说:"莫雪兰家加建的一间房屋已经竣工,在安装门窗。她儿子岑开枝已经住进新屋了。"

何荣光说:"麦老太新建房屋年前可以竣工。"

商讨好住房安全保障工作,陈建威提出燃眉之急的教育达标情况:"考核指标中,九年制义务教育要求毛入学率百分之九十三以上。我村贫困户义务教育在读生四十三人。去年何秀莲辍学,今年金冬梅辍学,前不久桃河中学没给初二的何鸿丽出具在校证明,说她逃学,学校准备开除她。"

段杰说:"我多次联系这三个学生的家长。家长说何秀莲和金冬梅不读了。我几次打电话给何鸿丽家长何胜和她的班主任。何胜说女儿在学校,可班主任说不见人。何鸿丽人在桃河,天天玩失踪。我村贫困户就读生如果只此三人辍学,义务教育毛入学率高出指标要求0.02%,该项可得分。高中以上学生不能因贫辍学,有一人辍学即扣除分值。莫小友的儿子莫新峰在赤丰二中读高二,可是赤丰二中说他已辍学。经查,他在深市打工。三个就读的大学生情况稳定。"

陈建威说:"国家出大力气免学费、补贴生活费,提供教育保障,就是为了让贫困户子女读得起书。我们撇开考核指标,应该尽最大努力动员辍学生返校,让他们多掌握文化技术,方便将来创造社会价值,创造美好生活。这才不违背国家助学政策的初衷。"

经商议,金敬德动员联富村的金冬梅返校,梁子文动员新园村的莫新峰返校,此二人的工作由马世燊跟进。何荣光负责动员桂山村的何鸿丽与何秀莲返校,陈建威和段杰跟进。

去桂山村动员何秀莲、何鸿丽返校的路上,陈建威问何荣光:"何鸿丽辍学是什么原因造成的?"

何荣光说:"何胜以前家庭幸福,一女一崽。他两公婆在外打工,两小孩由老人照看。因他大病,成为贫困家庭。女儿何鸿丽变得不中意读书。"

陈建威同情地说:"何胜的腰斜着,不能正常行走。上次义诊,我把他载到古榕广场。他眼神幽暗,表情凝固。医生说治不好了。"

何荣光叹道:"市里的医生说过不要动他了。他在外做工地,得了腰椎病,去大医院检查要动手术,他没买医疗保险,那时大部人没买。他为小孩着想,不愿花钱动手术,病情加重,变成残疾,只能在家照顾小孩。老婆外出打工,一年难得回一次。夫妻关系恶化,老婆要离婚,他不同意。他以前能力强,身体好,为了家庭落成这样,四十岁的人像五十多岁了。"

"他这个身体，除种了马铃薯外，还养了五头猪呢。他还上山采挖鸡骨草，我帮卖了两千元。第二批生产物资发放调查，他又提出养鸭。"段杰叹道。

陈建威说："他老父母、弟弟能帮他。不过，主要靠段经理帮他立了志！"

何荣光说："不久前他老父亲过世了。"

陈建威叹道："福无双至，祸不单行。"

在桂山村口停好车，三人走向何胜家。村居路口何胜家猪栏里的五头肥硕的白猪嗷嗷哼哼，朝他们表示友好。

何胜一瘸一拐地走来，牵个约两岁的小孩。

何荣光说小孩是他侄子。

"这么大了，不送幼儿园？"段杰问。

何荣光说："送去桃河镇的幼儿园，三四千元一个学期。"

陈建威说："幼儿园、学前班的贫困户就读生没有财政补贴，还真可能输在起跑线上。"

段杰说："晨跑经常见到校车，六点五十分就把小孩接出去了。"

何胜比以前精神，脸生动了许多，眼神带笑。陈建威对他说："你叫何鸿丽返校，国家免学费。初中每年补贴生活费三千元，我们也发补贴，她考上高中或职校也有补贴，她读书不用家里出钱了。"

何胜尽量口齿清楚地说道："她在镇上，我叫她奶奶跟她叔去找。"

何荣光说："叫你妈和你弟在这等一会。我们先去何玉成家，叫他女儿何秀莲返校。"

赶到何玉成家，没人。何荣光说户主马上回。

个头较高的何玉成大步跨进屋说："我帮忙搞房子装修去了。秀莲跟她妈在打工，我叫不回的。"

何荣光拿起手机，叫何玉成拨通他老婆电话。打通后，陈建威无论怎么说，得到的回答都是不读书了，他老婆还说工厂下半年没发过工资，想回也没路费。

何荣光说："他是何玉彬的弟弟，有四个女儿读书。"

他的确像何玉彬。陈建威问："为什么老二何秀莲不读书了呢？"

何玉成说："她想跟着她妈在外面读书，没找到学校。"

三人严肃地规劝，何玉成答应找回女儿。三人回头去找何胜。

何胜白发苍苍的老母亲和他弟弟何胜利在等着。何胜利抱起儿子说："我哥有事，我跟我妈去找侄女。"

五大一小共六人挤上车，去桃河中学。

陈建威把车停在离中学不远的镇政府。何胜利对陈建威说:"你们先去学校,我们带鸿丽过来。"

桃河镇中学、中心小学和幼儿园在一个大校园里。校训、学风、校风等上墙上楼,文化墙写着《三字经》、诗词名言。中学楼顶竖"以人为本,阅读启智""明德立品,发展个性"大字牌。小学楼顶架"书香润泽童年,立品成就人生"大字牌。操场宽阔,经过摆放"香山制造"字样的篮球架的球场,到达中学办公室。

课间休息时,莫校长和方主任回到办公室。莫校长说班主任马上过来。

何鸿丽的班主任叶老师匆匆走来,她打开笔记本说:"何鸿丽,十月八号说身体不舒服,请假三天,有补交取药单。上了一周课又旷课,我几次打她爸电话,她爸说来学校了,可没谁见过她。连续旷课两周,又来上了一天课,之后旷课至今。两个月来她上课九天。我多次给她家长打电话,她妈说找她没用,她爸说她在学校。我打过何鸿丽几次电话,她只接过一次,说不读了。"

莫校长责怪:"旷课这么久,怎么不向我报告?"

方主任叹道:"辍学学生不稳定,我们想着怎么找回来。"

莫校长惊讶地说:"桃北去年有个女生,初一辍学,跟家长外出。她也姓何,跟何鸿丽同班?当时我让班主任家访,是叶老师你吧?这个怎么又在你班?"

叶老师答:"那个学生叫何秀莲,我教过。不是我班的。"

莫校长抱怨村委平时不和学校、家长沟通。何荣光无奈地说:"村里总有初中没毕业就出去打工的,管不了。"

方主任嘘口气说:"我想起来了,听说那个何秀莲在外面交了男朋友。多大的小孩!今天找不到何鸿丽就去派出所报案,别说学校不重视。"

陈建威叹道:"那么小怎么会有男朋友?她妈说在打工。"

莫校长难为情地说:"老实说,学生辍学,上面会追究责任。学校肯定想追他们回校。但绑他们回来,我们不敢。要是人回来了,心在外面,在学校出点什么事,责任怎么担当!"

陈建威说:"国家出台政策资助贫困家庭学生免学费,发补贴,贫困户家庭不珍惜啊。这种做法容易造成贫穷代际传递,也破坏社会风气,不利于下一代成长。我们互相配合,帮辍学少年重返校园。"

莫校长叹口气,和叶老师上课去了。

方主任给大家添茶,不紧不慢地说:"农村学生辍学的哪个镇、哪个村都有,县城学校同样有。老师都有调动、辞工,甚至离职的呢!"

陈建威激励道："大家看到了不良风气，就要共同抵制。"

方主任点头说是。

大家远远地看到何鸿丽和她家人走近。

何鸿丽体貌适中，留长发，穿黑色衣服、黑皮鞋。她坐在办公室靠门的长沙发上，右手肘抵在沙发扶手，托腮外望，好像办公室的人与她无关。叶老师返回办公室，坐她对面询问，何鸿丽不吭声。

何奶奶絮絮叨叨地训话。

陈建威坐到叶老师旁边，劝何鸿丽说："你这么小出来走上社会，别人不敢请你做事，请你是违法。你要走正道，把书读完。你奶奶经常给你钱用，看你奶奶一头白发，赚个钱不易，你不要让她操心了。"

段杰痛心地说："你走上社会容易误入歧途。"

何鸿丽用手掌抚住额上刘海，遮住眼睛。

叶老师说何鸿丽妈妈每个月汇钱给她，三百两百的，就是为了供她读书。

何鸿丽才说话："她没给。"何奶奶唠叨，何荣光向陈建威翻译，奶奶说鸿丽妈不会给钱，没见过她的钱。

大家劝何鸿丽做返校表态，何鸿丽不出声。

叶老师从本子里撕出张纸说："你写保证书，家长签名，我才敢收你。"

何鸿丽接过纸，脸上没有哭泣的痕迹。她动笔把"保证"差点写成"保障"，"障"字没写完，删掉。第二行写出"保证书"三字，接下来写"我保证回学校读书，尊守"，"尊"写成别字，又删掉。

叶老师再撕张纸，让她重写。方主任嘲笑："不读书，写不好几个字。"

何鸿丽只写"我回校读书，保证不旷课"，把纸和笔交给她奶奶签名，她叔靠过去协助。

大家劝何鸿丽别住同学家，回校住。何鸿丽说："不住校。"

陈建威劝道："你十四五岁了，懂事点。这么多同学住校，你为什么不行呢？你爸养五头猪，也种马铃薯。你妈在厂里打工。爸妈辛苦些，但你家会好起来的。你住外面花费大，也不利于学习。"

叶老师说："以前她宿舍有同学丢东西，她和宿舍同学吵过。"

何鸿丽突然起身往外急走，好像有根看不见的绳子牵着。她叔丢下儿子追上去，她奶奶抱起孙子跟着外出。

中午，大家在村委碰头。

段杰负责协调的莫小友同意危房改造复工，可他儿子莫新峰不愿读书了。金冬梅回校读书。何鸿丽去学校重新领了书，准备下午上课，住校外。

梁子文说："莫新峰不返校，学校证明我搞掂。"

陈建威问："你怎么搞掂？"

梁子文答："反正可以，我负责的贫困户不会扣分。"

陈建威说："考核不扣分是目标，但我们不能造假拿分。我们上午的工作成效明显。为了孩子们多读点书，我们继续动员莫新峰和何秀莲返校。"

何荣光骄傲地向段杰提供何玉成老婆工厂的办公室电话。段杰打过去询问，工厂说麦妙仪入厂三四年了，老公何玉成，她的信息表和公司员工里都没有何秀莲。段杰把性质说恶劣，后果说严重，让工厂配合调查清楚。

梁子文笑道："何秀莲不要花心思了，她嫁人了。"

段杰问："这么小结婚，可能吗？"

梁子文说："那有什么办法？娘要她嫁人。"

"那是犯罪。"陈建威大声地说。

梁子文笑道："谁管得着？义务教育达标了。你们不用找她，就是找到她，也不能破坏她的家庭。"

"从人道主义出发，我们应该尽力。"马世燊说。

"她现在就是行人道。"梁子文咧嘴笑。

陈建威说："我就不信邪。何玉成不把女儿叫回来，或者不能让她在外面读书，我们要去告那间工厂。"

精准扶贫年度考评迎检会议在赤丰县会展中心大礼堂召开。县扶贫办副主任给扶贫干部详解考评方案和云系统操作，县农业局局长兼扶贫办主任杜卓仁申明考评结果的运用。考评事关两地政府和帮扶单位的绩效考核，影响扶贫工作人员的年度考评和前途。杜卓仁举反面事例论证：前几年某镇长扶贫不作为，被免职。记者采访他时称呼他"某镇长"，他说"我不是镇长了"，他这句话就是报道标题。大家哄笑。杜卓仁说这是省报登载的真实事件。希望今年考评不要发生"我不是队长了""我不是书记了""我不是局长了"之类的丑闻。

会后，曾嘉豪组织召开香山驻赤丰临时党总支专题组织生活会，通知下属八个支部的书记和委员到103会议室参会。第三支部书记、横门镇工作队总队长梁冠标请假,由王斌代为出席。陈建威以第三支部组织委员的身份参会。

政治学习之后,临时党总支书记曾嘉豪说:"今天会议主题是'加强驻村纪律和争创考评佳绩'。刚才我在迎检会上就资金投入、脱贫指标、打造亮点、档案资料和驻村纪律五个方面提出要求。为什么?大家想想,一年来,阳丰县的香山市委办驻村队的扶贫玩具厂、阳河县的香山市公安局驻村队的肉鸽基地名声在外,我们怎么抓紧年尾工作,发挥出各自优势?我看我们的队各有特点,市府办驻村队的蔬菜基地示范效果好;斗湾镇帮扶盘龙村,改的是危房,暖的是心房;帮扶永丰村的基地成了'菠萝的海';民生镇帮扶的向善村,三百亩高山白叶单丛茶已成规模;桃河镇桃北村'鱼骨图'管理见效快;赤林村重点抓种植等。各支部、各驻村队在此不表扬,我表扬不算。县、市和省三级考评组的表扬才算。请各位结合实际,谈谈迎检计划。"

沉默片刻,临时党总支副书记、第一支部书记、香山市金洲区驻村总队长李忠发言:

"我有几个疑惑。第一,我队帮扶莲城镇四个村,一个村新建办公楼已动工,另一个村计划明年维修办公楼。不久前收到文件说楼台馆所的建设修缮资金不得超过二十万元。新建一幢办公楼要五十万,合同签了,动工了,如果停工,恐怕不可能。继续下去,是否违规?第二,我四个村今年能完成年度脱贫任务,投入资金要充分论证,年前不打算加大投入。第三,我搞不清楚,五保、低保户没怎么帮就能脱贫。又要求脱贫不脱政策,那到底与没脱贫有什么关系?第四,我驻村队九人,分四个队帮四个村。好不容易统一住莲城,为了考评,要求分散住到各个村。这将在交通、住宿,乃至工作方面带来很大麻烦,这种要求不符合我队实际。我队该怎么办?"

李忠讲完,有几个人紧张的情绪立马松弛,眼神散光,龇牙咧嘴地议论开来。李忠给几个同志丢烟,有三两人点上烟。烟雾袅袅,稀里哗啦之声似乎变得更合乎逻辑,曾嘉豪的五个要求被说得七零八落。

什么情况?李忠作为临时党支部副书记、金洲区党委委员,表面上提出分析,实质上在唱反调。在座的绝大部分人是驻村队长,这不扰乱视听吗?李忠的发言、发烟均不妥。曾嘉豪为考评出成绩,动员年尾发力,鼓励制造亮点,严明驻村纪律,这是领导要求,必须遵照执行。

曾嘉豪不予评论,冷静地做笔记。陆军紧张又担忧。议论声小了,陆军点名驻赤林村第一书记兼副队长王斌代表横门工作队发言。

王斌开始接着大家的议论谈扶贫体会，接着过渡到针对曾嘉豪提出的要求，一条条地提出计划：两个镇三个村的驻村干部分散住到村里；对没有把握拿分的指标，提出如何创造条件拿分等。王斌把亮点放在产业发展，他说："虽然三个村马铃薯种植只有五十多亩，但我们采取'龙头企业+农户'模式，在赤林村计划种植姜黄七十亩，另两个村准备建三十亩西瓜基地和一百多亩的黄皮基地。"

王斌说得全面、具体，满满正能量，和李忠说的语气、内容针锋相对。陆军带头鼓掌，掌声带动会议发言思路和风格转移到曾嘉豪指向的正常轨道。

陈建威针对要求谈落实，确保考评得高分。他年尾的工作措施与曾嘉豪的要求不谋而合。第二批养殖种苗发放、计划外危房改造、种养奖补、卫生清洁、春节慰问等项目在推进中。目前重点在种养业发展。陈建威提出的问题是：扶贫档案资料做到什么程度？如果事事留痕，将消耗大量的时间精力，有可能形式大于内容，违背扶贫精神。

大家发言完毕，曾嘉豪反馈意见，他针对基层组织建设、壮大集体经济、脱贫成效、民生建设等各方面考评内容提出说明。对大家的疑问，他轻而易举地回应或点破。他说："五保户、低保户的脱贫是兜底脱贫，他们没有劳动力，只能由国家帮助脱贫；不脱政策是要求我们巩固脱贫，继续关心他们，关爱他们。作为共产党员，上级精神要读懂弄通，严格执行。办公楼建设，走正常程序立项审批的，要经得起检查和审计。没审批的按新的文件做。把有限的扶贫资金用在楼台馆所，甚至建一座白金汉宫、圣彼得堡式的村委大楼，肯定违规。驻村干部本来就应该住村，实在因为特殊情况，比如，不具备基本生活条件、找不到落脚点等，也要住在离村委三五公里以内。违反纪律按规定处理，谁也帮不了。考评关键看实效、档案资料……"

会议最终只有李忠的意见格格不入。但正因为他的意见，使会议朝着正确的方向坚定地迈进。大家以身作则的态度、争先恐后的干劲和争创高分的信心空前高涨，几位代表信誓旦旦地抛洒豪言壮语。组织生活会是对迎检工作会的拓展和补充，从思想上、政治上和行动上更加清晰地指明了攻坚方向和目标。

陈建威在村委传达县迎检会精神。他发放冬种马铃薯追肥检查表，要求加强工作冲刺，大力推进冬种项目：

"桃北作为马铃薯基地试点村，马铃薯种植必检。10月种植的三十七亩半要安排第三次追肥和大培土，有望下个月推向市场。11月种植的七十九亩，要督促第二次追肥与培土。咱们分片分组监督好。种薯从内蒙古运来，分发种薯时彭支书汗湿了三身衣服，腰腿酸痛多天。之后经过贮藏、切块、消毒、播种、追肥等步骤，大家辛苦这么多，如果功亏一篑，导致失收，后悔莫及啊。务必按科学方法管稳，管好。"

彭维群说："农村慢节奏，有的户肥料一拖十天半个月。我们督促他们剔除陋习，依照科学管理。"

金敬德盯着表格说："马铃薯早种和晚种相差一个月时间，我们要分类检查，让他们签好名，免得有的农户种不出效益时，说我们没教他们。"

马世燊笑道："金大哥可以乐观些，目前马铃薯生长形势总体向好。"

何荣光微笑："好不好，检查了才知道。我那片可以。"

大家明确追肥检查事项，分好组。陈建威负责检查基地和随机抽查，他先与梁子文去奇峰村，检查梁实的基地。

沿途阳光下裸露的田野残留黑黄的禾墩，点缀其间的马铃薯地盈溢绿色。

陈建威抓住汽车方向盘，高兴地说："丰收在望。"

梁子文说："梁实基地我跟得紧。小马也有检查，不用看。你不放心，就看吧。"

陈建威不无担忧地说："上回检查他前期的十亩，苗没长好。如果改正好，他早种的应该比车外的长得好。"

梁子文说："我警告过他，让他达到要求。"

梁实在给第二批播种的十一亩马铃薯培土。基地里苗子茎叶不发达，稀稀落落，垄上一片片白花花的土壤扎眼。

陈建威忧心地诘责："梁实，一路看过来，又是你种得最差，你种得怎么这么矮小？第一次追肥到底施下去没有？这样下去，你怎么收场！"

梁实悻悻地怪笑："都按你们说的做。有那么差吗？"

梁子文给陈建威递烟，训斥梁实："长得就像你，蔫了吧唧！歪瓜劣豆！"

陈建威跑到上边梯田查看第一批的十亩。薯苗比上个月查看时有明显长大，可仍不带劲。

陈建威气闷地对梁实说："上边十亩也长得慢，我们督促你对这十亩进行了第一次追肥，你自己有没有第二次追肥？需要你自己购买肥料，你买了没？"

梁实支吾："该施……施施了。"

陈建威沿薯根用手挖开紧巴干燥的土壤，薯仔麻雀蛋般小。陈建威盯住梁实，严厉地说:"看不出任何施肥的迹象。根茎不发达,怎么长薯仔?你哪里买的肥料?不要撒谎,我一查便知。"

梁子文大声呵斥梁实:"你有话就说,有屁就放。到底怎么弄的?"

梁实尴尬地说:"上次你们买的肥料没用完,这次没买。没钱啊,两三次施肥,七八千块,没算人工。"

陈建威严厉地说:"早给你算过,肥料款一次两千多元,可以赊账。人工怎么算?你老婆、小孩,你哥梁干不能做事?现在节骨眼上你找什么借口?硬是没人,我们可以帮你找。坡上十亩立即第三次追肥,下边的十一亩马上第二次追肥,我通知农资店给你送肥料。"

梁子文继续骂梁实:"工作队给你们订好了肥料,你们可以赊账,你怎么能不用肥料?没营养它怎么生长?"

高教授打陈建威电话:"看了你刚才发的图片,苗子中等偏下。可能种得较晚,肥料跟不上。马上施磷肥长茎叶,同时培土,过二十来天施钾肥并大培土。"

陈建威把高教授的话告诉梁实,语重心长地说:"你争取基地时说二十七亩,后来丈量才二十一亩。你叫梁实,做人要诚实。你种好了,收成几万元。这个账不会算?你花那么多力气,因为不施肥,会因小失大,白忙活。"

梁实黑红着脸说:"我买肥料。"

陈建威打电话给丰泽农资店,让人送肥料过来。又让梁实联系亲友邻居前来干活。

陈建威和梁子文在梁实基地帮工两个多小时,让分类追肥和培土落地到根。

16. 丰收

奇峰、新园村贫困户散种的马铃薯茎肥叶大,生机盎然。

梁子文喜上眉梢地表功:"我天天监督他们,才种得好。梁实太懒,不听你们的话。"

陈建威说:"梁实不老实,要时刻鞭策他。我村计划内'住改'只有莫小友的没完成。他恢复施工了,开展怎样了?"

梁子文说:"在施工。"

两人驱车去新园村察看莫小友的'住改'。

莫小友的新建房做了两层框架，三四个人在为建二楼楼板搭建支撑板，一人在砌墙。满身泥灰的莫小友迎出。他愁眉苦脸，没半点建新房的喜悦。

陈建威递烟给他，问房屋竣工时间。

莫小友接过烟，憔悴地说："年前搭好二楼楼板。"

陈建威问："建几层？"

莫小友叹道："计划三层。先建两层封顶，明年初通过验收，拿到补贴款，才建第三层。"

陈建威说："这么做违规吗？刚才看了你家的马铃薯地，种得不错，估计收益较好。用马铃薯销售款，大胆把三层建起来吧！"

莫小友问："不违规。只上报了两层，看情况吧。建房补贴能全给到我？"

陈建威说："尽管放心，是多少政府补多少！你儿子返校了吗？"

莫小友不回答，打通电话，把手机递给陈建威说："莫新峰。"

陈建威问："你是莫新峰？在哪？在做什么？"

莫新峰说："在深市打工几个月了，不想做了，准备报名培训汽修。"

"培训时间多长？费用多少？"

"六千元，培训三个月，含实习一个月。这个培训有补贴吗？"

"你想做汽修？这个行业相对饱和了。你想做技工，读完高中，考个本科、职校不更好？比如，读通信器材、机器人专业，前景就比较好。至于补贴，目前没找到相关政策。"

"我喜欢机器人、自动化。没钱读书啊，也不想浪费时间。"

"你十八岁，读高二，知道为家庭分忧，自谋出路，值得表扬。规划人生要想长远，我们能帮助你的家庭脱贫，国家能资助你完成学业。读书不会浪费时间，如果以牺牲学业为代价去打工赚钱才是真正的耗费青春。你参考亲戚、老师和同学的意见，做好选择。"

"谢谢陈书记。修车双手沾机油，洗不掉，黑乎乎的，不好找女朋友。我其实不喜欢。"

"你考虑清楚，完成高中的学业，考上大学或者职校，将来好找工作。"

"我想返校，赤丰二中还要我？上莲城中学、东城中学也可以。"

"你的学籍保留在二中。你马上回来，我们帮你跟学校沟通，送你回校。"

莫新峰高兴地答应了。挂了电话，陈建威说："你儿子懂事。"

莫小友笑着摇头。

陈建威惦记李谷花家的马铃薯，他联系好户主金火生，和金敬德前往检查。

初看上去，金火生家种的马铃薯比梁实基地的好不了多少。仔细察看，陈建威惊骇地发现，几乎每根茎周边，均冒出泛青的小薯头。阳光温暖如春，却像毒药，洒在探出头的幼薯上。小青头成群结队，遍布苗下。

陈建威悲叹道："真碰上了，桃北村第一家青头马铃薯。没培好土啊！"

金敬德打金火生电话吼道："你还没来地里？通知你按时施肥培土。第三次追肥大培土了，怎么种出了青头？"

陈建威打完高教授电话，徒手给薯仔敷土，把青头盖严实说："高教授说还可以补救，赶快把土培好。"

金敬德仿效陈建威培土，骂道："他新房子装修，就不顾马铃薯了。老婆不会做事，儿子残疾。扶不起的稀牛屎。"

十多分钟过去，仍不见金火生家人。陈建威说："太阳太辣，事不宜迟。他家人忙的话，我打电话通知村干部和马、段二人过来帮忙。"

金敬德气道："陈书记，他家建房子的时候能种下去，就能管理好。我们帮他，其他贫困户也得帮。那我们变长工，他们成地主了。"

陈建威急道："记得第一次到他家，李谷花说几天没饭吃，她身体不好。金火生常在县城打散工，儿子金尚贤残疾。火烧眉毛，救薯如救火啊，要救出太阳暴晒的这些金蛋蛋。"

金敬德恼怒地打金火生电话，叫他全家出动做好培土追肥。

不一会儿，李谷花扛着镢头不紧不慢地走来。

金敬德呵斥督促一番，抢过她的镢头，叫她回去喊家人来培土。

金火生来了，陈建威对他说："如果你家搞不掂，我们请人帮忙，你出费用。"

金火生说能搞好。

经过两天的督查，追肥培土检查表上仍有不少贫困户没签名，这意味着他们这个步骤没完成好。

陈建威生气道："不马上培土施肥的贫困户，告诉他们，不干我们找人干，销售时扣除相关费用。没科学管理就没有效益，优哉游哉，天上掉土豆下来？亏了本，我们都有责任，村集体的管理分红会打水漂。"

金敬德说："陈书记，我那片只剩金火生家的没落实，他家三人这两天在田头干活。"

何荣光笑道："我桂山、桂洲片追肥全部落实，大培土大部分完成。"

梁子文说："施淋肥，先培土也不怕，能防止青头。"

彭维群说:"每个环节过关,才是科学管理。大家督促每户落实到每一株马铃薯。"

桃北村种植的马铃薯三分之一在春节前销售。

马铃薯出土前,长则一个月,短则一两周,收购商会来看货,定价,签约。大家抓种植管理的同时,线上线下想方设法联系销售。两个星期过去,香山市"个私"协会加上单位扶贫助力群,共计一千二百多斤的马铃薯订单成全部的安慰。

颜盛强最先担忧销售,他打陈建威电话:"我家借小学用地种的马铃薯最早,是不是可以收获了?我没找到销路,怎么办?"陈建威告诉他,一起想办法,不要担心。

彭维群叹道:"马铃薯种植在桃河没形成气候,吸引不到收购商。"

陈建威说:"香山在赤丰的帮扶村种植总数上千亩,规模不小,应有机会。"

金敬德说:"关键种得怎样,大有大的销路,小有小的活法。我村销售量不大,自己想办法推销出去。"

确切的好消息来自宾璐。宾璐是"东州优品"电商平台在县扶贫办的联络人,她坚持在平台推介赤丰帮扶村的农产品。陈建威与她联系多次,知道她除了做好本职工作外,在备考公务员,便把冯宝妮两年前购买的国考培训网站账号告诉她,让她业余学习。宾璐感激涕零,极力推介桃北村的马铃薯。功夫不负有心人,宾璐收到两个订单:一个两百斤、一个三千斤,议价,货到付款,不包运费。

三千多的销售量离预期太远,但足以说明市场存在空间。这大大提振了桃北人的信心。大家商计扩大市场联系,力争以优价把马铃薯推销出去。

陈建威抱着销售必胜的信心回到单位。周伟不在办公室。

向雪主动跟他打招呼,煞有介事地说:"我老家同学说北方的马铃薯到收获旺季,批发价几天时间从一块多跌到四五毛。现在物流发达,南方马铃薯售价会不会下跌?"

陈建威说销售前景不好说,道路肯定曲折。

向雪忽露喜色道:"我联系了西区市场局的黄副局长,他答应周末和你去农贸市场找销售。"

陈建威满脸绽笑:"我正有此想法。谢谢您提前安排好。"

冯宝妮希望陈建威周末时间考虑房子装修,和装修公司敲定设计方案。陈建威认同她的想法,可马铃薯出土在即,销售没落定,他没心思考虑个人的事。冯宝妮忍无可忍,又对陈建威冷战。

陈建威来不及消灭内部战争，周六早上，按约定和黄副局长到达三江大型果蔬批发市场。市场车水马龙，各类产品堆积如山，商家们正为年前消费做准备。

两人找到瓜豆类批发行，仓储内外各种瓜豆美不胜收。遗憾的是马铃薯批发为数不多，都说不缺货。好不容易有间铺头说可以进一些，单个二两以上的七八毛一斤，不包运费。陈建威大失所望。

离开三江，两人又去港珠农产品市场。黄副局长说："先去市场办公室。"

两人上到市场二楼拐角的办公室，李经理胸口挂工作牌欢迎他俩，他冲好茶，帮忙联系。李经理打电话问过几户说："他们说马铃薯购销基本平衡，以前收购开的，不好另换买家。如果价格有优势，可以帮助推销，不用签合同，价格七八毛。我把电话留给你们，你们直接谈。有什么需要，我尽力配合。"

大家商讨良久，认为桃北离香山车程半天，在销售链完善的营销环境下，马铃薯地域性不强，没有市场竞争优势。加上运输、人工的付出，就更没优势了。桃北的马铃薯应该首先锁定当地推销，其次联系香山的单位、厂企购买，这属于半市场行为。别无他法就到今天走的两家农贸市场脱手。

曾嘉豪带队到桃北村进行县级年度考评。面对丰收在望的马铃薯示范基地，他询问了进展堪忧的销路，告诫试点种植第一年，务必帮助贫困户实现预期收益，给他们脱贫信心。

陈建威想起宾璐提及的赤丰县农贸市场，便问曾嘉豪是否了解该市场。曾嘉豪说："赤丰农贸市场名声在外，你们去找找路子。我帮你们联系阳丰县的收购商。"

送走县级检查组。陈、马、段三人和彭维群，赶往赤丰农贸市场。

车子在县城拐几个弯，到达赤丰县农贸市场门口。市场不远处坐落着赤江新桥，白色的栏杆和路灯往莲花山麓延伸，前方一派热闹的开发景象。

陈建威在市场入口商店买了两包烟。赤丰农贸市场为露天集市，比香山的镇级农贸市场大两三倍，四围砖墙房屋连成一体。中间简易铺面横陈，板房点缀。市场存货和交易状况并不景气。

中七排头个卡位堆放三袋小个马铃薯。瘦小的中年男子躺在小板房前的椅子上抽烟，约十个平方米的板房内无马铃薯。他老婆在旁打包洋葱。

彭维群说明来意，瘦小男人有气无力地说："每天销售两三千斤，提前两天订货。货到付款，符合规格的七毛一斤。"

马世燊问:"这个市场号称东州最大的农贸市场,你能不能多销点?"

瘦小男人不出声。陈建威递烟,男人接过烟,指向三袋马铃薯:"小个的不算,卖不出去。"

陈建威问:"你要什么规格?这几袋青头和小个怎么处理?"

男子答:"二两规格,也可以自定规格,你们更吃亏。小个每斤一毛钱,每天要一两百斤。"

马世燊问:"青头不有毒吗?你收它怎么处理!"

"给猪吃的。"他老婆说,扬起手中的洋葱,"这个反季节产品,给人吃的,不好的不要。"

价钱实在太低,大家转悠一阵,找不到目标。

陈建威说:"去市场办公室问问情况!"

市场办公室在最后一排,门口烟味浓烈。两人在办公,其中一人叫张副经理,他招呼落座。

陈建威摸出包未开封的烟放在张副经理面前的茶几上。张副经理冲好茶,从文件柜找出市场平面图,介绍铺位:四周卡位即东西南北卡位为大卡位;横排,即中排,为小卡位。马铃薯销售在东卡位,东十卡的陈老板,量最大。东六卡也是大购销商,可能不及陈老板出价高。其他横八、横九有几卡收购,没量,可做参考。

大家聊起农产品销售行情和电商服务。张副经理说:"他们也做电商,主要利用'东州优品'平台。只有建立了稳定的购销关系,他们才进行网络购销。农产品线上交易发生过品质、价格引发的争执。大批量的眼见为实,大家都不想惹麻烦。"

四人告辞时,张副经理把烟退给了陈建威。

东六卡位广告:批发荔枝、龙眼、玉米、砂糖橘。没标明马铃薯,店内却堆放大袋马铃薯,两男一女三人在吃午饭。

彭维群问:"收购马铃薯吗?什么价?"

两个男子不答话。女人放下饭碗问:"你们哪里的?有多少?"

彭维群如实回答。

女人笑道:"我们可以收几十上百吨,价格二十吨以内每斤六毛五,二十至五十吨六毛,五十吨以上五毛五。提前十天签订合同。"

需求量巨大,大家感到希望在前,只是不满意价格。市场办张副经理说得对,东六卡算大收购商,价低。

陈建威问:"春节前应该不是这个价吧?"

"嫌便宜?你们别处转转。"女人说完去吃饭。

东十、十一卡,挂牌"陈氏农产品"。店内摆放好几筐马铃薯,另有辣椒、番薯等。

彭维群说明来意。忙碌的老板娘说:"我们收购,要问我老公。他快回来了,你们等会儿问他。"

再问什么,老板娘都说老公定。

有人送来快餐。老板娘付账时说:"你们没吃饭吧,我再叫几个快餐。我老公中午肯定回来,你们边吃边等。"

大家才感到饿。彭维群说:"留下电话,等会联系。"

老板娘递过名片,她老公叫陈正。

经中排卡位,四人联系了几户小销售商,还不如在中七排瘦小男人那里受待见。

四人找间快餐店吃了中餐,陈建威打陈正电话。陈正声音和善,他说不在市场,他老婆跟他说了,他有空去桃北村洽谈。

陈建威每天打陈正电话,陈正每次说来,一周过去,没来。陈、马、段三人联系单位和朋友消费扶贫助力,订单超五千斤,考虑规格要求,预计为两三亩地的产量。大家心急如焚。

颜仕卿家的马铃薯准备开挖时,终于迎来收购商。

曾嘉豪介绍的收购商三人来到桃北,其中的杨氏兄弟来自阳丰县,黑瘦有肌肉;赵经理像企业管理人士,他的公司在香山市大港镇。

桃北村委,杨哥问:"你们共多少亩?"

段杰答:"第一批三十七亩。"

杨弟没听清楚,惊奇地说:"三千亩?我们拿得下。"

彭维群说:"三十七亩半,春节过后八十亩,附近的村也有。"

杨哥说:"几十亩?谈什么?附近的村指横门镇帮扶的村?我们看过照片,苗子稀稀拉拉,长不出啥。"

陈建威说:"我们只种了这么多。你们既然来了,请开诚布公谈条件。"

杨哥说:"二两重以上,不能有青头、烂薯,六毛一斤。其他的不要。"

给的价格太低,村干部还价。

杨氏兄弟不屑于谈价钱。

赵经理沉默，洽谈僵持。陈建威用眼神示意赵经理：你来自香山，帮忙提提价。

赵经理不自在地说："销售市场风险大，今年马铃薯大丰收。目前价格适中，过完年，恐怕跌到四五毛，甚至更低。"

大家被唬住了。赵经理不出声。看来收购权掌握在杨氏兄弟手里，杨哥站起来说："如果有合作意向，我们去地里看货。不然，我们告辞了。"

马世燊声说："我们散户二十多户，你们全部走完？"

杨弟说："这么分散？那可麻烦。到时你们把马铃薯收到马路边，我们拉走。"

陈建威郑重道："几位老总，我们去看货，请多指导。"

大家先去梁实的基地。马铃薯果然是耗肥料的种，上次检查时，陈建威帮助梁实把肥料送到田边，梁实知错能改，按要求施肥培土。二十多天过去，低处稻田里的马铃薯蓬蓬如盖，在萧索的山沟里分外抢眼，完全没有之前的软弱涣散模样。不足之处是种得稀疏。梁实带人在疏通沟壑，为收获前的"跑马水"做准备。

杨氏兄弟跟着爬上早期播种的梯田。杨弟说："间距太大，长相一般，茎不够大，没产量。"

陈建威说："前期肥料没跟上。"

杨哥说："马铃薯得精细化管理。去下一个地方吧。"

联富村的马铃薯种植间或铺散田野。杨氏兄弟不需要指引，自顾在田埂上疾走。在金火生的田地边，杨氏兄弟突然站住，弯腰查看。

大家走近，杨哥不无讥讽地说："土没培好，青头。"

大家凑过去看，有培土痕迹，但培了这棵缺那棵。金敬德仔细查看后说："两三亩地都培不好土。我每天电话催促他们，也到现场监督！"

杨弟笑道："散种多的村，青头常见。走这么多户才见青头，你们尽力了。"

金敬德大发雷霆，打金火生电话，叫他来培土。

杨哥说："迟了，青头我们一个不要。"

赵经理说："现在培土可以减少青头面积扩散。"

杨哥说："带我们去最好的种植地。"

大家驱车到桃北小学。

校门口彭灿雄简易的小卖部已开张，以销售零食和日用品为主。彭灿雄的老父亲在看店。陈建威买矿泉水给大家喝。

颜仕卿的马铃薯叶阔茎壮，不少叶片泛黄。杨哥微笑道："这块可以。"

马世燊说："终于有一块入你的法眼。"

彭维群哈哈笑着扒开一棵薯苗下的土，显露几个壮硕的马铃薯，像人工埋好似的。

杨哥脸色深沉地叹道："每亩可收五六千斤。面积太小，加上侧边那块就三亩多地。"

大家面露喜色，扒开的土没盖好。杨兄弟俩已经走开。

在示范基地，杨氏兄弟又是快速走进田地查看。

陈建威问赵经理说："他们为何看这么仔细？价位有没提高空间？"

赵经理说："他们每天收购几百上千亩。必须匡算产量和计划时间，没有效率就没有效益。大批量就是这个价位。"

不知何时，"微笑天使"来到基地。好久不见，她头发及肩，穿着深红色毛绒外衣、深蓝色休闲裤。今天正好带着单反相机，陈建威给她照相。

她站在基地的垄上，蓝天高远，阳光照耀着，她拉扯的微笑凝固，乌黑的眸子用力地瞪向前。她身后广阔的马铃薯基地、远处的村屋，色彩鲜明，层次感强。大家说很美。"微笑天使"羞赧离去。

杨哥说："不用再看。大部分节后收，不要过三月，马铃薯不喜欢湿热，再迟也不怎么长的了。"

杨弟说："我们在赤丰看过好几个村，你们的可以收购。生意不是强买强卖，价格不变，电话联系。"

收购商离去，大家情绪低落。

马世燊说："牛皮哄哄，压价毫不含糊。"

彭维群说："他们算有诚意，市场价是不是就这么低呢？"

陈建威叹道："读书时教授说过，真正的专家在销售。他们一个小时不到走一大圈，看似蜻蜓点水，一切了如指掌。"

马世燊说："你们教授也就马铃薯收购商的水平，别蛊惑我们。"

金敬德说："我们再接再厉，好货不怕没人要。"

大家和阳丰收购方沟通多次，涨了三分钱价。相同规格的，三方价格如下：香山大市场的每斤七毛，总量不定，不包运输；阳丰收购商六毛三分，全收；赤丰农贸市场六至七毛。

大家左右为难。山穷水尽之时，陈建威再打陈正电话。

陈正说："我在来桃北路上，等会和你们谈。通知支书，行的话签合同。"

大家不安中充满期待。

半小时后，陈正出现在村委。他身材适中，面容干净、精神，穿的牛仔服有点脏，但品质不错。

陈建威热情地说："先喝杯茶，等会带你看现场。"

陈正友善地说："我们是本家啊。我刚才看过了，沿路那些就是吧，有个基地。"

就这么看一下，能定？陈建威担心地问："你觉得怎样？种得还行吧？"

陈正肯定地说："能到外面找市场，就说明你们种得不错。我给每斤八毛五，节后七毛五。小个及青头每斤两毛，全要。烂薯不要。我开车到桃北，你们负责马铃薯分拣、入筐、装车。"

大家齐说好。陈正拿出合同给大家。真是得来全不费工夫，大家傻瞪眼，好像天上掉了馅饼。

陈正说："你们怎么找、怎么谈，其他收购方不会超过我的价。你们不要担心，一是签订亩数可以有个幅度，贫困户可以自己销售，我不强要；二是我交订金，如果我违约，订金赔偿；你们违约，提前七天通知我，送回我订金。"

"那我们签约如何？"彭维群笑道。

大家鼓掌通过。

签订好购销合同，陈建威高兴地说："谢谢本家的大力支持。"

陈正说："我知道你们做扶贫产业，急于销售，以增加农户收入。收购扶贫产品，我适当加价，我正大光明地支持扶贫事业。"

陈建威广而告之这一好消息，第一个告诉的人是宾璐。

17. 李谷花被打

幸亏东州市考评组没来桃北村，要不然所有努力"一巴掌"打没了。陈建威事后说。

本次市级和省级的精准扶贫年度考评均为抽查，市级抽查两镇四村，省级抽查百分之十的扶贫村。没抽到的村也可能被考评，考评组经过某村，或者心血来潮，突击某村。除抽查外，省扶贫办委托第三方评估每个扶贫村。

有人认为：抽查不是真抽，是内定，肯定考评做得好的村；考评不达标，谁都没面子，甚至下不了台。这种认识很危险，曾嘉豪提醒大家认清形势：当下什么作风要求？好的村可树为正面典型，不好的村便成反面典型。某驻村干部不履职，被《新闻联播》曝光。没人会维护差评村，要不怎么真扶贫、扶真贫？全国怎么完成每年一千多万人的脱贫攻坚任务？贫困村、贫困县如何摘帽？

曾嘉豪的话切中肯綮，让人如履薄冰，顿生岌岌可危之感。市级考评之前，他给陈建威打电话："周四市考评组十有八九到桃北村。其他工作能放就放，全力准备迎检。"

陈建威问："马铃薯收购刚开始，需要停下吗？计划周四举行春节慰问活动，领导临时有事过不来，影响考评吗？"

曾嘉豪说："收获马铃薯，产业成效得看。春节慰问，对贫困户民意测评是好事。既然抽到考评，领导不在场没关系。"

星期四早上，桃北村给贫困户集体发放春节慰问物资。陈建威调度指挥，绷紧神经等待考评通知。陆军果真打来电话："市考评组没抽到桃北。你们的迎检工作不会白做，过两周省考评，原则上省考评不再抽查市级考评过的村。桃北被抽中省考评的机会很大，千万不能松懈。"

马世燊嘲讽："可以轻松两天，之后又得忙碌，迎接省考评。"

段杰说："等于给口糖吃，继续做好'打脸'准备？"

三人哂笑，不料没几分钟，欢乐场景中真出现"打脸"。李谷花被打，在慰问现场，在众目睽睽之下，被她老公一巴掌打倒在地。

贫困户在村委办领取慰问物品，在驻村办领取慰问金。他们到了一般和驻村干部打打招呼，自觉排队。

李谷花到时没打招呼，径直跟上现金领取队伍。她瘦了，依旧黑眼圈、紫嘴唇。陈建威走过去问她家房子装修好没有，什么时候收马铃薯。她睁大眼睛盯着陈建威不出声。站她前面的贫困户彭招财笑道："她家不喜欢吃马铃薯。"陈建威说："拿来卖的，谁让你吃？你不知道村里正在收购薯仔？"

"怎么不知道？颜仕卿卖了两万斤。今年冬天我也种。"彭招财翻白眼。

陈建威佯装斥责："知道你开什么玩笑？"

"不开玩笑！让她先领，她缺钱。"彭招财说着，把轮到的位置让给李谷花。

村民们神情怪怪的。陈建威狐疑地走开，碰到身材高大的金火生大步迈进，满脸愤慨。

陈建威喊："生哥，你老婆在领取慰问金，你领大米和食用油。"

金火生好像没听到，眼睛发直地走向驻村办。陈建威赶紧跟上。

陈建威刚跨进门，就见到金火生左手扯过正在签名的李谷花，甩起右手掌捆她脸上。她几乎没晃动，瞬间跌落在地。大家散开来，金火生老鹰抓小鸡般提起李谷花，准备再打。陈建威上前抱紧金火生，攥住他的双臂说："打人犯法，你想打死她？"

金火生大口喘气，用脚踢，陈建威拼命推他靠墙。李谷花爬起来哇叫两声，嘴角流血，迅即逃离。

陈建威松开手，劝道："金大哥何苦，是不是马铃薯青头多？"

段杰递过五百元慰问金，金火生不接，不看别人，只往外走。陈建威顾不上帮他拿慰问金，赶忙追上去。

金火生尾随李谷花拐上桃河公路，陈建威在后面喊："有事跟我说，发脾气是蠢货，打伤她你出医药费。"

金火生停下，悲凉地说："你回吧，我不打了。"他怒气顿消，眼神无奈而哀戚。他不像说谎，陈建威目送他远去。

时近中午，慰问物资已领完，除金火生家的外。大家讨论如何应对"打人"事件。

陈建威心有余悸地说："今天市考评组没来，单位领导没到。要不然，一年的努力，会给金火生打没了。什么原因，我们必须搞清楚。"

大家表情严肃。金敬德吐口烟说："我叫卫生站的人去看了李谷花，伤没大碍。"

梁子文忽然说："金火生到村委耍脾气，什么原因？对村委不满，还是对哪个村干部，或者驻村队不满？"

金火生一家人每天忙忙碌碌，不像意气用事之人，是不是什么事情没帮好呢？陈建威如坐针毡。

彭维群给大家丢烟："金火生家大半年来在建房子，目前在装修。为了增加收入，金火生仍要打散工，儿子常去跑建筑材料销售。儿媳妇几年没回家，孙子寄住亲戚家。家里主要靠李谷花张罗，我想她可能什么事没办好，比如，前段时间他家马铃薯就出现青头。今天的事，应该是他家里的原因。"

马世燊说："这件事要慎重。现在年尾评比验收，这种事影响极坏，什么荣誉、奖励可能全被否掉。"

段杰说："过完年，村'两委'换届选举，怕不怕有人破坏团结，给选举带来麻烦？"

　　金敬德说："她老公打她，不会是对别人有意见，肯定是那些陈谷子烂芝麻的事。"

　　陈建威严肃地说："李谷花的事，我们先搞清楚。我和金委员先去一趟她家。"

　　金火生家的泥砖院落和泥砖房不见了，面前矗立一幢三层楼，一楼装修好了，二、三楼没安装门窗。金敬德说："他家客厅高三米九。"

　　主屋一厅对四门，楼梯间在右侧，主屋左侧加建了两间杂物房。

　　新房子客厅高、大、宽，给人强烈的做客的感觉。

　　金火生不在家，他儿子金尚贤坐在长木沙发上，冲茶招呼。

　　陈建威和金敬德送上慰问品和慰问金。

　　"你父母呢？"陈建威问。

　　"老爹外出帮工，老妈躺床上，没起来吃午饭。"金尚贤窘迫地回答。

　　"伤得怎样？要不要送医院？"陈建威小声问。

　　"卫生站医生说不用。"金尚贤说。

　　陈建威走到卧室门口。李谷花和衣躺在床上，旧蚊帐半开，红花被子盖在肚子上。她五官皱成团，脸有些肿，她无声无息的样子与新房间反差极大。

　　陈建威说："阿婶，元旦刚过，春节快到，给你家送点物资。祝福新年快乐。"

　　李谷花右手颤抖几下，恢复原状。

　　金敬德喊喝茶，陈建威回客厅坐下。金尚贤挤出笑敬烟。烟到嘴边，陈建威闻到酒味，金尚贤眼睛和脸微红，毛主席像下方的电视柜上放半瓶土炮。

　　"你家出了什么事？"金敬德严厉地问。

　　金尚贤愧疚地说："我儿子快放寒假了，老妈今天去领慰问金，想给孙子买新衣服。我爸要拿钱买装修材料。马铃薯种植失败，建房子欠了不少账，我爸发脾气了。"

　　陈建威说："事发突然，我们要搞清楚，请你别误会。"

　　"香山领导到村一年，为我们做了许多事。我不怕揭家丑，几年前我在外打工返村，正好镇上赶集，我妈看到番薯好卖，叫我用摩托车把家里的番薯运过去。活该倒霉，我为避开烂路逆行撞上货车摔倒，内脏挫伤，右小腿粉碎性骨折。没医疗保险，花了五六万，对方赔一万，工厂看我表现好，赔了一万。打工赚的辛苦钱几个月就用光了，老婆跟人跑了。我妈急老了，头发全白。后来她总怨恨自己害了我，害了全家……"金尚贤说着，淌下两行泪水。

金敬德帮着添茶："陈书记，他讲的是事实。"

金尚贤抹泪："不好意思，中午喝了酒。她长期睡不好，吃不下东西。经常捶脑袋，她神经或者胃出了症状。人变得懵懵懂懂。我妈不沾家里的钱。去年三月，陈书记给过她一百元钱，她给了我。我一直没好好谢谢陈书记。我敢拿我儿子发誓，我没撒谎！"

金敬德唬道："吼什么！"

卧室有响动，李谷花起床，走去客厅右边的厨房。

陈建威安慰道："新房子不小，主要靠你爸和你建起来的，了不起。提高家庭收入方面急不来。你妈去做个体检，有病要医，无病放心。去年我们给全村人买了医保。现在国家和省、市出台了更完善的医疗政策，看病不难。"

"谢谢你。我过几天办离婚，顺便带她去医院检查。"金尚贤不好意思地笑道。

离婚反而高兴，陈建威不解。

"话说一半。"金敬德指责金尚贤，对陈建威说，"他先离婚，再结婚。桃花村黄爱琼，老公在深市打工，两年前病故，她带女儿嫁过来。"

"祝贺你！合作社在加紧收获示范基地的马铃薯，你家要解决出工天数才能分红。"陈建威说。

金尚贤不好意思地说："谢谢陈书记。黄爱琼回家了，我让她去帮工。"

"没进家门就做事了，好媳妇。"陈建威说着，去看李谷花。

李谷花在洗碗。新买的黄色圆木桌盖防护纱罩。陈建威揭开来看，肥肉蒸菜干和炒生菜，还有半盆粥。

陈正说，马铃薯能收尽收，春节后价格或天气对双方不利。贫困户认同他的话，希望年前拿到销售款。

驻村队在香山的社群力推马铃薯销售，周末可带货三五百斤回香山。双休日陈建威负责送货上门。冯宝妮说："你国家公务员，像乞丐一样推销扶贫产品！"

"为增加贫困户收入，能做的我都会去做。"

"这么做值吗？你自己的生活呢？房子不准备装修？"

"风风火火忙完这阵子再说。"

周一驻村，彭维群却叹道："这些天你们备战年度考评，我没说。现在不说不行，马铃薯收获太慢。陈老板每天要收五吨。上个周六、日，我和金委员都在田里，每天才收两三吨。有的贫困户浑水摸鱼，以次充好，好薯里夹杂烂薯、青头。无底棺材，误死人啊。陈老板说桃北村浪费太多时间，次品多，没法收购。他今天没来。"

陈建威说："这些天辛苦大家。我打电话请陈老板过来，今天务必达到他的要求。我们仨和各位村干部全部下田，帮助收薯，严把质量关。"

彭维群给大家丢烟："辛苦你们了。"

桃北村热火朝天收获马铃薯。

驻县组取消了本周的双休。周六上午，曾嘉豪到村，他带来金洲区驻村队两名队员和一名记者。

在示范基地前期种植的马铃薯地里，陈建威捋一下头发，对曾嘉豪说："欢迎曾常委和扶贫兄弟莅临指导。还请了记者同志，我们没做准备。"

曾嘉豪说："我们来帮你们做准备。两个驻村干部刚经历市级考评，过来协助你们做档案。记者给你们拍短片。如果省扶贫办抽中来考评，你们增加视频汇报。你今天定好解说词给记者。"

"谢谢领导考虑周全，我们一定办好。"陈建威满怀信心地表态。

曾嘉豪看到收上来的马铃薯，赞道："好大个儿，管理不错！八毛五一斤，便宜他们。"

"算高价了。农产品走到流通终端讲品质，讲时机。"陈建威说。

"如果省检查组抽中来桃北，他们置身丰收现场，肯定高兴满意。"曾嘉豪说。

"收获时间列表排到了一个月之后，保证有得看。"陈建威说。

曾嘉豪说："年度考评，市与市、县与县、村与村之间，有高低比较。各驻村队要创造性地把该做的事做到最好，有备无患。"

大家认同。

曾嘉豪单独对陈建威说："建威，我也不想这么紧张。我女儿今年高考，只剩一百三十多天时间了，我多么希望回去见见她。可我为什么留下？我去年已提副处，还能提拔？只不过为了做好工作而已。"

陈建威回应："明白。扶贫考评也要精准！我今晚写好解说词。"

省考评组果然抽中桃北村。陈建威提前两天收到通知。考评要求帮扶单位领导到场。牵头单位市场局副局长郑旭调去乡镇任副书记了。局长杨武彪说联合单位领导组里文福鑫比较熟悉情况，文局去适合。

文福鑫在考评前一天到村，他询问迎检情况。

陈建威说："考评方式有听取汇报、检查资料、察看现场和民意调查。汇报程序为先观看短片，接着我用PPT汇报，之后请你总结性地汇报。其他交给考评组。"

文福鑫问："有没有给我准备讲话稿？"

"汇报内容比较丰富了，确实没时间写讲话稿。你对情况比较熟悉，说几点可以了吧。"陈建威道。

文福鑫恼怒道："如果杨武彪过来，你会不写讲话稿？我安排马世燊写？"

陈建威答应："我明早把讲话稿交给你。"

文福鑫忽而笑道："你以为你们的迎检安排得很好？"

"好不好考评组说了算。"陈建威赌气地说。

省考评组由省扶贫办梁厅长带队，检查人员有德州市扶贫办主任和省扶贫办两个干部。李清华、曾嘉豪、张浩到场。

视频和PPT相得益彰，反映了桃北一年来的扶贫工作成效。文福鑫以讲话稿为基础的汇报绘声绘色，他把项目开展过程中的阵痛和喜悦真实地表述出来，其中包含许多的细节，好像一年多的成效都是他亲力亲为的结果。省考评组领导的表情由轻松变得庄重。认真就容易出状况。梁厅长提出不少疑问，李清华一一回应，有些具体问题，他把回答机会给陈建威。

陈建威从容对答，有几个回答涉及专业理论，他与梁厅长说的并非完全同辙。梁厅长粗黑的眉毛抬高两次，陈建威便不再坚持，转为如沐春风般地遵循梁厅长的教导。厅级领导的眼界学识岂是驻村干部可以相比的。

东州市扶贫办主任请张浩说几句。张浩精神饱满，发自内心地赞扬驻村干部。张浩说完让彭维群补充，彭维群激动地说：

"香山与赤丰两地辽遥。香山领导充分体现兄弟般的情谊，与我们共商量同劳动，不辞辛苦地做了大量工作。村容村貌大大改善，贫困户生活水平大大提高。你们扎扎实实、真真正正帮到了每一个桃北村民，我真心实意地表示万分感谢和敬意。"说完，这个老兵站起来抬起右手敬军礼。

检查考评资料的工作人员抽了十户非贫困户和五户贫困户入户，对照指标逐项核查。对家庭年人均可支配收入，他们反复询问收支明细，仔细辨别佐证材料，让陪同检查的马世燊和段杰提心吊胆了两个多小时。

　　月牙湖风景独好。暖阳映照着温润的湖水，涟漪层层。杨柳垂青，水草常绿。桃北提水泵站的机房外墙贴的粉红色瓷砖，在冬日的田野里光彩夺目。梁厅长一行更加关注激流浩荡的田心排水渠和示范基地的丰收盛景。泵站小广场的沙土地坪上摆放着十多筐形象极佳的马铃薯，基地里的村民忙于收获马铃薯，锄挖、分拣、清理、装筐、搬运和入袋。他们中有青年，也有老人小孩。地里的马铃薯装入胶筐，搬运到地坪按规格装入网袋，空筐带回地里装运薯仔。收购方、村干部和贫困户三方代表过秤计数。

　　梁厅长抓起一个壮硕的马铃薯，掂量地晃一晃，满面笑容、激情飞扬地说："真扶贫展现真成果。你们用心用力，倾情倾智，引领贫困户踏上了脱贫致富的快车道。省委即将下文，省定贫困村都要建成新农村示范村。明年把基地中间的机耕路变成水泥路。文局长，如果资金不够，跟我说。刚才短片里有些镜头好像悲惨世界，苦大仇深，完全没必要。你们要积极地宣传你们真脱贫、脱真贫的成果，开心地扶贫、快乐地扶贫、幸福地扶贫。把开心、快乐和幸福带给每家贫困户，带给桃北村民，共同建设幸福、美丽、和谐的新家园。"

　　梁厅长的讲话获得在场所有干部和贫困户的热烈掌声。毫无疑问，这次考评结果必将优秀。

　　除夕前一天，陈建威载着冯宝妮和几大袋年货，开车回老家过年。

　　清早五点十二分出发，高速路较为顺畅，北上回家过年的人走得差不多了。跨省之后冯宝妮替开几段。下午四点三十四分，到达距离香山八百公里的津市宁坝镇。

　　宁坝能源公司第三矿区篮球场，天空灰蒙，寒风刺骨，光秃的树枝苍凉伸展，房屋陈旧灰黑。能源公司连年亏损，资产呈几何级转入黑洞，矿井不得不关闭。那些穿梭了半个多世纪的生命影像，与艰苦环境抗争的生动故事，成千上万个家庭的情感寄托，顷刻之间湮没于四通八达的地下洪流。

　　冯宝妮声音发抖："萧条！你说大型煤企，就这样？怎么看不到煤？"

　　"这是生活区。不远的生产区以前煤炭堆积如山。坝能公司曾是闻名全省的大煤矿，四个矿区，新中国成立后不久开采。社会发展了，煤的产能和效益下滑，几经改制，前年关闭，往日的繁华盛况不复存在。"陈建威叹道。

　　一年多不见，父母苍老许多。冯宝妮亲热地喊"伯父伯母"，父母热情回应。

父亲退休几年，壮实的身躯明显消瘦，背脊依然挺直。他不时干咳，戴上口罩蹩进厨房。母亲陪着冯宝妮嘘寒问暖，找出缝制粗糙的皮底的手工棉鞋，让她换上，又拉她到卧室烤火。

冯宝妮直发黄色，雪白羽绒衣，绿色毛料裤，坐在仅四十平方米的棚户小区房，像天外来客。她在电火炉边烤一会儿，喊来陈建威问："烤火会不会热气？"

"天冷，驱驱寒。这是我家第一个电火炉，为你买的。以前烤煤火，那气味不能闻。"陈建威笑道。

"那不行，容易一氧化碳中毒。"冯宝妮蹙眉。

"现在还有人家烤煤火，习惯就没事。"母亲笑着说。

陈建威第一次带女孩回家，两个老人准备充分，晚餐丰富。

用餐时，窗外银色的雪静谧地飞，从未见过雪的冯宝妮笑靥娇露。

第二天的白雪佳人，自是人间美景。

来陈建威家串门的亲朋邻友络绎不绝，为的是看新人。

正月初二，陈建威姐姐一家子回来拜年。怀胎五月的姐姐饭后急着赶回市区，她多次邀请冯宝妮去她家玩。姐姐在市区教小学，姐夫在市区企业做管理，两人结婚七年买了套百来平方米的房子。冯宝妮笑而不答。陈建威叮嘱姐姐：春节后要带父亲去医院拍片，治疗咳嗽。姐夫答应。父亲满不在乎地说没什么事。陈建威说起工作的事，母亲忧虑，说不考虑结婚生孩子，去那么远地方干什么。陈建威想说点轻松的，便说起工作中的酒局，说到高潮处眉飞色舞。还没说完，父亲打断："喝那么多干什么？你吃煤长大的，还是不同。"

初三，冯宝妮跟随陈建威会同学，吃辛辣食物，喝酒，晚上开始咳嗽。凌晨她肚子痛得离不开手。全家人尽最大努力想办法，效果欠佳。陈建威带她去宁坝镇医院打了吊针才有所好转，但仍胃胀厌食。为避免出行高峰，更为女友早日康复，在父母的担忧和不舍中，初五陈建威毅然返程，一个人开车十二个小时方到香山。

夜晚在"巅峰"。冯宝妮拿出张银行卡给陈建威说："你爸给的，二十万。说你知道密码，给你装修房子用。"

陈建威责问："你怎么自作主张？拿我父母一辈子省吃俭用的血汗钱？市区的棚户区改造房建好了，我家那套房拿什么购买？"

"什么血汗钱？老子给儿子钱，天经地义。他们俩住那儿不挺好？比我们都好。"她生气道。

他怒道："胡扯。这钱不能用，要退回。根本就不要收。"

"收了又怎样？你凶什么？谁知道他们就这么点钱？我一年花这个数都不止。"她吼道。

"你知道我们身边还有多少人一年才几千块可支配收入？你了不起，拿它干什么！"他血脉偾张。

"你以为你了不起，快三十了，搞掂了什么？指望你过好日子？还没领证呢，你为了姓陈的和陈夫人对我这么凶。"她模样变丑。

"不可理喻。"他咬牙说。

冯宝妮不再说话，拖起箱，按着肚子，气冲冲离开"巅峰"。陈建威心如刀绞。可他因银行卡的事更是烦躁到极点，他担心父母把房改房指标卖掉。

年前商量好的，男方去女方家拜年在预料不到的争吵中泡汤。

陈建威开工即去驻村。给人莫大期待的春节假期，在冯宝妮的一声叹息中结束。

18. 产业第一

香山市扶贫办通知新年上班迅速驻村，否则后果自负。

陈、马、段三人赶赴桃北村。马世燊像患上节后征，声音无力："没出元宵节驻村，要不要给村民发红包？发，没准备；不发，合不合乡俗？"

段杰说："发红包是书记的事，书记兼队长给我们每人发两个。"

陈建威紧抓方向盘说："你们不发，村民不会'抢'。东州将进行驻村检查，如果不驻村被逮着，'送'红包也没用！我局办公室副主任以前在市委办上班，她说除夕前一天，市委巡察办巡查到一批离岗和上班看电影、网购的干部，准备全市通报。"

"还让人活吗！"马世燊不满地叫，又好奇地问，"通报了哪些人？"

"没我们两个单位的人。收拾心情，今年是脱贫攻坚战关键年。我们再接再厉，撸起袖子加油干。"陈建威说。

"我十年科员，其中扶贫四年。天天喊干活，得给我动力。"马世燊消极地说。

陈建威说："想发财不当公务员，想提拔未必要扶贫。"

马世燊笑问："不求升官发财，活轻松点行吗？扶贫一年，你这书记没带我们去玩过。厚道吗？"

陈建威说："想去周边玩，周六周日留赤丰。你不回家陪老婆孩子了？"

马世燊叹道："听说小孩子两岁前的陪伴决定将来与父母的亲密程度。我看未必，我儿子上小学了，他两岁前我陪了他，现在跟我没有跟他妈那么亲！"

段杰说："你们每月团聚，总比我幸福！我女朋友今年回国，到时我不扶贫了，把我俩分开在南北两个半球的时间补回来。"

马世燊问："抱成个球，天天滚？"

段杰显摆地说："我老爸找香山银行魏行长，说我的岗位不是考进银行的岗位，要求调我回去。魏行长说我随时可以回去。"

陈建威说："新年新气象，一个不愿干，一个要滚球。你俩给我点信心好吗？"

段杰说："你们扶贫扶出了感情。我到赤丰只想多些经历，从乡村角度了解中国，弄懂人情世故。为不荒废七年境外求学所学专业，我肯定回专业岗位。"

马世燊笑道："扶出感情？扶得领导有意见，老婆发脾气，小孩没心没肺，自己经常后悔。站在哪里都是中国，做什么都是经历。没有提拔，扶什么贫？"

陈建威说："我们大香山出生的伟人说过：不求做大官，只求做大事。农村广阔大地，年轻人参与脱贫攻坚，可以大有作为。"

段杰说："书记讲话鼓舞人心。多大作为不敢说，既然来扶贫，就知责任大，不能说走就走。"

马世燊说："书记是优秀第一书记，扶贫干部代言人。段经理是入党积极分子，孺子可教。"

桃北村阳光温暖，鸟雀欢鸣。大自然卸去冬装，村民们在田间地头忙活。贫困户收获马铃薯成为繁花春景里的亮点。红色爆竹灰烧或没烧的，都铺散到了田野。爆竹灰含硫黄，可以杀菌消毒。

陈建威对马、段二人说："年后贫困户收获三分之二的马铃薯，计划时间跟年前一样十五天。村干部天天下田，我们也得助阵，帮助他们尽快做好务农和务工安排。"

"购买种薯、切块、播种、三追肥两培土、收购，一条龙服务，最后把钱送到他们手上。我愿意做贫困户了。"马世燊自嘲。

陈建威对马世燊说："过完年，你嘴贫了，脑子也贫了。换位思考，我们算不算高工资？也就做这些事，说不定让村民羡慕死了。"

段杰说:"贫困户干了没白干,我们不干也得干。"

陈建威笑道:"小马哥老扶贫,没段经理醒目。"

三人到了田心基地。彭维群与彭灿雄正抬筐薯上田埂,彭维群一手扶腰,彭灿雄一手甩动。陈建威跑过去说:"彭支书,我接替你。"

彭维群说:"陈书记,这活不是你做的。"

陈建威抓住筐沿往上使劲,对彭维群说:"一筐七八十斤重,你辛苦一个多月了,我们来。"

彭灿雄笑道:"支书扭了腰,被老婆骂。"

彭维群斥责彭灿雄矮人舍不得出力气。

抬筐到泵站地坪,陈建威劝彭维群不要再下田。

彭维群说:"大家都在干。"说着,他又拎筐下田。

陈建威带领驻村队跟着彭维群去搬薯,加入收获大军行列。

陈正开辆五十铃到场。他对抬薯归来的陈建威和彭维群说:"送一筐你们尝尝。"

陈建威谢绝。

陈正说:"没关系。你们喜欢吃什么菜,到我农贸市场的铺头去拿,别见外,当我是乡邻。"

陈建威说:"村干部辛苦了,送一筐给他们吧。"

陈正说:"送你们两筐。"

彭维群说:"不要了,我们村干部吃过了。"

"村领导很负责,彭支书和金委员年前年后义务帮工,山上那户老太,金委员带人去帮忙收下来的。我放两筐到村委。"陈正和善地说。

马世燊突然退出扶贫,没有告别。

商务局办公室主任李宏打陈建威电话:"商务局成立,马世燊因工作需要调回单位。我们派出孙罗周驻村,老孙部队转业,做过政工、后勤。上知天文,下通地理,中间懂人事。扶贫进入深水期,他更适合驻村。"

陈建威没想到又更换一名战友,而且是马世燊。老孙能力那么强,你李宏怎么不让贤?李宏让更有经验的人应对扶贫深水期,是为了扶贫事业,好像说得过去。陈建威不希望马世燊离开,但无能为力。李宏给面子才打电话解释,成员单位派谁驻村,根本无须冠冕堂皇的理由。

陈建威、段杰和孙罗周驻村。孙罗周快到退休年龄，上扶贫车不久，看看手机睡了。

赶到驻村宿舍，陈建威对孙罗周说："你接替小马哥以前的工作，负责做工程资料和扶贫云系统录入。分工不分家，工作共同决策，互相促进。"

孙罗周坦诚地说："做工程可以。资料、系统的，我不懂电脑。我擅长做群众工作。"

陈建威叹道："扶贫工作包含群众工作。"

段杰笑道："我算搞懂了，会电脑和开车，是扶贫干部的基本素质。"

孙罗周认真地说："电脑算什么？我年轻时在部队修飞机的。我能开车，做饭不错，我老婆最喜欢吃我烧的菜。"

段杰说："但你不会修电脑。"

孙罗周不能接替马世燊的工作，驻村队三足鼎立的局面打破。陈建威与段杰重新分工，负担了之前马世燊的绝大部分工作。段杰工作任务繁重，陈建威改称他"段总"。

孙罗周提着从贫困户家买回的菜站在驻村办门口，和气地对陈、段二人说："工作上辛苦二位。镇政府饭堂每日食猪肉，我买了杏花鸡，中午做饭。晚上去弄几条鱼，现在休渔期，吃赤江鱼靠运气啊。"

陈建威说："我在统计马铃薯收益情况，段总在征求贫困户养牛意愿。中午时间紧，别做饭了。晚上可以。"

"包在我身上。每人每天三五十元，花钱少，吃得好。"孙罗周说，热情得像硬要张罗饭菜招待客人。

陈建威改变话题："麦老太从桃园搬到了桂洲的新居，我们去照个相，拿回来补充档案和录入系统。"

"好嘞，我喜欢跟贫困户打交道。"孙罗周说。

驻村队三人和何荣光去麦老太的新家。孙罗周主动驾车，何荣光指挥由桃河公路往南，左转上凹凸不平的新桂路，经桂洲桥到桂洲村，山上屋前树木葱郁，开满金黄或紫绿的花。

离路口不远的麦氏祠堂青砖绿瓦，麦老太的石灰砖新屋立于祠堂侧，旁边不远处竹篱笆圈养着一大群肥鸡。

新屋正门对联：新居落成增福寿；旺宅进住添富贵。横批"进宅大吉"。横批下悬五张空白红纸。

新屋不大。农村这么小的房子不多,倒像模像样。铝合金门窗,预制板屋顶。屋檐下方开孔,既通风采光,又增添美感。

麦老太穿碎花布衣、蓝裤子和解放鞋老三样,站在爆竹的纸屑上,笑眼成线。她请陈、马、孙等人进屋。

陈建威握住麦老太的手:"恭喜!新屋住得习惯吧?"

麦老太高兴地说:"好!好!谢谢你们。"

堂屋摆放圆形杉木桌配红色胶凳,正面墙贴着当今国家最高领导人的阅兵图片。隔壁卧室摆着新床,配着新红花被。卧室侧边是厨房和洗手间。厨房建了灶台,碗柜半旧不新,柴火成堆。

大家在堂屋坐下,麦老太请喝茶。何荣光和她的几位邻居进屋祝贺。小屋拥挤喧腾。

何荣光对麦老太说:"多亏陈书记。没有陈书记,你的房子建不起来。"

陈建威对村民说:"按政策办事,感谢何叔和各位的大力支持。"

麦老太笑道:"谢谢领导。在这吃饭。"

陈建威说:"我们中午去镇政府吃饭。你还有东西要搬下来吗?我们帮你。"

麦老太说:"不搬了,我想去桃园就上去住几天。"

孙罗周劝道:"老人家不要走多,不能走远。注意安全。"

麦老太说:"我还回去住的,舍不得。我问过老头子。"

何荣光说:"她问卦。"

陈建威总感觉屋内缺少了什么,原来是麦老先生的遗像。陈建威问:"你把他老人家'请'下来吧。"

麦老太隐含悲戚地说:"他在山上好,那是老家。"

新居里没电视机。陈建威问:"桂洲村电视信号怎样?"

何荣光说:"通信网络覆盖了自然村。能接收网络电视,收费每年三百元,不少村民没装,仍用天线。"

孙罗周说:"我送麦奶奶一台电视,下周带过来。"

"根据政策,我们可以帮助购买电视机。如果孙叔送液晶面板的,就请赠送。"段杰说。

众人喝彩。孙罗周笑道:"政策解决不了才送。"

麦老太要杀鸡、煮饭。孙罗周和蔼地谢绝:"我们自己会做,不打扰老人家的生活。"

桃北村委宣传栏张贴镇、村关于村"两委"换届选举的机构人员名单，陈建威在列。今届的选举由往届的3月推迟到4月开始，这为有志投身基层治理的村民提供了更多的准备时间，也让现任村干部更加心神不安。张浩在会上要求：搞清责任，负起责任，压实责任；做到提出好思路，选出好干部，配出好班子，换出好风气。并严明了"八严禁""九不准"工作纪律。

在换届选举的紧张氛围中，植树节期间，桃北村种下四百棵鹰嘴桃、三百株小叶榕和十株木棉。

经过杨武彪局长协调，香山森林资源保护中心捐赠桃北村五百棵鹰嘴桃树苗和十株木棉，并派人送苗到村帮助种植。鹰嘴桃树苗一米多高，苗红叶绿。

小叶榕是桃南村驻村队长植林成送的。植队长经过半年努力，从某制药企业获赠三千株小叶榕树苗。小叶榕是中药材树，寿命长。两三年后，这批树苗长大，枝叶可剪下制药，并可再生，效益期长达十年。植队长计划把桃南村打造成小叶榕村，并赠送了部分树苗给附近的行政村。作为对植队长的回报，陈建威转赠了五十棵桃树苗给桃南村。

大家积极参与种植，村里主要道路两旁、提水泵站和月牙湖附近，相间种上了鹰嘴桃和小叶榕。湖边树木茂盛，将为鹭鸟提供更好的生存环境，木棉种在村委前和田心路入口处的古榕广场。明年的桃南桃北村，将现桃花烂漫、榕树婆娑和木棉花开的景象。

树没植完，彭维群就病倒了。他先是请假，说在女儿家，莲城的女儿家出了点事。他声音异常，陈建威有些担心，没敢多问。

在检查示范基地打地时，彭灿雄对陈建威说："支书病例了，在医院住几天了。"陈建威醒悟，原来他病了！彭灿雄难过地说："给基地累的，他不让村里人告诉你们，你别说我说的。"

陈建威打听到支书所住医院和他女儿电话，打通支书女儿电话，他女儿说："没事了。打了两天吊针，今天出院住在我家，他每天说要回村里，我让他多住几天。"陈建威恳求去看支书，让她发位置和地址。

驻村队三人去赤丰县城看望支书，在赤丰最大的超市购买了水果和补品。

彭维群的女儿住在赤丰中学附近的小区。房间不算大，新装修。彭维群脸色灰青地坐在客厅的沙发上，招呼驻村队三人，他老婆和女儿在家做饭。聊了一会儿，孙罗周提出和段杰去驻县组打个招呼。孙罗周第一次来县城，他在来的路上说等会儿去逛逛，陈建威知道他找驻县组领导是借口。

单独与久劳成疾的彭维群面对，陈建威感到内疚，他找话题聊，诚心地说：

"来赤丰之前,听说'天上雷公,地下赤阳丰',好像带贬义。经过一年多接触,我感觉你们挺好的,您令我敬佩。"彭维群咳嗽几下问:"你怎么看雷公呢?"

陈建威给他添茶说:"小时候,老家的人说'雷公不打吃饭人'。我从小认为雷神是正义的化身,保风调雨顺,除恶扬善。但打雷的时候,也怕雷公不知道自己是好人,误击自己。"彭维群笑叹:"张浩书记到桃河,跟村干部开会时,讨论了当地民风民俗。"陈建威不出声,听他娓娓道来,"我们这块地方临海,从前疍民在海上讨生活,'出海三分命,上岸低头行'。长期与海打交道,先祖先辈们能吃苦,能抗争,二十世纪最早闹起革命。"

陈建威说:"我看你们性情直率,敢作敢为。有勇于抗争、不畏强暴的传承。"

彭维群笑道:"哈哈,谢谢陈书记的肯定。相处的时间长呢,你慢慢熟悉历史和人情世态。"

陈建威点头认同,他去饭桌拿热水瓶添茶,留意到关公塑像旁边的墙上挂块一尺来长的古旧木牌,刻着"革命烈士家属"字样,拓成绿色。陈建威满怀敬意地问:"您是烈士后代?"

彭维群叹道:"我大伯公一家五烈士,他的四个儿子在第二次国内革命战争中牺牲,包括一个儿媳妇。三十多年前,政府颁发了五张证明书和两块烈士牌。我爷爷代领,他把一块烈士牌给了大伯公的后人,其他的给我父亲保存。我父亲临走前把证书捐给了政府,烈士牌留给了我。我一子三女,有两个女儿在赤丰。我把这个放在三女儿家里,她像我多点。"

陈建威敬意顿生,由衷赞叹:"想不到你的家族为中国革命做出过那么大的贡献和牺牲。"

彭维群叹道:"作为后人,我们务必传承他们的精神,做好党交办的事情。赤丰几十年来没发展好,有的人想发横财走邪路,几经政府严厉打击和整治,社会秩序变好了。感谢你们香山领导的到来,你们为赤丰人民带来了福祉。"

陈建威作揖说:"谢谢你的信任。以后请多多教导,我们一起把扶贫的事做好。"

彭维群笑道:"我不中用了。你是高级知识分子,只要坚定目标,一定能做出成绩。听我父亲说,先辈动员农民闹革命,采用算账的方法,启发农民认清地主阶级、反动势力的本质。今天,我们也要给农民算清楚收入,才能革了贫困的命。"

陈建威认同,与彭维群沟通当前的工作方法。

扶贫新动向，省委、省政府倡导社会各行各业参与扶贫，助推产业发展，大力发展特色农业。

张浩在桃河镇精准扶贫联席会议上指出："农村最大的资源是土地，农民最大的本事是种地。发展农业产业是扶贫的重要方式。农业产业化能提高农村资源利用率，发挥劳动力和非劳动力的潜能，创造劳动价值，实现农业供给侧改革目标。"

为促进桃北村农业产业发展，冬种马铃薯项目值得当麻雀解剖，以总结经验，指导实际。上午九点，农业产业推进会在古榕广场举行，村委会购买了六十张胶凳，有劳动能力的贫困户代表领取冬种汇总表，按村干部分管片区就座。陈建威通报项目收益情况：

"总销售量二十九点九万多斤，平均每亩毛收入两千零几元。散户剔除种薯、肥料、农药等成本，每亩纯收入八百多元。大部分成本由扶贫资金支付，散户的实际收入接近销售收入。基地分成之前除去种薯成本。合作社示范基地的收入按'六三一'分成，'六'留合作社，'三'分给彭仕铭、彭灿雄、颜盛强三位管理者，'一'归经联社。梁实基地的按'五四一'分成，梁实分五成，合作社分四成，经联社分一成。通过冬种马铃薯项目，桃北种养合作社共计净收益两万多元，桃北经联社分到五千八百多元。除合作社给贫困户的分红暂未办理，其余收益全部兑现。数字就是真金白银，这个项目赚了。"

大部分人脸上写着丰收的喜悦，没达到预期的少部分人表情懵懂。

户主颜仕卿收入排第一，他儿子颜盛强作为冬种能手发言："我家共种五亩多地，亩产超五千斤，加上基地分成，相当于我以前在外打一年工的收入。种植前，我家没想过有这么好的收成，感谢香山单位、村委干部的帮助，也感谢桃北小学的无私支持。香山领导还帮助我爸重装义肢。我们全家人感到开心，充满信心。今年继续跟着帮扶领导干，要我们种啥、养啥、干啥都行。"

掌声响起。

陈建威客观地说："专家说亩产可达五千斤，收益五千元。桃北种得最好的，颜盛强、莫小友、金胜庭三户，产量达到了这个数，收益没达到，原因在于收购价低了点。根据我们掌握的情况，同时期全省收购价在四五毛到一元一二不等。单价过一元钱的要求三两重规格以上。我村的收购价居于中等偏上。希望我们以后加强管理和销售方面的联系，创造更好的收益。"

方玉艳笑道："和附近的村比，我村的售价最高。陈书记你们辛苦了。"

何荣光评价："大部分贫困户的净收益和种植两造水稻差不多。少数家庭农户产量低，拉低了平均数。"

大家开始取笑梁实。梁实声势浩大的二十一亩基地，销售额一万九千多元，不到示范基地的一半。亩产收入排倒数第二，比青头户金火生只多出几十元。如果除去所有成本，他实际亏本。合作社给了他基地六千多元的人工费。人工费是辛苦钱，他老婆陪着他干了近半年，到手的收入离预期太远，惹得她对他骂骂咧咧，他在收获马铃薯期间即成为村民的笑料。

段杰指出梁实的问题："你切块太少，种得稀疏，管理不善。你贷款两万元有没有全部投入？如果全投入了，那就是亏本了。幸好肥料改为全补贴。"

大家哄堂大笑。

梁实不自然地笑，不说话。

何荣光指向汇总表点评："我那个片区，平均产量最高。"

梁子文大声道："奇峰、新园片不错了，搞成了基地。如果按散户种植三亩那样补贴全部成本计算，梁实加上人工收入近两万元，他为合作社和村集体创造了四千多元的收益。除了示范基地，你们有几户做到了？你们不感谢他，还笑话他？他不想产量高吗？他没尽力吗？"

梁子文的话也有道理，大家若有所思，言语不再轻佻。梁实的表情转变为不败者的谦逊。

金敬德说："赤林村周主任说一碗土豆炖肉花去三万元。怎么回事呢？横门驻村队在赤丰两个镇三个村投入五万多元搞马铃薯种植，全部收入为在香山卖出的两万元，他们留下一些小个薯仔自己吃，所以开玩笑地说自己吃了三万元。相比之下，我们要知足。所有的账，陈老板付清了。从去年6月开始，成立合作社、购买薯种、培训、播种，忙了好几个月，一路下来完成十多个程序。成功来之不易，要学会思考，懂得感恩。"

彭维群给大家丢烟，声音单薄地说："桃北村历史上，除了分田到户开初那几年，种植没有这般红火过。这个项目让种植户、合作社、村委产生收益，实现了'三赢'。我在此说几句不好听的话，种得好的，种得不好的，差别在哪里？驻村队尽力了，村干部尽力了，你们有没有尽力？我看有几户就不太勤力，不愿意投入，光想着收钱，想躺在扶贫政策上睡大觉。有几户拖拉，把薯仔丢田边，等收购方、村干部和工作队领导去搬。还有极少数的人，做手脚，把不合规格的混到网袋里。更有个别的人，说我和金委员出力，是为了今年的村'两委'换届选举多拿票数。这些人是什么行为？什么心态？'等、靠、要'的表现要根除，自私、妒忌、个人主义的思想要根除。不根除，怎么脱贫致富？国家花这么大力气，香山派人带钱来帮扶，我们得有点志气。没有陈书记他们，你们能获得好收入？有的人恐怕本都拿不回。"

振奋、坦然、愧疚，贫困户不同的表情反映不同的种植状况。

陈建威总结："马铃薯从无到有、从小到大，种出三十万斤，大部分的人能够配合，也辛苦了。记得薯种卸车那天，彭支书带头，汗湿了三件衫。分发种薯时，金大哥、何叔晚上都在派发。收购期间，彭支书和金大哥天天在田里。彭支书身体不太好，坚持每晚擦活络油帮助大家，病了坚持带头，直到收薯、种树基本完成。我们要感谢彭支书！彭支书刚才也指出不足，大家用实际行动改正。这次种植说明，多劳多得，少劳少得，不劳没得，这是劳动价值的体现。希望大家继续努力，营造勤劳致富的好风尚，早日脱贫致富。"

孙罗周带头鼓掌，大家发自内心地拍出热烈的掌声。

陈建威问："我建议从合作社收入中支付给村干部人工补偿费，大家看怎样？"

贫困户纷纷表示支持。

何荣光笑道："合作社给基地人工费、给村集体管理费。适当给予村干部个人补贴，理所应当。"

金敬德吐几口烟说："村干部配合做工作，驻村队也发挥了重要作用，希望驻村队也领取人工费，要不然我们村干部就不要了。"

梁子文吸两口烟说："村干部加班那么多，自己垫付手机费、加油费，一年来没领过补贴，越扶我们越贫。"

孙罗周奉劝梁子文："村干部的付出是职责所在，说话请注意分寸。"

段杰说："村干部是扶贫主体，是带头人，应该为村、户做贡献。艰辛付出，一定的回报是应当。陈队不是提议发补贴？梁大哥就不要抱怨了。"

没人出声，大家望着彭维群。

彭维群说："经联社、合作社的收入是大家辛勤劳动的成果，我个人意见是集体收入做集体之用，合作社的留着滚动发展。"

陈建威违背支书意见建议："村干部按休息日帮工补贴，具体我们计算出来，连同贫困户分红一起公示。同意的请举手。"

大家纷纷举手，只有彭维群没举。孙罗周点了人数说："村干部补贴通过了。"

接下来，驻村队把桃北村产业"鱼骨图"发给贫困户。这份"鱼骨图"由陈建威昨晚制作打印出来的，内容经过驻村队、村干部充分调研和讨论。陈建威给大家介绍：

"六根'大骨'：有机水稻、马铃薯、百香果、杏花鸡、母黄牛、加工厂。每根'大骨'上的'中骨'为产业发展模式和方式。如'大骨'马铃薯，分为'时蔬+马铃薯''水稻+马铃薯''散户种植'共三根'中骨'。又比如，'大骨'加工业，要拔掉项目、场地、人员、分配等'中骨'。'小骨'细分了项目实施的具体内容。比如，散户养牛要解决协议书、牛栏、购买、食料、防疫等。'鱼骨图'尾骨像助推器，包括建立电商平台、保鲜冻柜、销售合作等。"

在桃北村产业发展面前，陈建威提出经营方式、发展模式和创收资金处理等共性事项，征求与会者的意见。贫困户兴奋得瞠目结舌，经解释引导，大家热烈地商讨起来。

经过一个多小时的商议，片区派代表对各项议题发表了意见。

彭维群总结桃北的产业发展新思路："联富村流转了三十余亩地，由经联社建设和经营'鸭稻田'基地，计划打造桃花米品牌，实施有机水稻种植，由黄千婵和金尚贤的老婆黄爱琼全权管理。合作社示范基地种植'时蔬+马铃薯'，颜盛强、彭灿雄全权管理；奇峰基地梁实计划种植十亩百香果和十一亩'水稻+马铃薯'，莫小友加入。由于养猪企业挤占利润和环保要求，会议决定暂停养猪项目。一致同意利用牛角村遗留下来的生产队牛栏，建立养牛基地，发展集体经济和带动散户养牛。桂山村建立杏花鸡养殖基地，由麦庆元和何玉成全权管理……"

陈建威鼓励道："桃北农产品的销售渠道，除'东州优品'电商平台外，香山市的农贸市场和农贸公司，承诺包收桃北，乃至桃河的扶贫产品。我们将建设农产品中转站，包括建蔬果保鲜冷库，添置冰柜、真空包装机等。关于工业项目，村民黄锦荣申请经联社帮助他开办家具厂。因为他办不到抵押各担保证明，经联社无法跟他合作。下一步，我们将加强产品初加工和工业项目调研，寻找到适合的项目。希望通过大家的共同努力，今年实现跨越式发展。"

彭维群带头鼓掌，掌声、欢呼声体现了贫困户对桃北村产业发展充满强烈的信心和期待。

陈建威给大家递烟，大家陆续散去。

百花绽放，草木葱绿。鸟鸣声从四面八方汇聚而来，古榕广场边的几棵大红花树在暖阳下红得令人瞩目，田牛道路的小叶榕在快速成长，一群白鹭飞舞蓝天，像舒展宏图，又似续写传奇，几棵鹰嘴桃居然开放了花朵。

初夏正以蓬勃、烂漫之势走进桃北村。

第五章　再战风云

19. 小母黄牛

省委、省政府号召省定贫困村建成新农村示范村。

如何建设示范村？曾嘉豪组织驻村队长开会，布置相关工作。

横门队总队长梁冠标缺席，王斌代为参会。

陆军主持会议，他首先宣读了一则违纪通报。

曾嘉豪说："这则通报大家看过。违纪的两个队春节后没按要求驻村，一个队没人到村，另一个队只到一人。这两个队已经提交单位领导签名的情况说明。今天会上读出通报，希望大家引以为鉴。今天有个总队长没到会，有的同志已经知道，他是原横门镇党委委员梁冠标。他今年春节期间开公车去外省的岳父家，严重违纪，被免职。梁冠标在赤丰，每次到我办公室谈工作都叫我吃饭，我没答应，我告知他要严守中央'八项规定'，他仍我行我素，不讲原则，被通报免职咎由自取。希望各位对党纪国法心存敬畏，严格遵守，拒腐防变，不再发生违纪违法行为。"

大家唏嘘。陆军说："梁冠标虽然没在驻村时间、驻村地点违纪，但作为三个扶贫村的领头人，没有基本的政治敏锐性，胆大妄为，又怎么指望他带领干部群众去打赢脱贫攻坚战？他的违纪事实，在警示我们公车私用、脱岗离岗、吃吃喝喝等违纪事情，要坚决杜绝。大家使用公车与单位签订了协议，不该去的地方不能去，也不能开公车去。你犯事了，责任全在你，驻县组、单位帮不到你。"

接下来，曾嘉豪传达新农村建设的指示精神，内容包含党组织有力、农民持续增收、基础设施完善等多项内容。他提出结合新农村示范村建设，打造精准扶贫亮点工程:"亮点,就是你的村哪个扶贫项目可以说,可以听,可以看。说的人头头是道,听的人饶有兴趣,看的人眼前一亮。这个项目皆大欢喜。先进的村、优秀的村、示范的村,一定要有亮点。"

陆军请与会者结合考评情况谈工作计划和亮点,先由两个省检村的第一书记发言。

陈建威的讲话简洁明晰,众人听之哗然,纷纷质疑桃北村马铃薯种植收入有没有剔除所有成本。众人争相传阅桃北村马铃薯项目汇总表,对其管理的环环相扣和投入与产出的分毫清晰啧啧称赞。

曾嘉豪问第二个省检村的宣传部派驻的第一书记邝远盛:"你们诗桐村的工业项目进展怎样?"

邝远盛低调地说:"去年寻访到黄岗镇中心一幢三层商业楼,一楼商铺,二、三楼厂房。建好两年多,带装修。经论证、洽谈,年前帮助村委出资买下了该幢商业楼,做了补充装修。省考评时,本地一家达成租赁意向的服装公司在二、三楼的厂房开始了试运营,招聘了十多个村民作业,其中包括几个贫困户家庭成员。"

曾嘉豪请他介绍扶贫厂房的面积、价位和租金情况。

邝远盛说:"建筑面积四百平方米,八十万元成交。村委与服装公司签订了为期五年的租赁合同,年收租金五万元;前三年保证贫困户占员工比例不少于百分之五十。"

香山在赤丰的二十六个帮扶村中,第一个扶贫车间浮出水面。大家由衷赞叹。

抽中市考评的香山市金洲区驻村总队长李忠发言:

"我队帮扶的其中一个村也准备建扶贫车间。因投入大,还在论证。宣传部驻村队先行先试,经验值得借鉴。我们没搞马铃薯种植试点,我孤陋寡闻,也知道有的村没盈利。桃北村试点成功,本人佩服。市考评组抽中我队帮扶的前程村,肯定了在建的村委办公楼和刚投入使用的养牛场。"

李忠在上次召开迎检会议时,发言不逊,大家对他敬而远之,今次凭市考评组的肯定挽回了面子。

香山市税务局驻村第一书记说:"养猪、牛、羊、鸡、鸭、鹅等禽畜,只要能销售出去,就可以赚到钱。我驻村队与龙头公司合作,第一期流转了四十八亩二分地,种下的百香果出苗了。今年九月挂果,预计本年度提高村集体收入五万元以上。"

香山红会的帮扶村也种植了五十亩百香果,百香果种植项目引起热议,令人浮想联翩。

曾嘉豪点名王斌讲话。王斌说:"去年横门镇帮扶三个村种植五十多亩马铃薯,总体亏本,成为赤丰冬种马铃薯试点村的盲点。我们痛定思痛,总结教训,争取把产业发展起来。目前赤林村和沙栏村种植姜黄共计百余亩,合作公司送种子,明年初收益。我们在城镇化水平较高的城东镇看过商铺,面积四十到六十多平方米不等,价位在七八十万到一百多万元之间,租出去每年收租金两万多元,大家认为购置商铺意义不大。去年县交通局牵头在红中村、赤林村修了路,反响比较好。我这个副队长名义上负责赤林村,事实上跟队员没区别。除了三个村合买的挖机,赤林村去年投入十多万元。总队长梁冠标管三个村,他不是党委委员了,也很少驻村,目前他还是队长,所有项目归他批,至今姜黄的肥料和人工补贴共计四万多元没批下来。我们不是没钱,政府配套资金加自筹资金,我们每个村过百万资金趴在账上。由于投入太少,村民积极性没调动起来。赤林村发了几头猪,沙坪镇红中村的黄皮基地'黄'了,安东村的西瓜种植没管理好。年初安东村的镇挂村领导换了,估计这次村'两委'换届,村支书也没得做了。但我们认为镇挂村领导和村支书都不错。我不想说这些,可这是我们每天面对的事实。我们的三个村的驻村干部得有说话权,工作才好开展。"

王斌的话引人思考。曾嘉豪说:"听说你自己垫付一万多元为姜黄基地购买肥料和平地,精神可嘉。我抽个时间去找找你们领导。"

大家鼓掌。参会人员依次发言。

曾嘉豪总结:"发展农业产业,落实'一镇一业,一村一品,一户一法'。可以是传统产业,比如,养牛,赤丰何处无芳草,李忠委员建立帮扶养牛场,专人看管,解决了'一头牛拴住一个人'的不足。比如,种植马铃薯,市场局驻村队为贫困户收获了满筐满筐的金蛋蛋。红会和税务局、东城区、组织部和卫计局等驻村队分别上马百香果、夏威夷果、花木产业园和竹芋等集体产业。宣传部驻村队把扶贫车间开到当地,引凤还巢啊,让贫困户回到家乡打工。经信局驻村队改造水电站,建立村史馆。烟草局驻村队培养出贫困户致富带头人。环保局驻村队推进的杏花鸡育雏基地总投资一千多万元。这些都是亮点工程,有了亮点,抓好管理,才可追求'一村多业,一户多策'。

马上五一了,时不我待。我们都是扶贫的直接责任人,工作做不好要问责。希望各位继续发力,或勇猛直追,迎头赶上;或百尺竿头,更进一步。依靠大家的担当作为,真心帮扶,在赤丰这片脱贫攻坚的热土上大获丰收。"

桃北村产业"鱼骨图"上的"刺"一根根变成浅色，产业项目各环节工作进展顺利。

梁实的百香果种植行动快。驻村队隔几天去看，基地面貌就大不同。打地、除草、石灰杀毒；雨天后起两米宽的垄，打地膜；相对立竹竿、凿洞施基肥，种下苗子，安装滴灌，这些程序三四个人十多天时间就完成了。莫小友说："搭好网架，让它们自由生长。"梁实自满地说："早知道百香果这么好种，下面的十一亩地我全种百香果。"孙罗周说："你们不抓紧时间行吗？快5月份了。"

田心示范基地种下了"三瓜一生"：节瓜、丝瓜、茄瓜和花生，生长良好。镇委书记张浩协调驻村队拿到富民厂宿舍楼一楼楼梯口左侧房间，给桃北种养专业合作社建冷库，为基地农产品销售保鲜。

"桃花香米"成功注册商标。联富"鸭稻田"基地三十余亩水田种上了优质水稻。水田中间搭建六个鸭棚，养了七百只麻鸭，等稻花期过，鸭子长到半斤八两，则放它们到田里除害虫，每亩二十只左右，充当"工作鸭"。这是有机水稻的种植方法之一。

养牛分两步走，先给二十二户贫困户每户发放一头牛。贫困户自行解决牛栏，自由组合，轮流放牛。在此基础上，经联社利用牛角村生产队废弃的牛栏开展集体养牛，贫困户自愿参与集体养牛。牛角村的岑老头以前管过生产队的牛，阅牛无数，是懂牛之人。他平时喜欢锻炼身体，像无所事事般，没料到会识牛，并且义务而快速地为集体修好了原生产队的牛栏。

桃北村的养牛产业项目万事俱备。陈建威、孙罗周、彭维群、金敬德和桃北村"牛官"岑老头去西塘镇给贫困户买牛。

早上六时出发。陈建威说："西塘有赤丰最大的肉牛交易市场，除了黄牛外，特产美味小米名声在外，我们到西塘吃早餐。"

在赤丰县城往西，在平原的乡道走了二十多分钟抵达西塘镇。镇中心街道宽阔，车喧人嚷。

圩镇边缘的牛墟在空旷草坪，高大树木围成牛栅栏，人潮汹涌。陈建威一行透过栅栏缝隙往里瞧。牛粪、沤烂的泥草和牛的体味混合成腥湿、咸涩的气味袭来，让人无处躲藏。

两千多平方米的牛场里，大牛成群，不见牛犊。

岑老头说:"绝大部分是母牛,也有公牛和肉牛。走,待在这儿没用。"彭维群说:"牛崽和强壮的肉牛最早卖出去。他们说六点左右来到为好。"金敬德说:"早上六点开市,大小三百头牛,七点不到,大部分成交,牛崽卖完了。"孙罗周说:"那么早开市。从桃北赶过来,要四点钟起床,四点半出发。"

大家去找卖方。陈建威担心别人看出自己是外地人而抬高售价,他保持距离跟在四人身后。

岑老头叹:"大牛卖价上万。以前生产队用来犁田,哪这么金贵?"

金敬德递轮烟,咳出口痰说:"说明市场行情好。来了,就弄几头回去。"

一个年轻的牛中介走来,对陈建威说:"你外地来的?我兼职中介,你们要什么牛,我优惠帮你们找。"

陈建威让他填写报价单。年轻中介边填写边说:"以斤论,三千到五千不等。有几头在附近,你们看上了再谈价。"

岑老头说:"我联系好了卖家,等会儿联系你。"

年轻中介留下电话离去。

岑老头联系的人三十多岁,胖墩儿,姓李。李中介坦诚地说:"扶贫的吧。年前扶贫干部来买牛,市场卖给他们的每头提价三五百元。我是民安村人,做长久生意,不卖贵。"

陈建威装腔道:"市场交易公开透明。贵就不买,大不了明天再来,或者去邻县、邻市买。"

彭维群说:"我们买小母黄牛。"

李中介说:"你们不像年前那些人,他们着急要,价钱无所谓。我家铺头有小母黄牛,你们去看看。相中买,不买没关系。"

大家同意去看货。李中介开摩托带路。拐过两条街,车停在马路边绿叶繁盛的香樟树下。李中介招呼大家在他店铺前的方桌边坐下喝茶。

阳光明媚,马路对面的西塘小米店食客云往,玻璃厨柜图文丰富。

陈建威请大家过去吃早餐。

食店整洁舒适,汤丸般大的黄色小米,香滑弹牙,嚼劲正好。

吃完早餐,李中介档口前的樟树上拴了两头牛犊。金色阳光下,牛犊皮毛锃亮,小长脸幼稚干净,鼓突的黑色玻璃球似的双眼,对人类保持着谨慎。忽而"呃呃"叫唤,像在寻找亲牛。

陈建威感叹道:"初生牛犊可爱。"

岑老头抓住牛鼻子，查看唇齿，又轻拍脊背说："健康牛。"

"都是小母牛。估重，三十五元一斤。"李中介说，"你们决定要，可以过秤。不讲价。"

五人商议片刻，金敬德说每斤三十元。

李中介笑道："过了这个村，没这个牛。我做实在生意，价格不能低。"

彭维群说："我们也是实在人，只能出这个价。"

李中介说："要过秤吗？过秤按秤计价。装车前先交订金，货到付清款项。"

岑老头说不过秤。李中介找来半张名片大的黄色塑料编码牌，往牛耳上钉扣。牛犊提蹄抗议，但无济于事，编码牌迅即到位。牛犊眼神悲恐，扇动耳朵，像是要赶走叮在耳上的牛虻。

陈建威怜惜道："不编码不行吗？"

李中介笑道："编码写进合同。跟牛打交道不讲感情。如果是肉牛，就是给人吃的。我这两头牛，如果你们还要买，我义务带你们去另一个点。"

彭维群说："牛有牛命。"

大家让李中介挤上车，带路去找牛。

十多分钟，到达山边村落，沿泥土路绕过几块耕地，前边一块草甸子。两头大母牛和五头牛犊在吃草，其中两头牛犊没系牛绳。一个约五十岁的黑瘦男子在照看。

李中介说："他本村的，也姓李。你们谈。"

母牛不停地吃草。小牛犊围着母牛，像顽皮的倔孩子，不时蹦出小动作。

孙罗周笑道："快乐童年。"

岑老头仔细查看五头牛崽："都是小母牛。两头母牛各生一头。三头跟过来的。"

经过一番甄别和讨价还价，五头小母黄牛的价格敲定。其中一头价格明显偏高，它四腿细长，尾巴和头部的毛呈黑黄色，脖颈下垂宽厚的皮毛皱褶。岑老头和村干部都认可它，认为它将来可以长到六七百斤，是生产能力强大的母牛，两年可生三头牛崽。大家叫它"最牛小母牛"。

陈建威拿出购销合同给李中介和李牛主。

七头牛总价比其他地方询问到的价格低，符合货比三家的规定。李牛主提出合同签订即交付订金，最迟也要货到付款。

金敬德打梁子文电话问买牛资金准备得怎样。梁子文说手续不好办，今天借不到钱。金敬德再让他想办法，梁子文说没办法。

陈建威向卖方提出付款宽限时日，两位李哥不愿意。

金敬德拿出身份证给李中介和李牛主看，表明身份，并说近期肯定还要购买，有再次合作的机会。陈建威进一步提出具体付款方式，二八开，"二"的部分给订金。合同款在项目资金批下来转账支付，到账返还垫付的"二"那部分资金。

李中介和李黑哥商议几句，说："我们做生意要流动资金。不为难你们，到桃北村付六成款。"

彭维群说："他们要求不过分，我们筹钱。"

陈建威问："我供房了。信用卡能解决，但他们无法收取。"

李黑哥说："可以手机转账。"

孙罗周笑道："我银行卡可以取一万二。"

来了辆小货车，拖厢的铁栏栅上缠着绳索，里面站着刚才在铺头谈妥的两头牛犊。

李中介问："怎么样？快中午了，行就装车。"

大家又热又渴。陈建威打段杰电话求助。段杰说带牛回村，几万元好说。

陈建威说："我们这么多人还垫付不了万把块钱？成交吧。"

李中介在车上找编码牌，喊道："装上车就不要变卦了。"

大家让他装车。李黑哥把大母牛往货车边拉，几头牛犊受到惊吓，绕草甸子奔跑。

给牛崽打好编码，签好合同。李中介说："快到中午，我们午饭后送货，下午四点到村。"

陈建威一行返程。到县城，孙罗周不提取款的事。

下午四点，古榕广场。前来领牛的贫困户、刚放学的小学生们和村民聚集。

梁子文右手拿订书机，左手捏七张书本大小的红纸，上面分别写着数字一至七。何荣光手握七个白色纸团，纸团里写的数字也是一至七。

段杰问："抓阄吧？按顺序派发不行？"

彭维群说："牛崽重量不均。这种方式公平公正，能避免不必要的麻烦。"

陈建威问："红纸做什么？"

何荣光说："你们等会儿看个明白。"

广场边有个大沙堆，是村民改造房子备用的，正好用来卸牛。

牛车开到，倒车靠沙堆停住。李中介打开拖厢后板，爬上车厢，立于牛群，解开一根牛绳,把第一头牛犊往下推。牛犊跳到沙堆上,摔倒。小学生们哄笑。李黑哥把牛系到榕树的根条。梁子文让领牛户抽一张红纸,编号"3"。梁子文把这张红纸钉在牛绳上。

何荣光说:"红纸编号对贫困户来说,是抓阄的顺序号;对牛来说就是代号。贫困户按顺序抓阄,按阄的数字牵走对应红纸编号的牛。"

陈建威笑道:"牛和贫困户都要抽签,这像国家公务员招考面试的'双抽'。"

孙罗周说:"啥名堂?陈书记考公务员时像牛一样抽过签?"

陈建威说:"考官才真是牛。"

"哈哈。"段杰说,"想不到公务员面试的公正性如同分牛。应该根据家庭困难程度定,最困难的家庭领取最大的牛。"

金敬德肯定地说:"村民接受这种方式。"

七头牛拴在古榕下。何荣光把领牛户叫到一起,把纸团撒开在地,让他们以自己抽到的红纸号码为顺序依次抓阄。

"最牛小母牛"被莫小友抽中。莫小友拉它回家,它使出牛劲,劈头绷紧牛绳,牛鼻子指天,与他僵持着,像人牛拔河,二者力度不相上下。莫小友的脸憋得通红,一度被小母牛拉得踉跄向前,小学生们笑翻。占据上风的"最牛小母牛"忽而又颠至他面前,他瞪眼相向。围观的小学生们吓得退后好几步。岑老头走过去抓过牛鼻子,摸了摸牛头,"最牛小母牛"乖乖跟着莫小友回家了。

桃北村"两委"换届尘埃落定,彭维群依然任村支书,不再当主任;金敬德被选为村主任;报名参加副主任选举的梁子文没选上,通过第二次选举才留在村委,任会计兼文书。方玉艳任妇女主任兼出纳。新增加计生指导员麦庆元。他是中共党员,四十一岁,不高,壮实,桂洲村人。计生指导员不是选举产生,由县政府组织考录,符合条件的本村男女均可报名。麦庆元考试第一,顺利走上岗位。选举产生的村干部比上届少一人,民兵营长何荣光落选。

在宿舍,陈、马、孙三人议论村"两委"班子变化。

段杰说:"听梁文书讲,副支书、副主任的位置留给上一任麦副支书。姓麦的暗中叫人拉拢村民,承诺解决移民款的事。可他人间蒸发,到选举也没回村,最终没选上。"

孙罗周说:"正常来说,副支书、副主任是金敬德。金敬德不简单,选上了主任。"

陈建威纳闷地说:"彭支书在任时间长,虽能胜任村主任,但年龄偏大,身体不太好,没选上可以理解。何荣光的落选,什么原因呢?他做事积极,做人坦诚,说话诙谐。如果硬要退出一个,该是谁呢?"

段杰说:"如果要一人出局,是梁子文。"

孙罗周老成地说:"镇上,或者是村主任不想让何荣光留在村委,背后原因捉摸不到的。"

正说着,院子里响起熟悉的摩托车声。

彭维群上到宿舍办公室,喘着气说:"跟你们商量件事,去趟何营长家,我们四个去。"

孙罗周倒茶:"支书坐,先饮茶。"

陈建威诚恳地说:"你继续任支书,我们高兴,这一年多,你很支持我们的工作,谢谢你。"

彭维群说:"要说谢谢的是我们,你们来帮我们。"他语气单薄,话语中似乎少了"村主任"的分量。

孙罗周问:"老何怎么会落选呢?"

彭维群叹道:"今年的选举,程序民主。第一次选举,老何和梁会计都想做副主任,两人票数都没过半,都没上。第二次,老何、梁会计参加村委委员选举,只有梁会计票数过半进村委。"

陈建威问:"你说的是选举程序,我们想知道老何怎么回事。"

彭维群终于说:"桂洲村没收取麦老太建房的开居费。老何向麦老太女儿要了两千元,在桂洲村小组花一千,自己拿了一千。搞得桂洲村重新选举小组长,他本人做了检讨。"

何荣光在麦老太家劈柴、给马铃薯浇水、丈量基地、给贫困户分牛等一幕幕勤劳肯干的影像重现。陈建威叹道:"老何糊涂!"

孙罗周追问:"金敬德年轻些,可村干部不讲年轻化。你群众基础好,资格老,有威望,为什么不留任村主任?"

"呵呵,我没报名参选。这一届村主任原则上要求大专以上文凭,村委只有金主任在读开放大学。"彭维群叹道。

"文凭是个原因。您要是参选,应该能连任。"陈建威说。

彭维群叹道:"社会向前发展,村干部文化高好带头。我做了十多年村主任,跟不上形势了,把机会给能人。我这支书也不知还能做多久。"

三人劝慰一番，开车跟着彭维群的摩托车去何荣光家。

驻村队只有马世燊去过何荣光家。到桂山村居，彭维群指向小山坡上的一幢浅红色两层楼。房屋前两圈篱笆中间的蔬菜葳蕤，通道柴门紧闭。

陈建威难过地说："想不到第一次拜访何营长在这种情况下。"

何荣光坐在客厅，花白头发皱缩，面色焦黄，声音干涩地喊"陈书记"。他的整张脸，包括眼神，僵化成不可形容的绝望状态。他似乎一下子老了十多岁，比大他七八岁的彭维群还苍老。

何荣光的老婆笑着与客人打招呼。屋内布置温馨，墙上挂几张部队合照和年轻军人的单人照。陈建威说："老何，你当兵的儿子好帅。"

"是的。"何荣光回答，声音像机器发出，眼神依然没有光彩。

"一表人才，仪表堂堂。"孙罗周由衷赞扬，真切地问，"退役参加工作了？"

"服完兵役，在香山工作。"何荣光事不关己地说。

彭维群微笑道："何营长，你辛苦了！去年你做了很多事，陈书记他们代表帮扶单位来看望你。"

何荣光干笑，只有笑声，没有笑容。

陈建威真心地说："印象最深的是发牛崽，你的方法公平公正，贫困户满意。"

何荣光默然坐着，眼神散光。这个家，这些早几天还共事的人好像跟他没了关系，曾经爽朗的老何好像变成痴呆病人。

段杰赞道："是你的村，马铃薯收获最快，平均产量最高。"

"你的贡献大家不会忘记。你是老党员，今后工作还需你出力，三年以后再来。"彭维群大声地说。

何荣光眼里的笑转瞬即逝，他叹道："我初六艾——过时了，我儿子帮我找了份工。"

"今晚陈书记请你吃饭。"彭维群说。

"吃饭不用，你们在这吃饭。"何荣光无力地说，邀请似的望了陈建威一眼，眼神瞬息黯淡下去。

彭维群拿出一个红包，放茶几上说："这是驻村队的心意。"

孙罗周温暖地说："以后工作上向你请教，你还得帮我们。"

何荣光说谢谢，没动红包。

道别时，陈建威紧握何荣光双手。老何的手筋骨凿凿，苍苍凉凉。

何荣光送三人到菜园边，露出牙齿说："有时间来坐。"

走过柴扉，陈建威看到何荣光孤寂地站在干净的混凝土地坪上，落寞地望着远方，他身后的两层楼并不高大。

陈建威问："老何还是党支部委员，以后能不能从事村里的党建工作？"

彭维群叹道："理论上可以。但上面要求村'两委'交叉率百分之百。桃北支书和主任没一肩挑，没有副支书副主任，如果支委不是村委委员，这个班子会更复杂。"

"除了支书，不是村委的人就不要做支部委员了。"孙罗周说。

彭维群叹道："没有选上村委干部，就不会做村'两委'的事了。红包一千五百元，当他去年和今年上半年的补贴。"

三人惊讶。段杰问："上次我们就希望你们以土地流转奖励政策，参与基地管理的形式发放补贴，你们最终不还是没有发吗？"

彭维群启动摩托车说："没发，好多年没发过。金主任说补发，每人一千二百元。另三百元，我个人出。"

陈建威说："三百块由驻村队出，算我们的心意。"

彭维群说不用，默默开车走了。

孙罗周给两位递支烟，陈建威说："刚才没和二位商量，我们每人出一百。要不，我全出。"

孙罗周吐出口烟，眼神掠过桂山村，眺望夕阳西下的莲花山脉，嘴里却说："村集体收入是我们解决的，金敬德做了主任，没过会就发补贴。地道吗？"

"能发是好事，有些激励措施是对的。毕竟他们忙了一年多。"陈建威叹道，内心为何荣光惋惜，自省得狠抓党建，廉政建设绝不能走过场。

20．示范村

颜政东打陈建威电话："到镇政府领取村规划图，张书记请你亲自来。"

陈建威到镇委书记办公室。张浩深谋远虑地说："今天请你过来，有事相商。借鉴浙江省'千村示范，万村整治'工程经验，省委、省政府要求省定贫困村建设新农村示范村。该项工作与精准扶贫相辅相成。在示范村建设上，希望香山单位与桃河镇携手前行，把桃北村建设成为名副其实的示范村。"

陈建威说："驻村队配合做好工作。"

张浩充满期待地问："桃北村民黄锦荣在镇上开办了家具厂，你有没有想过为桃北村开办扶贫工厂？"

陈建威说："香山市委宣传部驻村队建造了扶贫车间。桃北村人口多，建扶贫工厂可以吸引外出就业人员回乡务工。我驻村队一直探索把工厂开到村民家门口，也和黄锦荣商讨过多次，在村内没找到适合的建设用地。关于镇上开办家具厂，因他无条件办理合作手续，我们无法资助村委跟他合作。在香山联系过几家加工企业，邀请来桃河投资，暂未谈妥。"

张浩说："建厂涉及资金、交通和用地等因素。打破地域范围限制，利用富民厂建设桃北村的扶贫工厂如何？富民厂十年前由福建投资商刘福民所建，由于资金链断裂，空置六七年了。你们驻村队帮助桃北经联社在富民厂建设冷库，是厂方撤走后引进的第一个项目。富民厂建设标准高，设施完善，如果你们能引来金凤凰，帮助注资，就能盘活厂区闲置资源，为桃河镇带来发展工业的新气象，起到产业扶贫的示范效应。"

陈建威说："谢谢张书记的指导。看来我们每天躺在金矿上，却说找不到金矿。新出台的政策允许贫困村在本村之外发展产业项目，我们尽力为之。"

两人探讨完项目的可行性操作，张浩说："桃河的位置、配套等资源方面存在局限，富民厂项目不求高大上，希望能稳稳当当带来产业扶贫新变化。"陈建威说："谢谢张书记关心，我们共同把扶贫车间搞起来。"

桃北村委办在几天时间重新进行了布置，村委办六张小桌拼成的办公台不见了。正面和左侧靠墙安装了"7"字形的红色砂岗岩办公台，台面上的电脑、打印机等办公设备齐全。靠右摆放着刚购置的沙发、茶几等。

农家书屋摆放了新的长方形会议台，陈建威组织新一届村"两委"班子在此开会。

彭维群坐靠里的一方。金敬德坐左方位，梁子文坐右方位。陈建威坐在彭维群左首边，孙罗周坐彭维群右首边，麦庆元和其他人坐靠门方向。

孙罗周忽然对金敬德说："我和金主任换个位，你是国家最低领导人。"

大家哄笑。金敬德没笑，严肃地说："村委是自治组织，自我教育，自我管理。不像你是国家干部，需要别人来教育和管理。"

孙罗周绷紧脸不出声，表情正经，好像刚才没说什么。

陈建威热情地祝贺新一届村"两委"班子，没有预期的回应。金敬德在认真写笔记，有的村干抽烟思考，有的村干盯着开会材料。良久，彭维群象征性地道谢。

陈建威转达张浩建设扶贫车间的意见，动员道："我出生在内地农村，小时候，很多的乡亲外出务工。在南都读大学，在香山工作，又接触不少外来务工人员。不少人为了生存离开家乡，却难以融入城市，又不愿回乡村。他们处在就业城市和乡村老家的夹缝中，难以找到归属感。如果桃北村在富民厂开办扶贫工坊，就能给愿意回家乡发展的村民提供就业机会。"

金敬德眼睛放亮地说："《新闻联播》报道过扶贫车间，就是村里办企业，安排贫困户就业。富民厂离桃北村不远，靠近圩镇，到县城不太远。把富民厂变成桃北村的生产车间，有地缘优势。"

彭维群说："陈书记、金主任讲得有理。开村办工厂，乡亲们多了一个打工的选择。留在家乡，方便照顾老人、小孩，比外出好。"

麦庆元声音洪亮地说："如果我们重新开办富民厂，能吸引外出人员回来。"

段杰赞道："富民厂的规模肯定大过宣传部搞的那个厂房。"

梁子文泼冷水："工厂在霞光村，离我的片区十多里路，我里面的人怎么出来干活？"

孙罗周嘲笑："十多里路远吗？比去赤丰、东州、深市打工近多了。踩个自行车，也就四十分钟。我们陈队长经常骑自行车入户。"

彭维群说："当年富民厂运营，桃北不少村民去打工。现在交通条件比以前好，十多里路不算远。"

金敬德大吸几口烟说："如果扶贫工坊项目成功，不只帮村里做好事，对当地也称得上功德无量。我们怎么招商、如何经营，不容易解决。"

陈建威斩钉截铁地说："为增加村集体收入，增加贫困户就业机会，增加桃河镇的税收，我们各尽所能，争取把富民厂建成桃北村的创业扶贫工坊。"

下班后，驻村队回到富民厂。西侧厂房的高大转闸门依然紧闭，玻璃壁窗内蓝色窗帘布高悬。厂房大门从未打开过，陈建威的心门却为之洞开。它是明珠暗藏，即将擦去灰尘，熠熠生辉。

桃北村新农村规划图高一米五、宽一米。图上四个板块像航拍的小岛，岛上分布颜色不同、大小不一和密集程度不等的功能区。功能区标注内容大同小异：景观休闲区、娱乐空间改造、农业观光园、建筑整修、危房整治改建等。规划图配备规划方案。

陈建威综合各种资料，制定出示范村实施方案，绘制出"鱼骨图"。

在村民代表大会上，陈建威请麦庆元宣读示范村建设方案中的举措。

麦庆元站起来，振作地念：

  清理乱堆乱放，清理门前屋后，清理河溪沟渠。
  拆除残垣断壁，拆除违章建筑，拆除违规广告。
  种思想，种作物，种工业，种文化。
  村村通公路，村村通监控，村村通网络，村村通路灯，村村通水渠。

麦庆元念完，满脸通红。村民代表们表情庄重。

陈建威说："方案比较粗糙，请大家发表意见。"

孙罗周说："是脱贫攻坚重要，还是建设示范村重要？扶贫就按扶贫指标做。新农村建设是政府的事，不要丢了西瓜去找芝麻。"

陈建威说："孙叔提醒得对，我们首先做好扶贫的'分内之事'。新农村建设示范村与精准扶贫不矛盾，都是着眼全村发展，建设美丽富饶的农村家园。二者有共性要求，与发展'一村一业'、提高公共服务能力等，目标一致。示范村是精准脱贫村的精华版。我们有责任配合，参与建设。"

孙罗周脸色微红："资金呢？我们有那个能力和条件吗？不要头脑发热。示范村建设的资金什么时候能到位？有限的扶贫资金能用来搞示范村吗？"

陈建威说："既然省委、省政府下发了下拨专项资金的文件，大家不要太担心，财政资金到位不会太久。省定贫困村建设示范村，是上级给机会，不会给我们带来过多的资金压力。希望大家积极行动起来，投入建设工作。"

金尚贤问："'种思想'怎么种？"

陈建威说："希望村民们统一思想，增强脱贫攻坚的责任意识。针对贫困户，扶志与扶智相结合。帮助他们摒弃'等、靠、要'思想，树立脱贫志向；帮助他们'造血'，掌握更多的致富本领。"

黄锦荣问："'三清三拆'必须搞吗？所有泥砖房都要拆除？"

金敬德说："没有使用价值的泥砖房，存在安全隐患，影响村容村貌，必须拆除。"

岑老头说："我没文化，拜托领导把文化种到我的脑子里。"

陈建威说："你把养牛基地建起来，指导散户发展养牛，你懂牛文化。种文化，就是要丰富我们各方面的知识，加强我们创造美好生活的精神动力，包括传承优秀文化，建设文化场地，开展文化活动，丰富村民文化生活。"

孙罗周对段杰说："听说你在国外长大的，最需要种文化的是你。"

大家哈笑。

段杰说："我家全是中国人。从出生到现在，我大部分时间在国内。爸妈从来不忘让我传承祖国的先进文化。"

接下来，大家就扶贫车间、"厕所革命"、道路改造和文化中心建设等项目展开了深入讨论，示范村建设各方面工作推进初步达成共识。

梁子文说："我善于破坏一个旧村落，建设一个新村庄。请把破除的任务交给我。"

陈建威说："你的话好熟悉。今天讨论做什么、怎么做，至于谁来做，依法依规按程序定。"

示范村建设各项工作紧锣密鼓地展开。

"三清三拆"动作最快。陈建威发出《向垃圾宣战告全体村民书》，宣传"绿水青山就是金山银山"的科学理念，号召全体村民为建设美丽山村发挥积沙成塔的作用，祛除沉疴痼疾，恢复绿水青山。

以村小组为单位，村民们拿出自家的劳动工具，穿长筒胶鞋，或打赤脚，开始了臭水沟清淤、清腐土杂草、清卫生死角，拆除没有使用价值和有碍观瞻的建筑物。驻村队帮助村委购买了十台机械垃圾搬运车，帮助每个村小组建垃圾屋，给村民发放垃圾桶。全村建立以贫困户为成员的保洁小组，每个村小组派出一名贫困户家庭成员为保洁员，帮助清理搬运垃圾。保洁员轮动，不合格者淘汰。有劳动能力的贫困户家庭，只要申请，都有机会通过轮换参与进来。

旧村委的泥砖房半天就拆除了，原址拟建村文化中心。桃北小学已申办幼儿园，正维修加固旧的教学楼。文化中心将建成全村综合性服务中心，为村民提供宣传教育、文化活动、学习修身和公益服务的平台。驻村队在小学开辟了第二课堂，利用早上和下午放学后的时间给孩子们上课，陈建威讲"诗教"课；段杰讲"国学"；孙罗周给孩子们上体育课，给他们带来美味的糖果、饼干、巧克力和进口牛奶等。他们和山区孩子成了好朋友。

桃北小学李校长和村主任金敬德多次请求修建桃北小学公厕。在香山市场局领导协调下，香山市"个私"协会捐赠十万元善款用于该公厕建设。新建公厕选址在旧公厕旁，设计为"连体厕所"，即校内和面向文化中心的校外两间厕所共用中间墙体、化粪池。新厕建成后，旧厕拆除，二十年前建的过堂风旧式公厕将完成它的历史使命。

"厕所革命"在新园、奇峰片受阻。梁子文生气道:"公厕、垃圾池你给我都不想要。我那片缺的不是这些,两个村没水泥路,最需要修路,村民没有休闲地方,还需要小型文化广场。奇峰村有个晒谷坪,新园村像样的晒谷坪也没有,村民晒谷到处借地方。小广场可用来晒稻谷。这些问题你们视而不见,你们来扶贫,我那片贫困户最多,也得分些果果。"

陈建威回应:"我们希望各片区修好水泥路,建好小广场。我们只能先做行政村项目。工作一步步来,先做好环卫工作,给村民生活带来新气息。"

经过镇村干部和驻村队做工作,梁子文终于答应在分管的自然村建公厕和垃圾屋。

"厕所革命"又在桂山村遇到问题。

麦庆元说:"桂山村五保户何勇家没厕所,请驻村队帮他建厕所。"

陈建威奇怪地问:"怎么之前没发现谁家没厕所?他每天怎么解决?"

麦庆元答:"他多数跑山上解决。之前借用邻居何玉彬家的厕所,那种小泥砖屋厕所。何玉彬建了新房,旧厕拆除,新的厕所建在新屋,不愿意何勇去他家方便了。"

孙罗周说:"成天跑我家来屙屎屙尿,换成我也不愿意啊!"

"何玉彬这么快建好了新居!他之前想做贫困户,闹过公示意见。"陈建威说。

金敬德说:"那是老何的主意,瞎胡闹。"

没想到何荣光的"罪状"又多了一条。

会后,大家去何勇家走访。瘦老头何勇有间独立的石灰砖屋,没有杂屋房和厕所。邻居何玉彬的三层新楼建了围墙。

陈建威问何勇:"你想把厕所建在哪儿?"

何勇带大家到屋子侧后方,指着一块荒地说:"这是我的地,建这儿。"

麦庆元说:"这地以前种菜,他近几年身体不太好,种不了。"

陈建威批评道:"你要向麦老太学习。她年龄比你大,执意干活。她住不远处的新家,继续种菜、养鸡、放牛。我们不能使用财政资金帮她,我们为她筹集的社会捐赠资金超过五万元了。"

一群白鹭到桃北月牙湖栖居。它们时而栖息于杨柳,时而在榕树、桃树上拍打羽翼；时而掠过湖面，时而起舞于宽广的稻海。它们把桃北当成家乡，激发驻村干部晨跑线路固定。从富民厂到提水泵站，来回近七公里，陈、段二人每周跑两到三次，这样可以观赏到白鹭。段杰没坚持几周，没有机会看到神鸟的造访。

星期二，东方的天空泛出薄纱般的亮光时，陈建威穿上跑鞋，活动开身子，欣赏着淡墨浸染的莲花山脉，沿桃河公路往南匀速奔跑。十八分钟的时间到了月牙湖边的机耕路。几只轻盈优美的白色鸟影吸引了他，它们跟之前的白鹭不同。他好奇地放轻脚步，仔细观察。十多只不知名的白鸟正悠闲地停栖在湖边滩涂的草丛上，其中有几只黑琵琶似的扁平长嘴悠闲地耷拉着，像在觅食，也像在晨练。他刹那间愣住。金光破晓，它们眼睛周围与长嘴同样地黑得发亮，头顶黄色羽冠，淡黄色颈环，这些鸟未曾见过。他屏住呼吸蹑手蹑脚走上前去，它们和他对望一会，自由舒展羽翼，掠过水面，翩然腾空，往南方不远处的大海方向飞去。

回到宿舍，陈建威兴奋地对正在洗漱的两位同人说起奇遇，他俩羡慕不已。上午到村委，陈建威饶有兴趣地问彭维群，那是什么鸟。彭维群严肃而关注地问了陈建威许多细节，笑道："琵鹭，嘴黑的是黑脸琵鹭，白的是白琵鹭。神奇的黑脸琵鹭我小时候也见过。它们是候鸟，喜欢天然的湿地，由于环境原因，海边围养的海鲜多了，滩涂少了，它们来得越来越少了。哈，该来的还是会来。"

段杰问彭维群："在潮港长到十多岁我从未听说过。您这么高兴，它有什么预兆吗？"

彭维群回答："哈哈！绝对是黑脸琵鹭，据说全世界只有一千只了。它们是吉祥的'神鸟'，它们出现能给人们带来好运和福气。多少年没遇见过它们，也没听说过它们了。因为你们扶贫'贵人'的到来，让全村环境变得卫生整洁，呈现出本色生态，它们才出现。"

驻村干部慨叹这样的神奇说法。陈建威说："我们职责所在，您才是我们和村民的贵人。"

彭维群说："它上次出现的时候，上面号召修建了桃园水库。这次出现，桃北村还会有大变化。"

段杰叹道："如果真有此说法，我们来快一年了，黑脸琵鹭一直不出现，贵人肯定不是我们。贵人很快会出现才对。"

杨武彪带队到桃北视察扶贫工作，镇、村领导陪同。陈建威想：他大概代表贵人？

去联富村"稻田鸭"基地路上,杨武彪一行碰到岑老头赶着十多头进入青春期的小母黄牛从桃山放养归来,它们大都两百五十斤左右了。杨武彪赞扬岑老头身体硬朗,对大家说:"要保证牛崽的营养。买些铡草的工具、食料,吃得好才长得快。"

金敬德说:"经联社的牛角村养牛基地设施管理完善,能保证足够的草料和放养时间、运动量。基地为贫困户提供方便,贫困户的牛可以交给经联社管理。"

杨武彪肯定了养牛项目。

稻田鸭基地的本地麻鸭在禾苗间捉虫子吃。杨武彪详细了解项目的投入和预期收益,当他得知桃北的水稻成功注册了商标时,高兴地说:"建威,等这批桃花米收获了,送去检测,看是否达到绿色或有机大米的标准。市场销售讲品质,希望桃花米能站稳市场,带动发展生产,脱贫一批人。"

杨武彪视察的最后一站是富民厂。他认真察看厂房环境和新建好的冷库。站在宽敞整洁的院子里,满怀希望地说:"农村的发展靠政策,以前实行联产承包到户,解决了各家各户吃饭的大事。国家非常重视'三农'工作,每年一号文件都是如何促进农业、农村发展和保障农民合法权益的内容。农村将迎来第二波的发展机遇,我们甩开膀子干。我联系香山市轻工行业协会的人试试。解决扶贫工坊,乡村发展才有底气。"

大家鼓掌。

张浩叹道:"我这个镇委书记就没底气,今天向杨局长汇报垃圾的事。"

杨武彪笑道:"垃圾治理关乎环境保护和村民生活质量,我看到许多鹭鸶,听说早几年比较少见。这充分说明桃河生态系统发生了质的改进。桃河镇环境卫生不差。"

张浩说:"杨局说得对。我镇去年获卫生先进镇。这一年来,我镇开展了全民齐参与的环卫整顿,创建了包括桃北联富自然村在内的一批市级卫生村。农村环卫工作极其艰难,我来桃河的第二年,全镇每人每月集资一元钱,着手建设垃圾中转站。桃河在赤丰的东南,离东州不远,我想建发电站。有合作意向的公司说我镇的环卫设施配套不齐全,只有把卫生环境搞上去,才能做环保产业,才能惠及全县、全东州。"

杨武彪肯定道:"张书记倾力创造美好环境眼光长远,垃圾处理项目能改善桃河环境,带动经济发展。"

"杨局长,我镇环卫工作仍在起步阶段。目前我镇的生活垃圾还不能及时地收集和搬运。我这个镇委书记不能站在牛屎堆上吹牛，还得继续管垃圾。"张浩为难地说。

周伟笑道："有想法就说。"

张浩亲和地说："现在全镇三台环卫车，还需配置两台，才能让全镇垃圾搬运正常。希望杨局长捐赠一台，这台可以为桃北村所有，主要负责桃北、桃南、霞光和赤林四村的垃圾搬运，产生的司机费、油费、维修费等，不用桃北出。"

杨武彪说："是几万元那种小型的拖拉机吧。生态扶贫是精准扶贫的重要内容，是生态文明建设的重要举措。各类生物，包括人、鹭鸶，能与自然和谐共处，是生态文明的建设目标。我们任重而道远啊。你这么关心桃北的环境卫生，我们不能不支持。"

张浩笑道："杨局长熟悉农村市场，考虑问题高瞻远瞩。"

杨武彪认真地说："我帮你解决两台，赠送十台垃圾收集车。我请求，桃北是大村，每天的垃圾清运以桃北为先，保证及时干净处理好。为桃北村将来发展生态旅游打好基础。"

张浩笑道："感谢杨局长如此大力帮助我们，我答应您，桃北的垃圾处理放在镇、村社区之前，放在首位。把桃北村生态旅游建设作为重点项目。各位监督好我，若做不好，请杨局长责罚。"

周伟笑道："杨局长赞助环卫车，可不能用这个车去干别的，车要停在桃北村。"

"在桃北请司机，每天完工后，把车停回桃北。"张浩庄严承诺。

几天后，桃河镇配齐了环卫车。桃北环卫车外观像小型卡车，其实是绿皮拖拉机，车厢两侧和车门分别喷"环卫车""桃北村环卫车"白色字样。它像向垃圾宣战的铁公鸡，每天早上张扬地在村里"哒哒哒"穿梭。

富民厂老板刘福民答应来桃河镇面谈转让事宜，可他给不出具体时间。陈建威多次催促，他说明原委：厂房没有产权。

十二年前，刘福民进军南都服装市场，在霞光村找到七亩地建生产基地。这七亩地为预征地，准备引进一家化工企业。由于村民不配合征地手续，该企业去了莲城镇落户。刘福民以每年三万五千元、每五年递增百分之五的租赁价获得整块地三十年使用权，富民厂随即建好投产，效益可观。但该片地最终没完成征地手续，用地未转换为工业功能。随后服装市场低迷，刘福民在南都租到廉价厂房而转移生产，富民厂空置。

厂房产权证没办下来，意味着不能合法交易。陈建威找到张浩。张浩却乐观地说："刘福民想打政策擦边球，通过'以租代售'获得租赁土地的产权。东州市整顿市场秩序，严格落实工业用地的政策法规，严厉打击为发展经济出卖土地资源、损害国家利益的行为。刘福民清楚没人跟他沆瀣一气，便改弦易辙，转移投资。这两年市政府为发展乡镇企业，补清了村民的征地款，成功转变了用地功能，把这块地确权到桃河镇和霞光村，许诺只要富民厂招商成功，产权、物权手续从速办理。"

陈建威问："刘福民会交出厂房吗？"

"他租赁的土地几年没交租金了，他违约在先。土地功能转变之后的租赁价恐怕他不愿接受了。"张浩胜券在握地说。

经过新成立的桃河镇投资中心出面协商，刘福民果然同意中止合同，只要求收回建筑物成本三百五十万元，其中包含需要补交的三年租金。张浩向县委黄书记做汇报，黄书记答应督促相关部门启动富民厂转让的绿色通道。

市帮扶单位肯定无力承受福民厂的卖价，但这主要是领导考虑的。驻村队能做的是引进企业。市场局同事给桃北工作队提供了五十多家在香山的东州籍人的公司，陈建威与孙、段二人加紧联系他们，动员他们回乡创业。

晚上，昆虫的聒噪声，在桃河，在田野，像个巨大音箱，笼罩着富民厂。陈建威加班整理信息和修改方案到深夜，天籁音响仍不消停，骚扰得他连续几晚失眠。

两周过去，没有收到任何招商意向的反馈信息，盘活富民厂迷雾重重。

陈建威一筹莫展。张浩送来好消息："刘福民在南都增资扩产，他希望富民厂尽快脱手，他儿子过两天来赤丰。主动权在我们这边，建议按你队的方案，桃北村先拿下大厂房。"

箭在弦上，陈建威打电话向杨武彪求助。杨武彪说："你电话来得正好。市轻工行业协会提供了一则信息，惠市有家做灯饰的公司，正在寻求合作方。厂方联系人姓吴。我把会长的信息转发给你，你和他谈谈吧。"

黑脸琵鹭出现的预兆没错，杨武彪是给桃北村送东风的贵人。

陈建威高兴地道谢，与吴总通电话二十六分钟，大致了解了些情况。吴总做过几年销售，五年前在红旗村租下厂房做藤椅出口贸易，两年前转为组装灯饰，前后都是帮人管理，占少量股权。总公司产品外销，计划做灯饰一条龙，想在红旗村的分厂做原材料生产，另找组装车间。由于厂房位置和用工成本等方面原因，一个多月了,红旗村分厂还没找到适合的地方,于是把合作方选址放宽到周边一百五十公里范围内。

东州沿海拥有红海湾码头,外销方便,有合作优势,吴总欢迎陈建威前去洽谈。

红旗村厂家与富民厂相距一百零六公里。陈建威预感项目诞生正逢其时。

21. 桃花灯饰厂

田园交响曲进入"午夜狂想"篇章,"扶贫工坊鱼骨图"上的"中、小骨"逐一变成浅色字体,陈建威才满怀欣喜躺上床。今夜就算牛鬼蛇神闯来,也不能阻挡他酣然入梦。

沐浴灿烂阳光,桃北村的扶贫车奔向惠市。

车子出高速。宽阔田畴中的水泥大路笔直,四野生机勃发。孙罗周在睡觉,段杰在玩手机。坐长途车大抵如此情形!

车停在红旗村委前的广场,村委办公楼新装修,坐西朝东,前方是绿野,远处是山脉,环境宜人。陈建威打吴总电话,吴总说工厂在村委背后。

村委侧边的平房旁匍匐着大厂房,房顶挂"惠通照明"厂名。一个趿拖鞋的年轻男子从厂房小门走出,他就是吴总,三十岁左右,个子较高,脸方体正。

大家跟吴总走进车间。生产线是木板台架构,摆放灯饰配件。每条线六七人,共三四十人,妇女占绝大多数。他们心无旁骛地摆弄着灯珠和灯带,插成配件。

吴总说:"香山总公司发货过来,把四五种款式的LED组装为灯饰半成品或成品,直销海外。"

"怎样把好质量关?"陈建威问。

吴总说:"头两个月的产品全面检查,之后严格抽查。超过出错率扣工资。"

拿手机照相的孙罗周问:"他们都是贫困户吗?不太像。"

工人们只顾忙手里的活,没人抬头,似乎习惯了被围观讨论。

"是不是贫困户没写脸上,"吴总笑道,"他们大部分早几年脱贫,现在又产生了新的贫困户。本市安监局在帮扶,说不放过一人。你们共产党的事我不懂。"

陈建威说:"属新增贫困户,上一轮扶贫开发把农村年人均纯收入两千五百元以下的家庭列为贫困户,这一轮新时期精准扶贫的贫困线为四千元。全面小康路上，不漏一户，不落一人。"

吴总笑道："对，对。安监局的扶贫干部这么说的，他们奖励贫困户工人，我每个月拿公司签名盖章的工资表给他们。"

段杰问："他们月工资多少？"

吴总答："一千七八到三千元左右。"

"大部分人两千吧？"

"两千左右居多。兼职的，每月几百元一千多都有。我老婆每天做五六个小时，每月一千多。"

"工人稳不稳定？"

"我要求三十五人干满班，事实上三十人就行。预留了农忙时间。灯饰进入平价时代，总部计划做产业一条龙，并且扩大生产，以赚到每个环节的利润。老板是惠市人，他支持我寻找厂房，或者合作伙伴。"

孙罗周找两个女工聊。她们认真地干活，微笑着不答话。

经过排山般堆集的纸箱，陈建威说："有点异味！"

吴总说："天热，没启动排风系统，空气不流通。肯定没有毒气，我家人在这儿吃住，如果环保不过关，我会干吗？"

陈建威问："全部外销？"

"内销是贱卖，赚外国人的钱才过瘾。"吴总点数着纸箱说。

大家走进厂房角落的办公室，打开风扇，喝着矿泉水商谈。

吴总提出厂房面积、周边道路及劳动力等方面的要求。他坦诚道："如果合作，就要投资入股或者有外销订单，外单你们不可能。投资有风险，不能保证回报。建议你们拿到厂房之后，出租给我公司。扶贫重在收益稳定，村里收租，贫困户拿工资，看得见，摸得着。上一轮的村民脱贫后，习惯了在这家厂上班，把田地租出去，小日子挺滋润。"

陈建威问厂房建设方面的事，吴总笑道："本幢五十万建好，具体投入多少我不知。"

谈完事项，三人谢绝吴总的请吃饭，返回香山。

经第三方评估和多次协商，富民厂以二百八十万元易主。所有合同文本多方代表均已过目。桃河镇政府新成立的投资中心以一百七十万元获得两幢别墅和宿舍楼第二层的产权，桃北村以七十五万元拿下独幢厂房，拥有院子三分之一的使用权。

霞光村由本县帮扶单位融资三十五万元获得宿舍楼第一层的产权。

红旗厂的吴总来到富民厂。

关闭多年的厂房打开。中间凸起四条冗长的生产线平台,上方相应搭挂架子。靠墙摆放的旧机器布满灰尘,尘封迹象表明历史辉煌。

吴总说:"厂房不到一千个平方米。"

陈建威说:"吴总好眼光,八百二十平方米。"

吴总说:"厂房可直接投产。国外客户讲究公司的社会责任,不定期来工厂交流,检验厂房是否安全舒适、劳资关系是否稳定等。我要分开几个功能区,做些布置,请协助安装水电。你们是扶贫点,这样客观上对你们有好处。"

段杰说:"我们的厂房建筑规范,惠通照明工厂没我们的好。租金不能太便宜。"

吴总笑道:"租金由总公司定夺,请理解。"

金敬德态度严明:"我们正规厂房,收购成本高,租金太低肯定不行。"

吴总说:"毕竟是农村的厂房,你们跟总公司协商。我说了不算。"

"按市场和程序办事,我们要征求村民意见。"陈建威说。

吴总说:"从生产角度考虑,签约之前,请落实劳动力三十人以上,能确保每月工作二十五天以上,夫妻可以互相补班。我与他们同时签约,我派师傅过来指导开工。"

大家称好。金敬德问取什么厂名。经过一番斟酌,大家将新厂命名桃花灯饰厂,吴总同意尽快申请执照和签约,做到证照齐全开业。

张浩将原富民厂暂命名为桃河产业基地。第一幢别墅由镇投资中心进驻。第二幢别墅计划由吴总和驻村队合租,作为工厂办公室和扶贫工坊的饭堂。

根据统一规划,桃北驻村队需要让出二楼四个房间的宿舍。桃花灯饰厂开业前两天,陈、段、孙三人在桃北的田心自然村租赁到民房,搬迁了宿舍。至此,三人实现真正住村。

桃北村声势浩大地展开"三清三拆"。秀美山村的底色呈现,全村路网改造又将为示范村建设添上浓墨重彩的几笔。

桃河镇赤林村到桃北村的道路硬底化刺激了桃北整村路网改造。桃北村道路改造由县交通局牵头,经张浩协调,县交通局与桃北村达成一致意见:路基工程由道路所在自然村负责,即各村民小组筹资建设;路面工程由上级财政与帮扶单位各出一半资金。三条村道通过立项：双桃路，经联富村道路连接桃山村和桃花村；新桂路，连接桂山、桂洲村；田牛二路，桃北现代农业示范基地中间的机耕路，直穿田心、牛角村田野，大家说香山帮助很大，此路将来命名为香山路。

桃北村第四条道路改造立项颇费周折。连接桃河公路的新园和奇峰自然村道路，宽度均未达到立项要求，不能启动改造程序。梁子文每天气冲冲的，非要规划改造。他理由简单：二十户以上的自然村都有道路改造，就他那一片没有。不能丢下最远的自然村，道路宽度自然村解决，要多宽有多宽。

县交通部门表示：不要因道路改造引发占地问题；不算新园和奇峰村的路段，桃北道路改造里程超过了村级道路改造规划的最高限额。像这样大规模的修路在赤丰农村找不到先例。

梁子文忍无可忍，发出狠话：不就是县财政没钱？我同样给你四米五的路基，你负责修路就得修。如此不公平，修路发生什么事我可负不起责任。

驻村队和村委理解梁子文的要求。虽然新园、奇峰自然村道路的宽度没达到改造的要求，可村民户数不少，达到了贫困村道路改造的条件。

陈建威多次向曾嘉豪常委报告，向分管副县长陈情。新园与奇峰路段最终纳入全村路网改造立项。

"两条路不够别的片区一条路长，合在一起叫园峰路。"梁子文仍不解气地说，又不无炫耀，"园峰路的路名由我最先提出，我是有文化的。"

四条路改造下来，帮扶资金预计超百万元。道路改造成为桃北村精准扶贫以来投入最大的帮扶项目。

新修订的桃北村扶贫攻坚示意图显示：桃北村立项的四条道路加上主干道桃河公路和已经修好的联富路、田牛路，全村路网像一片叶子的脉络，又像散开的花蕊。大体上看，形成了"三纵三横"格局。

金敬德叹道："感谢工作队。没你们就没有县委、县政府的重视，就不会有交通局牵头改造。"

彭维群叹道："桃北村村通大路，全体村民走上康庄大道，是划时代的改变。"

梁子文笑道："我那一片终于搭上示范村建设的高铁。"

孙罗周问："你坐过高铁没有？"

梁子文道："东州通高铁多年，我没坐也见过。孙科愿意送电视机给麦老太，可以请我坐高铁？"

"你贫困户啊，要请村干部一起请，陈队说了算。"孙罗周说。

笑声爆发。除段、孙二人外，大家都知道梁子文曾经的确想做贫困户，并暗中参与炮制"闹公示意见"事件。

大家心照不宣，孙罗周以为他人事运作得高超产生了效应，继续发挥道："陈队长如果没办法，香山银行可以安排大家坐高铁去中海新区参观学习。"

段杰说："还是你老孙满脑子猴主意。"

先修好路基的村，优先实施路面工程。

道路改造公示期间，各自然村按捺不住，纷纷加快路基建设，马不停蹄地挖路面，砌路肩，铺沙石。路基加宽需要石头。各自然村发动男女老少，到处想办法弄石头。

妇女主任方玉艳组织桃北妇女去五十里外的梅坑镇捡石头。梅坑镇盛产石灰石，大小石场遍地开花。站在高山巅，可以望见绵延的山体挖得七零八落，花黄泛白的伤疤铺天盖地，像被天狗咬烂似的。为保护山林，近年石场关停整顿，绝大部分永久性关停。然而，梅坑镇天然石矿的性质仍在，石头石子漫山遍野，像青草般常见。

梅坑镇传言到桃河镇，说桃北妇女在那边见到石头就捡、就偷、就抢，明目张胆地掠夺，她们是盗石大军。

桃北妇女背上盗抢之名，处在全县舆情的风口浪尖。流言总归是示范村建设的不和谐音，陈建威担心出事，请张浩给梅坑镇领导打招呼，别让流言四溅。

张浩就桃北村道建设主动接受县电视台采访。他在电视里诚恳地说："桃北村妇女为村里修路，不是为自家建房。她们没有动用炸药、钢钎，只是徒手捡几个石头，用于修建路基。出现这种情况，我这个书记……"他哽咽着没说完话，画面出现桃北妇女布满血痂的手掌，配着她们的同期声："村里负责路基。有钱出钱，有力出力。""我家筹了钱买水泥、沙子、钢筋。""钱不够，石头凑。"

新闻播出，此事引发的议论更多，不过变成了褒扬和赞叹。陈建威佩服"大师兄"张浩的智慧，更被其情商和坦诚打动。他开车去县城买了两百双劳保手套，分发到各村。被电视新闻打动的还有商界人士，没几天，桃北旧村委原址空地上堆满了石头。据说由梅坑和桃河两镇商会捐赠。

村民们热情高涨，争分夺秒，从早到晚修筑路基，累了就打伞或盖个草帽，在路边、树底，甚至田埂上小憩。有的村组中午送饭到场，有的村组采取轮班制。桃北村修路涌现出当年修建桃园水库那样激情奋战、让人热血沸腾的画面。

双桃路的路基工程最先竣工，路面施工拔得头筹。

段杰惊呼："连接桃山、桃花的双桃路一点七公里，最长路段，上坡拐弯的。没想到三个多星期路基完工。"

孙罗周洞若观火地说："支书管桃山村，主任管桃花村。支书、主任分管的村，能不拿第一？"

陈建威说："他俩办事踏实。别忘了，不是他俩，收获的马铃薯上不了田头。"

段杰笑道："去外村捡石头最多的就是'两桃'的妇女。村'两委'两个带头人暗中较劲，不甘落后，都想把自己那段路基修快，修好。"

孙罗周说："园峰路基修筑最慢。梁子文说他那片路况最差，不好弄，费用全靠发动村民捐款。"

陈建威叹道："最慢的当数田牛二路，全是软基。我留意过田心村张贴的修路捐款红榜，彭支书两千元、村小组长八百、副组长五百，还有许多村民捐一百、五十，大多几十元。这些钱哪够修好田牛二路的路基啊？"

段杰说："双桃路桃山段、田牛二路田心段，彭支书实际负责两段路基建设。"

孙罗周忽然说："去年彭支书修了田心路，加上今年的，实际修了三条路。立项时梁子文没指标，怪不得他有意见。"

陈建威说："不能每个村，或者每个村干部平均做项目。桃北小学门前路意义不同。园峰路窄，自然村人数相对较少，如果指标不够，首当弃之。"

孙罗周叹道："那也要考虑人的因素。"

也许是人的因素，文福鑫消失半年后，又来驻村。他让孙罗周留单位，孙罗周的处境替代了马世燊。

村委工作会上，文福鑫听完汇报，高屋建瓴地说：

"为什么扶贫？扶贫为脱贫。最主要的工作不是做工程，领导来检查，光看路、看垃圾屋、看厕所，有什么意思？能产生收益的项目才吸引眼球。加工厂、基地产业要搞好。福建佬搞不好工厂，跑路了，我们捡了个漏。灯饰厂用的桃花村名，但老板是外人，搞不好照样跑路，导致我们收不到租金，导致厂里打工的贫困户失业。大家不要欢喜过头，要有危机感，务必跟踪好灯饰厂的管理。种植基地数量多、规模小，像做试验。养牛分为集中或贫困户轮流放养，方式进步了；但谁没吃过牛肉，没见过牛？省、市领导那么远过来，就为看牛？同志们啊，我们得总结经验，推出更好的项目和方法。"

文福鑫的发言在说桃北村所有的工作缺乏亮点，不可圈点，尽是缺点。大家内心清楚，桃北的工作获得县、市和省三级好评，功劳苦劳俱有。大家自由发言时，泛泛而谈，没明确支持和反对文福鑫的意见。

陈建威想说的很多，可刚才已经汇报。汇报内容在文福鑫嘴里转一下出来，味道变了。农村环保意识比较差，有人乱扔垃圾，甚至随地大小便。垃圾屋、公厕，在硬件上改善农村卫生环境，保障村民有条件养成良好卫生习惯。道路改造、文化中心建设等，都是脱贫攻坚和示范村建设的"规定动作"，可以说，在举省、市、县、镇、村五级财力、人力，来开展这些基础建设项目。这些项目也得到了村民的大力支持，说他们流血又流汗一点不过分，但在文福鑫看来，却变成没意思的项目。是什么意思呢？四十多头小母牛，已经过了青春期，将为村集体和贫困户带来可观的收益，可它们又不能给领导"看"？灯饰厂提前半年收取租金，尽力规避了风险。种植农作物依时而定，及时推进，"三瓜"已经亮相香山市场，又说成做试验……

会上切忌和领导较真，说多无益，甚至起反作用。这是陈建威在香山市场局稽查分局见习时得到的教训。有次开会，分局副局长错批同事，同事羞愧难当。陈建威笑着打圆场，没料引火上身。分局副局长从思想认识高度连陈建威一起批评，弄得被批评的同事当场检讨，才平息事态。会后同事说，他的挨批是因为会前顶撞了分局副局长，领导借机泄愤，让他知道厉害。但事情并没因此过去，它悄无声息地导致陈建威的见习期延长了三个月，才定岗到办公室。周伟找陈建威入职谈话就说"要尊重领导"。陈建威一听明白：摸了老虎屁股啊。

摒弃负能量！和文福鑫论证扶贫怎么搞没必要，把工作做实做细无愧于心就行。陈建威过滤文福鑫讲话中有建设性的几点，回应几句，想进入会议的下一环节。没料跟进基地管理的麦庆元说花生收益超过了预期，百香果和水稻种植形势喜人，节瓜的效益可能好过马铃薯。

文福鑫问："这算不算特色产业？收入具体多少？"

麦庆元说："花生每亩四百斤，榨成油在桃河卖，亩产收益可能过两千元。节瓜亩产收益可能也两千元，才半年时间呢。"

文福鑫打断："两千块？半年时间？比得上打工吗？这不是浪费人力、物力、财力？"

麦庆元急着争辩："优质水稻由桃北经联社定价每斤八到十元，估计效益超乎想象。种地的可以放牛，也可以在灯饰厂打工，还能照顾家里。农民在家门口能领到工资，田地里有收益，生活何求？"

文福鑫笑道："你说了好些个'可能''估计'，意思不确定。水稻那么高价，卖得出去吗？如果卖得出去，为什么不全部种水稻呢？"

文福鑫的雄辩让麦庆元脸红口吃。

彭维群说："文局长说得对。我们能力有限，值得改进。"

文福鑫说："把握不好一亩三分地，不如把钱分了，分钱就能脱贫。"说着，他自己笑了。大家跟着笑起来。陈建威盯着道路改造进程表，没说一句话。

金敬德正色地说："文局长请放心，你指到哪儿，我们打到哪儿。我们能做好。"

文福鑫总结："我说三点。对于过去的努力，明显存在不足，要及时改正，不辜负领导期望；对于新近的项目，特别是公共基础设施，要做阳光工程，在廉政和质量上不要出事；对于村'两委'班子，要团结干事，有的村干部之间不怎么说话，握紧拳头打出才有力，不因矛盾影响工作。"他说完，又深入浅出地阐释和引申。

会开了整整一下午，没解决具体工作。文福鑫入住中环酒店。他要求陈建威整理会议纪要，晚上发给马世燊。

马世燊回香山很长时间了，平时联系少。陈建威把材料发给他时，很想和他叙叙旧。马世燊却指桑骂槐：开个会也整个政务信息，司马昭之心啊。凭什么剥夺我的扶贫资格，成员单位扶贫干部升职就没多少机会，我扶贫五年，他总是要插一竿子。他为了升正处，连司马昭都不如啊。

陈建威安慰马世燊："我们做螺丝钉，做好工作，莫问前程。"马世燊怒复："最高领导不是说优先重用扶贫干部？就你风格高尚，虚伪！难怪阿妮对你有意见。"陈建威说："我只想把问题解决好，没时间想那么多。"马世燊不依不饶："形式主义、官僚作风又来了，你任他胡作非为？不觉得有问题？你的阿妮不值得你花时间去想？"陈建威求饶："全听马哥的。他有问题，我也有问题，放过我吧。"

22. 两万元

文福鑫真带来了问题。

七月暑热难熬。大清早，陈建威和段杰到中环酒店接上文福鑫返村。文福鑫说去看道路施工。

三人和彭维群、金敬德驱车去双桃路施工现场。混凝土运输大车停在联富村入口的桃河公路边。

扶贫车经联富村，上坡到双桃路桃山段，四米多宽的路基铺满石粉，齐刷刷向前延伸。右拐入田野中的桃花机耕路，全铺灰色石子。段杰问："桃山村的路基铺石粉，桃花村的路基铺石子，二者有区别吗？"金敬德说："材料无本质区别，石子每立方米贵二十多元。地面不平弯道多，铺石子好些。"

到桃花村，文福鑫说下车走走。

五人戴草帽，走过桃花二队村居，隐约听到"咚隆隆"的施工声。上坡，石子路面两百米开外正在施工，透亮的阳光照着混凝土运送车后尾厢和忙碌的施工人员。

金敬德说："天热，开工早。"

文福鑫给大家散支烟，彭维群接过烟继续前行，没见过修路的段杰跟了上去。

文福鑫站着没动。随着"呜啪啪"的摩托车声，一个没戴头盔的中年男子骑摩托车疾驰而来，在三人面前停下。金敬德严肃地问："你有什么事？"

男子不好意思地笑，没吭声。

文福鑫问："你是谁？找我们吗？"

金敬德说："他叫黄贵来，桃花二队队长。"

黄贵来难为情地说："我住后山。二队好几户住山上，路难走。我们想把路修上去，两百来米。我们不够资金，请领导帮帮。"

文福鑫审视道："你是贫困户吗？"

金敬德说："他早两年建了新房，比较困难。他有志气，没申请贫困户。"

"带我们去看看。"文福鑫往回走着说。

彭维群与段杰快到施工点。金敬德说："别管他俩，我们跟上文局。"

黄贵来骑摩托车带路，三人跟着右转走上黄色的山坡路。

"这路一米多宽，中间坑洼，不好走。"文福鑫说。

金敬德说："这种路没法搞。桃花村小组没什么收入，我发动乡贤和村民捐款才搞好路基。"

靠近半山腰的黄贵来家。路两边杂草铲除，路面平整，铺了石子。

黄贵来的家是一幢红砖平房，没装修。大家站在水泥地坪上，黄贵来敬烟。

文福鑫接过烟问："就是刚才走过的路？"

黄贵来诚恳地说："是的。前方五户，后山腰一户。我们筹了八千多元，够铺石子。大家想铺混凝土，资金不够，差两万多。"

文福鑫认真地问："修这条路要不要两万元？"

黄贵来愁苦道："总投入三万多。我家多出了两千，缺口两万多元。"

文福鑫突然承诺："倒是好几户人家用得着。两万元，我给你，你抓紧时间搞好。"

陈建威头脑嗡嗡响。原以为文福鑫不过走走看看，没料他会立马答应帮助村民修门前路。修村民门前路到目前还不是帮扶内容，这样的承诺，后果不堪设想。陈建威正欲否定文福鑫的决定，金敬德冲还没反应过来的黄贵来喊："好好谢文局，文局说了就能帮到。给你两万块，你得修好。"

黄贵来喜道："保证修好。谢谢领导，您是我们的再生父母。上我家喝茶。"

文福鑫颇具气概地说："今天不去，你把路先修好。"

陈建威说："现在资金审批严格，不知手续能不能办。"

"有什么不好办？"金敬德笑道，又转向黄贵来，"你家养鸡了吧，去捉只鸡，送到正大餐厅。"

文福鑫平淡地说："搞那些干什么？"

"我去杀鸡，还有没打农药的茄瓜、青菜，健康环保。"黄贵来傻笑道。

金敬德对文福鑫说："山间有梯田，山上有大片树林，修这条路有价值。"

文福鑫问："正大餐厅在镇上？"

"就是之前的联富餐厅，重新挂牌。领导这么支持我们，我把村里唯一的饭店搞好了。今天中午请师傅做饭。"金敬德说。

"那里还行。"文福鑫说，"帮我找袋稻谷，我买。不要太好，家里楼顶养了几只鸡，没东西吃。"

回到单位，陈建威找办公室副主任向雪汇报文福鑫到村情况。

向雪笑道："扶贫工作重要，你跟周主任说，以后都找他。"

在接待室，听完陈建威的汇报，周伟左手掌按擦着额头说："今年是扶贫关键年，文福鑫调研员能加强力量。驻村队长代表牵头单位，你注意办事程序。"

陈建威急道："他拍脑袋承诺村民两万元，就是程序不对。我担心节外生枝。"

周伟盯瞪着陈建威说："他长时间没驻村，你应该跟他沟通好各项工作。两万元的事，过会没有？"

"在村里吃饭时,他说帮黄贵来两万元,没人反对。"陈建威如实回答。

周伟恼怒道:"拿公家的钱做人情!你在察看施工现场不反对,在吃饭时不反对,现在有意见,让我怎么办?你新来的?"

陈建威低下视线说:"反正要经领导组同意才能公示。"

周伟斥责:"他当天就给杨局打电话,说你们开会讨论过,谁知是餐桌会议。之前跟你说过,及时请示汇报!这件事能这么办吗?你要履行好第一书记兼队长的职责。"

陈建威无语。

文福鑫继续驻村,犹如驻村大队长。他主抓各项公共设施建设,重在调研决策。他有时叫段杰陪他,有时自己开车,在县、镇、村来回穿梭。孙罗周享受之前马世燊的待遇,继续留单位。具体扶贫工作,包括项目跟进、档案资料和信息系统录入等全落到陈建威和段杰身上。两人过上"白加黑""五加二"的日子,充实无比。

混凝土路面工程进展缓慢,十多天过去,还在第一条道路的桃花村路段。新桂路的路基工程完工,催着铺设路面。金敬德说不是暴雨就是暴晒,双桃路施工进度慢。陈建威总感觉另有隐情,两万元的事没人提,他也不愿问,不敢碰及黄贵来的名字。

文福鑫的外联活动产生了作用,他邀请到香山驻赤丰县工作组,赤丰县财政、农业、交通、移动等单位和桃河镇的领导在县政府召开脱贫攻坚促进农新村示范村建设研讨会。

会议下午四点半开始,曾嘉豪作为挂职的县委常委,发言庄重热情。与会者讨论桃北村的"三图一案":规划图、攻坚图、"鱼骨图"和示范村建设方案。大家畅所欲言,农业副局长说大型养殖类合作社可申请补贴,桃北村经联社豢养黄牛可改为合作社管理,尽快办补贴申报手续,这个政策能维持多久难讲;上级加大"一镇一品"的补贴力度是个信号,建议大力发展"一镇一业""一村一品"。移动公司老总承诺桃北村通信信号全覆盖。财政副局长说上级支持落后地区土地流转、特色产业发展的政策增多,基地建设与贫困户挂钩,可使用省统筹资金。曾嘉豪说用于水利建设的资金,到镇一级可适当调配使用;新近设立了美化环境专项资金;农村电网改造资金划拨较慢,要提前申请……领导们说的政策关联度高,操作性强,陈建威如醍醐灌顶,思路升华。

会后，大家移步县政府招待所莲花阁用餐，分管副县长出席。文福鑫不愧做过招商局领导，招待地方大员应付自如。他饮酒豪爽，和张浩干了一大杯，又同时与两位局长打炮，尽显英雄本色。驻县组长曾嘉豪委身成接待男二号，饭局靠他买单呢。

回到田心村的宿舍。孙罗周打陈建威电话讨伐："反腐败呈高压态势，你们敢大吃大喝？你也腐败掉了？"

"正常接待。"

"正常吗？发函了吗？打电话不接，还以为你怎么了。"

"驻县组走了程序。喝的土炮，谁愿意喝！"

"接待也不能喝。马世燊让我告诫你不要拍马屁，别忘了他去年唱的好戏。你们不要同流合污。"

"老孙你想说什么！有什么事吗？"陈建威酒气沸腾，转而笑道，"今天的会对你单位有好处，张浩帮文福鑫优惠了中环酒店房价，他入住享受超级贵宾待遇，一晚一百，为单位净省四十元。"

"该省的不省，装吧。"

"我不装，扛不住了。得申请你回村帮手，不管文领导驻不驻村。"

"我年龄大了，贫困户的事记不住，来回折腾身体吃不消，帮不了你什么。马世燊年轻，扶过贫，可以帮你。文福鑫不懂农村，你好自为之。"

陈建威道完谢，洗漱休息。

早上七点，金敬德打来电话："桃花村二队路基挖断，混凝土车过不去，施工停止，你过来看看。"

文福鑫住中环。陈建威顾不上向他报告，叫上段杰前往。

坑挖在去黄贵来家的路口前方，长约两米，深半米。坑里坑外堆了几块大石头。四个轮子的车肯定过不去，两个轮子的车和行人经过也得小心。

金敬德慌道："你们答应给黄贵来家两万元，引发村民意见，他们也要把路修到家门口。"

陈建威斥责："有意见好商量，怎能阻止施工？"

金敬德说："这两周，我和支书向文局长提过几次，他没答复。"

段杰责怪："村民有意见连我们都不知道，怎么不跟我们说？出事知道找我们！"

金敬德辩解："你们那么多工作，不好意思找你们。再说，这事是文局长答应的。"

陈建威发怒说："我是第一书记兼队长，有突发事情不只应该告诉我，还必须在村委讨论。谁挖的坑？"

金敬德失望地说："黄银初，黄贵来的同宗弟兄。他俩因宅基地矛盾，多年不来往，暗地里攀比。黄银初到家门口也有条一百多米长的泥土路，文局长答应给黄贵来两万元修门前路，他也提出要两万元修入户路。"

坑不是新挖的痕迹。陈建威疑虑重重："金主任，黄银初住哪儿？旁边这户人家为什么让他挖坑？什么时候挖的？"

金敬德叹道："陈书记，旁边这户是黄树坤。黄银初拉他合谋，前天挖的坑就是针对黄贵来的两万块。"

文福鑫挖了个坑啊，孙罗周的担心没错。陈建威问金敬德："黄贵来的路修得怎样了？那两万元文局长怎么说？"

金敬德说："二队的门前路差不多铺完了。两万元文局长说有，又说领导忙没上会。到底有没有？"

陈建威不答，打周伟电话，报告突发情况。周伟说："让他去解决。"陈建威再问："那两万块目前走不了资金申报程序，怎么办？"周伟不耐烦说："他是联合帮扶领导组副组长，我只是成员，你向他请示吧。"

十点多，陈建威把文福鑫接到村委。大家在农家书屋开会。

施工队伍去了新桂路铺设路面，麦庆元在现场监工没到会，其余人到齐。

陈建威通报桃花村道路改造中的挖坑事件。坐在金敬德旁边的文福鑫脸色发青，大声地说："我为了你们的事天天找县领导，千方百计出谋划策。上次修的路裂开，今次修路挖断。怎么搞成这样！"

扯那么远干吗？陈建威疑惑地望一眼文福鑫说："幸好施工队可以转去实施新桂路的路面工程，要不然可能涉嫌违反合同。"

文福鑫指责："阻碍施工违法，你们擅自转移施工地点，在纵容闹事。"

金敬德掐掉烟蒂，端起新买的福字紫砂杯喝两口茶，盖好盖子说："文局长，你们帮了很大忙。桃北村修四条路，还有两条路的路基没完工，欠不少路基工程款，村里负责修好路基实在难以承受。"

文福鑫责骂："以前的事我怎么知道！早些天我就说你们问题多，没料这么快出事。"

陈建威说："田牛二路的路基没完工，不是因为涉及收割稻谷和基地农作物？各村负责各自路基，有征求意见和公示，从来没有人说资金不够啊。"

金敬德说："当地政府和香山单位帮助桃北全面修路，村民感激不尽。没想到交通局对路基要求太高，三米五宽的路，路基非得四米五宽以上，厚度二十厘米。村民义务出工，投工投劳，到处捡山石，你们知道的。除去这些，每公里路基十多万啊，村小组哪够钱？"

会场陷入沉默，彭维群大口吸烟。

鹭翔天地间，正气满乾坤。陈建威强迫自己冷静寻求对策。

彭维群低声说："路修到桃花村二队，桃花村黄贵来因领导答应帮他两万元，马上找人修，二队的路眼看修好，村民知道眼红，提出同样的资助要求。文局长让我们做思想工作，桃花村相邻的桃山村我分管，他们开始听话，现在怪我不帮他们维护利益，也可能出来闹事。"

文福鑫忽然站起，脸色青中带红，摊开双手，火焰升腾地说："之前怎么计划的？怎么走的程序？怎么签的合同？现在说缺资金，我答应帮两万元，你们也同意的，但办不了手续。有的村民利欲熏心，唯恐天下不乱。鸭子没到手，嘎嘎嘎争得头破血流。"

金敬德提高声音说："文局长，你那两万块，不如不给。本来大家都不够钱，你不给，大家咬着牙也许能挺过去，你给了，有人心理上失去平衡。我骂黄银初，他敢在扶贫路上动土，不要把自己埋了。他不敢还嘴，可他不服，很多人心里不服啊。"

"这么说是我挖的坑？我图什么？不识好歹。要钱？谁也不给了，对不起！一分钱没有。"文福鑫从没这样大声说话，他脸红到脖颈，小眼睛变成红三角。

"刁民，让他们受穷。"沉默的段杰忽然说，"这件事要引导村民。大家想，文局长好心拉两万元赞助，愿意给谁就给谁。你怎么能厚着脸皮讨要呢？"

两万元是"赞助"的讲法第一次提出，以前的性质为扶贫资金。

不料文福鑫跟着转弯说："我找来两万块，惹一身屎。我跟慈善企业家说村民都来抢，不要捐了。"

没人出声。金敬德红着脸冷笑，彭维群摇着头吸烟。

段杰慢悠悠地说："我们也没公示文局长的善行义举，陈队你早应该公示。"

陈建威生气道："段经理站稳立场，不要乱说。"

外面摩托车响，两个村民来到村委。文福鑫瞪一下来者，怒道："公示啥？两万元我不给了。"

挖坑人黄银初和黄树坤按金敬德的通知赶到。

黄银初矮个,模样倔强。黄树坤瘦高个,一脸无辜。两人滑稽地亮相会场,像迟到了被罚站。

文福鑫严肃地说:"我们开会,出去。"

黄银初瞧一眼文福鑫,又瞧眼金敬德说:"村里的会,村民不能听吗?"

金敬德吼道:"我们商量工作,你有什么资格听?"

黄银初倔着脸,目光坚定地说:"我说完就走。什么时候帮我修路?不帮我,路别想从他家门前过。"

陈建威正气地问:"你凭什么在他家门前挖坑?你俩知道在做什么吗?"

"他"指黄树坤,黄树坤表态:"我愿意,我觉得不公平。"

文福鑫厉声道:"你俩说完走人,不要耽误村里工作。"

黄银初激动地说:"从我家门口到桃花路也是一百多米。去我家的路更烂,我家房子比别人家的旧。你们帮别人两万,不帮我的话,我去中纪委告你们。"

大家惊愕。"中纪委"首次从村民之口说出来,他是谁呢?陈建威想起有间旧红砖屋在稻田中,一条泥巴路延伸过去。想必那是他家。

陈建威站起来,严肃地说:"老乡,你年过半百之人,行为要负责任,讲话要凭良心!今天说的话请收回去。你这是妨碍扶贫工作,诬蔑扶贫干部,你在犯法。"

文福鑫骂了句脏话,狠拍桌面,"哐当啪叽"几声响,金敬德的大福瓷杯盖子震到桌面,幸好没像上次在中环酒店那样杯盖子掉地,它是金敬德做主任后唯一变化的私人用品,杯子上共有五个"福"字,其中四个在杯盖。文福鑫似乎没听到杯盖子的声音,咆哮道:"我明确告诉你,我的捐款用完,你一分钱没有。你看别人偷东西,你去偷?别人杀人,你也杀人?你也敢提中纪委,你阻碍全民奔小康的步伐,我先把你抓起来,让你吃'大康',噎死你。不要脸的东西!"

村干部指责黄银初。黄银初浑身抖动打战,脸部怪异地抽搐,被黄树坤拉扯出去。两人蹲在外面,埋头抽烟,不管太阳正烈。

金敬德叹道:"如果实在没钱,我看村里公厕少建一个,或者统一缩小规模,四个厕位的改为三个,小学公厕最大,九个厕位,改为五个位吧,省点钱来修路。"

没有人吭声。陈建威感觉事态越来越复杂。

文福鑫脸都肿了,怒气未消,痛恨道:"不能这样让他们得逞。不懂感恩,无法无天。"

陈建威直言不讳："拆东墙，补西墙，会让事情更严重。全村修路是困难，这一个多月的时间，大家勒紧裤带，艰苦奋斗，路基搞得差不多了，路面工程本来顺利。我想问，路基建设真的那么大困难吗？四千人的村，解决不了路基工程？到自家门前的路一定要修吗？铺些石头沙子行不行？如果因为两万元搞出事，就不要赞助了，一切按原计划进行。如果不关两万元的事，我们必须拿出解决方案。"

梁子文才说话："我那片最没钱，我把工作做好了。我还说，帮扶单位会帮助建设文化小广场，他们才乐意捐钱。"

陈建威坦荡地说："你们做工作，不要随意许诺，埋下地雷。路网建设征求过村民代表意见才公示。请各位从大局出发，依法依规行事。如果只考虑自己片区利益，只帮助各自片区争好处，矛盾还会有。"

彭维群说："陈书记说得有道理。"

"路基工程资金肯定不够，建议先按原方案实行。园峰路、田牛二路的路基建设没完成，我们实事求是，调查清楚，按调查结果想办法。"金敬德表态。他说完喊外面的黄银初进来。

黄银初面无表情，没有了倨相。

金敬德说："黄贵来的两万块不给了。你在桃花村挖的坑，马上填回去。"

黄树坤拉着黄银初离去。

彭维群说："今天把事情说开。路基方面，最困难在田牛二路，第一轮集资后，缺口三万多元，村民愿意第二轮集资，但估计情况不乐观，村民们算尽力了。我建议向香山单位打报告申请资金。还得请文局长、陈书记帮忙。"

文福鑫批评："我就说你们工作全乱套。"

香山市场局办公室，周伟问陈建威："去年修田心路出现裂缝，这次全村路网改造，又发生群体性事件。其中有没有深层次的原因？"

陈建威说："没有，桃花村路上的坑填平了。"

周伟郑重地说："路平了，人心平了没有？市场局全体干部奋勇拼搏、砥砺前行，成绩喜人。组织上找了武彪局长，可能派人来单位谈话。扶贫不要捅出娄子啊。"

陈建威震惊道："杨局高升？去哪里做领导？"

周伟微笑道："市里空出几个副厅位置，包括中海新区党委书记职位。香山市将打造成大湾区的核心城市和产业高地，新区定位为湾区发展的重要一极，是香山市融入国家湾区战略的王牌举措，需要经验丰富的领导。话说到这，组织上考虑的事，不要猜，不要问，不要传。"

陈建威应答，忽而心地发慌。

周伟说："商务局重视扶贫，人却换来换去。香山银行谋求上市，不愿派精兵强将。桃北村打赢脱贫攻坚战，你担子不轻。我能做的是协助你，必要时可以增派人手，你需要就说。"

陈建威马上说："我们真的忙不过来，孙罗周也做不了多少工作。如果马世燊能回来驻村就好了。"

周伟说："我跟商务局李宏主任商量一下。"

周主任的笑真诚和蔼，看不到半点虚假。如果这种笑如吴副主任所说是笑里藏刀，那世间无笑可言。他继续笑着对陈建威说："工会室变成支部的活动室，你搬回办公室，二室坐满了，你坐向雪旁边。"

陈建威告别使用了一年的工会室扶贫办，回到办公室一室。旁边坐美女向雪，周伟在隔壁，杨武彪局长在斜对面办公。陈建威没有了十一楼的高悬感，代之以久违的笃定。可刚才获知杨局长高升信息时的发慌感仍在，它像只无形之手把他的心掏空了。

陈建威琢磨自己为什么发慌，桌面电话响起，抓起话筒那一刻，才看清话机显示1001来电，杨武彪的声音："修路缺资金？必要时找机关党委，我们领导加党支部担当帮扶责任。赤丰是全国闻名的革命老区，有好的传统，依靠当地党委和政府，相信当地村民，你们能做好工作。"

陈建威"好""嗯"地应答。杨武彪挂了电话，他说了两层意思：机关党委能补充一些修路资金，自然包括文福鑫承诺的两万元；团结当地干部群众，放开手脚工作。

"杨局长打来的？我说领导重视扶贫吧。"向雪说。

"是的，杨局长帮忙联系到了桃北村的扶贫工厂。"陈建威回答，"想不到杨局长又指导修路的事。"说着，他感到既欣喜又紧张，胸口的发慌感消散了大半。

坐地铁回到"巅峰"，冯宝妮煲好了红萝卜玉米排骨汤，炒了三个菜，还开了瓶红酒。

冯宝妮碰一下陈建威的杯说："近段时间经常出差，明天周六又出差，坐高铁去,比廉价飞机好。公司的抠门让人心凉。"

"身体没凉就行。"陈建威抚摸冯宝妮的肩膀说,这才意识到下午的发慌感是什么。冯宝妮曾极力规劝他参加中海新区的干部遴选,而自己把遴选报名表丢垃圾桶了。于今杨武彪局长很可能去新区做领导。杨局长是个好领导,自己将与一个能引领前行的领导分道扬镳了,怎会不惊慌失落呢?知道了原因,他备感失落。这种失落又怎么和她说呢?当初她可严厉地奉劝过。陈建威慨叹:"公务员也是份职业,同样铁打的营盘流水的兵。"

语意双关,听者无心。冯宝妮说:"做公务员就要去重要部门,各单位部门发展空间不同。你扶贫时间不短了,也干出些成绩,有没有机会提拔?没有机会,找机会回来。每个人都要找到适合的发展空间,才能创造出机会。"

陈建威心不在焉地说:"脱贫攻坚加码中,没理由回来。"

冯宝妮嘲讽:"继续扶吧。我看全国人民没实现小康,你不能上岸。人各有志,我想漂洋过海追求自己的事业和生活。"

落花有意,流水无情。陈建威没意识到冯宝妮做出的重大决定,举杯祝贺她梦想远大。冯宝妮欲言又止,她经集团公司推荐,即将去香港读管理会计硕士,并将在国外实习半年。到底要不要告诉他,她纠结几天了。她读书心意已决,不存在商量了。看他心绪不宁,她决定离开之前先不说了。她宽慰他几句,频频与他碰杯。

喝着喝着,陈建威觉得今天重回1006室办公与接到杨武彪电话有必然联系。两件事都源于杨局长的关心。杨局长走之前想给他最后的关怀和鼓舞,让他在扶贫路上坚定地走下去。他心酸地倒满酒杯,与冯宝妮干杯。两人眼中泛出泪花,他似乎是在跟杨武彪作别,而她想的是跟他作别。

23. 大路

商务局重派马世燊驻村,他主动当司机,开车没几分钟就说:"文副调研员因两万元的承诺惹事了?又逃逸?我就是个皮球,本来想好好做业务了,昨天李宏跟我谈了好久,我才同意回来。"

段杰说:"不懂业务!怎么能当领导?"

马世燊笑道:"陈队没扶过贫,他做书记,你不服?"

段杰用方言责怪:"藕线,听不明就算了。"

陈建威劝道："少开玩笑。安全开车，别拿牛肉干给自己惹麻烦。"

马世燊冷静地说："文副调研员不撞南墙不回头。多年前我扶贫时，他是副局长，那么忙的领导，喜欢往扶贫村跑，当时驻村补贴少，吃公家的。有次我请兄弟驻村队吃饭，那餐比他在村时多吃了三元钱，他竟然向局长告状，说我搞接待不请示。我问心无愧，坦然接受，我想看看这样的副局长能当到什么时候。他后来又不给我评年度优秀，以显示扶贫成绩是他的功劳。这轮精准扶贫，要求因村派人精准，他又不管不顾。这个贫我扶够了。"

段杰笑道："你单位这次驻村人员变动没那么简单，两万元能难倒文领导吗？"

马世燊没回应段杰的疑问，自顾自地说："以前想走提拔的捷径而扶贫，没料反而走了弯路。我想通了，在单位踏踏实实做事，凭实绩提拔。这回我是从大局出发，为了扶贫事业，才重返山村。"

段杰笑道："你这是高调回到扶贫岗位。你先扎实录入系统吧，前段时间陈队和我天天加班帮你做。"

马世燊说："那不能怪我！文福鑫总让我工作脱节。"

段杰笑道："你脱层皮才能对得住我俩。"

马世燊说："一年多来我许多方面存在不足。我脱胎换骨，重新扶贫。"

文福鑫不在车上，大家随意说话，心情舒坦许多。

马世燊重回驻村超乎陈建威预期。上周五跟周伟要人，并没抱什么希望。这个变动来得太顺，陈建威反而觉得不踏实。他认同段杰的想法，文福鑫认定扶贫，不会轻易让马世燊再驻村。这次的变动肯定有强大的背后推手，才能改变局面。又是杨武彪？陈建威思维混沌，叹道："小马哥注意开车，命是自己的。之前的事翻篇了。"

镇政府在装修饭堂，三人在正大餐厅吃完快餐回到宿舍。马、段二人休息，陈建威驱车去察看桃北灯饰厂的情况。

厂房门前停放一排自行车和电动车，它们是工人们的交通工具。工人开始时是三十三人，全是贫困户。上两周听吴总派来的技术指导侯师傅说走了五人，加了两人，于是招收了几个暑假工。

六女一男饭后在加班。男的是彭灿雄，陈建威想不到李谷花、黄千婵、金胜庭老婆和女儿金冬梅也在加班之列。黄千婵能干，三十多亩鸭稻田靠她和黄爱琼管理呢，她丈夫每天忙碌，她安排好五个小孩在家里相互照顾，抽空来灯饰厂打工。李谷花因马铃薯培土做得不好被丈夫抽耳光,大概一巴掌把她的慵懒懵懂扇走了,把她打回勤俭的原形。金胜庭老婆是饭堂阿姨,她每天把不安心读书的金冬梅带在身边干活。她和黄千婵负责做饭,她们吃完饭加班,之后还要去饭堂打扫卫生。

陈建威问吃饭没有,辛不辛苦。女工们说吃过了,不辛苦。彭灿雄说:"我搞不过她们,辛苦。"女工们不搭理他。

陈建威问有没有什么困难,女人们说没有。彭灿雄说:"天气热,再加两把风扇吧。还要提供午睡地方,干累了可以躺下来休息。"女工们笑。

陈建威说:"我综合你们的意见,去找厂方商谈。"

二号别墅的工厂饭堂。侯师傅和两个女工在吃饭。陈建威问侯师傅工厂的生产情况。侯师傅说:"上个月总量偏低,大约是之前红旗厂产量的三分之二。质量可以,出错率不高。"

陈建威问女工:"上个月工资满意吗?"她们疲惫地回答:"一千八。""一千五。"

侯师傅说:"第一个月不熟练,也有压力,拿近两千的工资不错了。中午加班的,工资普遍高些。"

陈建威又问:"饭菜怎么样?"

两个女工说可以。

侯师傅说:"你给他们中午补贴伙食费,他们不用回家吃饭,节省了时间。为激励他们提高产量,你可否给下午下班后加班的人补贴晚餐费?标准和中餐一样十元钱,加班超过一个小时,就有饭吃,不吃饭的补餐费。"

陈建威问:"就是说,加了班,不吃饭,就能领十元钱?"

两个女工回答:"好。"

陈建威笑道:"要开会讨论,请示领导。我们中午在镇政府吃,也是十元,月结。这周镇政府饭堂装修,停膳了。"

侯师傅说:"你们跟我们一起吃。"

陈建威说:"饭堂阿姨的工资、餐费等由公家支付,我们不适合在此吃饭。"

侯师傅跟着陈建威走到外面问:"我是管理人员,如果晚上不开饭,能不能叫阿姨帮我做饭?还有,采购食材叫我干行不行?"

陈建威笑道:"阿姨晚上做饭的事要商讨才能确定。我们驻村队做饭,你可以跟我们一起吃。采购什么情况?"

侯师傅说:"天天吃麻鸭,我看到鸭子没胃口。我负责采购,会注意营养搭配,食得安全健康,比如猪肉、鸡、鱼间隔安排。"

陈建威说："用餐标准十元，工人的餐费由经联社和扶贫资金各补五元。饭堂采购的很多食材从贫困户家中购买，配菜方面，一只鸡卖一百块。吃好不容易啊。我们想想办法，怎么吃得好一点。"

侯师傅笑呵呵地表示感谢。

回到宿舍，陈建威给出差三天没有音讯的冯宝妮问好。又想起好久没联系家里人了，姐姐生了女儿有段时日，只打过一次电话，于是拨打姐姐电话。

电话里是母亲关切的声音："你姐在休息，你和阿妮一切好吧。我照顾你姐的小公主和大儿子。你姐夫说要给我配手机，还没去配。你爸病情加重，人越来越瘦，在吃药治疗。我们家的改造房年底收楼，要交费了。"陈建威安慰母亲，叮嘱要让父亲去省城医院治疗，不能耽误病情。叮嘱姐姐必须拿到房子，明年爸妈住县城去。姐姐说："医生建议父亲5月复检，到现在还没去，他又跟一帮老同事去了二医院。"

各级政府加大了扶贫资金的投入和监管力度，反腐败的压倒性态势覆盖到扶贫领域。文福鑫被纪委请去"喝咖啡"了。传说梁冠标揭发了他，梁冠标说在赤丰吃饭时，喝过文福鑫的茅台酒。纪委顺藤摸瓜，根据其他方面的线索，锁定了文福鑫。

陆军用一个陌生号码打陈建威电话，说纪委问过他有关梁冠标和文福鑫在赤丰的情况，包括吃请。陆军回复纪委说除了工作餐，都是私人请。他让陈建威不要担心，纪委不一定找桃北村的驻村干部。他告诫陈建威加强驻村工作纪律和生活作风建设，保证扶贫资金在阳光下运行。陈建威想起文福鑫说过的话，担心纪委真要查起来，前期的吃吃喝喝，说不清，道不明，他连续几晚失眠，直到周伟说文福鑫做招商局领导时收受了某入园企业二十万元贿赂，因涉嫌严重违纪违法接受纪律审查和监察调查，跟扶贫没关系，他的神经才稍微松弛。

由于工作作风的大力改进，工作规范的日益加强，文福鑫在赤丰县城请各路大神为示范村建设支招儿的创举，转瞬间失去了意义。文福鑫离开了桃北村，他以扶贫的名义在赤丰的光彩、是非和做法，似乎无人问津了。

麦庆元在工作会上详细介绍桂洲村的一笔大资金："桂洲村的五十万移民村建设资金，建桂洲桥花了二十万元，余下的三十万元我们每年去问，都说有。我进村委就是为了把这笔资金要回来，用于桂洲村建设。我跑过很多次，上周移民办回复可申请十万元用于路基建设。"

陈建威高兴地带头鼓掌。

马世燊笑道："这么庞大的资金，你之前应该跟我们说！"

麦庆元申辩："能不能申请到心里没底，有了眉目才敢说。"

段杰纠正："我们不知晓。上次和分管县长、财政局长吃饭幸好没人提及这笔资金，否则多尴尬。"

麦庆元说："目前桂洲村准备好了村小组全体村民签名的五万元路基建设资金和五万元桥梁加宽工程资金申请资料，我准备送去移民办，请陈书记帮忙说说话。"

好消息让人气爽神怡。陈建威马上打电话联系县领导曾嘉豪。

晚上，为欢迎马世燊归队，也为了收拾心情扶贫再出发，陈建威掏腰包请马、段二人到正大餐厅吃饭。用餐时，几个村民在橱窗外朝里张望，其中有个高大个特显眼。

段杰不动声色地说："他们是桃北村的，在窥视我们。"

马世燊说："我们异乡人，村里人多看几眼不奇怪。别疑神疑鬼。"

陈建威忐忑道："他们好像不怀好意。"

马世燊举杯："兵来陈队挡，水来段总掩。喝吧。"

陈建威碰杯说："不怕段总阉了你。"他没想到担心出事的预感很快变为事实。

中伏天，陈、马、段三人一大早驱车去新桂路查看施工。

热烈的阳光下，桃河公路干净敞亮，大垃圾桶次第排开，像身着绿装的环保卫士在站岗。绿油油的禾苗广布田野，梯级的菜地，起伏的山峦，满目色彩浓郁。

陈建威开心道："创建卫生村镇，全村环境变靓了。"

桂洲村入口处的路基拓至五六米宽，几个村民在建造功德亭。

沿新修的路基上坡，拐弯，离村庄不远的垃圾池早上已清空，池边遗落垃圾碎末。抵达桂洲桥，桥面靠里加宽了约两米，准备建水泥护栏。陈建威正欲赞美，瞥见桥头大量彩色垃圾直泻河中，群蝇乱舞，顿感心胸发麻。

陈建威打电话给环卫车司机梁师傅："今天桃北村的垃圾处理好了？"

梁师傅说："每天上午先到桃北村，清运了才到赤林村。"

陈建威责问："你经过桂洲桥，河里的垃圾看不到吗？不只污染本村，还会污染到桃河。作为镇环卫工作者，应负责清理干净。声势浩大的'三清三拆'，共同创建卫生村镇，不是喊口号的啊。"

梁师傅诉苦："过桥二十多米就有垃圾池，他们不愿多走几步，喜欢把垃圾倒入河中。这事不怪我们，由村保洁员负责。保洁员由你们支付工资，你跟村干部说。"

陈建威拨通麦庆元电话，不料麦庆元电话里声音更急："陈书记，你们快过来，混凝土路面铺完桂山村到桂洲村才两天，村民在闹，不让施工。"

又阻挠施工！陈建威把思绪从河中垃圾扯离。

上了山坡，见到熄火了的混凝土运输小货车。许多村民在施工现场两侧的树荫和屋檐下躲太阳。

陈、马、段三人下车。麦庆元叫村民们从阴凉处走出，全是男人，前晚正大餐厅外面的人在里面，其中有个高大个。

陈建威严肃地问："你们干什么！敢阻止施工？"

高大个旁边的村民嚷："你们领导怎么没来？他给桃花村村民捐款，为什么不给我们桂洲村？我们是移民村，缺田少地，村小组没收入，我们最困难。"

陈建威生气道："又是这事，能不能找点别的理由？文领导的慈善捐款没落实，你们就眼红，多次阻碍施工，你们懂法吗？你们能承担责任和损失吗？"他的声音越来越大，腔调全变。

马世燊说："我们驻村不是一天两天，是一年两年了。我们哪件事对不起你们？有事直说，怎么搞对抗？"

段杰骂道："大家要按方案办事，按合同办事。早几天晚上就见你们鬼鬼祟祟。"

高大个声音洪亮："你们说一套，做一套，你们给一户村民两万块，我们移民村也有二三十户吧，你们给四万块，行不行？你们扶贫干部不公平，偏心！"

陈建威气蒙了，想起杨武彪局长的嘱咐，喊道："请不要诋毁扶贫干部，那两万元的事我们驻村队没同意给。你们有困难说清楚，我们一起想办法。"

马世燊斥责："我们每个星期往返，没半点私心，天地可鉴。你们把好心当驴肝肺，随意阻止施工，你们讲不讲道理啊？还有没有王法！"

一个瘦小个愤恨地瞪着马世燊，马世燊凛然面对。

麦庆元说："桂洲村路基建设费比较多，缺口资金十多万元。村民认为移民村款项根本申请不到，甚至有人说给以前的麦副支书弄丢了。他们要求资金有着落才让修路。"

大家想法不在一个频道。陈建威走到一旁打张浩电话汇报。张浩斩钉截铁地说:"我派民警到场,你让他们派代表到镇政府谈,我在。"

马世燊仍在理论:"两万元的事没有了。你们还有什么理由?这次修路是赤丰县政府牵头。我们尽力了!你们有意见去找县政府。"

在派出所来人之前,先稳住大家。陈建威给大家敬烟,问瘦小个叫什么名字。

麦庆元说:"他叫麦志贤,村小组长。"

陈建威喊:"各位乡亲,我们争取到全村道路改造不容易,按法律规定需要马上恢复施工。今天的问题,你们派代表,我们去镇政府商谈,镇政府解决不了,我们去县政府。如果大家不讲道理、不讲方法,这路修不下去了。"

麦庆元劝道:"移民办昨天说我们的申请符合规定,叫我们抓紧办手续。桥的扩建工程要验收检测,手续齐全,钱才能批下来。我相信这次真能批下来,陈书记也在帮我们打电话请示县领导曾常委。你们今天这样做,对不起陈书记。"

陈建威说:"我们想办法帮你们申报卫生村创建,申报成功有资金支持。我刚才在桥头看到不少村民乱丢垃圾,垃圾池离桥头不到三十米,你们偏要把垃圾倒到河里?大家想想,多走几步不行?我们怎样建设家园,爱护家园?"

村民表情愧疚。

马世燊劝道:"工程绝对不能停。政策范围之内能解决的,我们绝对会帮。"

陈建威说:"之前桃花村停工,到桂洲村又停工。我们这种办事方法行不通的。"

"嘀、嘀、嘀",一台三轮警车开来,村民慌张地散开。

来了三个警察,神情严肃,派出所聂所长带队。

聂所长问混凝土中转车司机在哪儿,司机从人群中走出。聂所长命令他:"赶快把车开过来,马上施工。"又指向高大个和麦志贤问,"你们谁跟我去派出所把事情说清楚?"

麦志贤轻蔑地对视。聂所长怒喊:"你们要么去派出所做笔录,要么回家,别干丢人的事。"

几个村民意欲离开,麦志贤带着哭腔喊:"不解决资金,把我抓走。"说完,他蹲地上。

混凝土拖车启动,倒去施工现场。陈建威作揖道:"聂所长,各位村民,请你们给我个机会,请村民派代表跟我去镇政府商量解决办法,镇党委张书记在等着我们;不去的请回家。为了修好道路,大家付出太多,我村妇女去邻近镇村捡石头、掏沙子。我们有个男人样,拿出点精神,不要被本村、其他村的人,甚至其他镇的人看笑话了。相信政府,相信我们。我今天给大家答复,做不到,就让混凝土把我埋在这路上。"

麦庆元大声地说:"国家扶贫政策这么好,陈书记对我们这么好,我们不能再为难帮扶单位领导,为难公安同志。麦志贤、麦高大个,你们跟我去镇政府。"

麦志贤站起来说:"去镇政府,不信没有说理的地方。"

聂所长神情肃然地喊:"陈书记不辞辛劳地过来帮助我们,做了多少工作。你们能这样对待他们?我们不当他们是亲人,能不能当他们是客人?再无理取闹,我不跟你们讲理。"

混凝土车启动,施工人员拿起工具跟上。

麦高大个随村民们离去,陈建威叫麦庆元、麦志贤上扶贫车。

陈建威开车驶出桂洲村,从后视镜看到聂所长和他的同事仍在现场,村民消遁。

张浩亲自主持桃北道路改造协调会,金敬德、路面施工方代表甘总及镇农业农村局、财政所等部门负责人参会。

开会前,扶贫办主任黎娟挺着肚子给大家端茶。她怀了二胎。

张浩就二孩政策挑起话题,点人询问有无二孩计划,大家说笑起来。张浩忽然问:"麦大高子没来?他是种子选手,有七八个小孩?"

麦庆元说:"他身高一米九,八个小孩。还有三四个没上户呢。"

金敬德说:"桃北村我这个年龄左右的,他生小孩最多。"

张浩指着麦志贤说:"你回去告诉麦高子,别整天无所事事,有时间想想小孩子上户口的事。"

麦志贤不出声。

甘总通报路面工程进展情况。

金敬德陈述问题:

"道路改造五点八公里,路面工程由县交通局和驻村队负责。问题出在由村里负责的路基工程,这几个星期,村委和驻村队做了大量调查研究,统计出各片、各村和各队的路基建设资金筹集、使用和缺口情况。全村路基总造价要六十一万元,缺口资金二十七万,每条路基都存在资金缺口。缺口最大的是田牛机耕路和新桂路桂洲段。原因在于田牛路段砌石太多,桂洲路段桂洲桥加宽工程。村民对上级部门和香山单位的帮助知足和感恩,同时,背负资金压力太大,有苦难言,大家能想的办法都想了,包括募捐、捡石头、掏沙子。表面上是帮扶单位承诺给黄贵来两万元,引发村民意识到资金缺口的严重性,发生异常行为。其实没这个事,村民也扛不住。"

陈建威说:"驻村队认同金主任说的。桂洲村正在申报移民款十万元,这笔钱没算在资金缺口里,如果移民款到位,缺口资金为十七万多。还有个情况,刚才金主任没说。有的村民想把水泥路修到家门口,家门口离主路有远有近,有的费用比较大。之前帮扶单位领导想帮黄贵来把路修到家门口,承诺两万元。这两万元,是他的个人承诺,目前给村民的回复是他不再捐这两万元。"

段杰说:"有的人家到自然村道一两百米,不说贫困户,就是普通村民,要修好门前路谈何容易?"

甘总大气地说:"帮人帮到底,靠帮扶单位支持,拜托再出一把力。"

大家各抒己见。张浩让黎娟回去党办休息,自己去外面打电话。大家讨论得差不多了,张浩回到办公室,总结性提议:"先通报好消息。移民办主任说桂洲移民村款项总共五十万元,几年前建桥和修饮用水工程用去四十万元,余下十万元用于修路建桥已审批通过。第二个好消息,上级和香山市财政即将拨付新农村建设专项资金,新农村建设资金将主要用于改善民生建设,将来各家各户都能受益。我们这次修路不动用这笔资金。我建议,按'三三制'原则,解决桃北四条路的路基资金缺口,即村委会(含自然村)、香山单位和镇政府各负责三分之一。至于修路到户的问题,我准备去化缘几十上百吨水泥给桃北村民,希望帮扶单位也能帮助他们解决部分材料费。"

甘总激动地说:"镇政府下辖十多个村居,张书记这么支持乡村建设,我深受感动。我个人支持十吨水泥给桃北村民,希望香山单位出大招补齐桃北村路基建设资金缺口。"

大家鼓掌。陈建威正考虑如何表态,段杰说:"张书记说得对,甘总好样的。我不像甘总是老板,但同样有爱心,我个人捐赠五十包水泥。"

"我五十包。"马世燊说。

陈建威举手说同样。

大家再次鼓掌。麦志贤露出微笑。

陈建威说:"谢谢张书记,我们工作队等一会向单位领导汇报,争取按会议形成的意见推进项目。"

张浩对麦志贤说:"你有没有意见?"

麦志贤惭愧地说:"我只考虑到村小组,不知道总体上这么大的难度。感谢领导们的帮助。"

金敬德说:"没意见回去,别在这里搞乱工作。"

麦志贤离开会场。

张浩起身说："我去处理点事，你们具体商议。请驻村队等会留下。"

与会者填好黎娟拿过来的桃北道路改造捐资捐物登记表，陆续离场。

会议室剩下驻村队三人、颜政东和金敬德。

十多分钟后，张浩再次来到会议室。

陈建威内心佩服"大师兄"的魄力和口才，他站起来说："张书记，我们工作队向单位领导汇报了，领导们同意'三三制'。今天你亲自出马帮助桃北村渡过难关，谢谢你了。"

张浩说："谢谢陈书记，是你帮助桃北村全村修路。十多万的困难，大家齐心协力能解决。刚才收到内部通知，省领导近期来桃河调研，到了桃河，可能去桃北。"

马世燊说："省领导一来，桃北闻名全省。"

陈建威说："哪位省领导来？人怕出名猪怕壮，以后的工作压力大了。"

颜政东说："张书记关心你啊。省领导到桃北，对扶贫工作是好事。"

张浩笑道："哪位省领导我不知道，我也有压力。桃北帮扶项目怎么样了？"

陈建威说："联富'鸭稻田'的桃花米水稻生长正常。田心基地节瓜、茄瓜和丝瓜分运去香山多次，销售两万多元。农产品挂上了赤丰电商平台，县扶贫办的宾璐帮我们直播推销，每月有订单。桃花灯饰的吴总准备在桃河产业基地开家灯饰销售门面，他租了霞光村一楼物业的房间，正在装修。另外，去年以来危房改造全部完成，并发放了补贴和奖励金。旧村委已经拆除，桃北文化中心（含广场改造）完成立项。中心后移十五米，古榕广场准备扩建为村文化广场。将建乡村舞台，不定期上演白字戏。"

张浩笑道："赤丰的白字戏、正字戏、西秦戏，都属国家级非物质文化遗产。老爷无死，有戏好睇。实干出成绩，桃北有希望。"

颜政东忽然问："赤丰空缺两个常委位置，省领导来桃河，是为了提前考察张书记吧。"

大家充满好奇和期待地望着张浩。

张浩说："不敢奢望领导关照。不要误传，大家做好本职工作。"

陈建威说："感谢张书记的关照和帮助。我队争取高质量完成年度目标。"

第六章 大爱无疆

24. 台风

台风预警铺天盖地,"天兔"在太平洋生成,往东州沿海方向迅猛推移。

周日晚,马世燊打陈建威电话:"台风将在东州登陆,本周去驻村吧?"

陈建威说要去,明早七点半出发。

陈建威内心的飓风比"天兔"来得早。冯宝妮连续两周出差,半个月没见人,极少和他联系。不知她遇到了什么工作困难,她说去华东开办分公司,又说去香港学习,并参与香港公司的筹办。她的闺密奉春媛告诉他,阿妮帮集团开辟海外市场,出差两三个月。

赶赴赤丰之前,在巅峰时代公寓2723房,陈建威想起那晚和冯宝妮对饮的情景,判断两人感情出现危机,瞬间产生了人去房空的幻觉。

天空飘浮青紫色的云,横风来袭,前方的车颤颤巍巍,高速路似乎成为众多车辆慌张逃离的是非之途。陈建威抓紧方向盘,台风后天下午才到呢。

"本周有什么工作,尽快做完返回!"马世燊担心地建议。

"我们是扶贫干部,刮台风过去只能抗击台风。"段杰说。

"是,置生死于度外抗击台风。"陈建威说着,转换话题,"吴总在桃河的灯饰样品店昨天开业,他请我们今天中午吃饭,我买了块匾表示祝贺。"

段杰不像开玩笑:"多少钱?AA制吧?"

陈建威说:"不用了,不贵。"

马世燊说:"谢谢陈队。他专心做一个行业,是对的。"

段杰说:"把灯饰产业推广到落后的山区,吴总敢于挑战。"

中午赶到桃河产业基地,红色爆仗灰从大门口延伸到院子里,厂房楼顶新安装"桃花灯饰"广告牌。与冷库相邻的灯饰样品店挂"桃花灯饰体验店"招牌。门口对联:雄心创业吉星永照千般就;壮志兴村贵人常助万事成。横批:宏图大展。对联写到"贵人",陈建威又想起神奇的黑脸琵鹭。他常跑步到月牙湖,再没遇见过它。如果它的出现真预示贵人莅临,那它的没再露面,是否说明贵人已经现身?

吴总短衬衫配西裤,满面春风,与往日的不修边幅判若两人。彭维群、金敬德和侯师傅在店里。陈建威送上"客似云来"十字绣牌匾。大家在店门口合影留念。

灯饰店天花板布满款式新奇的平板灯、吸顶灯和吊灯等灯具,墙上挂满造型各异的壁灯和插座、插板等配件,地脚线附近铺设地灯和地面插座。玻璃柜台中陈列五金配件,背景壁柜摆满台灯和装饰灯等。

陈建威笑道:"灯饰一站式采购实体店,手续齐全?"

吴总说:"营业执照升级,一照多址。"

大家祝福恭喜发财。

吴总感激地说:"厂房是租桃北村的,档口是租霞光村的。公司董事会对这边的环境表示满意。正如对联所写,你们是公司的贵人。我找对了地方,找对了人。"

彭维群笑道:"吴老板客气。昨天请张书记和桃北、霞光村干部吃饭,今天请驻村领导和工人吃饭,叫我们作陪。"

"还请工人吃饭?好老板!"马世燊赞道。

金敬德笑道:"工人们从自家拿来鸡、鸭、鱼,吴老板埋单。"

侯师傅说:"今天中午吃饭的工人加上暑假工超过二十人,二号别墅一楼摆两围台。我们上二楼开饭。"

众人走到别墅门口,吴总掏出一大叠红包,塞给陈建威说:"感谢帮扶单位,这些请你帮忙发给工人们。"陈建威推让:"这是你的心意,你发给他们。"吴总真诚地说:"是你为我和桃河架起了一座金桥,请你转达公司的感谢之情。"大家建议陈建威发。陈建威说:"吴总发,我敬杯酒。"

一楼饭厅和客厅两围台摆着丰盛的菜肴,空调让房间里凉爽。工人们正在吃饭,金胜庭的老婆、金敬庭夫妇、彭灿雄夫妇、李谷花、黄千婵、莫雪兰、岑顾在列,还有金跃武、何秀莲、何鸿丽几个打暑假工的学生。热烈的掌声中,走完发红包、敬酒程序。

上到二楼，吴总给驻村队三人发红包，红包比刚才的大。三人不接。

吴总说："想跟三位尊贵的香山领导讨个吉利，还请收下。"陈建威婉拒。彭维群说："收下吧。大家都有，当地风俗。我们祝吴老板生意兴隆，财源广进。"三人只好收下红包。陈建威说："大吉大利，富贵荣华。"

饭后回到桃北村的宿舍。段杰说："大红包五十元钱。"马世燊问："老规矩，给贫困户？"陈建威说："买点东西送给麦老太、颜仕卿如何？好久不见麦老太，根据新政策，可能帮她申请低保，她又说不要了。将来我们撤回去了，她怎么办呢？颜仕卿家把示范基地撑起来，鼓励一下。"

下午两点多，陈、马、段三人到村委。

三伏天的阳光穿过云层，照射到东部山丘像要着火，陈建威口干气闷。

彭维群、金敬德的脸色流露惊恐，全然没有中午的欣喜。梁子文在专注地维修扩音器。

金敬德说："强台风明天下午正面袭击东州，可能带来严重灾害，上面要求严阵以待。镇领导等会儿到村。"

陈建威略带不安地说："驻村队中午收到驻县组通知，要求全方面布防，保证村民生命财产安全。段总在党员群、'桃北人家'脱贫攻坚群转了通知。台风暴雨不会摧垮没来得及铺设路面的路基吧？"

金敬德说："麦庆元在田牛二路施工现场监工，园峰路在维护路基。"

段杰点开手机上的台风实时路线图念道："今年第13号超强台风'天兔'，16日19时进入南海东北部海面，21时减弱为强台风，17日16时中心将移至东南沿海以东300公里海面，中心附近最大风力15级。减弱还15级登陆。我把这个发'桃北人家'。"

"十多年前有场17级台风在东州登陆。台风来之前，广播不停，市、县领导下村指导防御。结果仍有人员伤亡，有的村民说根本不知道要刮台风。这次台风又是冲我们而来，我们务必做好防御。"彭维群沉重地说。

桃河镇政府的颜政东、农办李主任和计生办姚专员到村委。颜政东严肃地说："张书记要求全力抗击台风。如果出现伤亡事故，天灾还是人祸讲不清楚。今天明天后天，大战三天。今天把村小组长调动起来，把传单告示张贴出去，安全措施通知到各家各户。备好食物、手电筒和蜡烛等日常用品。下午动员住房安全隐患家庭明天务必转移。台风登陆前后，全体出动，全村巡查。"

李主任从车上搬下两箱物资说:"明确安置人数,镇政府配送席子、被单、热水瓶、纸巾和不锈钢碗等生活用品。蜡烛优先老人家、困难户。"

姚专员说:"现在暑假,注意告诫孩子们待在安全地方,不要到处走动。"

大家紧张、专注地听镇干部的安排。颜政东补充:"需要解决安置人员生活问题,包括吃饭和如厕。"

金敬德说:"吃饭由正大餐厅提供快餐。"

陈建威说:"安置在桃北小学,离正大餐厅不远;学校公厕刚落成,正好用上。"

大家分成四组到各自然村宣传。陈建威、颜政东与梁子文同组,驱车前往新园、奇峰片。

在路上,陈建威说:"我省近年台风频发,多数在潮港茂西登陆。这次东州登陆,我们未雨绸缪,不会出事吧。"

颜政东长叹:"刚才彭支书说到多年前那场台风损失惨重。现严厉执行问责制度,谁敢掉以轻心!"

车子"沙沙沙"经过新园村修筑的石粉路基,停到村居前旧得发黑的晒谷坪。

山峦之上的天空灰云凝滞,风雨欲来。

梁子文用扩音器喊话,通知村民集中,三三两两的小孩子凑过来。

村小组长们赶到,颜政东从梁子文手里抢过扩音器,部署防御工作。

陈建威把糨糊和"告示"交给小孩子,让他们在晒谷坪四周张贴。孩子们开心地接受任务,直接用小手涂抹糨糊,把第一张宣传单张贴到屋墙的公示处。

颜政东拿着扩音器,带梁、陈二人往村里走,边走边大声喊话。他喊出几声咳嗽,跟随的孩子们肆意地嬉笑。

村民们行动迅速,男子扛挖耙、锄头,去疏通排水沟和护理路基,妇女们收拾门前屋后杂物,用竹竿长棍捆绑柴刀削砍树枝。

陈建威说:"喊出效果了。"

梁子文不无炫耀地说:"我这片的村民绝对支持镇、村工作。别的村修路上蹿下跳,他们团结齐心。"

在奇峰村,三人照样忙碌。天空阴沉下来,风携带雨点笼罩村庄。梁子文从村民家中借两把伞给颜、陈二人,自己找顶草帽戴上,一起去走访转移户。

梁峰的家靠山,住房安全隐患严重。三人赶到梁峰家时正停电,屋里阴暗。点上派发的蜡烛,梁峰的儿女坐到餐桌边,梁母准备生火做饭。

冷雨飘打到屋内。梁子文告知梁峰父亲如何防御台风。梁伯说:"知道了,峰快到家了。"梁子文打通梁峰电话，没人接。摩托车声响起，黄昏的风雨中，梁峰骑摩托车载着老婆回到家。他没戴雨具全身湿透，他老婆穿的雨衣水光流淌。

梁子文说明来意，梁峰的老婆一边邀请大家吃晚饭，一边走进卧房去换衣服。梁峰说他家房子是框架结构，后山上修了排水沟，不用转移。颜政东郑重告诫，梁子文直接开骂。梁峰点头答应明天吃完中午饭全家去祠堂待着。颜政东说："可以去村委，包吃，我们安排接送。"梁子文恶狠狠地说："要是不去村委，明天中午十二点半前到祠堂，我叫人点名。"梁峰答应。

回到村委，天已全黑。所幸来电了，大家汇总情况，商定明早八点在村委集中。

陈、马、段三人回到田心村的宿舍。

段杰说："七点四十，过了《新闻联播》，真有点饿。"

马世燊赞道："咱们保护村民生命财产安全的事迹，也能上《新闻联播》。"

陈建威说："别矫情了。弄点东西吃。"

陈建威做好早餐。阴云重飞，骤雨欲坠。

段杰建议："今天下午台风登陆，说不定停电停水，要不今天回香山。"

马世燊说："我们做了防御工作，抗台风不是指标任务，能回就上午回。"

陈建威劝道："张书记说大战三天。颜政东昨晚在镇政府值班，七点多到了村委。驻县组通知坚守岗位，我们能临阵脱逃？尽快去村。大家同仇敌忾，抗击'天兔'。"

桃北村委。颜政东安排工作："经过昨天到户核查动员，桃北村转移村民十六户。七户去邻居和亲戚家，剩下五保户三人，其他农户六户十七人转移到小学，加上霞光村村民和外来人员十五人，共计三十五人安置到桃北小学。"

金敬德说："霞光村种植合作社老板是浙江的，他拿出三千元负责转移人员的餐饮，派人派车协助转移。捐赠款交给了姚专员，她和妇女主任负责后勤。"

颜政东说："我再说说分工。我和陈书记总统筹，彭支书主内，金主任主外，村干部分片负责。交通方面四个轮子的汽车两部、两个轮子的摩托车四辆，用来转移安置和台风登陆前后的全村巡查。"

金敬德说："上午安置转移人员，安排好他们的中午饭。大家再次核对转移农户名单有无错漏。"

名单上大部分人是贫困户，非贫困户有黄贵来、梁峰等三户。陈建威正想找黄贵来讲明两万元的事，便说："文福鑫不会再来驻村，他承诺的两万元打了水漂。我单位党委发动党员捐款一万五千多元，帮助黄贵来解决修路资金问题。我去桃花村那边落实转移，顺便把这件事跟黄贵来说清楚。其他农户门前路按之前议定解决。"

金敬德说："我陪你去。"

陈建威、金敬德穿上雨衣，开摩托车去黄贵来家。一个多月前，黄贵来得到文福鑫两万元的承诺，满身散发汗臭味地把杀好的鸡、两板鸡蛋和一袋稻谷送到村委。文福鑫高兴地说："鸡蛋土生的？我小孙子喜欢，每天吃两个蛋。"

崭新的双桃路宽阔白亮，坚实平整。陈建威赞道："走这么好的路，爽。"

金敬德说："交通局立项，普通村道两倍的造价。"陈建威说："路有所值。"金敬德说："去年修的田牛路也不错，性价比高。"

从桃花路转上黄贵来家的路，全部铺了混凝土，宽两米左右。

摩托车停在黄贵来家门前湿漉漉的水泥地坪。两人在堂屋落座，黄贵来媳妇泡茶，姐弟两小孩跑去左边的卧室。黄贵来木然地从右边卧室走出，没有笑容。

屋外雨云翻滚，雷电交加。屋内的电水壶发出烧水声。黄贵来家的红砖屋内外墙裸露，陈建威拍打粗陋单薄的墙身问："怎么只砌一层砖？"

黄贵来阴郁地说："框架结构，单砖墙，省下了三分之一的砖。"

陈建威疑虑道："我们支持贫困户建房都做框架，十八墙。非承重墙可砌单砖，也要两个砖头一组横竖相间，层层错开。不像你家这么简单。"

黄贵来媳妇泡好茶说："有你们帮扶，肯定建得结实。我能省就省点。"

金敬德说："你家中午之前转移去小学，包午餐、晚餐和明天的早餐，不用带席子被单。"

黄贵来不吭声。他老婆说："去他兄弟家，四个都去，借个床窝一晚。"

陈建威拿出转移人员表格说："哪个兄弟？打电话确认，签名。"

黄贵来说黄贵新。金敬德打完黄贵新电话说："你哥说只有一张床，让你俩去，把小孩送去小学。"

黄贵来同意。

陈建威说："你负责的二队的路修得不错。全部费用多少？"

黄贵来叹道："共花去三万多，筹款时，别家八百一千，我出了三千。除去桃河镇捐赠的水泥，差一万多块。全要我家出，我家没办法。"

黄贵来媳妇数落："队里人说，这条路对我家用处最大，上面的人家不也走这条路？我家两年前建好房子，没钱搞装修，因为这幢房子，贫困户没评上。镇里给的三十包水泥不值钱。没有文领导的好心，这路修不起来。路修起来了，欠了修路钱。"

金敬德说："是六十包，镇政府和驻村队各给三十包。"

黄贵来夫妇叹气。

陈建威说："你们两口子带动把这段路修起来，为队里办了件好事。我转达单位党员的心愿，一万五千多元的捐款给你家支付道路工程费，条件是把你家的六十包水泥折算给黄银初。如果你们没意见，台风过后就办手续。"

金敬德说："这样可行，村民不会有意见。"

黄贵来仍无笑意。黄贵来媳妇高兴地说："你们帮了我家的大忙。"

陈建威说："我们来帮扶，你们不要多想，更不能想歪。"说着，他盯着黄贵来看了两秒。

黄贵来躲避陈建威的眼神。黄贵来在知道文福鑫承诺的两万元可能泡汤后，打过两次陈建威电话，第一次说给回陈建威五千元，陈建威当即拒绝，并耐心地解释政策。第二次说返回八千元，口气无奈。陈建威骂他手段下作，侮辱别人也侮辱自己，警告他如果认识不到错误，肯定一分钱拿不到。

陈建威叹道："灯饰厂招满了贫困户家庭成员，如果你们愿意，我推荐贵来嫂子去新开张的灯饰店上班。希望你们今年把房子装修好。"

黄贵来媳妇说："我以前在商场做过，可以看店。你们给了修路钱，不好再麻烦你们。"

金敬德说："你高中文化，招工有优势。"

黄贵来夫妇眼神放光。

两人离开时，黄贵来答应等会用摩托车送小孩去桃北小学，黄贵来媳妇说饭后去他哥家。陈建威说："我们走访完桃花村的另两户，过来顺便把你家的两个小孩带去小学，不用你们跑一趟。"黄贵来夫妇高兴地道谢。

去桃花一队的路上，金敬德说："这件事让村民明白不是随便可以资助的，他们更加勤快和积极了。有你们的帮助，我相信桃北村民有更大的进步。"

陈建威说："之前我听到一些贬低你的话，那是谣言。你姐请联富村老人吃饭以前就有，是敬老爱老的表现，不能说是为了你当主任。两万元的事，文福鑫有没有坏心思，我们不去揣测。大家认为你没有私心。我们做事，天知、地知、村民知。金主任，村民选你做主任没错，希望你公平公正地履行好职责。"

金敬德说:"群众眼睛雪亮的,我没陈书记做得好。"

中午,天空黑沉,大雨瓢泼。

桃北村委,镇委书记张浩穿雨衣水鞋,指导抗击台风工作。彭维群通报转移安置情况。张浩强调保护群众生命财产安全的重要性,带队到小学看望临时安置人员。村民、公司员工及他们的家人,有序地坐在地面的席子上,平静,稳定,各得其所。五保老人在吃饭,妇女们照看小孩,男子玩牌、看手机或躺着休息。这里的氛围与外面截然不同,张浩亲切地与他们交谈,鼓励他们放下包袱,耐心等待台风过去。

张浩离开桃北村时说:"群众安全保障了,大家巡查时务必保障自己的安全。"

下午风吼雨骤,停电。大家待在村委,共同抵御台风带来的恐惧。陈建威说:"风雨太大,不知道有没有突发情况。我们去巡一圈。"

大家快速穿上雨衣,"全副武装"后,分成五个组分片察看。驻村队三人和彭维群、梁子文去最远的园峰片。

墨云叠嶂,天昏地暗,飓风呼啸,大雨横扫,天地间的一切成为暴风雨的主宰。陈建威开着车,打着"双闪"缓慢前行。彭维群坐副驾位指挥,当风雨从右方向袭来时,他指挥陈建威靠左行驶,风雨从左边打过来,他又让陈建威靠右行驶;山边靠外走,过桥先看清。

陈建威担心道:"基地的农作物不知道会损坏到什么程度。"梁子文说:"大家尽力了,只能走一步看一步。"彭维群说:"采取了保护措施,等台风过后抢救。"

奇峰村处在风雨飘摇之中,满眼是吹断的树枝、吹乱的物件。梁子文说:"我家有老母和病人,我不放心。"

大家先把梁子文送回家,检查了几户转移家庭,没异常情况,便从奇峰村返回。出村口不远的路上,前方倒下棵树,横挡住马路,车辆无法通行。陈建威说:"我下车看一下,你们不要下车。"

杂木树,碗口粗,陈建威推不动它。段杰过来帮忙,雨水打湿了两人,仍推不动。彭维群过来帮手,陈建威改用肩膀扛,但树只是晃几晃。树根连在山土中,看样子加上马世燊,也无法撼动它。三人撤回,马世燊已坐到驾驶位。彭维群说:"倒车,到村民家中借柴刀,把树砍断。"

陈建威感到水顺着皮肤在身上流,便说:"雨太大,彭支书你等会儿不要下车。"

马世燊在四米五宽的奇峰村路基上,把车倒开到村居前。陈建威跑到村民梁伯家，借到一把斧头和一把伞。

车开到树倒的地方，四人同时下了车，彭维群说："我来砍。"陈建威举着伞，段杰双手扶树。彭维群举起斧头，砍了十多下，陈建威和段杰把树推断，把树尾拉直拖到一边。

回到村委，天黑了。段杰开心地说，台风过去了。大家搜索即时新闻。台风过了赤丰，以每小时二十五公里的速度往西北而去。

宿舍来电了。陈建威把疲惫的身子放上床，两天来的一幕幕在白色的帐顶浮现：镇、村干部的尽职尽责、村民们的囧相和小孩们的天真地参与……没冯宝妮的信息，陈建威又打她电话，依然停机。奉春媛留言说阿妮在宁波，办完公事，在普陀山玩过之后才回香山。

冯宝妮曾跟陈建威说过，想去看看东海和南海有什么不同。他问过她观世音菩萨从哪里来，东海，还是南海？她说普陀山。在普陀山，她站在绵延的海边，海风吹动她紫色的裙裾飘扬，她身后跑来一位穿短衫短裤的帅哥。她回头和帅哥相视而笑，两人又转过头朝陈建威笑。阿妮和帅哥又在观世音菩萨的大手掌前朝拜，海涛滚滚，席卷而来，宾璐出现在阿妮身旁，怒目圆睁。飓风来了，蔚蓝的海掀起滔天巨浪，观音不见了，宾璐不见了，阿妮和帅哥不见了，陈建威喊着去追赶。听到自己喊"阿妮"，他惊醒了。

蚊声嗡嗡，陈建威感到双脚和额头被蚊虫叮得发痒。外面一片寂静。他打开手机，凌晨四点多，手机微信有上千条留言。颜政东说，昨夜回到县城，赤江一段临街铺头进水，抢救了一夜。

陈建威翻看手机浏览东州新闻，"天兔"登陆已详见报道。"大敌"当前，东州市委书记在总指挥部坐镇办公。他穿白色衬衫，面容憔悴，眼神专注坚毅，镇定地指挥大局。东州市长在海边的居民安置区劝导渔民注意避险，不要急着外出，要等到可靠的通知再离开。夜晚微弱的灯光中，市委书记到了海边看望救灾人员，市长又在东州街坊访问灾情。市领导整天忙碌，整晚没睡，又雷厉风行地部署救灾复产。陈建威顿生敬意，幸好工作队参与桃北村防控，没有借口逃离，尽职尽责尽力地参与了抗击台风。

没有冯宝妮信息。陈建威开灯，又停电了。周遭静得可怕，梦里的情景，像是某时某地真实发生过，显得遥远又切近。

他不知道这时桃北村发生了震惊全县的意外事件，这件事将让他陷入深切的悲哀。

25. 真相

"呜、呜、呜",紧急的救护车声。陈建威从床上惊起,隐约听到救护车声减弱消失。凌晨五点四十九分,他推开窗,庞杂的水汽扑来,田心村的稻田变成块块小水塘,禾苗漂在水面上。

桃北村不会出了什么事吧?陈建威打彭维群电话。

彭维群声音悲凉:"转移人员回去了。村委在统计受灾情况。你们过村委吃早餐。"

东方天宇澄蓝,村居狼藉不堪。陈建威叫马、段二人起床,问有没有听到120车声。两人说没有。

陈建威穿球服,趿拖鞋,对马、段二人喊:"我探路,骑自行车去村委,你俩等会儿开车过去。"

经田牛路到桃河公路,路面被洗涤得见底,散乱着断枝残叶,几棵惨烈折断的树木移到了路边。陈建威蹬车赶到村委。彭维群的女式摩托停在水泥地坪,他在村委办打电话。他精神萎靡,脸色紫黑,双眼发红,像一夜没睡。

陈建威急切地问:"支书,灾情怎样?是不是出什么事了?"

"桃北村损坏住房十多间,你们帮忙改造的房屋没大碍。农作物不同程度受损。"彭维群说,神色比台风来临前还凝重,隐藏深沉的悲凉,好像大难临头。

"没人员伤亡吧?"陈建威担心地问。

"桃花村黄贵来家后山塌方,压到了他两口子,已送去县城医院抢救。"彭维群悲哀地说。

陈建威全身发麻,惊骇道:"不是转移了吗?怎会这样?凌晨的救护车就是救他俩的?"

彭维群叹道:"他俩昨晚睡自家,幸好你们把小孩子带到小学。在赤丰医院救治结果出来之前,镇里不让声张。金主任在现场。"

"我借你摩托车去桃花村。"陈建威焦急地说。

彭维群把摩托车打着火说:"路上小心。"

陈建威骑上摩托车经联富村,保洁员在清理狼藉的地面。上到新修的双桃公路,迎面驶来辆摩托,车上三人,两男中间夹个妇女,妇女浑身沾泥,表情痛苦凝固。

沿新修的水泥路到桃花村,在黄银初不久前挖坑阻挠施工的地方,村民聚集,金敬德在其中。陈建威慌乱停好摩托车,问黄贵来夫妇怎样了。

金敬德面色死灰地说:"在赤丰人民医院,还没抢救过来。"

陈建威神经兮兮地问:"刚才送出去的是黄贵来老婆?"

金敬德如丧考妣地说:"那是黄千婵嫂子,自己吓唬自己摔伤了。黄贵来两夫妇早就送去医院,没得救了。镇政府的人来过,让我们不要外传。"

陈建威的心如石沉大海,声音发抖:"他答应转移的。"幸亏昨天去他家动员转移时解决了修路遗留问题,否则他夫妇俩将遗恨终生!帮他家解决问题又如何呢?人已离世!陈建威悲伤地说:"我上去看看,你陪我?"

金敬德指着坐在摩托上的男子说:"我上过几次了。一队黄队长,搭陈书记上去。"

黄队长踩响摩托车,等陈建威坐稳,加大油门冲上去黄贵来家的路。

太阳光把路面晒得煞白,黄队长侧过突起的颧骨说:"我们正副村组长五点钟集中巡逻,等不到黄贵来,电话打不通。打他哥黄贵新电话,才知道他夫妇俩睡自家。我开车来到他家。天蒙蒙亮,屋里渗出的黄泥水流到了地坪。拍门没人应,跑到屋旁边看,老天!后山塌了,压倒了后墙。我想完了,开车去找他哥黄贵新。他哥慌了,打了120,叫了几个同宗兄弟。我们从厨房进去,穿过几间屋子,到达他夫妇俩卧室。扒了半个钟头,才把他俩弄出来,抬上镇卫生院的车,送县医院去了。"

黄贵来的家朝西南,正面门窗紧闭。水泥地坪上沾满黄泥水留下的车痕和脚印。

陈建威跟着黄队长从土砖厨房入内。厨房的瓦屋顶被台风吹走了小半,阳光从蓝天斜照到墙。杂屋后墙连同半个水泥屋顶被黄土冲垮,屋里的黄土在阳光下鲜艳成红色。杂屋和卧室相连。进入第一间卧室,黄土推倒后墙堆到房中,床、书柜、椅子胡乱陈设。能看到的完整家具是靠窗的书桌。黄队长说:"小孩房。两个孩子在小学,不知家里出事。"

堂屋的黄泥斜倾而入,堆满半间屋子,与屋顶封出一线亮光。陈建威打开手机电筒,昨天见过的电视机、风扇、凳子摔到了门边。旧木沙发被黄土掩了一大半。地上积水。黄队长穿凉鞋,他看一下陈建威的拖鞋说:"把鞋子脱掉。"陈建威提起拖鞋,一股冷气从脚底逆袭,前面灰暗阴森。昨天黄贵来夫妇在堂屋的情景重现,陈建威抓住黄队长手臂说:"我走前方,好照路。"黄队长露出狰狞的笑:

"他俩是我扒出来的。全身冰凉，身体硬了。"

坍塌的山土冲倒后墙直灌入卧室内，留下一米多高的缺口。弧形的黄土堆挖出了一米多深的槽。"没来得及找工具，我用手扒，双手挖出他俩，沿走过来的路抬出去。"黄队长说着，做出手扒状。他的手指残留着黄泥，似乎刚才挖出了这条坑道。

退到屋外，陈建威的心"咚、咚、咚"直跳。

阳光如血。离厨房不远的厕所、猪栏和鸡舍，完好如初。猪在嗷嗷，鸡在咯咯。屋后的山体从山腰坍塌，裂出半包围圈的黄土断层，横拉好几十米长。

黄队长说："他原想建两层，打了木桩，结构比较牢实，要不然全塌掉。"

两人在屋前水龙头边洗鞋子，一个熟悉的身影走来。是黄银初，他丢魂似的耷拉着脑袋，手里拿着纸钱和香火。

黄队长厌恶地问："你来干什么！良心发现？"

黄银初愧疚地说："我不该诅咒他，我不是人。"

陈建威叹道："天灾不能怪你。"

黄银初抹把脸说："我马上烧纸钱给他，他修路欠了账，死不瞑目。"

黄队长讽刺："假慈悲，陈书记帮他解决了。"

陈建威鼻子发酸，悲悯地说："他欠的资金我们帮他还。昨天他答应给你六十包水泥的折算款。"

黄银初抽泣起来。陈建威想安慰他，手机响起。金敬德打来的："快下来，镇政府通知我和你去开会。"

陈建威坐上黄队长的摩托车回望，新修的水泥路、端正的红砖屋，树木青翠欲滴，多么美丽、安宁的山村人家。"天兔"残忍地践踏一脚，让美丽解体，安宁失衡。

陈建威和金敬德赶到镇政府会议室，镇长郭定韬和各村居的村干部、部门负责人及部分驻村干部在场。

颜政东说："王斌联系不上。"

赤林村支书、主任周林军说："他来不来没两样，横门镇没几个钱。"

郭定韬说："赤林村驻村队长王斌，工作认真负责。"

"计划一大堆，就搞了种植。"周林军说，"横门镇帮三个村，都做些鸡零狗碎的事。去年在沙坪镇安东村只做了八万元的项目，搞得挂村镇领导调去别的村，村支书今年没连任。他们帮扶单位带来的好事。"

与会者嘲笑几句，议论开来：

"省、市有配套资金，香山有财政和自筹，还没钱？"

"香山单位帮扶好总比本地单位，不要得了黄婆又卖瓜。"

"不是给你们买了挖机？"

陈建威发信息问王斌参不参会。王斌答："赤林村受灾严重，领导没答应支灾。"

周林军说："挖机赚的十多万二次分配给三个村的贫困户了。派几台车、七八个人过来做什么！"

颜政东让大家肃静，会议开始。郭定韬亲自主持会议，让大家轮流报告水利、农业和住房，以及道路、电力、通信等方面的受灾情况。

金敬德庆幸地说："桃北修建了排水渠、引水渠等设施，使得排水通畅，水土流失不大。桃北住房损坏十多间，这两年改造的房子没一间破损。"

周林军挖苦道："桃北不埋了人？全镇就桃北死了人，还两个。"

金敬德镇定地说："昨天我们动员他转移了。台风过后，他侥幸回家睡觉才出的事！医院在尽力抢救。"

陈建威难过，正想检讨，郭定韬说："县医院受台风影响，造成抢救困难。桃北伤者没度过危险期。赤岗镇也死了人，水电站全毁。我们不要怨天尤人，关键有没有尽职尽责。这件事不要随时随地乱说。"

颜政东说："死者为大。作为党员干部，不要妄议。"

郭定韬通报全镇受灾情况："昨晚电视台报道台风五十年不遇，今早报纸登百年不遇。全市、全县受灾严重。据不完全统计，全镇损失超过两千万元。当前大家把所有的精力放到抢修'四通'，救灾复产。重在修复好农业设施，安顿受灾村民，恢复生产，补贴生产资料……"

陈建威的电话响起，单位办公室主任周伟打来的："开会？刚才桃河镇党委书记张浩打杨局长电话，说桃河受灾损失三千万。领导组决定给予镇政府十万元、村委五万元救灾资金。"陈建威说不用单位出资吧，帮扶资金可以用。周伟放低声音："桃北有村民受伤没抢救过来，暂未上报。幸好不是贫困户。杨局长去中海新区已公示，这是他在市场局处理的最后一件扶贫工作。你在会上说我们联合帮扶单位支持救灾资金二十万，另五万元我想办法。"

会议结束前，郭定韬提议各与会人员报告救灾资金计划数，大家面面相觑。颜政东说王斌发信息说横门镇领导答应给帮扶的三个村每个村十万元，桃河的赤林村能拿到十万。郭定韬定眼看陈建威。陈建威认真地说："我帮扶单位领导组决定帮助镇、村二十万元救灾复产。我尽快跟进手续。"

大家鼓掌，踊跃报告救灾资金计划数目，会上统计救灾资金预计投入两百多万元。

桃北村灾后重建有序推进。

香山市场局周伟和商务局李宏代表联合帮扶单位领导前来桃河慰问受灾群众，向雪和钱小满随行。

陈建威做了两个广告支票，面额分别为十万元和五万元，另做了一个慰问信封，贴着五万元的慰问金额。在桃北村委，周伟、李宏和张浩三人托着十万元广告支票合影，三人又和金敬德持五万元广告支票合影。

周伟一行驱车来到滚滚黄尘的黄贵来家门口。黄贵来家正面门窗照样紧闭，房屋侧后方一台挖机在作业，黄泥成堆的地面停着运载黄土的货车。

张浩说："你们十五万元专项救灾款中的五万块用在这，清理坍方山土，夯实山体，维修受损房屋。"

周伟感慨："张书记，桃河灾后重建力度大，多亏你掌舵把向。"

张浩郑重道："感谢周主任、李主任给予的大力帮助。灾难面前，靠大家凝心聚力，共渡难关。"

李宏谦逊道："主要靠你们地方父母官！市场局捐资十万元，我商务局和香山银行共捐资五万元，我们只能尽微薄之力。"

黄贵新、黄银初分别用摩托车载着黄贵来九岁的儿子、十一岁的女儿来到地坪。黄氏弟兄满脸悲凉沧桑，两小孩的悲伤凝结在幼稚的脸上。

金敬德说："儿子由他亲叔黄贵新照顾，姐姐由堂叔黄银初照顾，小孩子和亲戚们都同意。镇政府修好房子后，住不住回家，由姐弟俩商量决定。"

陈建威把慰问信封递给周伟，向雪示意钱小满拍照。周伟把信封交给向雪说："你提拔为单位机关党委专职副书记已公示，你代表机关党委慰问失去双亲的困境家庭。"又对张浩说，"市场局党委发动党员捐助两万，支持他家处理生前身后事。香山市'个私'协会设立三万元爱心基金，结对帮扶姐弟俩健康成长。"

向雪向黄家姐弟俩转赠慰问金，又扶住姐弟俩的肩膀，叫大家一起合影。

省领导视察桃河之前，张浩不遗余力地大手笔整治桃河。他牵头抓总，大刀阔斧地改造原富民厂的桃河产业基地，旨在打造互惠互利、共治共享的农村合作经营场所。原宿舍长楼变成合作大楼，改装门窗，重划功能。一楼桃北冷库、桃花灯饰门店不变，继续开办桃河电子商务超市，启用桃北、桃南、霞光和东阜等行政村的经联社和合作社办公地点。二楼设立桃河镇农民讲习所、党群活动室，开设赤林姜黄、小雅杨梅等专业合作社办公地点。两幢别墅的镇投资中心和灯饰产业办公区正式挂牌。基地大门改装成不锈钢电动门，院子里重种花木，清洗建筑物外墙。张浩抓这些事情效率奇高，没向帮扶单位要一分钱。

基地大门口悬挂"桃河镇产业发展合作基地"牌子。这块两米高、三十厘米宽的铝合金门牌光彩闪烁，与厂房楼顶的"桃花灯饰"霓虹广告，以叱咤风云的姿态衬托着全新厂区，彻底把原富民厂送入史册。

合作基地挂牌几经波折。取什么名，众说纷纭。张浩察看厂区时，陈建威说："大家提议的备选名有服务站、联络点、合作区、示范区、办公区，各有特点，建设基地目的在于引领大家携手同行，做大做强产业，打赢脱贫攻坚战。就叫'合作基地'如何？"张浩认同："我看重合作。帮扶单位与帮扶地、乡村与乡村、农民与农民之间，只有充分地合作，才有出路。大家同舟共济，才能脱贫致富，建设美好家园。听陈书记的，叫产业发展合作基地。"

在叫好声中，陈建威觉得美中不足的是痛失桃河电子超市。连月来，不少驻村队加大消费扶贫力度，探索建设独立的线上平台。在宾璐帮助下，桃北的农产品电商平台呼之欲出，它将囊括桃河，乃至赤丰的特色农产品销售。桃南村也想建电商平台，孤注一掷地做了许多准备。桃河镇最多只能做好一家电子商城。为顾全大局，资源共享，陈建威说服宾璐，忍痛割爱，把前期的准备无偿地提供给了桃南村。

省委常委、组织部部长柳红英在赤丰视察两镇四村，第一站到桃北，视察党建和精准扶贫。

驻村队和村干部收拾由村委办演变而来的党群服务中心，村保洁员清扫新改造的道路，灯饰厂工人对合作基地大扫除。桃北村以整洁规范的新形象，等待省领导的莅临。

九月的阳光下，一辆高档的黄色中巴停在村委的混凝土地坪。

掌声齐响。

柳红英第一个下车。她左手挽小黑皮包，眼眉含笑，黑发微卷垂肩，灰色开领短衫，黑西裤，中跟黑皮鞋，浅色袜。她中等身材丰盈，服装自然流畅，除右手戴精巧的银色手表，没其他饰品。她像黑牡丹被众人簇拥着，端庄娴雅地走进村委，与服务中心前台人员交谈。

"你们在村委上班的吗？"她声音轻而清。

"是的，我们每天上班。"麦庆元比她矮，身板挺直得有点矫枉过正，红着脸，像小学生背书一样回答。

柳红英接连询向。被问者的从容与窘迫、答案的正确与否，没引起她表情变化，她保持亲切、自然的微笑。围绕着她的县、镇、村三级书记脸上洋溢着真善美的笑容。

柳红英转向陈建威问："你是村干部吗？"

张浩代替回答："他叫陈建威，香山帮扶单位派驻的第一书记兼扶贫队长。还有两名队员小马、小段。"

"哦，辛苦你们。"柳红英伸出手说。陈建威抑制紧张和兴奋，上半身前倾，握手。她的手洁净温软。她比媒介上的照片苍老，眼角鱼尾纹细长微翘，脸庞椭圆，五官漂亮，眼神真切慈善，像老师、大姐，抑或是长辈。

柳红英问什么，陈建威彬彬有礼地回答，力求言语准确，不做刻意发挥。她对他的回答充满兴趣，她的笑比刚才生动。柳红英提出合影。她站定，县委黄书记立马靠到柳红英左侧，段杰靠右，陈建威示意彭维群、马世燊赶紧站过去，自己和张浩站黄书记旁边。合影后，柳红英到驻村办驻足几秒，与各位握手后，从容上车。

到桃河镇产业发展合作基地，柳红英在电子商店查看网络订单，在灯饰门店询问款式和价格，在灯饰厂向工人学习插件。她详细了解基地的现状与对未来的设想。陈建威被公推为代言人，他研究生专业和扎实的备课派上用场，从管理到市场、从产业到经济、从现状到趋势，一一道来。柳红英表示满意，她站在桃北、桃南村合作社办公室门前，提出发挥示范特色产业引领作用，完善农村电商平台；要求注重民生兜底，对贫困群体帮扶到位、救助到位，弘扬良好的乡村文明，号召脱贫攻坚大获全胜。

柳红英视察当晚，陈建威收到许多祝贺，"扶友"、学友、亲人没有吝啬对他的肯定和点赞。作为驻村第一书记，不到两年的付出，得到省领导的肯定，这是无上荣幸的事。可是他高兴不起来，他的大本营，他生活的基地，曾经与他相知相伴的情侣没有与他分享，似乎永远不可能了。他的心中充斥对冯宝妮潮涌般的思念。

他多么希望听听她的温情话语，哪怕是稍纵即逝的只言片语，他多么想感受她的呼吸，哪怕只是短暂地拥她入怀。然而，她消失了，就在柳部长离村时，她在微信里正式提出分手之后拉黑。那个嗜好甜品的南国女孩，那个坐在津市宁坝棚户区的天外来客，那个白雪佳人，那个巅峰女人，不愿意再见他了。她或许早处于消失状态，所谓的上班忙碌，长期出差，只是表象。相恋是美丽的错误，他俩的距离，慢慢成为无法相互感知跳动的两颗心的距离。

昨晚失眠，被段杰拍门叫醒已是上午八点十分。

陆军发来好几条留言：

"你电话不通，《东州日报》和赤丰电视台记者到你村采访。"

"我陪记者吃早餐。"

"我们在路上，和颜政东联系好了，直接到村。"

陈、马、段三人到达村委时，记者已在村里转了好几个地方。

陆军介绍："《东州日报》美女记者杨阳，电视台记者李里。省委柳部长肯定桃河镇的产业帮扶，评价不是一般地高。杨阳连夜赶来，主要采访桃北村，他们看了种植基地、水利工程和公厕等设施。接下来采访养牛户、危房改造户和扶贫车间。"

彭维群建议："去麦老太家。麦老太种马铃薯、养牛，今年住上了驻村队帮忙新建的房屋。去年取消她家的低保，她有意见。现在可以帮她申请，她又不办了。"

陈建威、彭维群陪同陆军和两记者坐上县委安排的商务车，去桂洲村找麦老太。

在新桂路口，李里让车停下，他拍摄"功德亭"。大家跟着下车，在亭子内的"修路功德碑"上找到了驻村干部的姓名和捐款物资数量。陆军说："新桂路入口真宽，路修得大气，你们付出不少。"

陈建威说："亭子是桂洲村民捐资修建。此处增设公交车站，为了交通安全，入口处加宽了。"

桂洲桥宽阔平整，桥下没有垃圾了。车子轻快地抵达桂洲村的麦氏祠堂。

麦老太家大门紧闭，邻居说她上山放牛去了。

艳阳高照，大家踏上山路去寻找麦老太。

上到山坡，远远看到麦老太戴草帽，坐在路边的红色胶凳上。前方两头快长成大牛的健壮黄牛在吃草。

麦老太站起身,把草帽摘下,眼睛眯成线笑对来访者。她仍穿"老三样":碎花布衣和深蓝裤子颜色泛白,解放鞋多处穿洞。

陈建威责怪:"送了衣服鞋子给您,您怎么不穿!"

麦老太笑道:"谢谢啊。你女朋友买的,放牛不用穿那么好。"

陆军笑道:"女朋友?很支持你工作啊。"

大家哈哈笑,陈建威胸口倏地刺痛。

杨阳好奇地问麦老太:"两头牛都是你养的吗?"

麦老太晃动手中的大麻绳,笑道:"这头是邻居的,我帮他看。前方那头是我的。"

李里扛着摄像机,请杨阳伸出话筒到麦老太面前,问:"邻居怎么感谢你呢?"

"不要感谢。他们帮我建了牛栏,帮我种马铃薯,给我菜种子,给我菜吃。"麦老太絮叨。

杨阳问:"您还种菜?多大年纪了?"

"七十岁。不种菜,牛吃什么?"麦老太说。

"牛吃菜?不吃草?那么高级?"杨阳问。

麦老太说:"吃草,也吃菜。刚来我家,我每天煲番薯藤粥给它吃,像养个小孩。"

大家称赞,感觉学到了新知识,有了新体验。

李里又问:"陈书记还帮了你什么?"

麦老太笑道:"帮我建新屋,给种薯,给肥料,送我电饭煲、电磁炉、电视机。吃的用的都有。这两头牛明年可生崽啦。"

李里再问:"你想对陈书记说什么吗?"

"从不到我家吃饭。去年在我桃园的家吃饭,自己带菜,自己做饭。有你们的帮助,我有手有脚,能养活自己。不做低保户,不要为我费心了。"麦老太望着陈建威笑道。

陈建威的心麻酥酥的,想起她山上生活的一个个画面,那间窄旧的泥砖房墙上她老公的遗像,不觉眼眶湿润。

杨阳说照个相,报纸刊登用。陆军跑过去牵麦老太的牛。两头牛不像初到桃北时那样倔强,倒像个乖小伙。陆军、陈建威、麦老太三人加两头牛,牛在前,人在后,一起合影。杨阳说:"牛崽好健康,好漂亮。以后不吃牛肉了。"

去镇合作基地的路上,杨阳在车上追问陈建威关于他女友送麦老太衣服鞋子的事。陈建威叹道："陈年旧事，过去了。"陆军笑道："陈书记有强大的亲友团。"陈建威说："多谢陆组长的指导关心。"陈建威清楚，麦老太说的与事实有出入，她记错了。的确，冯宝妮反对陈建威给"微笑天使"和"梁家老大"买衣服，支持给麦老太买，但没买成。衣服最终是宾璐在赤丰帮忙买的打折的衣服，而鞋子由香山企业家捐赠。

在镇合作基地，两记者发现新大陆般，采访了不少内容。最后，李里请陈建威出镜。对拍摄背景，众口不一。侯师傅跑过来说："去灯饰店，我刚才装了盏漂亮的古典灯。"

大家跟着侯师傅去看个究竟。灯饰样品店内新悬一盏盛开的铜灯，灯泡如玫瑰花瓣，花蕊发出温馨的粉红色光。侯师傅说："昨天省领导过来没挂，今天记者来采访必须挂出。意大利款式，怎么样？"

李里问："你想怎么样？帮你打广告？"

侯师傅神秘地说："你们先猜猜它的名字，猜中有奖。"

心心相印、百年好合、玫瑰之王，大家说出几个名字。侯师傅摇头，卖弄道："你们认为这灯漂亮就行。采访完揭盅。"

李里请陈建威站在玫瑰灯侧，调好角度，开始问话。问题的回答，陈建威随口说来，出镜采访一次搞掂。陆军恭维陈建威："当领导的，出口成章。"

陈建威保守地微笑，表示感谢。

侯师傅舒展笑容说："灯名是'永不凋谢的玫瑰'。今天挂出来只为陈书记，我送给陈书记的，等会儿取下包装好。"

陈建威真诚地说："不要拆了。这么好的灯，留作样品。"

侯师傅说："我专门带过来送给你。你为工厂，为这间铺头，为帮扶工作，操太多的心，付出太多。我不是老板，送你盏灯，代表个人心意。你香山的新房子快要装修，这个灯送给你装在新房。哈哈。"

杨阳笑道："好浪漫温馨。"

陆军及时地说："挂在婚房。见证扶贫岁月，祝福'扶友'爱情。侯师傅好样的。"

陈建威苦笑着拒绝。

彭维群说："好马配好鞍。玫瑰灯送陈书记，非常好。"

陈建威心在流血，他强装笑脸，在祝福和笑声中，抱拳表示感谢。他找了个借口抽身走出灯饰店，他不能让人看到激烈的情绪变化和快要湿润的双眼。

送走采访队伍，陈建威回到宿舍办公室，疲惫不堪，而脑子在继续旋转。扶贫成效的显著提升和个人生活的突然变故，让他猝不及防。情感不听身体的使唤，曾经的紧张有序变得紊乱而混沌。

人是有尊严的，在纷繁人事面前，他扯住嘴角保持微笑，扯住总想游离的情思。

现在不需设防，他开了瓶啤酒，灌下一大杯。头晕面热心凉，冯宝妮美丽的、开心的、愤怒的、哀怨的面容在酒中荡漾。永恒的玫瑰，一盏美丽的圣灯，照亮着冯宝妮，照亮着他迷失的归依之处，在桃河，在赤丰，在东州，在香山，在津市，在静寂而遥远的某个繁华背后，或清静一隅。他摸一把脸，再喝下一杯。滚滚的麦芽味和着滔滔的泪流，掺糅着牵肠挂肚的思念，随着充沛的血液溢涌到全身的每个毛孔，如看不见的岩浆，在地心深处喷薄。

26. 我们的赤丰

舆论宣传把桃北扶贫树成标杆，而冯宝妮"失联"了。陈建威在热腾的生活中保持冷静，在冷静的克制中理智地思考。阳光温暖，鸟鸣清脆。跳出桃北看桃北的扶贫，放在赤丰算不错，放在东州可说道，而放在全省，乃至全国，能打多少分？何况破坏稳定的矛盾事件层出不穷。

中午饭后，金敬庭的老婆颜桂珍拄着钢拐，在金胜庭的老婆搀扶下，来到驻村办。不休息，不去灯饰厂加班，跑来村委定有缘由。陈建威走接访程序——"微笑迎接""请坐冲茶""询问记录"。

颜桂珍交上8月份的灯饰厂工资表复印件，工资数额让人大跌眼镜。陈建威找出7月份的工资表复印件，两相对照。从出勤、加班和计件等情况比较，8月份工资应该比7月份高很多，实际上却减少了。金胜庭的老婆7月做工加做饭领了两千六百元，表现是五颗星。这个月的记件数比上个月多出百分之十，才领一千五百多元。仔细查看，工人工资普遍降低了约三分之一。

工资是昨天发的，迟发了十多天。几天前陈建威让侯师傅给一份工资表，他没给，也没说明情况，他早就知道工资会降吗？

颜桂珍的腰似乎更弯了，她仰起头生气地说："每个人加紧干活，台风耽搁的天数都补齐了。大家做得比7月份好，工资怎么低了呢？我老公还说只要好好干，做灯饰收入可以达到以前做手工饰品的十倍，空欢喜啊。"

陈建威问什么原因。外表强悍的金胜庭的老婆说:"侯师傅说出不了货,销售价降低,工资只能降低。这两天没人加班了。下个月再降,我们不上班了。"

陈建威留下工资表,安抚送走两位金嫂。他打吴总电话,吴总没接。他准备去灯饰店找侯师傅,瞥见办公室角落放着的"永不凋谢的玫瑰"包装箱。箱子上周应带回香山的,忙来忙去,忘了。他突然紧张,心跳加速。玫瑰灯的背后,似乎有双诡异的眼睛盯着他。送灯和减薪有无关系?迟不送早不送,送灯这个月恰好工人工资锐减。会不会因为要减薪而事先送灯?侯师傅感动全场的举动,难道是预谋?"永不凋谢"的光晕让他头晕。他看了两遍劳动合同,带好劳动合同和工资表,驱车前往桃花灯饰厂。

在合作基地二号别墅办公室,陈建威诘问侯师傅为什么克扣工人工资。侯师傅说:"我拿到工资单才知道,我工资也减了。受贸易战影响,国际市场低迷,香山总公司作为外销企业,销量锐减。红旗厂和桃花厂通过降低成本才勉强维持生产。桃花厂是计件车间,工资波动正常。作为新厂的工人,他们不懂行情啊。"说着,打开手机业务联系信息给陈建威看。

陈建威说:"工厂不是每个星期出货?"

侯师傅说:"货运回总公司了,下个月开始准备走东州码头。"说着,拿出货运单据,陈建威看不出破绽。

陈建威争执:"工人技术刚进步,拼命做工。金敬庭的老婆残疾,天天加班,累得拄拐杖都走不动了。收到的工资那么少,怎能接受?他们是贫困户,缺的就是钱。"

侯师傅叹道:"我理解。我跟吴总严厉交涉过,吴总也没办法。您懂的,做工业跟务农一样,市场主导,企业破产都有啊。"

陈建威斥道:"老板是决定因素吧。赚是老板赚,亏要工人亏。拿多少老板给张表说了算,工人连知情权都没有,有这样做老板的?合同规定了计件区间和价格,加薪才对啊,说什么最终解释权在公司。想不到吴总是这样的人。"

侯师傅为难地说:"吴总也难做,他是红旗厂最小的股东。他大学学的光学技术过时了,值不了几个钱。红旗厂老板我没见过,不知内情。有人说吴总开这个灯饰店争取股权让老板娘不高兴。老板娘管财务,拿这边的厂开刀,想一石两鸟。我上个月的奖励金取消,也觉得憋屈。"

金敬庭的老婆颜桂珍弯腰恳求的眼神浮现。陈建威当机立断地说:"下手真毒。侯师傅,我们不讲原因,只看结果;不找借口,只抓机会。我打吴总电话他没听,你告诉他,我给他两天时间处理好这件事,把这个月工资补上,保证下个月工资正常发放。别忘了,合作的第一年,你们预交了半年的厂房租金,每个季度租金提前两个月支付,实际支付了八个月。"

侯师傅叹道:"陈书记,我也觉得不公平。这次把工资发下去,我违心地跟贫困户周旋了很多。很高兴没看错你,我敬你有文化,讲原则。我和吴总沟通,如果达不到你的要求,我下周辞职。"

陈建威为自己如此痛心疾首地给侯师傅施加压力而内疚。他平息心情,离开时说:"谢谢你,你送的灯我喜欢。"

侯师傅说留步,他从抽屉找出两张票据说:"我本不想给你看,这是我刚认识你时通过贸易商从意大利原厂订制玫瑰灯的凭据。我朋友介绍打了五折。我收到灯后感觉到你和女友关系不太好,送不送灯给你我犹豫了几回。我决定不违背初心,送给你,祝福你的爱情和生活。"

陈建威无意识地拿过票据。开具时间两个多月了,金额一千九百八十元。

侯师傅打通吴总电话给陈建威。陈建威告诫吴总:"很多东西不重要,重要的是做人。希望厂方明白,这是扶贫车间,企业运作要讲责任,企业老板要有良心……"吴总不停地解释,陈建威抛出撒手锏:"贵公司产品计划走东州码头外销,我们政府部门,可联系东州海关。你们剥削贫困户工人的扶贫产品,请注意社会效应和后果。"

两周时间圆满解决灯饰厂减薪事件,种植基地又出现意想不到的状况。

"天兔"台风过后,村民全力恢复生产生活。台风并没有摧毁桃北村种植的农作物,相反,它们爆发出针对台风的抗争精神,自觉地"拨乱反正",劲拔地成长,变回一块块、一垄垄的希望,呈现强大的丰收阵势。

梁实基地的百香果开卖了,毛竹架起的两米高的网状顶棚里,百香果苗壮叶阔,小指粗的藤上依次吊挂绿色铃铛似的果子,橘子般大,光滑的表面反射阳光。站在果棚底下,赏心悦目,你的味蕾会充满期待。百香果线上线下的销售供不应求,梁实跟着它声名鹊起。

备受青睐的百香果,带出桃河大米广为人知。"桃河大米"和"桃花香"注册商标之后,通过了有机大米认证,桃花米的各项参数达到有机大米的指标。联富村"鸭稻田"里的"桃花香"米广告雷人:生态无公害有机"桃花香",放心、新鲜、安全的健康大米,桃河人使用有机肥,用"工作鸭"除虫,用辐射灯杀飞虫。

无转基因、无激素、无除草剂，选种、种植、管理、收割、晒谷、碾米、包装等标准严格。"桃花香"每袋十斤，价格一百元，"桃河大米"每袋二十斤，优惠价九十元。"桃花香"是桃河大米的精品，二者包装类同，和百香果一起对外宣传，互为映衬。特别是吃了百香果的人，大多会选择购买桃河米。

周六，桃北驻村队参与香山商城义卖扶贫产品，售出三百多包的"桃花香"和"桃河大米"，并与香山红会驻村队合卖四千多斤的百香果，半天不到，桃北经联社增加销售额五万多元。义卖现场发放的宣传单张和试卖品进超市的广告发挥了作用，市民通过扫码购买百香果和桃河米。桃南电子商务平台、"东州优品"存货售罄，而订单在叠加。

面对桃河米走俏，有人打起了歪主意。周日中午，陈建威刚送完所有的扶贫产品，接到宾璐电话："桃南村宾支书要我帮他卖东源大米，他想收购东源大米，当作'桃花香'卖。东州与德州交界的东源大米和'桃花香'品种差不多，外形几无差别。东源米市场价每斤最高不过三元八角，改头换面，变成桃河米，卖到四块五和十元。他以为我是桃河人，又懂平台，会帮他。两种米产地不同，种植方式不同，味道肯定有区别。问题严重，你赶快回赤丰制止。"

陈建威清楚，桃花米和桃河大米刚尝试产业化发展，价格附加品牌成分。如果有人以假乱真，必定前功尽弃。他立马打电话给桃南村宾支书，请他维护桃河米品牌，不得借包装虚假销售。宾支书惊讶着不承认，说村里没人跟他说过这事。他认错还好，这样回答根本没认识到问题的严重性。

陈建威打桃河镇农办李主任电话，请他制止。李主任说："桃河大米的商标权在桃北经联社。但桃北、桃南如兄弟，桃北要依赖桃南建立的电子商城销售，桃南也在桃河米的种植版图，不卖桃花米，借用桃河大米外包装行不行呢？我不好介入，你们协商吧。"

周日下午，陈、马、段三人赶到桃南村委。桃南村宾支书和几个村干部正在密谋，给撞了个现行。宾支书谄笑着递烟，掩饰不住心虚。

桃南村干部承认顶包计划：从东源采购大米，运到桃河镇，使用"桃花香"和桃河大米外包装销售。宾支书以村集体经济收入仅一万多元为由，讨好地恳求陈、马、段三人帮助他们"借包销售"。陈建威哭笑不得，耐心地规劝千万不能售假和侵权。好说歹说一个多小时，桃南村干部答应放弃原有想法，利用平台直接销售东源大米。桃北经联社授权东源大米与桃河大米做比对说明，以提高它的知名度和口碑，让桃南合作社正大光明地赚取利润。

桃北农业示范基地代表颜盛强、"鸭稻田"基地代表黄千婵和百香果基地负责人梁实齐聚村委。"鸭稻田"的桃花香米在香山崭露头角；田心示范基地瓜菜收益稳定，颜盛强刚买了一台五十铃二手汽车用于送货；梁实的十亩百香果成香饽饽；大家对他们表示祝贺。

扬眉吐气的梁实没表示感谢，却提出基地另十一亩地不搞"水稻+"，即收获水稻后不种马铃薯了。

"今年桃北村预订的八十多亩冬种马铃薯种运输效率比去年好，下周到村。"陈建威说着，问颜盛强，"你也不种马铃薯了？"

颜盛强说："我们种。我县城有个朋友做农副产品生意，跟我订购二十亩大芥菜，年前供货。田心示范基地原计划冬种马铃薯，能不能把这批马铃薯种到桃花村去？我们在桃花村借到了地，那里适合种马铃薯。腾出来的基地二十一亩地种大芥菜。"

黄千婵说："马铃薯种到桃花村我接盘。达州想自己搞个小基地。"

大家点赞。

陈建威问梁实："你基地的十亩种薯已付费，你现在说不愿种了，什么原因？种薯款哪能退？"

梁实说："种马铃薯太多事，去年我全家人累得半死，收入不行。我想过完年种百香果，我基地全种百香果。"

彭维群说："梁实，为了把你的百香果卖出去，把销售款送到你手上，陈书记他们想了多少办法，付出多少劳动，你知道吗？你以为百香果变成钱，那么容易？"

金敬德对梁实说："你跟合作社签了合同。不过你放心，如果你想清楚了，不种马铃薯，你那十亩马铃薯种转手出去容易。"

黄千婵说："我可以要。"

梁实语塞，点根烟老老实实思考。

陈建威分析："今年在产品宣传推广方面付出不少。梁实种植百香果每亩的成本高过种植马铃薯，今年收益还有待观察。明年成本减少，收益应该可以，但到第三年，根据种植规律，产量可能锐降。'水稻+冬种马铃薯'模式比较成熟了。事实已经证明，如果马铃薯种得好，亩产收益非常可观。其次，我们看销售，百香果、桃花米运用得最多的还是香山的资源，包括义卖，在帮扶单位、香山'个私'

协会零售分会的直销等，这种销售渠道到底有多宽、能走多久，不能确定。马铃薯销售渠道已经畅通，去年的收购商陈正答应继续收购。再次，种植马铃薯辛苦吗？种马铃薯踩准时间节点，在下种和收获时多花时间，平常三两天不去地里没关系。做农业，不辛苦别想做好。凡事有个度，去年种植马铃薯除彭支书过度劳累，你们谁都没有辛苦过度。今年最烦琐、最辛苦的是颜盛强大哥，天天待在示范基地里。今天，你们通过劳动，赚到了钱，敢于尝试新项目，值得肯定。比如，千婵大姐除了负责'鸭稻田'基地，接过示范基地的二十亩马铃薯种植，可以支持。但如果是怕辛苦而想致富，那将养成安逸和贪婪的思想，跟'等、靠、要'没区别。"

梁实迷迷瞪瞪，不再出声。

分管桂洲村的村干部麦庆元说："马铃薯成本高，技术要求多，管理难度大。如果冬天碰上大雪或严厉霜冻，对马铃薯种植将产生严重的后果。"

彭维群叹道："桃河下雪，我这辈子六十余年只见过两次。再说，马铃薯出苗避开了霜冻期，种植马铃薯无须担心天气。"

段杰说："种植马铃薯虽辛苦，但收益也明显，有成熟的产业链。农作物碰上不适合的天气，比如霜冻，可以支大棚。"

梁实说："我再种一年马铃薯试试。"

金敬德叹道："通过近两年的帮扶，你们大部分家庭收入增多，却变得挑食了。有的怕劳动强度高，有的怕管理技术难，有的干脆不愿意下田。像陈书记说的，大家做什么，要考虑成本和收益，更要能付出勤劳。梁实，你没有莫小友的帮助，能种好百香果吗？关于大芥菜项目，桃河历史上秋天种过大芥菜，冬天收获，以前当一个菜上桌的。后来生活水平提高，种得少了。大芥菜成本低，不难种植。销售稳定的话，可以种。"

梁子文沉思地说："政府配套给贫困户的钱，贫困户自己也在掂量。所谓估田播种，测米下锅。种大芥菜操作简单，人工少，比种百香果、马铃薯，成本不值一提。"

颜盛强笑道："赤丰人喜欢吃大芥菜，以前每家每户多少种些，冬天用来腌制和泡制咸菜。以前有'一条咸菜食三顿'的说法。后来生活改善，很少有人吃。现在又人人喜欢，因为生活水平高了，过年吃不下大鱼大肉，大芥咸菜看着开胃。"

方玉艳笑道："强子成致富带头人了。种大芥菜的话，婶跟你订二十罐咸菜。"

方玉艳极少发表意见，她没绝对把握，不会说话，看来种大芥菜有搞头。陈建威说："我们的土地始终要发挥出最大的价值。既然有市场，放心种吧。人各有所长，自己能种什么就种什么。土豆芥菜，效益高就是好菜。"

颜盛强说："我能带动贫困户种植，种大芥菜可以获得补贴和奖励吗？"

陈建威鼓励："政策不变。现在全镇在培育特色农产品。桃东在大面积种植黄桃，赤林的姜黄和小雅的杨梅上了轨道，他们准备做初加工。去年马铃薯种植动员会和培训时，你们六神无主，战战兢兢；今年搞'鸭稻田'，种百香果和瓜菜时，你们也是摸着石头过河。现在，你们当家做主了，成为新型职业农民，讲话做事有想法，有信心。盛强哥更是评为东州市脱贫致富带头人，大家以他为榜样。对标看齐，争取更大的胜利。今年秋到明年春，将是桃北村经济作物的丰收旺季，希望我村在全面开花的探索中，早日形成自己的特色产业。"

颜盛强说："示范基地可以定位为农业科技示范基地。我将探索立体农业、智慧农业的可行性，希望工作队支持，我可以减少分成的比例。"

黄千婵抢话道："特色产业做桃花米。我明年可以管理一百亩，我已经找到七十亩地来种桃花米。"

陈建威鼓掌。大家喜形于色。

颜盛强争执："咱俩让市场来决定。"

母亲在电话里说，父亲身体大不如前，白天好像没事，晚上睡觉痛得哼哼唧唧。陈建威焦躁地催促父亲去医院复查，他因不能照顾到父亲而深感内疚。高中开始，寒暑假打工；参加工作，年假五天；扶贫之后，生活紧促。回趟家也来去匆匆，更遑论对父母尽孝。时间只是借口，也许思亲之情屈从于生存压力而长期休眠，导致年复一年地漂泊与奔波。牵念家人的神经跳脱出来，敦促他提前购买了国庆前回家的高铁票。

父亲病情严重，国庆之前需休假。国庆假期之前的双休，陈建威单独留守桃北处理工作。

段杰回香山时说："威哥，双休回去吧。如果工作需要，国庆期间我待在桃北。"

陈建威对这位渐入佳境的扶贫兄弟表示感谢，申明决定留守。

陈建威夜以继日地把工作往前赶：桃北文化中心审图、预算、规划、施工许可等手续接连完成，动工在即；卫生村建设资金申报资料完善……

横门镇驻村队半个月回趟香山的规律没改，王斌周六留赤林村，他知道陈建威留村，说前来参观。尽管时间安排得天衣无缝，陈建威依然不假思索地答应了王斌的请求。王斌与他交流甚多，对他帮助不少，他对王斌心存感恩。

王斌是一个想做事、能做事的人，由于人为因素，导致他前期无用武之地，没做出突出的扶贫业绩。横门镇取消了总队长制，他做了赤林村队长，用半年的时间，在赤林村做出了动静。陈建威想见王斌，期待擦出扶贫的思想火花。

两人商定会晤行程：从桃北到赤林，经城东镇去莲花山景区。

周六中午，王斌开车到桃河产业发展合作基地。桃花灯饰厂工人在加班，他们的九月份工资有望达到最高水平，劳作积极性空前。

王斌站在灯饰厂门口说："这家工厂放在香山的乡村毫不逊色，发达地区的村办企业也不过如此。"陈建威哈哈哈地笑。

大芥菜、马铃薯进入紧张种植期，文化中心施工现场正在备料，经过"三清三拆三除"大行动之后的桃北村，屋新路宽，青山绿水，生活繁忙，从哪个角度看，都是一幅美丽生动的新农村建设图。王斌不忘及时将参观景象发朋友圈。

在"鸭稻田"的观景亭，陈建威与王斌商议联手开发乡村旅游。两人对旅游扶贫充满激情和希望。两人笑话：如果文福鑫、梁冠标置身于此，会做何感想？

颜政东打陈建威电话："你留桃北不跟我说？看到王斌的朋友圈才知你们在一起。我带一个扶贫战友来看你们。"

陈建威问："谁呀？天下'扶友'皆战友。"颜政东说："谁最关心你？来了就知道。"

颜政东开摩托车载着"战友"从栽种鹰嘴桃的联富道路驶来。远远地，陈、王二人认出"战友"是宾璐。她黑发飞扬，阳光聚集于脸上，也在陈建威脸上形成烧灼感。

四位"战友"议定：结合开发旅游产业，开王斌的车去赤林村看姜黄，之后去闻名遐迩的莲花山，晚上逛文天祥公园。

经园峰路到赤林村地盘，绕山路走，是新修的水泥路。

颜政东说："最穷也要修路。以前这条土路我走过几次，真不敢开车。它曾经是赤丰最难走的路，真正的拦路虎！今天不存在了。"

王斌说："我们横门工作队八人在县城住了一年，习惯于在赤丰东下高速，穿过城东镇，去各自的村，极少经桃北到赤林。路通了，其实可以经桃北来赤林。"

宾璐笑道："当然首选走高速经县城，道路平坦，弯道少，安全。"

王斌叹道："桃北、赤林相隔的不只是山路，也有人事。现在好了，政通人和。"

赤林村的姜黄种植在离赤林村居不远的山坡，王斌把车停山脚。四人爬坡几分钟，抬头望见层层叠叠的姜黄，绿肥了半个山坡。姜黄半人高，外形像高粱、甘蔗，抑或竹芋。比它们叶子稍宽，稍长，姿势优雅，色调和谐。

陈建威称赞："看上去挺高档，果实怎么样了？"

王斌弯下腰，充满喜感地说："在地里，刨开土就有。"

陈建威蹲下，用手挖开泥土，不到十厘米深的灰黑色土壤中，长满类似生姜的四五个茎块，小指粗。陈建威说："快快健康长大，让你爹王斌高兴高兴。"

宾璐微笑说："长势不错，来年好收成。"

王斌叹道："无心插柳柳成荫。当时想节省成本，才找到该项目。我村和公司合作，种苗、技术免费，包销售。"

颜政东问王斌："你总说你们钱不够，你们不是准备搞大项目？"

王斌说："准备投两百多万和龙头企业合作，在沙坪镇红中村开辟三百亩百香果种植园，赤林村单独搞百香果基地五十亩。横门镇党委同意了。桃北的百香果风生水起，我们向陈书记学习。"

陈建威说："我们的百香果小打小闹。你王斌不做则已，当了队长就做大项目。以前总讲成本控制，我赞成控制成本，但它并非能利润最大化。有的项目，敢于突破成本魔咒，收益方可超预期。"

王斌叹道："我们也想拼一回，把产业做起来，不枉到山区扶贫三年。扶贫始终效益说了算！不能像有的领导说的，扶贫何难，把资金分下去，全都能脱贫。"

宾璐急道："把扶贫资金分下去，只会坐吃山空。不是真脱贫，后果不可想象。"

陈建威赞道："宾璐说得到位。通过转移资金只能让贫困户假脱贫，肯定返贫。听君两句话，胜扶两年贫。"

王斌笑道："发现你俩有相同的扶贫观！还互相吹捧。"

陈建威和宾璐眼神相遇，停驻时间较长。颜政东看出了端倪，笑道："我的扶贫观也一样，没人表扬。"

四人继续驱车前行，穿过村庄、旷野，接近莲花山景区。青色山峦巍峨挺拔，祥瑞阳光普照。莲花山大气、静穆而威严，就在车前。

王斌问："陈书记没来过莲花山景区？你女朋友到过赤丰没？"

陈建威用余光关注宾璐，她安然地望向车外。

陈建威说："东州城区有个妈祖公园，想请她去玩。都过去了！"

"到底过来、过去没有？"王斌笑问。

颜政东说："你哪壶不开提哪壶。"

王斌叹道:"陈队如果有心事,今天是个机会,山上佛菩萨显灵。我去年跟领导去拜佛,许愿给我一个村,我真做队长了!有了赤林村的说话权。"

陈建威说:"人各有志,事在人为。"

宾璐说:"以后我们一起去妈祖公园。"

这个话题敏感,没人响应。恰好前面是岔路口,王斌转换话题问:"右边去度假村,左边看大佛,走哪边?"

宾璐说:"莲城因背靠莲花山而得名。莲花山脉七七四十九峰,主峰下山峦簇拥如莲花。大佛离主峰不远,不如去佛前感受大山何以似莲花。"

王斌说:"先去拜佛咯。"

车子左拐上山,绕几个弯,在一个雄伟的寺庙前停住。

庙前巨大的笑佛雕像耸立,憨态迷人。

凝视片刻,心中块垒顿消。陈建威庄严地问:"这就是大佛?"

宾璐说:"往山上看。"

陈建威用手遮住西边的阳光,后山腰上端坐一尊金黄的佛像。

四人在庙前买了香火,朝圣般往山上走去。

斜阳下,迈过一百三十多级的台阶,上到广阔平台。莲花山最高峰高耸神秘,红色的太阳在它的山脊线残留金边。仰望佛像,他在更高平台之上,盘坐于莲花之上。他通体金黄,左手掌平托竖立的右手掌,似乎在祝福有缘之人。

踏上冗长的青色台阶,四个身影虔诚地往上移动。

大佛底座正面墙壁书"莲花大佛"金字。大佛睿智、慈善,带几分英俊。放眼山下,大大小小的山头,仔细看来,可以组合好些朵莲花。

上到最高的平台,莲花底座挡住了绝大部分的佛身。四人环绕座台,欣赏镌刻于墙的拜佛求经故事。

四人到大佛前上香。陈建威握住火热的香火,于无声处想到亲人,可惜他们不在身边。他朝老家津市方向、香港方向、桃河方向和大佛本身,作揖膜拜。菩萨显灵,保佑家人健康,父亲早日康复;保佑阿妮健康幸福;保佑桃河百姓安居乐业;保佑四方平安。

陈建威插上三根香,无意识说出:"保佑我们的赤丰。"

身旁的宾璐说:"保佑赤丰的我们。"

27. 声讨书

国庆前，陈建威休假两天赶往老家，黄昏回到宁坝。

故乡在建设新型工业园区和特色小镇，新修的道路四通八达，大型企业落户。一幢幢新式楼宇拔地而起，临街商铺统一装饰外墙招牌。也许新的繁华将代替往日的辉煌。

父亲在宁坝职工医院治疗，陈建威打面的赶到。多年没来过这里，医院景致破败，园林鲜见绿色。幼时常随父亲来此探望伤病号，那时医院规模宏大，条件优越，有专业医生和漂亮的护士。工人工伤治疗全免费，工资照拿，照顾又好。只要不是伤残和大病，便成让人羡慕的休养机会。今天人们看病喜欢去新建的镇医院，那里环境好，同样统筹医疗。冯宝妮正月初三就在镇医院治疗。

住院部门口有位白发大娘在洗衣服，她像桃北村的莫雪兰，却没莫雪兰精神。她目光呆滞，动作迟缓。陈建威记得以前她在第三矿区采煤大楼前的水池边洗刷，白花花的自来水长年不断。她手脚麻利，笑容荡漾。

住院部太静。昏黄的阳光映照着灰暗的走廊。听到"爸"的呼唤声，朝窗户侧躺的父亲震惊地"呃"一声，想翻转身，可身体不听使唤。

陈建威打开病房的灯，丢下行李，迈过去扶住父亲说："爸，你怎样舒服就怎样躺着。"

"睡久了浑身酸痛，坐不起。"父亲说，他不要儿子帮忙，左手扶腰，右手按住床沿，慢慢爬起，移坐到旁边的木椅上。气呼出一半，停会儿才嘘出。

"不是肺有问题？怎么腰背痛？"

"肺炎，在矿井埋下的病根。"

"生活方便吗？"

"有你妈照顾，没什么事！医生给我护腰，两百元，捆住热，我没要。"

"妈在家准备了饭菜，我等会送过来。"

父亲准备穿鞋，果断地说："我回家吃饭，回家睡。隔床病友散步去了。两个人一个房间，又有蚊子，睡不好。"

陈建威问："可以回家？"

父亲唠叨："有什么不可以的？我在省医院检查的，照了片，不严重。在省城折腾了两天,回到镇上,身体受不了,你姐夫直接送我到这儿。参加工作早,身体不行了。在你这个年龄,我在矿井已干了十年。你出生那天我在井下。"

父亲捡好手机、手表和水瓶放入环保袋。不让儿子搀扶,用手抵腰,缓慢地走。

陈建威在医院门口打到面的,转回去接上父亲。父亲坐上车又长长地嘘出口气。

宁坝大道两侧平整了大片土地,全然没有年初时的萧瑟落寞。

父亲说:"这片田野明年种格桑花,我们原第三矿区建工业遗址公园。你小时候常去的礼堂、矸子山、调度室、澡堂恢复原貌。中央电视台要来拍电视剧。宁坝迎来新的发展机遇。"

晚饭时,父亲开心地给自己倒了一小杯酒,让陈建威喝一大杯。一家三口说了不少话。

三人早睡。陈建威躺在床上睡不着,上次回家,床上有冯宝妮,盖的也是这张红花被。上次里面装厚棉被,这次是薄棉被,比麦老太在桃园的红花被新、大、靓。半夜醒来,听到父亲的咳嗽。陈建威起床倒杯热水给父亲,父亲说:"不要你管,好好睡。"

起床时,母亲已做好早餐,她对陈建威说:"上午送你爸过医院,下午接回家。他说住家里,还是父子情深。"

父子到医院即打吊针。他旁边的床位已收拾干净。安顿好父亲,陈建威去找医生。

姜医生年轻,她把门关上,拿出病历,郑重地说:"你爸是癌,胰腺癌,省一院检查出来的。拿到结果你姐夫找医生要求住院,省、市医院不接收。你爸在矿区多年,我们肯定收。"

陈建威呼吸紧促,悲从中来,眼眶快速湿润。

姜医生说:"你姐让保密,你爸妈不知情。住这在做无用功,但对他是最好的方式。以后病情加重,可以帮助缓解疼痛。"

陈建威忍住悲伤问:"有什么办法没?还有多久?"

姜医生摇头说:"最多六个月,没有办法。"

陈建威站在病房门口,父亲依然面向窗躺着,在打吊针。床头柜放着视若珍宝的"老三件":南都大学纪念版手表;4G手机,儿子送的;旧保温杯,自己的奖品。

父亲轻声说:"你回去吧,我睡会儿。隔床走了,没干扰。"

陈建威笑道:"你先休息,饭在保温瓶。我等会过来喂你。"

父亲的声音从后背传出:"自己可以,没到那一天。真到那一天,你不一定在身边。"

"怎么会呢,你会好起来的。我探亲假四年一回,明年是工作第四年,二十天假,不用白不用。"陈建威说完,忽生一语成谶的惊恐。

父亲笑道:"我不到六十,要你探亲假干什么?去陪你妈,难得回来。"

父亲明显瘦削,头发全白。短发齐劲、躺着也是一座山的父亲不见了。陈建威顿时双眼模糊,镇定地嗯一声,随手关好纱窗门。

陈建威拖着垮坍的身体晃到住院部萧瑟的园林,在干涸的鱼池边找条石凳,眼泪先于身体落下,他抑制不住地号啕大哭。宣泄悲痛好久,他的脑子才急速运转,把与医院相关的同学、朋友和老师搜索了几遍,辗转打通省城肿瘤医院的高中同学谢博士的电话。谢博士说可用进口药试试,关键是尽孝心;这几天他在医院值班,可以找他。

陈建威站起身说:"我马上出发,下午见。"

陈建威跟父母说去会同学,带好父亲的医疗档案,打的直往省城西地铁站。

中午到达省肿瘤医院。戴眼镜、斯文白净的谢博士请陈建威在医院附近吃西餐。"一切安排妥当。"谢博士说,"插队就诊有投诉风险,护士帮你挂了号。消化内科夏教授今天病号较多,估计下午四五点才可问诊。"

陈建威感恩地说:"能帮忙诊断就好,晚上请你和夏教授吃饭。"

谢博士说:"老同学,这事不必放心上。希望伯父尽快康复。等伯父身体好转,你回香山之前在省城聚一下。"

下午六时,陈建威在医院二十六楼拿到进口药。一个疗程药费一万多元。夏教授说国家保障政策起作用了,半年前两万多元买不到。陈建威打电话跟母亲说买了药,母亲说你爸回家了。

打车回去,父亲晚上可以吃一次药。晚上九点,陈建威打车到家,父母在等他吃饭。

服药上床后,父亲不时地呻吟。陈建威静静地躺在床上,瘪着嘴巴呼吸,泪水涌流了很长时间。后来一觉睡到黎明,不知父亲吃了药状况如何。

清早,陈建威去市场买好全天的菜蔬,给父亲煮面吃。吃着儿子做的早餐,父亲精神气爽,面色红润,充满信心地说:"上次在省医院,他们不让住院。现在吃国外的药，还治不好？"

陈建威喉咙哽住，微笑着安慰："医生根据病情开药，肯定能康复。"

父亲说："你姐国庆回来，我要开家庭会议。全部家当二十万，你拿去装修房子，不要耽误结婚。我和你妈有退休金，不用操心。"

母亲担心地说："怎么没听你说阿妮？你们关系好吧？"

陈建威笑道："她忙呢。钱，你们留着，津市的改造房年底收楼。把房拿到，明年我家住津市去。"

父亲生气道："那房子有什么用？我跟你妈住这儿就行。虽说是棚户区，还可以再住个二三十年。"

陈建威说："我收入稳定，有住房公积金，可以供房。"

父亲严肃地说："你拿去办正事。春节你不该把卡寄回来，我们让阿妮带给你。"

母亲劝道："算借也行。"

"借？你有几个儿子！"父亲斥责，又对陈建威说，"你不拿就办好转账再走。"

陈建威嗯嗯应答。父亲像从前一样，思维清晰，说话雄辩。父亲本来就不老，还没到退休的年龄。他参加工作早，矿区效益难以为继而提前退休。只是他退休之后快速老去。难道像姜医生说的，没希望控制病情了？陈建威心在泣血，强装笑脸，去厨房添面，眼泪滚落到碗里。多年以后，陈建威想起，父亲其实有预感，着急安排后事。自己拼力想治好父亲，只不过想尽未尽之孝。能找到的安慰是，在父亲生病之后不长的治疗时间里，为他带去过一丝生的希望；作为儿子，成年后也给过他离世前才拥有的短暂的亲情温暖。

陈建威送父亲去医院，楼下花坛边，邻居在玩扑克。他们问："老陈，你儿子回来了！""又去医院，你的病什么时候好？"

父亲说："好多了，还要多活几天。"

几天过去，省肿瘤医院开的药无明显效果。陈建威询问姜医生。医生叹："他老人家这几天就是常说的回光返照，你尽孝了。"陈建威说："我大学老师的同学在南都医院做医生，我想把病历资料带去请他看看，看能否使用其他药物。用完后寄回来给你。"姜医生点头说："你不能太急。"

父亲说吃了药好些了，却对陈建威说："不要再买药。你回香山去，假期陪下阿妮。"

姐姐怕堵车迟回了三天。在姐姐和姜医生的劝说下，父亲答应继续用药。姐姐当天要回家照顾哺乳期的小公主。陈建威把父亲的银行卡给姐姐，嘱咐她在改造房开售时帮父母办好购房手续。

陈建威准备返程。天飘起雨,平躺病床上的父亲轻声说:"不要用那么贵的药。人生有常,生老病死,人之常情。我和你妈过了三十多年,没吵过架。家庭是最好的,你赶快成家,养儿育女。工作尽心尽力就行,要干一辈子的。"

陈建威帮父亲盖好被子说:"天凉了,你照顾好自己。"

父亲双眼迷糊地看着陈建威:"放心,我没事。二十万你留着,想长远些。"

陈建威嗯嗯着点头。关上纱窗门时,平躺的父亲睁着眼睛,静默地望着天花板,他旁边的床头柜上放着手表、手机和保温杯。

依计划,陈建威跨省先到南都医院为父亲问诊。沿途泪水流淌,淋湿了一路的风景。他开了十五天的中西药寄回宁坝,深夜坐长途汽车赶到赤丰。

桃北村发生最棘手的事,陈建威始料未及。在没充分认识到事情复杂性的情况下,事态诡谲般恶化。事情起源于国庆前动工的桃北综合文化服务中心工程。

陈建威抵村,立即和马、段二人去察看桃北文化中心工程。田心道路入口不远的古榕广场堆满水泥、沙石、木板和钢筋等建筑材料。旧村委原址附近的工地上,四五个师傅在基础层铺设钢筋。

陈建威问师傅们压桩的深度。施工师傅说他们只做地梁,其他要问经理。陈建威问钢筋和混凝土标号。施工师傅说钢筋十四,混凝土按要求浇筑。陈建威记得清楚,地梁和立柱用十六的钢筋,原因在于该建筑基础要能承载四层楼,并确保永不沉降。施工师傅像农村的工地杂牌军,陈建威疑虑重重,现场察看,发现只有三个桩头。陈建威问压了几条桩,段杰说数出三条。陈建威说三条不对啊,有没有监理代表到场?施工师傅说不知道,村干部来过。

马世燊说:"村委轮到金主任监管,他今天去镇上开会了。"

陈建威向施工师傅要图纸,师傅们说没见过。

三人在村委找出施工图、合同和预算书。打电话给设计方确定应该压桩九条,地梁方台用十六的钢筋。三人断定工程没按图施工,偷工减料,必须停工。

回到工地,陈建威责令停工。段杰联系监理公司;陈建威打电话给施工方代表咸经理,告知停工缘由,又向镇住建办余主任通报情况,并要求以上三方到桃北村委开会。

村干部陆续赶到村委。彭维群关切地问陈建威:"你父亲身体好些了吧?"

陈建威道谢,不说家里的事。他通报村文化中心工程停工缘由:中心的建设单位为镇资产公司,原计划和镇卫生室合建,建三层。后来镇卫生室不建在一起,中心建两层。考虑到桃北是大村,中心所处位置较好,建筑基础按四层楼标准设计,比如,压桩九条,地梁、立柱大部分使用十六的钢筋。今天早上察看施工现场,仅刚才说的两项没达到要求。因此,责令停工整改。

金敬德大口吸烟,其余人不出声。

马世燊说:"监理公司电话里说施工应该整改,上午临时有事,无法安排人过来。"

段杰说:"工程出现漏洞,不能任其发展。"

梁子文大声说:"文化中心工程绝大部分资金由帮扶单位支付,建在桃北村,村委应该为建设方。镇政府非要给资产公司做,不让我们插手工程,说保护我们。工程监理,监而不理。工程出问题,去找镇政府、找监理。"

麦庆元说:"村委没说话权。"

彭维群说:"我支持责令停工。由于各方面原因,之前确定由镇上建设。建设方该归谁没必要讨论了。现在大家想办法,怎么帮助复工。"

金敬德说:"工程相关单位没来开会,这个楼以后归我村使用,我们形成统一意见报告镇政府等相关单位。"

经商议,大家一致认为,施工方务必严格按图纸和合同施工,于停工当天交出整改方案,经镇政府和村委通过方可重新施工。

陈建威先打电话通告施工方代表戚经理,他不接电话。陈建威发短信告知了他。

中午十二点,陈建威电话响起,戚经理打来的。陈建威点开手机免提。

戚经理问:"驻村代表,上午你们强令我司停工,下午可以正常施工吗?"

陈建威把处理意见重新告知戚经理。

戚经理外交口吻:"你们不是建设单位,无权决定施工事宜。请你们不要阻止我方施工。"

陈建威义正词严:"你代表施工单位,不知道问题的严重性吗?在我们村施工,我们有属地干预权,请今天拿出整改方案,经我们同意方可复工。"

戚经理说:"知道了,你们不让我司下午施工。"

整个下午,施工方没有任何消息,施工现场没一个人。

清早起床,陈建威对照"鱼骨图"梳理年尾工作。因为文化中心工程的事,总莫名慌张。

早餐时，镇住建办余主任打来电话："陈书记，可否先施工，把基础做好？边施工边解决事情。"

陈建威加强语气："我们也希望尽快施工。问题就在于正在施工的基础工程需要整改啊。"

余主任劝道："桃河十一村居，绝大部分没文化活动场所，有也是危房、古迹之类。连镇文化站也常年不开放，设备靠借用。桃北能建两层实体建筑做文化中心，在桃河是破天荒的事。将来加建两层，哪有钱啊！桃河历史上没有过地震，做那么扎实干什么？不要那么高要求。"

陈建威叹道："余主任，就像你说的那样，也要修改图纸和预算。不修改图纸预算，也要修改合同。况且有没有问题，我们说了不算，要依合同按程序办事啊。如果监理、验收报告错漏百出，又何以申请建设资金？"

余主任无言以对。

刚上班，镇委分管教科文旅的蔡丽春打来电话："当说客？不是。我调去城东镇工作，跟你告别。你既然说到文化中心，市、县五万元经费我已落实。其余的事我也管不了。万事好商量，可否复工，多做商议。我本不想说，给施工方一个台阶下。"

陈建威祝贺之余只得又解释一番。

下午两点，戚经理打陈建威电话："我司认为停工违反合同，令我马上组织复工。请问什么时候可以复工？"

陈建威怒道："你们不按图纸施工，还有理由？希望你们拿出诚意解决。延误工期，后果自负。"

戚经理问："这么说明天上午你还是不让我们施工？"问完挂了电话。

第二天上午，施工方没任务消息。下午两点，陈建威的电话响起。以为是戚经理，不料是麦庆元的声音："我刚才巡逻，文化中心重新开工了，你同意的吗？"

陈建威气道："谁敢同意？让他们停工。"

麦庆元为难地说："他们不听，你过来一下吧。"

陈建威赶到施工现场，有三人在干活。

陈建威喊："你们可以不听，工程款我不会办给你们。"

其中的壮小伙走来，递烟说："戚经理调去别的项目，公司钟总派我来任新的项目经理。工程不能停,我们讲工期,工人的吃喝、工资谁负责啊?"

陈建威生气道:"你们没半点解决问题的诚意。必须停工,否则断水断电。"

壮小伙怒不可遏。麦庆元给他们敬烟,讨好地解释。

陈建威想给余主任打电话。手机响了,郭定韬的声音。他刚任桃河镇党委书记。张浩已荣升赤丰县委常委、副县长,主抓工业。

郭定韬胸有韬略地说:"你来镇政府一趟。桃北文化中心的施工方在镇政府。"

陈建威让施工方停了工,赶往镇政府。

颜政东把陈建威带到镇政府一楼左侧尽头的商会办公室。宽阔的房间里聚集了十来个人,或站或坐。有个壮实的中年男人和梁子文在争论。颜政东示意壮男是钟总。

人群大体分成三个部分:村委、镇政府和施工方。有个男子坐沙发,沉稳安静,目不斜视,看不出哪个部分的,他旁边坐两人:住建办杨副主任和一个陌生人。

茶几上摆份文件,颜政东拿起来递给陈建威。

标题:声讨书。陈建威迅即看到自己的名字。

> 桃河镇党委、政府:香山单位的驻村干部陈建威,擅自违反桃北村文化中心项目合同,强硬勒令停工。因他的干涉施工给我司带来不可挽回的经济和名誉损失……呼吁镇政府、社会各界人士为桃北全体村民主持公道,问责陈建威,要求他赔偿全部损失。否则我司采取一切方式维权。

署名为钟某某,盖施工公司章。时间就在昨天。

真是防不胜防,陈建威拧紧眉头,考虑如何反击。对付他们不难,铁证如山,他们无可辩驳。可是,声讨书居然附一份《更改申请》。内容是施工方根据实际情况,申请合同更改,基础、立柱全部用十四的钢筋,二楼横梁主要用十四的钢筋。施工公司署名盖章,还有建设单位桃河镇城乡资产公司的盖章,章印里有个签名,陈建威辨识几秒,确认为余主任的名字。日期为9月30日,那天自己在老家省城医院为父亲买药。

钟总块头大,底气足,不看陈建威,只顾申冤诉苦:"我是外地人。在赤丰做工程十多年,今天头一回碰到不讲理的人,放我到砧板上切。"

陈建威压住怒气，露出轻蔑的笑。钟总继续申诉："钢筋符合国标，正规厂家进的货。主体建筑钢筋全订好了货，给了钱，退都退不掉。材料进场经镇、村干部同意，按合同施工十多天了，怎么有个人不让干就不能干，再干就断水断电？在今天这么不讲道理，什么作风？硬逼着我们无路可走啊。"

钟总像满嘴跑火车的老江湖，并有你死我活的架势。陈建威嘘口气，心想需冷静应对。《更改申请》的时间无从考究真假，但它绝对不符合更改程序，没有更改效应。

颜政东建议大家不要生气，正式介绍沙发上坐的是镇商会的洪会长，旁边陌生人是监理公司的王经理。颜政东认真地说："下面请各方发表意见。"

钟总却不出声。洪会长露出非常具有亲和力的微笑，声音洪亮："我很少来镇政府，今天找郭书记。碰巧啊。"

听说洪会长乃桃河的房地产商，在商界声望颇高。他今天在场，肯定与文化中心停工有关。陈建威发声："我从香山来，跟在座各位没有任何个人利益关系，也没有任何个人恩怨。作为桃北村文化中心的受益方和见证方代表，施工方违背合同施工，必须停工。停工两天，施工方未提出整改方案，却一意孤行强行复工，并对我进行人身攻击，进一步表明施工方没有合作诚意。所谓对合同的《更改申请》，作为帮扶工程，需要告知见证方，并经村'两委'组织村民代表开会讨论通过。没履行更改程序，《更改申请》没有法律效应。我希望今天大家能够商议出公平合理的解决方案。否则，我将视施工方违背合同，自动放弃施工资格，并为村民申请维权。"

说着，陈建威用坦诚的眼光扫视钟总、镇住建办代表杨副主任、监理公司王经理等人。钟总目露凶光，咬紧牙齿，就差没咯嘎响了。

金敬德最先回应："实事求是，用十四的钢筋，口头说过。只压三条桩，没跟村委说过。村委也有口头意见，更改施工要走正常程序征得大家同意方可进行，村委从来没有认为施工方可以违反合同和图纸施工。"

监理代表王经理说："施工方开工没通知监理公司到位，之后从未打过监理公司电话告知施工进度，监理公司没对封闭工程拍照。这件违规事件为施工方单方面所为，不能认定为监理不到位，监理公司不背黑锅。"

杨副主任说："我部门相关负责人交代施工方，更改合同申请必须让所有相关人员签名方能生效。施工方我行我素，违背合同，要承担责任。"

陈建威没想到大家好像经过密谋，一致把矛头指向施工方。梁子文又加入进来大力喷火:"施工方的做法明摆着没按程序办。出了问题,就该依法依规改正。如果水平不够,就请自动退出。"

钟总脸庞的下半部分膨胀,他咬动牙床,死磕到底地说:"你们人多欺负人少。问过你们才做的事,没几天就不承认。你们什么意思?我通过公平公正手续中的标。"

新任党委书记郭定韬走进来,他留方正的平头,身材似乎比以前更加结实。他给每人递烟,语气平稳地说:"本来是好事,我们要做好人,才不会办坏事。政府是讲理的地方,实在协商不成,就法庭见。"

钟总嚣张的神情变得委屈,无奈地说:"一个小工程,干得好好的,被人停工,道理不明摆着?"

郭定韬话语铿锵:"你来自外省,赤丰欢迎你,桃河也欢迎你。但是你做那么多年工程应该懂不按合同图纸施工的后果。"

钟总说:"书记,在农村本来很多情况可以签订补充协议,我们完全可以按协议做事。这个项目已经预订几万块钱的钢筋,退都退不掉。咱们能不能变通?"

洪会长笑道:"我可以把预订的材料转让给适合的工程承建方。如果施工方愿意退出,我担保建材移交,并按合同发生的工程量做补偿清算。"

郭定韬说:"钟老板,其他地方的工程能不能变通,我不敢说。桃河的工程,绝不能变通。我没看过这个工程,只知道是扶贫工程。我们务必坚守法律底线,不触碰政治红线。洪会长的建议,你好好考虑。"

郭镇长做了书记,说话一套一套的。陈建威松了口气。

钟总来回走几步,撒气道:"我本来有心做这个扶贫工程,可利润太低。这个工程我不要了。同意材料转售,除正常清算,赔偿我八千元损失费。"

没人出声。洪会长接话:"我帮你找到受让方,八千元损失费转让方和受让方各承担一半。今天终止协议。"

杨副主任拿出一张白纸。钟总很大牌地在上面写了几句话,说:"我有事先走,剩下的事我项目经理来办。"说着往外走,跟他来的人随他而去。

郭定韬像对陈建威,又像对大家说:"工程搞成这样,每个人都不能掉以轻心,更不能有私心,要不然掉进了坑,爬都爬不出。扶贫工程更要讲规则法纪!身正不怕影子斜,出事也不要怕。重新找好合作方,住建办小杨负责跟进。"

28. 博士县长

声讨方销声匿迹。陈建威没想到自己作为被声讨者，威望反而升高。镇、村干部见到他，招呼声中增添了几分敬畏。看来正义取得胜利，也得到广泛认同。

桃北文化中心新的施工方来自莲城镇，每天七点不到，拉一车人到村里干活，中晚两餐工棚里吃，晚饭后经常加班。

施工方负责人伍经理说："元旦前建好二楼楼板，春节前完成主体工程。"

金敬德赞道："伍经理亲自上场干活，不像之前的戚经理，动口不动手。"

马世燊评价："他们认真负责，没见过像他们这样的施工队。"

文化大楼工程的强力推进，给桃北村注入新的前进动力。

全县脱贫攻坚现场会在桃北村召开，参会各路人马对桃北村的扶贫成果交口称赞。桃北村作为扶贫的样板和典范，增添了与会者攻坚拔寨的信心与激情。有人痛定思痛，有人庄严承诺，有人信誓旦旦，大家以不同方式表达不获全胜，决不收兵的斗志与勇气。

会务人员宾璐现身桃北，大家过分关注扶贫女干部，不少人找宾璐搭讪。有人问夏美芳为什么没来。陈建威为自己差点忘记夏美芳感到内疚。她也许只是扶贫过客，或者被安排的陪衬。但她对待扶贫毫无怨言，外表可人、性情温婉的她，在这个落后的山村留下了积极勤恳的印象，作为驻村同事应该记住她。

追忆夏美芳不是时候，谁知道以后的扶贫生涯会发生什么？就像宾璐，与陈建威对视的时间比以前多出好几秒了，两人扶贫双修，到了心灵相通的境界。两年来，宾璐不停转换角色：桃河市场的卖海鲜的姑娘、县扶贫办的村干部、乡镇公务员。陈建威和她的交流从来没有障碍，她的进步让他备感欣喜。除去工作，他们会聊生活。不管聊了什么，都相互愉悦。感情像爬山虎，在冬阳下绿意盎然，充盈心扉。陈建威常想起冯宝妮，咀嚼着空虚、替代和真爱的内涵。

今年所有帮扶村都参与考评抽签，不像去年只是部分参与。年前香山市委巡察组将进驻赤丰县，针对扶贫领域展开专项巡查。形势严峻，县扶贫办成立督导小组，分片检查指导。宾璐作为乡镇公务员定岗桃河镇扶贫办，帮助桃河各帮扶村核查资料和云系统。她本是桃河小雅村人，回家方便。

曾嘉豪答应陈建威今年扶贫考评不抽查桃北村的承诺失效。他说，桃北村要树立全省扶贫示范村的目标导向，补齐短板接受巡察，精准发力迎接考评。陈建威感到工作和生活的压力像连绵的莲花山脉，横亘而厚重；他想征服那座山脉，稍作停留，身后的鞭子就在驱使。

父亲用了一个月的药，说有效果，不吃了，什么药也不吃了。母亲像祥林嫂，在电话里重复：你父亲白天没什么，晚上睡觉唉声叹气，是痛。你房子装修没有？什么时候结婚？你打了结婚证，元旦回来摆个酒席，让你父亲高兴一回。他不催你，最盼你生活安定下来，你快三十了。

陈建威何尝不想安定？朋友传言冯宝妮在香港已有男友，是她同学，她就是为男友才离开香山的。朋友建议陈建威另择高枝。朋友这样说时，陈建威异常镇静，好像在听别人的故事。冯宝妮在9月发了简短的几行字跟自己告别，他没回复。她的离开没有戏剧性，人的灵魂想安逸，又不安分，都有想去的方向。每个人都有选择的权利，就像自己，选择了扶贫。古人说得好，人往高处走，她选择了另一种生活。希望她有良好的发展空间、优越的生活环境、甜蜜的感情归宿。世界上只有四大湾区，与她同在一个湾区，亦属缘分。虽然距离不远，但往事已成一场风花雪月。

母亲又来电话，着急地说：你父亲不愿住院，办了出院手续。又过几天，母亲悲戚地说：陪你父亲去了趟老家，还记得吗？你真正的老家石回村和你外婆的金山村合并叫金石村。你父亲十九岁离家进矿。送走你爷爷奶奶之后，家里房子给了你伯父。你伯父推倒旧房子，重建了新房子。你父亲说真正的老家只能找到几棵树。他见了几个邻居老友，又去看你爷爷奶奶的坟墓。母亲哽咽：他哪能走那么远的山路？站在很远的地方，朝你爷爷奶奶的坟山望了很久，讲：到处是黄土，哪里都一样。

赤丰县委常委张浩打陈建威电话。他上次打电话通知省领导到村，这次有什么重要事情呢？在示范基地给马铃薯培土的陈建威尊敬地说："张县长，你百忙之中还记得一个驻村干部啊。"

张浩的声音风轻云淡而不失感染力："亲爱的师弟，我们的大师兄，德州市巴岭县分管农业的刘县长，到了东州开发区，中午过莲城。你来作陪，地点大吉利。"

陈建威婉拒："你们处级领导，我驻村干部，不参加饭局了。饭后我过来当司机。"

张浩责备:"我私人请!刘县是博士,因为扶贫工作做得好,从教授变成了县长。值得你我学习。"

陈建威爽快答应。

巴岭是农业县,属欠发达地区,旅游开发闻名遐迩。冬春赏梅、生态农业和天然温泉等旅游项目闻名全省。分管农业的刘副县长,难道是他?陈建威初任公务员培训时,一个校友提起刘文博,说他是博士,南大本科毕业,硕士和博士在南农读,做副教授去扶贫。他下到村只管往前冲,搞得有声有色,两年就当上了县扶贫局局长,又搞两年,做了副县长。校友说这话,想告诉陈建威,做公务员机会多多。陈建威当时小激动一会儿,过后忘了。从事扶贫工作后,也未想起过。

快十二点,陈建威赶到大吉利。餐厅部长带他拐过几段走廊,进入一个豪华包厢。包厢暂无客人,富丽堂皇,灯光璀璨。陈建威惊愕:"这么高档?"餐厅部长也惊愕:"本来这样啊。喝什么茶?"陈建威说:"等会儿。主角没到。"餐厅部长掩门离去。

陈建威走进洗手间。梳妆镜里的他头发凌乱,面容憔悴,眼圈发黑。这种镜子背面镀镁,有美颜功能。可他无论怎样做表情,也形容枯槁。陈建威叹息,出到后阳台面对山坡抽烟,脑海里出现段杰、马世燊、彭维群、金敬德、父亲、母亲、宾璐、冯宝妮等人的影像。

餐厅部长带领张浩、蔡丽春和一个陌生男子进房间,陌生男是刘文博,身材与张浩差不多,戴金边眼镜。紧接着,小仙女样的服务员带来几位客人。

张浩介绍:"东州开发区财政局李局长,税务局黎局长,省城来的桂总,城东镇蔡丽春副书记、镇长。刘县长和小陈书记是我校友。"

大家交换名片。陈建威递上联系卡,刘文博接过说:"扶贫公益广告卡,有驻村队三人的联系方式。设计大气、精美,比我们呆板的卡片好。"

大家发笑。张浩说:"刘县长在南大比我高一届,后来又去读书,升副处比我快,充满传奇色彩!今天大师兄传经送宝,跟我们分享博士县长的快意人生。"

刘文博哈哈哈笑道:"张县长抬举!你们都是实力强大的领导。我半路出家,才疏学浅。"

黎局长说:"四十岁的年龄,读过博士,做到县级。刘县长别谦虚啊。"

"老了。在座两位青春年少,前途无量。"刘文博说。

蔡丽春抿嘴自信地笑。

桂总问喝白的还是洋的。大家看张浩,张浩看刘文博。

刘文博说："我不胜酒力。"

张浩说："听说南都三角洲中午、晚上的接待都不喝酒，单位压根不采购酒了。东州晚上会喝。今天中午，私人吃饭，下午考察投资环境，但喝无妨。"

李局长说："就随便喝点吧。"

桂总打个电话，不一会儿，一个小伙送来两瓶白酒。桂总问车上还有吧，小伙答有。桂总说："你去吃饭。"小伙答应着走了。

李局长说："让司机一起吃吧。"桂总说："不用。大家喝，下午坐我的车。"

黎局长坦诚道："中央出台禁酒令，我点赞，能不喝就不喝。像南都、香山大城市，生活节奏快，喝酒要严控。在边远基层，工作难度大，不喝点酒，真不知工作能力去到哪里。"

说笑间，餐厅部长已倒好酒，服务员端上菜。张浩端杯往地毯上洒两滴，开启酒局。

白酒入口醇香甘烈，回味绵长。刘文博和桂总却没多大酒兴。

张浩说："师兄是博士，师弟是硕士，都比我文凭高。酒怎么喝，听你们的。"

黎局长对张浩举杯说："你不是马上去省委党校读研究生？再升一级指日可待。"

张浩举杯笑道："你的机会才大。"

桂总举杯敬刘文博："欢迎您到南都开发区我的公司指导。"

刘文博爽快地举杯，哈哈两声："去找你拿饭票。"

大家你一言，我一杯，热闹起来。

蔡丽春双手举杯，隆重地敬刘文博。刘却推辞。

蔡丽春理直气壮地说："你做过扶贫局长，分管过扶贫。我支过教，在区镇管过扶贫。'扶友'皆酒友，我小'扶友'敬你大酒友。"

刘文博哈哈哈笑道："之前和'扶友'喝太多。不喝难过，喝了痛苦。"

蔡丽春嗔怨："喝坏了身体，还是喝坏了胆？"

刘文博端杯："我敬蔡镇长。"

大家叫好。蔡丽春出手，气氛热烈。刘文博的圆脸红扑扑，近视镜后的眼神生辉。蔡丽春往日让人想入非非的诱惑不见，代之以神清气爽的风度魅力。

陈建威举杯敬刘文博，诚心请教扶贫问题。张浩制止，给两人拿茶杯倒上半杯。

刘文博爽快干完，随即打开话匣子，先来了几句顺口溜："消除贫困人人有责""国家政策就是好，我要努力向前跑""硬件钱来堆，软件时间推"。接着滔滔不绝，从国家扶贫战略与政策，讲到扶贫的政治、经济、文化、技术因素，提到恩格尔系数和基尼系数，搬出CDD、NGO扶贫模式探讨。他讲得恰如其分，大家可以持续地听，又没耽误喝酒。

陈建威像听专家讲课，引发许多共鸣。他频频点头，诚心地问："刘县长六七年前参加全省'双到'扶贫开发时，在村里种的大豆，真的有那么好的收益？"

刘文博放下杯，靠椅坐稳，像接受采访般说："你知道我是大豆王？现在还种，当然也种其他作物，但我只管大豆。为了土生土长的大豆打败转基因大豆，我想尽办法降低成本，采取套种方式，能种的地方都种了。国家百分之六十的外贸在香港完成，我就通过香港把本地大豆推介出去，我组织专家在香港召开大豆种植研讨会。专家研究结果认为，巴岭大豆营养价值极高，呼吁食用非转基因大豆。活动反响强烈，巴岭大豆供不应求。"

陈建威问："桃北村种桃河大米、百香果、马铃薯、大芥菜、节瓜、时蔬等，每个项目都不错。我们在寻找'一村一业'或者'一村一品'，巴岭大豆能推介给我们试种吗？"

刘文博说："我说的大豆，就是黄豆，喜湿不耐高温。东北大豆最有名。由于进口的转基因大豆便宜，加上自然因素，近年南方较少种大豆。一方水土养一方作物。现在国家非常重视和支持农业产业发展，东北、黄淮和西南地区大面积种植大豆。2020年我国大豆种植面积将达一点四亿亩。山区地方要找到适合自己的作物，最大限度地发挥农村用地和劳动力效率，产业方可形成规模化。"

蔡丽春请教新农村示范村建设。刘文博语速加快，说示范村不是空中楼阁，也非世外桃源，按产业兴旺、生态宜居、乡风文明、治理有效和生活富裕的乡村振兴战略创建，建议考虑与周边村落共创共建，共享资源。

"大豆王，我敬你。我所在的城东镇因大部分面积是山林，造成用地紧张、资源单一。我就想打破某种壁垒，您的建议增加了我与周边村镇资源共享的信心。"蔡丽春说道，她脸上的绯红延伸到脖颈。

刘文博说："你敬我不喝。你不敬，我喝。"蔡丽春说："为共享喝。"

大家找到共享酒令，互相碰杯。

刘博士睿智、幽默，有学者型官员风采。陈建威心生佩服。张浩有魄力，有担当，对陈建威有种工作之外的关心，更应该感谢他，陈建威倒半茶杯酒敬张浩："张县长经验丰富，思路开阔，做赤丰的领导，是我们驻村干部之福。"

张浩微笑接受："建威辛苦了。"

喝完酒，张浩寻思道："桃北村北部的新园村与城东镇南边的福石村，只隔座不高的山。我在桃河时，为了发展垃圾处理和发电环保项目，想过开山修路，让桃河的人直达城东镇。目前，环保项目落户城东镇，并且城东镇的第三产业在旅游业带动下发展良好，现在桃北疏通了路网，如果能开通到福石村的路，将大大方便桃北人同城东镇的交往交流。"

"两村相邻的山叫石乳山。打通这条路，桃北村民可多条到县城的路。"蔡丽春高兴地说。

陈建威说："桃北到县城目前只能走莲桃公路，或者经赤林的山路，两条路都绕了大圈。石乳山大不大？以前没听说过可以通路呢。"

李局长说："最大，也有条沟。蔡镇长说能通，就不怕大。"

刘文博笑道："蔡镇长的石乳山大路，将成为全县的最美大道。"

张浩认真地说："刘县长打破地域限制、加强村村联合的理念符合新时代要求，值得付诸实践。福石路如果能打通，将为桃北村，乃至桃河镇开辟出一片新天地，能助力美丽山村振兴。"

陈建威站起来举杯说："张县长、刘县长，各位领导，我们为福石、桃北两村通路干杯，祝贺这条路正式进入开通倒计时。相信明年，它将成为福石和桃北的幸福大道。"

张浩站起，大家相跟着起身，振奋地干杯。

刘文博满脸通红。蔡丽春笑道："刘县长从事扶贫工作，经常在外。你太太是你同事？你们很少见面吧？"

刘文博略带笑意："她也读了博士，在深市。两人常回家。你说，小孩读大学了，两人回家干什么呢？互相看着？能有什么事？"

蔡丽春窃笑："你在外不会寂寞吧？"

刘文博笑道："每天忙啊。比如，在村里扶贫时，我给当地小学、初中、高中学生分批讲心理辅导课，深受学生欢迎。我不去忙，对不起自己的才华。"

众人又笑。陈建威从心里佩服刘文博，他能充分发挥长处，紧贴实际，挖掘潜能，先行先试，帮扶工作何等畅快淋漓。

陈建威笑道："张县长说得对，刘县长真是快意人生。"

刘文博举杯说："党中央向全世界宣布中国要消除贫困，各级领导对扶贫重视起来了。农村是天大地大，希望大家排除万难，建功立业，交出胜利答卷。"

村委工作会上，陈建威提出打通福石路的构想。

金敬德说："目前桃北农业上了一个平台，灯饰厂运作稳定，村民再发展产业的空间和积极性受限。如果能打通福石路，桃北的灯饰和农产品到赤丰农贸市场十余公里，缩短了二十公里路程，有利于促进产业发展。但通路难度大，如果没有政府支持，恐怕没办法。"

麦庆元说："听县政府的同学说，不同镇区的自然村之间，都在加强路网建设。如桃河镇小雅村通往赤坑镇下埔村的路、桃河镇霞西村通往红草镇大寮村的路，都在规划。有张县长关心，新园村通往福石村的路肯定能立项。"

大家激情澎湃。梁子文不出声。要开辟的道路在梁子文片区，他怎么表现反常呢？陈建威问："梁大哥，你有什么意见吗？"

梁子文深沉地说："福石到新园要经石乳山。石乳山是神山，山下有座庙。山不在高，有神则灵。自古以来，人们对这座山充满敬畏，黄昏没人敢去那里。要开山通路，新园、奇峰片的村民不知道会不会答应。"

村干部呆愣着，做沉思状。

彭维群说："山下的五帝庙在大革命时期开过农会，抗战时期为交通联络站。二十年前，始建于明朝的莲花山鸡鸣寺得以重建，近年又建莲花大佛。信菩萨的村民喜欢上莲花山，很少去荒废的五帝庙。支持打通福石路，把奇峰村作为红心村打造成旅游点，通过福石路与赤丰县城的红色景点连接成红色旅游线路。"

马世燊说："革命英魂肯定希望开山辟路。"

金敬德说："几十年来，出行最困难的是新园、奇峰村。目前在赤丰县数城东镇发展最快，旅游和房地产势头强劲。这条路打通，两镇能互惠互利，联手开发红色旅游，桃北村受益良多。如果市、县能规划，村民的思想工作好做。"

陈建威说："桃北村以月牙湖和鸭稻田为依托的生态旅游已成气候，挖掘出红色旅游，桃北村旅游扶贫产业一定能稳定发展起来。"

梁子文忽然说："县领导提议，城东镇积极响应，这条路说不定能搞起来。"

大家惊讶地盯着梁子文，不知他为什么立场不定，左右摇摆。

修石乳山道路如果没有县财政和当地的支持，肯定修不成。陈建威内紧外松，静观村干部的意向。连日来，梁子文几次说请大家去新园村吃饭，两年来他第一次提出请吃饭。之前园峰路竣工，他没说过。当然，村里的请吃因为陈建威的不答应基本不存在，或者吃饭明算账。但在农村，请吃饭仍然是出现频率最高的话，是标配的礼仪。请吃之意不在饭，在于人情和尊重。

梁子文的请吃无非为了石乳山道路，他来个一百八十度的掉头，不知葫芦里卖的什么药。陈建威说："饭就不吃了，城东镇蔡镇长说打通福石村道路立项通过，我们去看现场。"

"吃饭，我杀自家的鸡，钓自家鱼塘的鱼，不用花钱。符合你的吃饭标准。"梁子文谄笑道。

陈建威说："我们驻村队每人五十元，这是我们的餐标。"

梁子文赔笑道："我想在新园村搞个项目，请你们帮忙诊断。新园村大多数村民认为打通石乳山的路，是天大的好事。要说神山，只有莲花山，莲花山不也搞旅游开发？"

陈建威说："不过度开发就行。国家最高领导人说，绿水青山就是金山银山，要望得见山，看得见水，记得住乡愁。"

"是不是绿水青山，你们跟我去看看。"梁子文说。

驻村队三人与金敬德、彭维群驱车，跟着梁子文的"铁牛"，前往新园村。

园峰路像条白色巨龙，延伸至村庄。大家在新园村的小广场停好车，沿山脚一米宽左右的泥土路上坡，路面中间的小沟经山水冲刷，坑洼不平。山谷里开垦出一块块的耕地，种有马铃薯、百香果和瓜菜，不见空置地。

梁子文高兴地说："在你们的引导下，村民利用荒芜的田地跟着基地种植，贫困户还租借邻居家的地来种。你们看，快冬天了，田地全绿色。从停车点到山顶一千两百多米，如果这条路不硬底化，打通福石村路也没用。这条山路我保证要多宽都可以，村队负责修好路基。"

段杰说："才一公里多，有希望。"

金敬德说："上次全村路网疏通，时任镇委书记张浩主张采用'三三制'原则，补给资金和建筑材料。新园奇峰片村民捐的路基工程款还没用完，这次能用上。不过整个工程劈山开路，余下的那点捐资只是九牛一毛。"

走上一段平路，前方是死角。左前方出现传说中的石乳山。两个山头并立，比例协调，不高而圆润。

山脚一隅的草树丛中隐匿一小庙，青砖蓝瓦。

陈建威说："那就是革命堡垒？"

"是的，五帝庙。不久前有位乡贤捐了些钱，将重新布置。"梁子文不看小庙，指向石乳山说，"爬上山顶能看到福石村，山那边有条水泥路。"

山头中间的凹处沿坡而下开垦出大片耕地。零星地种着菜，果树林立其间。梁子文说："附近山地我租下几年了，之前想种皇帝柑，后想种葡萄，现在决定开办家庭农场，种黄金百香果，养杏花鸡，发展林下经济。已经在山上建好了蓄水池。修路过来，会占去我的地，影响滴灌设备安装。我想通了，路通，我的百香果、杏花鸡才能通到城东镇和赤丰县城。"

陈建威笑道："你对通路的态度出尔反尔，原来都在为自己考虑。你就是个阴谋家，不，阳谋家。"

梁子文狡黠地说："为了长效脱贫。我帮新园村搞产业，山下建钓鱼场和农庄；奇峰村搞红心村旅游。到那时，我不做村干部了，谁愿意做谁做。"

"你今年选了两次才连任，下一届也没那么好彩。"陈建威说完，加快步伐，往山上奔。在爬上山坳之前，他回头，四人跟在后面，彭维群站在小庙前抽着烟。

五人爬上山脊线，靠近石乳山顶。对面莲花山脉神奇高巍，山脉下崛起崭新的城东镇中心，高层住宅和大马路气势磅礴。近处田野周边点缀着村庄，山坡下果然有条白色水泥路。

陈建威心潮起伏："城东镇的建设水平不逊于县城。"

金敬德说："远处玻璃房子是商业区，城东镇与莲城镇和莲花镇相连，发展成为县城的一部分。新园自然村去县城就隔座山。"

段杰说："石乳山，并非石头山，怎么取的名？"

梁子文文绉绉地说："春夏季节，石乳山经常烟雾笼罩，像仙女般漂亮。"

离元旦还有两周，母亲打来电话："你父亲身体不行了，他想去省医院。"

陈建威打电话给姐让她送父亲去医院。姐说："弟呀，两个月前不让住院，这次不行了。我去陪他老人家说说话。"

陈建威计划草拟出福石路开通方案后回老家陪父亲。

母亲又打电话来说："你父亲越来越不行了，晚上不能入睡。问他痛不痛，他说不痛，他痛得动不了。"

父亲的病情把陈建威捆得紧紧的。同事们知道了他家里的事，建议他早日返家。在镇扶贫办交流工作时，宾璐用忧郁关切的目光安慰他。

陈建威陷入极度的悲伤与紧张之中，计划回家日期，准备安排好工作，马上回宁坝。

母亲再次打来电话："你什么时候回家？你父亲今天叫理发师来家里给他剪

发，说平时剪发五元，今天给十元。他脑子清醒，眼睛不灵活了……"说着，声音呜咽。

时近年尾，高铁票紧张，陈建威订好飞机票，打点行装返程。

黄昏，在南都机场，陈建威接到母亲电话："你父亲刚才说天怎么那么快就黑。他问你呢，你姐还没回。"陈建威说："快上飞机了，我等会打电话给姐。"陈建威让父亲听电话。父亲像在身边说话，他的声音平缓而艰难，却故作轻松："你到哪里了？"陈建威清晰地说："到了南都，飞机场。"父亲叹口气："还在南都。省城医院我不去了，你莫急。"

父亲挂了电话，陈建威眼泪盈眶。

出飞机场时，已晚上十点多。姐在微信里说在家照看父亲。

打车回家的路上，陈建威不知不觉睡着了，醒来看手机，睡着了二十多分钟。手机响起，姐在电话里哭道："爸过世了。"

陈建威瘫坐车上。懊悔没早日回家，没休探亲假陪伴父亲。父亲躺在医院病床的情景重现，父亲说"还不到六十呢，要你探亲假干什么"。一阵痛苦的痉挛过后，陈建威哽了哽嗓子口，问司机："到哪儿了？"黑暗里，聚精会神的司机说到宁坝还要一个钟头。陈建威咬住嘴唇，想着如何操办父亲的后事。

回到家中，母亲坐在惨淡昏暗的客厅，哭成泪人。姐姐满脸泪痕，见到陈建威，哭出声来。

父亲躺在陈建威平常回家睡的小房间，身体瘦削得厉害，面容异常平静。陈建威跪在床边，抚摸父亲只剩下骨架的身子，抓住他冰凉的手，哭喊："父亲，你的不孝儿回来迟了。"

姐在身后哭泣："父亲今晚一定要躺在你睡过的床，他说你以后回家睡大房间。"

父亲终年五十九岁。

同学、师友发信吊唁。宾璐打来电话，哽咽道："我想去你家，送伯父一程。发位置给我。"陈建威噙泪说："谢谢你，以后带你来。"

风风光光安葬了父亲。父亲沉睡在面向东北的山坡，视野里宁坝大道两旁广阔平坦的田野将盛开美丽的格桑花，可以遥望母亲年轻时从金山村来宁坝找他时必走的采煤大道；可以望见儿子少年时跑步上学的运煤铁轨，也可以看到他辛苦了一辈子正在建设工业遗址公园的第三矿区的水塔和矸子山……

在极度虚空的家中过完元旦和共计五天的丧假，陈建威返回桃北村全身心投入到帮扶工作。福石路动工提上议事日程。梁子文说叫福石路的路名跟桃北村没关系,道路必须改名为新福路。

陈建威单独登上石乳山。挖机在福石村作业,几台载满黄土的大货车穿梭于村庄。陈建威望着静穆深邃的莲花山,和同样静穆深邃的蓝天,似乎听到父亲说:到处是黄土,哪里都一样。愿父亲天堂安息。

"此路就叫新福路。"陈建威自语。愿山下的村民,桃河、城东两镇的乡亲,以及莲花大山那边的人们,都过上新的幸福生活。

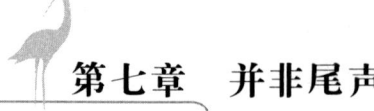

第七章　并非尾声

一年后，黄昏，中海新区。

婚礼在古榕广场进行。

桃北文化中心一楼展厅播放陈建威和宾璐的相恋视频，见证两人爱情的场景有优雅飘逸的鹭鸟、文化广场边新建的旅游服务中心、蒸蒸日上的产业发展合作基地、广阔的有机水稻示范区、黄金百香果杏花鸡农场、桃园水库、莲花大佛。穿白裙子和粉红色公主鞋的微笑天使和穿西服戴领结的梁家老大充当小傧相。宾璐爷爷出生地的北回归线标志塔是两人的定情之地。标志塔直耸蓝天，顶端圆形的金属球周围飘浮放射状白云。陈建威和宾璐穿过梯形塔基的石柱。南大纪念版手表显示时间：十二点二十九分。太阳在数十米高的白色圆锥体通道顶端上方炫白，两人含情凝视，坦露坚贞誓言。

县、镇、村干部和脱贫户代表出席，现场热闹非凡。

一辆白色的中大型宝马系SUV沿桃河公路飞驰而来，大振人心。

客人议论纷纷。车近了，在田心路入口停住，香港牌照。金敬德大声说："香港老板来贺喜！"

陈建威感到宝马车碾上胸膛。驾驶位的熟悉面容不用他辨识，那张脸曾经占据了他的眼睛、心田，乃至整个生活。宾璐依着陈建威，惶恐不安。车子静静地停住，大家觉得不对劲。宝马车里的冯宝妮眼泪打转。令人料想不到的是，宝马车猛地往前窜进几米，接着侧向倒退，又箭一般朝刚来的方向驶离，消失在桃河公路尽头。

喧哗声四起。陈建威握住宾璐的手，两人碰杯饮下一樽泪酒。

冯宝妮在迷糊的阳光中驰骋，中午的东赤公路车流如潮，并未扰乱她坚定的方向。陈建威曾在中海湾对她说：那里也有蓝色的海湾、深蓝的天空，有一位长得比观音菩萨漂亮的妈祖。他这样说时，往东方作揖，祈求观世音原谅。她当时笑得喷泪。现在她哇地哭出来，任由泪水流淌，经过巨大的妈祖广场，宝马车在妈祖公园门口停下。她蓝色的裙裾飘扬，穿越人群往山顶登去。她登上阳光沐浴的山顶平台，高大美丽的女神像屹立。妈祖微笑，像亲切的姐姐，她肯定喜欢大海，喜欢宁静；她又像年轻的母亲，眼神安详，目光幽远；她更像慈爱的先祖，每天张罗平凡快乐的生活。凭栏远眺，一切新鲜开阔，简单浓烈。冯宝妮的哭声飘向坚强的妈祖，飘向深远的天空，飘向辽阔的海洋，飘向酒醉人不归的桃北村和高耸的莲花山脉。

"这是我们的赤丰！"冯宝妮满含哀怨地睁大双眼，冲广袤的蓝色海面和天空呼喊。喊声击起回响把陈建威惊醒。

阿兰递过文件夹说："威哥，你怎么睡着了？做白日梦？同时收到两份文件，不知是好是坏啊。我打印出来存档，请过目。"

满头汗水的陈建威接过文件夹，《关于香山市与东州市两地产业帮扶实施意见的通知》，主要内容：决战决胜脱贫攻坚，加快决胜小康步伐，两地互派干部，交流驻点，促进特色产业长足合作发展。东州干部先行前来。附东州市交流干部名单，共十七位，第十位是宾璐。

陈建威霍地起身，翻阅另一份文件：《关于做好第八第九批援藏干部人才轮换工作的通知》。香山派驻援藏干部五名，他的名字赫然在列。在全省第九批援藏干部副领队刘文博的指导下，经过十二天七道程序的选拔，他终于跻身入内，有机会承担东西部扶贫协作的光荣任务。周末培训两天即开赴西藏林芝，将继承援藏工作的优良传统，大力弘扬老西藏精神，为林芝经济社会发展和维护和谐稳定做出新的更大的贡献。

"怎么办？璐姐来香山，你又去西藏，在半年异地恋的基础上，再开始一段长达两年的异地恋？"阿兰问。

"她支持我，她来香山由我母亲照顾。我想到最艰难的地方去，酣畅淋漓地干一番扶贫事业，为深度贫困地区同时步入小康贡献自己的力量。如果一个公务员有梦想的话，这是我的梦想。"陈建威真诚地说。

"陈副局长，我先走了，你今天别加班了。2021年，你从西藏归来，我们重逢。"阿兰离开办公室时说。

陈建威说："2021，期待重逢。"他手机响起，无号码。

这种信号以前没见过。可是，直觉告诉他手机那头是熟知的人。

"你好。"陈建威犹疑地接话。

"建威，我已完成学业，公司派我回香山。在港珠澳大桥上，海景真美，伶仃洋望不到边。晚上'巅峰'附近的希尔顿五十五楼自助餐。"冯宝妮的声音像银针般刺来。

陈建威离开办公台，出现在兼具岭南古典与西洋现代风格的中海新区管委会大楼三楼的窗口，面向沉稳而开放的蔚蓝色大海，他看到的却是高耸连绵的西域雪山，离天空很近的湛蓝的湖水，浅黄色草原上成群的牦牛和藏羚羊，飘扬的五彩经幡，脸庞紫红穿着色彩浓烈、衣襟宽厚的氆氇服饰的藏族同胞……

后　记

　　有些事情，只有当你对它进行描绘时你才会对它进行思考，如果有些事情没被描述过，也没留下什么记录——什么样的描述形式并不重要，电影、社会研究、书，甚至口述都可以——你就没有什么参考。

——克日什托夫·基耶斯洛夫斯基

　　什么时侯？乡村成为落后、衰败、恶劣、空心、解体、消失的代名词。尽管小岗村、大邱村、华西村等数不胜数的富裕村不断冒出，经济发达地区的农村令人艳羡，但三农问题、乡村没落是无需辩驳的矛盾和疼痛。乡村留不住乡愁，故乡是回不去的家园。

　　2009年12月，我满腔热情参与广东省的"双到"扶贫开发。这个扶贫和以往大不同，规划到户，责任到人，扶贫干部住村。没料，我接续进行了两轮"双到"扶贫，2016年又投身全国正如火如荼开展的精准扶贫。

　　蓦然回首，我扶贫已逾十年。这段时间正好包含21世纪的第二个十年。期间，贫困地区经历了把脉问诊，治病疗伤，迅猛发展的过程。特别是在脱贫攻坚的目标导向下，在前所未有的财力、物力和人力支持下，贫困地区挖掘内生动能，焕发生机活力，掀起了翻天覆地的变化，一批批的贫困户和贫困村摘帽。

　　全世界只有中国庄严承诺消除绝对贫困。脱贫攻坚是全面建成小康社会的底线任务。小康不小康，关键看老乡。当我第一次见到麦老太的原型，她独居泥砖房，家里一切灰色调，除了墙上她老公的彩色遗像。她说起低保取消，和老公去世而悲伤，我给她钱，她坚决不要，勉强收下一百元，定要捉两只鸡给我。麦老太养鸡种瓜菜水稻，后来搬进工作队帮她建的新房子，帮她申请低保，但她不要了，坚持种养，自给自足。她的尊严和勤俭让我敬重。七十岁的老太太尚且有信心有能力脱贫，何况中青年的贫困户呢。

历史终究改写了贫困户的命运。他们凭政策、靠勤劳获得收益，实现自身价值，许多人成长为新型职业农民，奋斗成致富能手，主人翁精神越来越强烈，底气十足地当家作主了。

乡村终究改变了面貌。基层政治愈见清明，乡风愈见文明，人才愈见丰富。不少像宾璐一样的大学毕业生，回乡做村官、进支委，考取乡镇公务员或基层选调生，去了解、服务农村，探索、实现乡村振兴。

乡村不再割裂，不再断层，不再解体；乡土中国已经或即将重构，中国社会更为融合，更为完善，更为兴盛。

多年前，我上学时读过一首郑愁予的《如雾起时》：

> 我从海上来，带回航海的二十二颗星。
> 你问我航海的事儿，我仰天笑了……
> 如雾起时，
> 敲叮叮的耳环在浓密的发丛找航路，
> 用最细最细的嘘息，吹开睫毛引灯塔的光。
>
> 赤道是一痕润红的线，你笑时不见。
> 子午线是一串暗蓝的珍珠，
> 当你思念时即为时间的分隔而滴落。
>
> 我从海上来，你有海上的珍奇太多了，
> 迎人的编贝，嗔人的晚云，
> 和使我不敢轻易近航的珊瑚的礁区。

我被诗中炫丽、变幻而开放的海景感染，怀揣海边拾贝、听潮看星的梦想，到了广东就业。

第二次激动的选择是扶贫。全国的驻村干部灿若星辰，我希望做其中一颗。现实却是沉重的石头。扶贫一年多，父亲病逝，我休了五天丧假又穿越回扶贫村。第一轮扶贫快结束时，广州扶友郭建南，因过度劳累在阳江扶贫村办公桌前辞世，一颗星映耀长空永恒。

汕尾海丰，千年古邑，中国农民运动的摇篮，英烈辈出。我最初的扶贫村是海丰县陶河镇陶南村。大革命时期，该村孕育出颜氏一门5烈士。我的老支书传承红色基因，不忘初心，顽强抗争，最后累倒在扶贫岗位，在完成扶贫任务几年之后病故。

因为革命先烈的铁血忠魂，因为扶贫战友的生命丰碑，海丰自然是小说故事发生的背景地。

脱贫攻坚是场没有硝烟的战争。基层蕴藏的复杂，城乡二元文化的冲突，个人情感的交织，让扶贫战事跌宕起伏，一波汹涌一波，呈螺旋式升级，直到取得最后胜利。

扶贫战事纷纭，圣洁的白鹭不只是当地生态宜居的指标载体，也是宁心静气、涵养情怀的象征。

桃之夭夭，灼灼其华。青山绿水，鹭鸟翔集。

感谢中山市委宣传部、市文联和市作协的领导，关注和引导本书的写作，支持出版！感谢单位领导、中山扶贫战线的领导，对我的肯定和鼓舞！

谢谢花城出版社的领导和编辑的信任、指导和帮助！让这本书的尽快出版成为可能。

感谢省作协的领导、老师，对扶贫作品高看一眼，给予鼓励、推荐和作序。

十余年来一起扶过贫的战友，我的同学，谢谢你们无尽的友谊。谢谢农民朋友，你们带给我许多的关照、启发和欣慰。还有我的亲人，我少了许多的陪伴，谢谢你们的爱！